人類の知らない言葉

エディ・ロブソン

近未来。人類は異星文明ロジアと接触し、友好的な関係を築いていた。音声ではなくテレパシーを用いて会話する彼らロジ人との意思疎通のため、専門の通訳が養成されており、そのひとりであるリディアは、ロジア大使館の文化担当官フィッツの専属通訳を務めていた。ロジ語の通訳をつづけると酩酊に似た状態になってしまうという副作用があるのだが、あるときリディアが酩酊しているあいだに、フィッツが何者かに殺害されてしまう。重要容疑者にされたリディアは、真犯人を突きとめるべく動きはじめるが……全米図書館協会 RUSA 賞 SF 部門受賞作。

登場人物

リディア・サウスウェル……ロジ語の通訳
フィッツウィリアム（フィッツ）……ロジ人の文化担当官
マディスン……ロジ人の大使館員
アンダーズ・リュートン……演劇青年
マーク・ジャンコヴィック（ジャンク）……リディアの兄の友人
ハリ・デサイ……ハリファックス出身の若者
マラート……通訳エージェンシーのＮＹ支社長
アリスン……フィッツウィリアムの協力者
マルシア・ブース……ＮＹＮＵの教授
ジニー・コナー……ブース教授の教え子
オンディーン
マリウス
トッド
……ジニーの友人
スタージェス……ニューヨーク市警の警部
ロロ……ニューヨーク市警の警部補
ディオン・ダルトン……警察づきの通訳

人類の知らない言葉

エディ・ロブソン
茂木　健訳

創元ＳＦ文庫

DRUNK ON ALL YOUR STRANGE NEW WORDS

by

Eddie Robson

This book is published in Japan

by TOKYO SOGENSHA Co., Ltd.

Japanese translation published by arrangement

with Tom Doherty Associates

through The English Agency (Japan) Ltd.

人類の知らない言葉

みごと飛躍したキャサリンに

第一部

マンハッタンという名のテーマパーク

第一幕が終わって緞帳《どんちょう》が下りてくると、リディアの目に映る劇場の内部がぐらりと揺れてにじんだのだが、彼女は一幕め最後のセリフを文化担当官のため訳し終えるまで、なんとか集中力を保ちつづける。ブロードウェイにあるこの劇場のＶＩＰバルコニーで、リディアのすぐ隣に座るこの文化担当官は、みずからフィッツウィリアムと名のっている（リディアは彼をフィッツと呼んでいるが、彼は気にしていないようだったし、もしかすると、違いがわかっていないのかもしれない）。舞台上の対話を同時通訳するのは、ものすごく難しいけれど、まだ訳し終えてないから待ってくれと役者に頼めるはずもなく、なによりもリディアは、彼女の雇用主に間断のない流れるような体験を提供したいと、本気で思っている。聞いたそばから訳していける自分の能力――多くの同級生を苦しめた技術――に、彼女は誇りをもっていたし、今夜はその実力を発揮する絶好の機会なのだが、開幕から九十分が過ぎてもまだ先は長く（舞台劇とはこんなに長いものなのか？）すでにリディアは頭がくらくらして、休息を必要としている。文化担当官は、リディアに通訳の礼を言い、彼女はどういたしましてと答えながら立ちあがる。しかし、そのとたん自分のバッグに蹴つまずき、うしろ向きに倒れながらバルコニーの手すりを越えてしまう。

すでにリディアはかなり酩酊《めいてい》しており、一階席に向かって落ちようとしているのに、事態の深刻さをほとんど理解していない。これから彼女に押しつぶされる数人を含め、危険を察知した観客たちの悲鳴は聞こえるのだが、彼女自身が感じているのは漠然とした驚き――どうしよう、わたし、バルコニーから落ちたみたい――だけだ。

ところがその直後、彼女はぴたりと停止する。落下して物や人と衝突したからではない。単に宙空で動きが止まったのだ。

天地が逆になっている。頭が下で、足が上に見えている。

フィッツが長くほっそりした腕を伸ばし、リディアの足首をつかんでいた。しなやかな指が、彼女のくるぶしにがっちりと巻きついている。フィッツたちロジ人が、見かけによらず屈強だという話なら、リディアも聞いたことがあったけれど、文化担当官の仕事は知的で上品なため、実際に目にするのはこれが初めてだ。かれらのパワーをことさらに強調した噂は、一部の地球人が普通の人たちの恐怖心を煽《あお》るため広めたのだろうと彼女は思っていたのだが、完全に間違っていた。フィッツはリディアを平然と片手でぶら下げており、しかし彼女は、自分の体重がちっとも軽くないことをよく知っている。

こちらを見あげている芝居好きたちの顔を、ぼんやりと見おろしながら、リディアはドレスを着てこなくてよかったと思う。

フィッツがバルコニーの内側にリディアを引き戻す。しかし、持ちあげる高さがちょっと

足りなかったらしく、彼女の頭が手すりに軽く触れてしまう。リディアの心のなかに、フィッツの声が聞こえてくる。〈ごめん〉
〈いえ、ぜんぜん大丈夫ですから〉リディアは答える。〈つかまえてくれて、ありがとうございます〉

無事にバルコニーのなかへ戻った彼女に、フィッツがもとの席に座るよう手振りで示す。心配しているらしいが、彼の表情を読むのは非常に難しく、おまけに顔面が半透明の薄膜でおおわれているから、なおのことわかりにくい（この膜がなくてもロジ人は呼吸できるのだが、決して楽ではないようだ）。おまけにロジ人は、会話をする際に口をまったく使用しないから、人間が鼻であまり感情表現を行なわないのと同じように、口の動きで感情を表出することもないらしい。リディア自身は、フィッツの眼を見て「驚いている」とか「関心をもっている」とか直感的に判断するけれど、それとて彼の眼が大きくて黒いから、そんな感じがするだけなのをよくわかっている。

観客たちは、まだ一階席からリディアとフィッツを見あげており、たぶんふたりが会話中だと思っているのだろう。一般の人たちは、テレパシーで意思を疎通できる者が黙って座っていると、会話をしているに違いないと思いがちだ。けれども今、フィッツはリディアに話しかけていない。フィッツと話をした経験のある人なら、手で大きなジェスチャーをしていないときの彼が実は沈黙していることを、よく知っている。まして今、リディアの脳は休息を必要としており、その点をフィッツもよく理解しているのだ。彼女はもっと早く自覚して慎重になるべきだったし、そうすればあんなに急いで立ちあがることもなかっただろう。もしバルコニーから落ちようものなら、それだけで彼女は、この仕事に向いていないと断じられてしまう。

ようやくフィッツがしゃべりはじめた。

〈君がそんなに疲れているのなら、最後まで観なくてもかまわない〉

フィッツは必ず「疲れている」という語を選び、「酔っている」とは絶対に言わない。そんなところにも、彼の品のよさが表われている。

実をいえば、リディアも心の隅で、早くここから出たくてうずうずしている。しかし今夜は大使館の文化担当官にとって、一年で最も多忙な一週間となる『第十七回プラグアウト・ニューヨーク・フェスティバル』の最終日であり、毎年恒例のこの催しにリディアが通訳として参加するのも初めてだったから、あと少しで終わりというこのタイミングで尻尾を巻いて逃げ出すなんて、絶対にやりたくない。しかも、この観劇が終わればレセプションがあるし、そちらも通訳にとっては重要な仕事なのだ。

〈外の空気を吸いたいんですが、かまいませんか?〉彼女はフィッツに許可を求める。

ふたりはロビーへと下りてゆく。フィッツはリディアが階段を踏み外さないよう、彼女の肩にしっかりと手を添えている。

ロジ人と会話をすればそれだけで酔っぱらってしまうという話を、聞いたことのない人はいなかったし、もちろんリディアも子供のころから知っていたのだが、正直いって、バカげた都市伝説のひとつではないかと疑っていた。ところが、ＬＳＴＬ――ロンドン・スクール・オブ・思念言語《ソウト・ランゲージ》――に入学した初日、教師たちはリディアに思念言語を処理しても脳は酩酊しない、単に酔っぱらったように感じるだけだと説明した。このふたつの違いが、リディアには今ひとつ理解できなかった。酩酊とは感じるものだし、酔っぱらったように感じるのと実際に酩酊するのでは、どこが違うのだろう？　教師の説明によると、肉体が毒素の処理をするわけではないので、思念言語がアルコールと同様の悪影響を体に与えることはなく、だから生物学的な見地に立つと、両者には明確な違いがあるそうだ。早い話が、体を壊す心配なしに、いくらでも酔っぱらえるということ？　すごいじゃない。

少なくとも最初のうち、リディアはそう考えていた。

実際ＬＳＴＬのカリキュラムには、「酩酊状態」で課題をこなすという授業が週に一コマ含まれていた。しかしこれは、リディアが想像したほど楽しいものではなかった。本物のアルコールを摂取することは（学生たちが要求したにもかかわらず）禁じられ、その代わり、仕事中に陥る状態に近い効果が得られる（らしい）薬品が、鼻スプレーで投与されたからだ。その後かれらは、基本的な理解度確認テストや記憶力テストを受けさせられ、与えられたレシピで料理をつくる、サービス端末に複雑な指示を入力するといった課題をやらされた。リディア自身は、酔っぱらって面倒なことをやる訓練であれば、故郷のハリファックス（ニューヨークの人たちに毎回説明しているとおり、カナダの大都会ではなくイングランド北部の小さな町のほう）にいたころから、さんざんやっていた。けれども、大真面目な顔をした指導教員に結果を査定されるのと、午前三時にケバブ屋の床にへたり込み、髪をチリソースだらけにして友だちから笑われるのでは、文字どおり雲泥の差があった。

ＬＳＴＬでの授業も後半になると、酩酊中に基本的な業務をこなす訓練から一歩進んで、いかに素面《しらふ》にみせるかというより高度な技術の習得に焦点が移った。リディアは、この仕事をすると酔っぱらうことが知れわたっているのに、なぜこんな練習が必要なのかと質問した。教員たちは、ひとたび実務に就いたなら、常に「プロとしての姿勢」を保つことが重要であると説明した。ところが、酔っていない演技を徹底的に仕込まれた結果、学生たちは酩酊中にやってはいけない行為まで、ついついやるようになってしまった。リディアが狭いバルコニーで急に立ちあがったのも、やってはいけない行為のひとつだった。

リディアは、シューベルト劇場から少し離れた歩道に立ち、道端の自販機で買った瓶入りのコーク・ローをひと口飲む。夜の空気は生暖かく、まるでぬるい風呂に浸《つ》かっているみたいだ。彼女の左肩の上には警護用ドローンが浮かんでおり、右側にはフィッツが立っている。彼女はドローンを見あげ、これはどっちだろうと考える。フィッツの通訳に任じられたとき、彼女は二機の警護用ドローンにアーサー、そしてマーサという名前をつけた（ドローンに性別などないから、これはリディアの勝手な命名だった）。今リディアたちについているのは、アーサーより少し型が新しいマーサのほうで、両者の違いはテイザー銃の位置がアーサーの側面に対してマーサは上面、そしてマーサのほうが、球状の表面により強く反射を抑える加工が施されている点にあった。今ごろアーサーは、リディアたちが離れたあとのＶＩＰバルコニーで、警備にあたっているのだろう。

リディアはジャケットを脱ぐと、マーサから突き出ているコートフックのひとつに引っかけ、それからシャツの袖をまくり上げる。

地球に駐在するすべてのロジ人と同じく、フィッツも地球人類が発音可能な名前をみずから選んでいる。かれらの本当の名前は、翻訳のしようがないからだ。名前自体が、まったく関連のない物体や概念、動作などを表わす語の連続となっており、たとえばフィッツの本名を聞けば、リディアも特定のイメージを思い浮かべることはできるのだが（淡いスミレ色、ゆっくりと割れてゆく池に張った氷、レモンの香り、そしてたくさんの数字）それだけで彼の名前が完結するわけではなく、最後まで言い終えるには長い時間がかかってしまう。

フィッツは黙ったまま、リディアが回復するのを待っている。通りの反対側を眺める彼の大きな手は、ダークブルーのコートのポケットのなかにある。彼が着る服は、どれもこういう地球的なデザインで、仕立てのよいものばかりだ。これまでリディアが出会ったロジ人のなかに、こんな服装をする者はほとんどなく、たいていは編み目が粗いメッシュの服を好んで着ているけれど、どれほど暑くても常に全身をおおう点は共通している。あとは帽子。ロジ人はみな帽子をかぶる。フィッツも今、コートに合わせたウールのキャップをかぶっている。編み目から点々と突き出ているのは、彼の頭頂部に生えている小さなツノだ。

ロジ人はみな長身で痩せており、見るからに熱を蓄えるのが苦手そうなのだが、これは本来の生息地ではその必要がないからであり、したがって今夜のような陽気でも寒さを感じてしまう。半透明の薄膜でおおわれていないロジ人の顔を、リディアが見る機会は、フィッツを含めほとんどないものの、かれらの素顔の写真であれば、大量に見たことがある。というのもLSTLでは、ロジ人たちに不快な思いをさせないよう、かれらの顔の特徴をモジュール化した写真を使って個体識別の訓練が行なわれていたからだ。ロジ人の顔の判別を、リディアはパズルを解くように楽しんだ。彼女はまず、外見上の特定の要素に着目する。たとえばフィッツは、ほかのロジ人に比べ高い鼻をもっており（といっても、かろうじて鼻とわかる程度の膨らみなのだが）、顔も細くて白っぽい。対して多くのロジ人の顔は、もっと丸くてクリーム色に近いため、リディアはむかし好きだったアニメに出てくる頭が髑髏《どくろ》の小父《おじ》さんを、どうしても思い出してしまう。幸い、フィッツの顔はあの小父さんに似ていないから、彼女はよけいなことを考えずにすんでいる。

もちろん今のリディアは、フィッツを充分によく知っているので、わざわざ彼を見分ける必要などない。彼の心性もわかっているし、だから目を閉じていても彼の存在を感じることができる。

ブロードウェイと呼ばれるこの劇場街は、ニューヨークのなかでも彼女が気に入ってる場所のひとつだ。古い写真を見たことがあるけれど、百年まえからあまり変わっておらず、でもそれは、マンハッタン全体についても言える。フィッツの外交官宿舎はアッパー・ウエスト・サイドにあり、隣の建物に住むミセス・クローヴスは、この地区がどれだけ変貌を遂げたか、いくらでも語ることができる。彼女によると、大防潮堤が築かれて以降、市当局が市内のあらゆるものに対して保護命令を乱発し、おかげでマンハッタンは、それ自体をテーマとするテーマパークに堕してしまったという。つまり危険はないけれど、生気もなければ変化もなく、遺産だけが残った街に。

リディアはこの話を聞いたとき、ここを好きだと言った自分が俗物のように感じられ、少し申しわけない気持ちになったのだが、街が危険でなくなったことを否定的にとらえる意見には、賛成できなかった。ミセス・クローヴス、あなたの幼なじみのなかに、刃物で殺された子はいなかったんですか？　もしいたなら、危険な街にどれほどの魅力があるのか、あなたも別の視点から考えなおすことができたでしょうね。

そうはいっても、こういう静かな時間があると、リディアはこの街が衰微した証跡をつい探してしまう。かつては活気に満ちた大都会だったのに、今や外殻を残すだけとなり、にもかかわらずこの街は、長年コカインを濫用しすぎたロック・スターのように、なんとか昔の栄光を取り戻そうとあがいている。

幸い今夜の街路は、期間限定店舗や屋台、特定のブランドがスポンサーとなった一角などで華やいでいる。この雰囲気は、フェスティバルの期間中ずっとつづいており、そもそもこのフェスティバル自体が、うだるような暑さになりがちな夏のこの時期に生きた観光客を呼び込み、沈滞したアートシーンに活を入れることを目的としているのだ。

フィッツに好奇のまなざしをむける通行人は、いつもよりずっと多い。みな観光客なのだろうか？　ニューヨーク市民は、ロジ人が街なかを歩いていてもあまり気にせず、その点はハリファックスの住人とは大違いだ。もちろんリディアの故郷であるあの町の産業も、近年はすっかりロジアに依存しているのだが、あんなところまで行くロジ人はおらず、だからかれらを生で見たことのある町民もほとんどいない。

「大使！」と呼びかける声が背後から聞こえてきて、ふり返ったリディアは、シューベルト劇場から出てきた若い男が、こっちに向かってくるのを見る。その声が自分にむけられたものだと認識できないフィッツは、当然反応しないから、リディアが彼に注意をうながし、接近してくる男を指さしてやる。黒い巻き毛の髪はぼさぼさで、うっすらと顎鬚《あごひげ》を生やした男は、不格好なオーバーオールの下にドレスシャツを着ている。その目はフィッツだけにむけられており、リディアなど眼中にないらしい。

「この人、大使じゃないですよ」リディアは若者に言ってやる。

「え？」ロジ人の通訳に過ぎない女が、みずからの言葉で直接話しかけてきたことに驚いたような顔をして、若者が訊き返す。でなければリディアの北イングランド訛《なま》りに、単純にびっくりしたのだろう。

「この人は、文化担当官です」リディアはわざと明瞭に発音しながら、今の自分の言葉に、警戒心むき出しのとげがあったことを意識する。というのも、この幕間《まくあい》の休憩が終わるまでになんとか酔いを醒《さ》ましたいので、こんな邪魔者にはさっさと消えてもらいたいのだ。しかしここは、プロとして対応しなければ。

「ああそう」と若者は応じるが、その顔は（どっちでも似たようなものだ）と言っている。

「ぼくが彼に訊きたいのは――」彼はここでリディアにむかって話すのをやめ、フィッツと正面からむきあう。「アンダーズ・リュートンと申します。はじめまして。ぼくがぜひあなたに聞いていただきたいのは――」自分を売り込みはじめるまえに、やはり挨拶代わりの世間話が必要なことに気づいたらしく、彼は急に話題を転じる。「あの芝居の一幕めを、どう思いましたか?」


うんざりしながら、リディアはアンダーズの質問を訳してやる。フィッツは彼女の言葉に耳を傾け、それから答える。

「たいへんよかったです」リディアがアンダーズに通訳してゆく。「登場人物たちの複雑な関係が、よく描かれていたと思います」この感想が、原作となるヘンリック・イプセンの戯曲と、それをみごとに演じている劇団にむけられたことをリディアはよくわかっているけれど、通訳である自分への賛辞も含まれているように感じてしまう。なにしろ彼女は、今夜のため『ヘッダ・ガーブレル』（一八九一年に初演されたイプセン作の戯曲）を二度も読み、テレビ・ドラマ版を二本（どちらもすごく古い）、映画版を一本観て準備してきたのである。芝居の途中で混乱して立ち往生し、焦ってメガネ型端末で検索することだけは、絶対に避けたかった。同時通訳だけで手一杯なのだから。

「そうですか」アンダーズが言う。「あの、聞いていただきたいのは、今ぼくが資金集めをしているポータル横断型ライブ・イベントについてなんです。実はぼく、デバイスド・シアター（演出家、役者といった枠を超え全員参加で作品を創ってゆく作劇方法）をやってまして、それがどんなものかご存じないかもしれませんけど、とにかく異文化間で共同作業を行なうには理想的なメディアだから、ぜひ詳しい話を――」

アンダーズの言葉をリディアが通訳しようとした矢先、フィッツの声が彼女の頭のなかに響く。リディアは、にやにや笑いたくなるのを抑えながら、フィッツの発言をアンダーズに伝える。「それでしたら、アポイントメントを取ったうえで、今週の後半、わたしの執務室までおいで願えますか？　今夜わたしの通訳は、あの演劇のセリフをずっと翻訳しつづけており、芝居の後半をわたしが楽しむためには、いま彼女に休息をとってもらう必要があるのです」

アンダーズは一瞬リディアを見つめる。いま言われたことを信じておらず、フィッツの言葉を彼女が都合よく改竄《かいざん》しているのではないかと、明らかに疑っている。彼の顔を見れば、それは一発でわかる。彼はリディアに問いただそうとして口を開くが、すぐに閉じてしまい、代わりにフィッツに笑いかける。「わかりました。そうします」彼はこう言うと、劇場のなかへ歩いて戻ってゆく。

ＶＩＰバルコニーの自席に着くまえに、リディアはバスルームに入ってメガネ型端末の電源を一時的にオフにする（彼女が所属する通訳エージェンシーは、通訳者にこの行為をやらせたくないのだが、最低限のプライバシーは必要であるという観点から、しぶしぶ認めている）。そしてナンプを、少しだけ飲む。ふだん彼女が仕事中にドラッグをやらないのは、契約違反ということもあるけれど、言ってはいけないことまで口にするのが怖かったからだ。でも今夜は、フィッツのため劇のセリフを通訳するだけだし、これくらいなら（たぶん）問題ないだろう。

　ドラッグがほどよく効いてくると、彼女の意識も研ぎ澄まされるのだが、ここで問題となったのは、抑圧された感情と挫折した人生を主題とする室内劇を鑑賞するのに、ナンプは決して適切な薬ではなかったことだ。舞台上で起きていることに集中しながら、じっと座りつづけるだけでも、リディアはかなりの努力をしなければいけない。セリフはきちんと訳せるのだが、役者がやけにゆっくり話していたり、第一幕では歓迎した沈黙の時間がつづいたりすると、我慢できなくなってしまう。彼女はせかせかとガムを噛《か》み、貧乏ゆすりをし、ジャケットのボタンをいじりまわしたあげく、一個むしり取る。それをフィッツに気づかれたので、彼女は懸命に自制しようとする。もはやバルコニーから落ちないよう注意するのではなく、飛び出したくなる衝動と戦わねばならない。

　最後の幕が下り、すべてのセリフをフィッツのため忠実に訳し終えたリディアは、立ちあがって大きな拍手を送りながら、控えめに歓声をあげる。けれども、少し声が大きすぎたらしい。一階席の数人が、声の出どころを確かめようとしてバルコニーを見あげたけれど、観客のほとんどはまだ舞台に目をむけており、彼女を気にとめる人はいない。かれらが見るのは、いつだってフィッツだけだ。

パーティー会場にて

芝居がはねたあとのレセプション——実質的に、フェスティバル全体が終わったあとの打ち上げ——は、シューベルト劇場の向かいにあるレストランの二階を借り切って行なわれる。ニューヨークで美術や文学にたずさわっている人間の半数ぐらいが招待されているようだし、さまざまな業種のスポンサー企業とパトロン、そして各集団の取り巻きたちもうろうろしている。天井が低く、場内はすごく騒がしい。リディアはメガネ型端末に人びとの顔をスキャンさせ、まえに会ったことのある人がいれば、どんな状況で会ったのか調べさせる。一分もしないうちに五十人を特定できたけれど、リディアから見えないところにいる人や、まだ到着していない人がたくさんいそうだ。

深呼吸をひとつして、彼女は仕事に取りかかる。

まずフィッツは、今夜の芝居の演出家と出演者たちに紹介される。フィッツはかれらに向かって、あの芝居を彼がどう解釈したか語り、作品が書かれた時代の社会背景について質問するのだが、演出家は彼の質問に答えるよりも、使われたセットと小道具のほぼすべてが手作りであって、3Dプリントされた物ではないことばかり強調したがる。というのもあの芝居は、戯曲の書かれた十九世紀が舞台となっているため、3Dプリンタはまだ存在しておらず（これを彼女は、フィッツがなにも知らないかのような口調で語った）したがって演技空間をその時代に近づけてやれば、俳優たちは作品の世界を肌で感じられるようになるからだ。でも窓の外の背景幕だけは、デジタルで再現せざるを得なかった。彼女の言葉に、フィッツはいちいちうなずき返す。

ナンプの効き目が薄れてきたので、追加を摂《と》るのはまずいだろうかと考えはじめたとき、主役のヘッダを演じた女優——すばらしく印象的な顔だちをして、身ぶるいするほど音楽的な高い声で話す人——がリディアに直接話しかけてくる。仕事中の通訳が個人的な話をすることは、もちろん許されるものではない。例外は、礼儀として話す必要があったり、誰かを助けたりする場合なのだが（ただし相手はある程度重要な人物にかぎられ、ウェイターなどとの雑談は不可）、それでもリディアがほかの人としゃべっているあいだは、フィッツは立ち往生することになる。にもかかわらずリディアは、この女優とぜひ話をしてみたいと思う。

「あなた、大丈夫だった？」女優が質問してくる。彼女のアクセントは、ミネソタかノースダコタのようだ。アメリカ各地のアクセントの違いに、リディアは魅了されている。州ごとに最低ひとつは収集することを目標にして、知り合いになれた人たちの声を、サウンド・クリップとして保存しているくらいだ。現在までに、十七州集まっている。

「はい、ありがとうございます」なぜこの女優が自分のことを心配しているのか、よくわからないままリディアは答える。

「あんなふうに落ちかけても、平気だったのね？　ほら、第一幕が終わったところで」

「あ、あれですか」あの一件を、リディアはほぼ忘れかけていた。思念言語の通訳で酔っているときは、記憶と夢の境界が曖昧になり、なにも起きなかったような気になってしまう。だからこそ通訳者は、すべてを録音し、記憶を再確認できるようにしておくべきなのだと、通訳エージェンシーは主張する。たしかに有効な手段ではあるが、かれらがそれをやらせたがるのには別の理由があることも、リディアはちゃんとわかっている。「だけど、わたしのあんな失敗を、どこからご覧になったんですか？」

「だって、動画を撮った人がたくさんいるもの」女優が答える。「もうすっかり拡散してるわ」

「そうですか……」観劇中、リディアは通訳に集中するため自分のノートをオフにしていて、まだオンに戻していなかった。ネットにアップされてしまうことを、予測すべきだった。エージェンシーは、彼女から事情を聞きたがるだろう。

女優は問題の動画を自身のノートに表示させ、リディアに見せてくれる。想像していたよりもっとアホな顔をしているので、われながらがっかりしてしまう。きょとんとした目なんか、まるでマンガのキャラだ。肩まである髪もだらしなく見えるから、そろそろカットしなければ。この動画の女だとばれないよう、髪の色も変えたほうがよさそうだ。エレクトリック・ブルーは、あまりにも記憶に残りやすい。

「なにがあったの？」リディアの上腕を撫《な》でながら、女優が質問する。やたらと人に触りたがる役者が少なくないことを、リディアはこの数か月で学んだけれど、かといってそれが、特になにかを意味するとはかぎらない。

「なんていうか……急に疲れが出てしまって」リディアは答える。もちろん、フィッツを長時間放っておくと問題になるので、リディアは彼にもこの会話に加わってもらい、実質的に彼と女優が話をするように仕向ける。あまり気が進まないやり方だが、少なくともこの女優をつなぎとめておくことはできるだろう（彼女、なんて名前だったっけ？　劇のプログラムをメガネ型端末のグラストップに貼りつけておいたはずなのだが、なかなか見つからない。これは顔アーカイブを検索したほうが早いかも）。リディアが訳しているとき、女優はフィッツではなくリディアを見ており、その視線は抗しがたい魅力を放つ。たぶんこれが、ブロードウェイの芝居で主役を張るために必要とされるカリスマなのだろうが、リディアはもしこの女優とバーで一杯やりながら歓談できれば、すぐに意気投合するような気がしている。もしリディアがひとりだったら、不可能なことではあるまい。

そうはいっても、もしリディアがひとりでこのパーティーに参加していたら、ただ途方に暮れるだけだったろう。彼女は、ここにいる人たちとはまったく違う世界の出身だし、どう話をしていいかもわからず、たとえカンニングペーパーを持っていたとしても、話題についてゆくだけで四苦八苦したはずだ。少なくともフィッツが横にいれば、リディアは彼の言葉を伝えればいいだけなので、人びとは彼女の話に耳を傾け、彼女も多かれ少なかれこの場の一員となっていられる。

女優は別の知人を見つけたらしく、お話しできて楽しかったとフィッツとリディアに言い、人込みのなかに消えてゆく。

フェスティバルの重要なパトロンのひとりに紹介されたフィッツが、彼女と話しはじめたとき、アンダーズ・リュートンが強引に割り込んでくる。アンダーズは、今にもキスせんばかりの勢いでパトロン女性の手を撫でまわし、ひどく親しげに挨拶の言葉を述べたてる。ふたりのやりとりを、リディアはフィッツに通訳してゆく。アンダーズがそのパトロンと会ったのは過去に一度、どんなに多くても二度だから、パトロンのほうは彼のことなどほとんど記憶にないらしい。リディアの説明を、フィッツは面白いと感じたようだ。ロジ人は、笑うという感情表現を行なわないけれど、可笑《おか》しいときは独特の精神的な波動が発せられる。

パトロンの女性は、フェスティバルの最終日に間に合うよう昨夜モントリオールから駆けつけたと言い、あなたはあの街に行ったことがあるかとアンダーズに訊く。

アンダーズは首を横に振る。「ぼくはこの八年間、マンハッタンを離れたことがないもので」

「八年も?」パトロンは仰天する。

「この街には、ぼくの必要とするものがすべてあるからです。むこうは荒れ地も同然なんでしょう?」

「文化的な意味で？　それとも土地そのものが？」

「えーと、両方だと思います」

パトロンは笑う。「あのね坊や、モントリオールはフロリダじゃないの。あの街のシーンはここよりずっと活気があるわ。あなたも行ってみるべきね」

「遠慮しときます。先週、あるパーティーで会った男が言ってました。彼の従兄弟《いとこ》が去年の夏、アメリカ中部を横断する自動車旅行に出たんですが、オクラホマで強盗に遭い身ぐるみはがされたそうです」

「モントリオールとオクラホマは」パトロンはていねいに説き聞かせる。「まったく違う場所よ」

「ぼくが言いたいのは、世間の人たちはみな、ニューヨーカーを憎んでいるということです。これは誰だって知ってる」アンダーズにとっては、これがこの問題に対する結論らしい。リディアはふと考える。この男、ハリファックスに行ったらなんて言うだろう。

「ところで、今夜の舞台はどう思った？」パトロンがアンダーズに質問する。

いかにも関心がなさそうに、アンダーズは口をゆがめる。「古い芝居の再演は、あまり好きじゃないんです。あの枠は、もっと大胆な実験的演劇に割り当てられるべきでした。さっきも言ったとおり、ぼくはデバイスド・シアターの人間だから――」

彼は自分のライブ・イベントについてまたしゃべりはじめるが、今回はフィッツではなく、このパトロンの女性に売り込もうとしている。明らかに彼女のほうが、金主としてフィッツより重要なのだ（リディアが顔アーカイブで確認したところ、なるほどこの女性は、世界でも上位〇・五パーセントに入る大富豪だった）。パトロンは話題を変えようとするが、そのたびにアンダーズは話をもとに戻し、ふたりは通訳の存在を無視してやりあう。この応酬は、リディアの同時通訳の能力をもってしても手にあまり、だからフィッツがほかの人に話しかけられ、礼儀正しくかれらの会話から離れたときは、救われた気分になる。

その後フィッツは、いつもと変わらず出版業界の人たちと次々に話をしてゆく。彼が選ぶ本はロジアで影響力をもっており、あの星で地球産の本はどちらかといえばニッチな市場で売られているのだが、全体のボリュームが大きいので、一冊でも当たれば莫大《ばくだい》な利益が上がる。出版社が狙っているのは、かれらの本に興味をもったフィッツが個人的に読んでみるため、翻訳を依頼することだ。彼が気に入ればそれでよし、もしボツになってもすでに翻訳ずみということであれば、その本を地球外で販売するためのコストは大幅に低減される。この版元たちはわかっていないけれど、かれらが本を売り込んでいる相手は、実はフィッツだけではない。というのも、もしフィッツがなにかの本に興味を感じれば、彼はその本をまずリディアに読ませ、翻訳する価値があるかどうか彼女に判断させるからだ。

かれらとフィッツの会話を通訳しているうち、言語による酩酊がぶり返したらしく、リディアはやけに気が大きくなってくる。大手の文芸ポッドキャストで総合編集長をやっている男は、フィッツと話をしながらリディアのほうを絶対に見ようとせず、彼女はこう言ってやりたくなるのを懸命に我慢する——要するにあんたは、わたしに敬意を払う気がぜんぜんないわけね。わたしのことなんか、たまたまシャツに付いたゴミぐらいにしか思ってないんでしょ。だけどもしわたしがその気になったら、今すぐあんたをここから――

〈大丈夫か?〉フィッツに直接話しかけられ、リディアは自分の思考が漏れ出ていたことに気づく。これは恥ずかしい。

〈少し疲れました〉彼女は答える。

〈わたしもだ。そろそろ帰ろうか?〉

リディアは同意し、そのまえにバスルームに行ってくるとひとこと告げ、宴会場のいちばん奥のドアにむかい人の波をかき分けてゆく。バスルームにつづく廊下は静かでひんやりしており、このレストランの常連だった有名人たちの写真が、派手な額に入ってずらっと並んでいる。

この仕事に就くまえ、リディアはまさかトイレで過ごす時間をこれほど貴重に感じるとは、想像もしていなかった。フィッツを嫌っているということではない。まったく逆で、彼の通訳になれたのは幸運だったと思っており、実際リディアの同級生の多くは、もっと過酷でもっとつまらない仕事をやらされているのだが、フィッツの横にいるときの彼女は自分の意思で動くことができず、ほかの人の発言と行動に、即座に対応しなければいけない。仕事中にフィッツから公然と離れられる数少ない機会が、バスルームへ行くときであり、おのずとそこで過ごす時間は、必要以上に長くなりがちだ。フィッツは紳士だから、気づいていて黙っているのかもしれないし、そんなものだと思っているだけかもしれない。もしかしてリディアの前任者も、同じことをやっていたのか？　彼女はとても優秀だったと誰もが言っているから、たぶん違うのだろう。

リディアは個室の壁に背中をあずけ、小さく鼻歌を歌いながら首を前後に動かす。そして両目を閉じる。

でも、すぐにはっとして顔をあげる。こらリディア、トイレで寝るんじゃない。

個室を出て顔に冷たい水をかけ、鏡のなかの自分を見ながら、たるんだ表情筋を無理に動かして笑顔をつくる。あとは会場に戻ってフィッツを見つけ、一緒に階段を下りて車に乗り、走り去ってしまえばこのフェスティバルでの仕事は終わるのだから、それまで気をしっかりもっていればいい。そう考えながら廊下に出ると――

アンダーズがいた。彼はバスルームの反対側の壁によりかかって、「やあ」と言う。

またこいつか。「どうも」リディアは立ちどまらず、宴会場へむかい歩きはじめる。

「ちょっと待ってくれ、さっきは君のボスと、ゆっくり話ができなかったから――」

「それはあなたが、彼よりもっと大事な人を見つけたからだと、わたしは理解してるけど」

アンダーズは明るく笑う。「でも真面目な話、彼ならぼくが温めているコンセプトに必ず興味をもってくれるはずだと――」

「つまり、あなたのデバイスド・シアターがやるイベントの後援者になることを、彼女が承知しなかったので」リディアは冷然と言う。「またフィッツに戻っていくわけだ」

「だからいちばんいいのは」彼はひるみもせずにつづける。「君とぼくと彼が、一緒に一階の静かなところに行って、そこでじっくり――」

このときリディアは、宴会場のドアを通ってなかに入りかけていたのだが、ヘッダを演じた女優が廊下に出ようとして反対側から歩いてきたので、彼女とぶつかりそうになる。

「あら、こんなところにいたの」女優の顔がぱっと輝き、それを見てリディアも嬉しくなる。

「はい」彼女はバカみたいに答える。「いま戻ってきたところです」

女優は親指で自分のうしろをさし示す。「たった今、フィッツウィリアムがひとりでぼんやり立っているのを見たから、あなたはどこに行ったのかなと思って――」

「あ、すみませんでした」リディアは部屋の奥をのぞき込もうとする。「彼と話したかったんですか？　それならすぐに――」

「いいえ、実はわたし、あなたと話したかったの」

そう聞いてリディアはますます嬉しくなる。でも……なんてバカなんだ。この女優さん、名前はなんだっけ？　さっき彼女が離れていったあと、顔アーカイブで調べたのにもう忘れている。リディアが検索結果を再表示させようとしていると――

「どうもはじめまして」アンダーズが女優に話しかける。恥ずかしいことに、彼もこの女優の名を知らないらしい。「今日のあなたは、とても素敵でした」

「どうもありがとう」

「だけどこのお嬢さんは、今ぼくと話をしている真っ最中なので――」

「とんでもない」リディアが否定する。「もう話は終わったんです」

「ぼくは話の途中だったぞ」

「そうね、でもわたしのほうが、聞くのをやめたの」リディアは宴会場のなかを歩きはじめる。女優も笑いを噛み殺しながら、彼女と並んで歩く。

「おい」アンダーズがふたりのあとを追う。「なぜ君がそんなにぼくの邪魔をするのか、さっぱりわからない――」

「なぜならわたしはあなたが大嫌いで、早くどこかに消えろと思っているからよ」

もはや女優は笑いを抑えられない。

「ああ、そうかい」アンダーズが言う。「このデブ女め、明日になったらおまえの雇い主と連絡をとって、おまえのやったことをぜんぶ報告してやる」

「報告するなら、これも忘れないでね」リディアは、ふり向きざまアンダーズの顔面に強烈なパンチを叩き込み、アンダーズは後方に吹っ飛んでゆく。彼は飲み放題のワインを並べたテーブルに頭をぶつけ、テーブルを激しく揺らしてワイングラスを一斉に倒したあと、床にどさっと落ちる。幸いだったのは、すでに深夜を過ぎていたため飲み放題のワインはほぼなくなっており、こぼれたワインが少量ですんだことだ。

リディアは驚きのあまり呆然としている女優にむきなおるが、そのときになってようやく、メガネ型端末のグラストップにさっきの検索結果が表示される。ネーヴ。そう、ネーヴよ。やっとわかった。

インフライト・エンターテインメント

ニューヨークからマンチェスターにむかう飛行機のなかで、リディアはニュース・フィードをだらだらと送ってゆくが、果てしなくつづくヘッダーやプレビュー、イメージを見るだけでなにも開こうとはしない。

@JUICELINE／なぜ（(O)）世代のティーンは、人気映画シリーズ『トランスフォーマー』を、サイバー恐怖症的であるとして問題視するのか／TR91

@SKINNYDIP／G17の新たな人権法改正案を、公表まえに見てきた！ SPOILERS《ネタバレ》 AHOY《つき》／TR86

@DEADPLANET／オーストラリアの中心には、どんな化け物がどんな理由で棲息《せいそく》しているのか？ この動物学者の答に、すべての人が驚愕《きょうがく》するだろう／TR77

最後のやつはなぜ引っかかってきた？ 彼女の真実度判定フィルター《TR》は、その投稿が稼いだ〈いいね〉の数に関係なく八〇に設定されている。しかしこの数値は、ちょっと油断しているとすぐデフォルトに戻ってしまう。リディアは設定をやり直し、彼女の個人フィードをスクロールする。

@Dubi80Du／ハイパーウェイヴ栄養液タンクをベッドに据えつけたことで、わたしの人生は一変した／TR82／SPONSORED

@Agger4nn／昨日のわたしの謝罪に対するリアクションに失望したから、このIDを閉じて新しいサークルを開くことにします／TR84

@NemoZemo62／シナモン・バブカを二十分以内で調理するライブ映像。自分でやってみたいならVRでミラーリングすること！／TR94

アンダーズを殴り飛ばしたことに関する投稿に、リディアが昨日から一件も遭遇していないのは、すでに誰も触れなくなっているか、彼女の設定したフィルターが機能しているかのどちらかなのだが、彼女はもうどうでもいい。スクロールしながら、現実空間で出会った人がアップしたものを最後に見たのはいつだったか、考えてみる。田舎にいるときは、VR酔い症候群のせいで、現実空間で出会った人とのチャットを大事にしていたし、そこでつながった人たちはリディアを忘れず仲間に入れてくれて、なんでもかんでもVRで片づけようとはしなかった。しかしニューヨークでは、そんな友人をひとりもつくれず（奇妙なことに、VR酔い患者支援グループすら、ひとつも見つけられていない）、田舎の旧友もみな彼女のサークルの外に流れ出て、今ではめったに入ってこなくなった。ソーシャル・メディアで普通に話ができるようになった人なら、何人かいるけれど、ネットから離れてプライベートでもつきあいたいと思った人は、まだひとりもいない。そしてもし、ネットで話をするのも億劫《おっくう》になってしまえば、彼女は存在しないことになり、かれらとの接触も必要最小限のものとなる。

フィードは求めている気晴らしを与えてくれず、だからリディアは本やビデオ、ポッドキャストなどを試したあげく、子供のころ夢中になり何日も無駄にした落ち物ゲームまでやってみる（一度だけだが、ハイスコアのデイリーランキングで世界第四位になったことがある。あのとき彼女は十一歳だったけれど、あれほどの満足感を味わったことは、その後一度もない）。それでも彼女の脳は、まるで何度もくり返せば歴史を修正できるかのように、アンダーズの件をしつこく再生しつづける。変えられるわけないのだから、これは時間とエネルギーの無駄であり、なのに彼女の脳はそれをわかろうとしない。

そこでリディアは、酔っぱらってみようとする――それも、航空会社が提供してくれる本物の酒で、がっつりと。肘掛けをダブルタップすれば、それだけでトレイを持ったCAがやってくるのだ。ファーストクラスの特権である。金を払ったのはフィッツだし、リディアはいくら払ったのか聞いてない。子供のころは、国際線に乗れるくらいの金がある大人すら、まわりにはひとりもいなかった。死んだ海が広がる南の国から、飛行機で来た人は何人か知っていたけれど、かれらは故郷へ帰る金銭的な余裕もなければ、帰る気もまったくないようだった。

最後に本物の酒で酔ったのがいつだったか、リディアは思い出せない。仕事が休みの夜は、素面ですごすようにしているし、アルコールに対する耐性はだいぶ低くなっているだろう。なのになぜ、ちっとも酔いがまわらないのか。通訳の仕事をしているうち、体内で生物学的な変化が起こって、酒に酔えない体になってしまったのだろうか。むかし聞いた噂では、航空会社は泥酔した客が暴れるのを防ぐため、エアコンに酔いざましのドラッグを混入しているらしい。だから無料の酒をどんなにたくさん飲んでも、ある一線を越えると、それ以上酔わなくなる。

リディアは眠ろうとするが、それもできない。彼女の脳が、今度こそ違う結果になることを期待しつつ、あの一件をくり返し再生してしまうからだ。

当然のことながら、アンダーズを殴った翌日は、ひどい二日酔いだった。通訳の二日酔いは、アルコールのそれとはまったく違う。むしろカゼのひきはじめに似ており、全身に力が入らず、体のあちこちが異様に痛む。また人間の体は、この種の酔いにどう対処していいかわからず、各種の化学物質をやたらに分泌し、全身をかけめぐるそんな化学物質の悪影響にも、耐えなければいけない。おまけに前夜のリディアは、ナンプまで摂取していた。そんな状態で彼女は、自身があのパーティー会場でやってしまったことを、事実として受け入れようと煩悶《はんもん》していたのだ。

驚いたことに、彼女が目を覚ました時点で、通訳エージェンシーからはなんの連絡も入っていなかった。午前中にはなにかあるだろうと待っていたのだが、待ちぼうけに終わった。通訳エージェンシー以外のすべてのフィードは、まったく見ずにブロックしていたのだが、そうするためにはかなりの意志力が必要とされた。あの事件のニュースは、そこそこの規模で駆けめぐっているはずだった。リディアは、悪いことをしたという自覚がもてない子供の態度をまねて、あれは朦朧《もうろう》とした夢のなかの出来事なのだ、と考えてみた。あんなこと、ほかの人たちも忘れたがってる。わざわざ言及する人はいないし、もしいたら、リディアは心底びっくりしたような顔をして、こう言えばいい。〈ちょっと待って。だんだん思い出してきた……ああたいへん！　あんなことやったなんて、自分でも信じられない！〉

だが実のところ、彼女はすべてを鮮明に記憶していた。アンダーズを殴る直前は、ひどく酔っているように感じていたのだが、拳が彼の顔面をヒットした瞬間、頭のなかがすっきりと冴《さ》えわたった。あんな騒ぎを起こし、自分だけでなくフィッツにまで恥をかかせて申しわけないと思う反面、やった行為そのものに罪悪感をまったく覚えないのは、あのときのアンダーズは殴られて当然だったからだ。もしも、誰もいない夜の路上で彼を殴っていたなら、リディアは大いに満足して日常生活に戻れただろう。

あの騒ぎのあと、彼女は混乱のなか宴会場の外に連れ出されたのだが、そのあいだにも酔いが急速に戻ってきて頭がぼんやりしはじめ、パーティー全体の印象は不明瞭になってゆくのに、唯一アンダーズを殴った瞬間だけが、くっきりと突出することになった。フィッツと一緒にレストランを出るとき、店員のひとりにすばらしいパーティーでしたと言ったのは、なんとなく憶《おぼ》えている。しかし、外交官宿舎に帰ってくるまでの記憶は、ほぼなかった。

外交官宿舎内の自室で、リディアは午前中いっぱい横になって過ごしたのだが、起きて自分を待ち受けているものと向き合うのが怖かったから、昼をまわってもそのまま寝ていた。午後二時ごろ、二名の人間と一名のロジ人が宿舎にやって来た。人間のうちひとりは、通訳エージェンシーのニューヨーク支部の人だった。ロジ人は大使館のスタッフで、残るひとりの人間は彼女の通訳だった。大使館のふたりには、リディアも面識があるのだが、名前が思い出せなかった。通訳のほうは……たしかベンではなかったか？　同業者のなかに、リディアが友だちと呼べる人はひとりもいなかった。まわりの通訳たちは、みなリディアの前任者を高く評価しており、彼女が去ったのをリディアのせいにして、一方的に怒っているようにみえたからだ。そうはっきり言った人はいなかったし、遠まわしに匂わせた人もいなかった。とはいえ、リディアの前任者こそはNYSTL（ニューヨーク・スクール・オブ・思念言《ソウト・ランゲ》語《ージ》）が輩出した最優秀の通訳であると断言する人はいたし、リディアは、自分が天才のあとがまにちゃっかり座った劣等生になったような気がするので、前任者の話題をできるだけ避けた。だから今回の騒ぎで、彼女に本気で失望した同業者がどれくらいいるか、わかったものではなかった。

事情聴取のため階下から呼び出しがくるのを、リディアは待ちつづけた。ところがお呼びはかからず、かれらにはこっちの言い分など聞くつもりがないことに、彼女は気づいた。階下のミーティングは意外に長くつづき、自分をクビにするのであれば、すぐ終わるだろうと思っていた彼女を驚かせた。ようやく話し合いが終わって、帰ってゆく三人を二階の窓から見送った彼女は、かれらのうしろ姿から結論の手がかりを読み取ろうと虚《むな》しい努力をした。

この時点で彼女は、クビになることを覚悟した。クビに値することをやったのだから、当然である。この日はずっと、現在の状況に前向きな意味を与えるにはどうすればいいか考えつづけていたのだが、彼女が犯した失敗は、取り返しがつかないものだった。その事実を受け入れてしまうと、いくらか気分がよくなった。自分で決めなくてすむのだから、楽なものである。この街から永久追放されるまえの最後のチャンスだと思い、パンケーキを注文した。窓の外までドローンで配達されたパンケーキを、彼女はベッドに寝そべったまま食べた。

四時ちょっとまえに、フィッツからのメッセージが届いた。この宿舎内で彼が送るすべてのメッセージと同じく、最高級の紙を使ったレターヘッドに書かれており、形も大きさもひっくり返したゴミ箱にそっくりの、召使いロボットによって配達された。ロボットは、気味が悪いほど人間くさい白手袋をはめた手で、そのレターヘッドをつまんでいた。フィッツは、いつでもいいから都合のいいとき彼の書斎まで来るように、と命じていた。

いよいよクビの通告だ。

リディアはパジャマを脱ぎ、黒と白の螺旋《らせん》模様が上昇してゆくお気に入りのブーツに合わせるため、ダークグレーのスカートと白いブラウスに着替えた。このスタイルで階段を下り、いつもどおり書斎のドアの前に立った。このドアを、フィッツは常に閉めていた。ひとりのときは仕事をしているので閉め、誰かと一緒のときはプライバシーを重視して閉め、外出するときは埃《ほこり》が入るのを嫌って閉めた。

言われたとおり出頭したことを、彼女は心の呼び鈴をドア越しに鳴らすことでフィッツに伝えた（LSTLで教わった正規の表現は「到着通知」なのだが、彼女はなぜかこの言葉が大嫌いで、「呼び鈴」でいいじゃないかと思っていた）。

〈入りたまえ〉答が返ってきた。

フィッツの書斎は、褐色砂岩《ブラウンストーン》造りのこの古い屋敷のなかでも特に広い部屋のひとつで、マホガニーの大きな書架は、ここが文化担当官の宿舎となるずっとまえに作り付けられたものだった。ロジ人の本は、幅も高さも地球の書籍よりずっと大きいため、棚に入らないものが多いのだが、フィッツは彼にとっては小さすぎる棚を、ニューヨークで暮らしているあいだに集めた地球の本――言語は英語、中国語、スペイン語、フランス語、日本語、ウルドゥー語、ポルトガル語、ロシア語、ドイツ語などなど――で埋めていた（ロジアの言語は遠い昔に標準化されており、だからフィッツは、ある惑星に棲《す》むひとつの生物種が、かくも多くの異なった言語をもっている事実に深甚な興味をいだいていた。そして、彼が人間の言葉をなかなか習得できないのは、ひとつの言語に集中できないことが原因だった）。

フィッツは窓ぎわに自分のデスクを置き、後方の壁ぞいに大きなふかふかのソファを置いていた。壁面に絵を飾る余地はほとんどないが、ソファの上の空間にはフィッツがロジアから持参した特殊なキャンバスが掛かっていた。室内の雰囲気に応じて、表示される画像を変化させてゆくそのキャンバスは、部屋にいるロジ人だけでなくロジ語を話す人間の気分にも対応した。リディアが入っていったとき、キャンバスにはロジアの夜明けが描かれていた。故郷に住むフィッツの家族や友人、壮麗な風景が描出されていることもあったし、リディアには読めなかったけれど、自己啓発的なスローガンらしきロジ語の文言が表示されていることもあった。一度だけだが、フィッツを探してこの部屋に入っていった彼女は、いかにもエロい絵が描いてあるのを目にした。恥ずかしいから訊かなかったけれど、あれもフィッツの気分を反映したものなのか、それともあのキャンバスを制御しているAIが遊び心を起こしたのか、彼女には見当もつかなかった。どちらにせよ、彼女がロジアのテクノロジーについて知っていることなど、皆無に等しかった。だがこれは彼女にかぎったことではなく、ロジ人は地球にかれらの技術を持ち込みすぎないよう注意しており、内容についても、複雑なプロトコルを設定して分析を不可能にしていた。だからリディアにわかっているのは、かれらの機器類の大半が有機的で、独自の思考ができるらしいということだけだった。

フィッツはソファに腰掛け、大きな手の長い指で四隅を楽々と支えながら、スカンジナビアの風景を集めた大判の写真集を見ていた。彼は本を閉じると脇に置き、クッションのきいたハイバック・チェアに座るよう、リディアに向かって身振りで勧めた。フィッツの身長に合わせて作られた椅子なので、これに座るとリディアの足は床につかず、彼女は父親のオフィスに来た小さな子供のような気分になった（ただし、そんな経験を実際にしたことはない）。わざと足を組んでみたのは、たとえわずかでもガキっぽくみえるのを減じるためだ。

まずはフィッツに謝罪しようと、彼女は考えていた。しかし、先を越された。〈君には過度の緊張を強いてしまった〉フィッツが言った。〈あれほど多忙な一週間を過ごした最後に、舞台劇のセリフをすべて同時通訳させ、さらにそのあとパーティーでの通訳までお願いするのは、あまりに酷だった。フェスティバルの期間中は、もっと多くの休息時間を設けるべきだったし、最後のパーティーも、さっさと帰るべきだった〉

〈それは違います〉リディアは反論した。〈すべてわたしが悪いんです。だからわたしは――〉

フィッツは大きな手を広げて彼女を黙らせると、こうつづけた。〈昨夜起きたことの責任は、すでにわたしがとっている〉

リディアは、もしアンダーズが彼女を告訴した場合、そんなことが法律的に可能なのかと疑問に思った。

〈わたしが殴ったあの男は、なんて言ってます？　彼はそれで納得したんですか？〉

〈わたしは彼に、彼のイベントのスポンサーになると約束した〉

〈デバイスド・シアターとかいうやつの？〉

〈そうだ〉

〈ああ、ごめんなさい〉

〈謝ることはない。なかなか意義のありそうなイベントだ〉

〈じゃあ彼は、これ以上なにも――〉

〈しない〉

フィッツは軽く語っていたが、リディアには彼が自分をかばってくれたことがよくわかったし、そうされる価値が自分にあるとは思えなかった。とはいえ、彼が怒っていないことだけは確かだった。もし怒っていれば、彼女もすぐに感じていただろう。彼女の前で気持ちを偽ることなど、フィッツにはできなかったし、それは彼女のほうも同じだった。嘘をつこうとしても、おたがい本音が透けてしまうのだ。

〈さっき、大使館の人が来ていたようですが〉リディアが言った。

〈来ていた。彼女の名はマディスン〉これを聞いてリディアは、フィッツが以前も同じ人物について語ったことがあったのを思い出した。名前を伏せたまま、ある同僚について彼は意見を述べたのだが、そこに辛辣な悪感情がこもっていたのを、彼女は聞き逃さなかった。わざわざ名前を出さずとも、リディアは往々にしてフィッツが誰の話をしているか、わかってしまう。

〈あの方はご立腹だったのでは?〉

フィッツが長い指を内側にきゅっと曲げた。それが相手の言葉を否定するジェスチャーであることを、すでにリディアは学んでいた。

〈マディスンとわたしは相性がよくない。彼女は、わたしがあまりにも現地の影響を受けやすいと考えている。逆にわたしは、影響を受けることも、文化担当官にとっては重要な仕事の一部だと考えている。マディスンは今回の件を、わたしを異動させる口実として利用する

つもりだ。必ずしも君が、直接的な原因ではない〉

リディアはいっそう不快な気分になった。〈つまりわたしのせいで、あなたはクビになりかけたんですか?〉

さっきよりも速く彼の指が曲がった。〈違う。それは絶対にない〉

リディアはキャンバスに目をむけた。黄色と緑の、抽象絵画みたいな図柄に変わっていた。この部屋に来た彼女が、仕事の話をしながらストレスを感じたとき、よく表示される絵だった。彼女がこの絵を嫌っているのは、これとまったく同じ印刷された絵がＬＳＴＬの指導教員の部屋にあり、それを見るたび気が散って、いらいらしたからだ。フィッツの特殊キャンバスは、この絵のイメージが彼女の自信のなさに直結していることを感知し、彼女の記憶から掘り起こして再現しているのだろう。

〈君には休暇が必要だと思う〉フィッツが言った。

〈でも休暇なら、とったばかりですけど〉この五月、かれらは東アジアを三週間旅行した。まず、同地域の文化担当官が駐在している上海《シャンハイ》でしばらく過ごしたあと、インチョン、ソウル、京都、東京とまわった。すばらしい旅だったけれど、リディアはへとへとに疲れてしまった。実際、ＬＳＴＬで彼女はこう言われていた――人生の最初の二十年間を、生まれ育った町からほとんど出ずにすごしたあなたのような人は、新しい土地で新しい経験をすると、極度の疲労を感じるものです。あのときはよけいなお世話だと思ったが、癪《しゃく》なことに、言われたとおりになってしまった。ニューヨークに住みはじめて最初の二、三か月、リディアは疲れすぎてなにもする気になれず、ただぼんやりしている時間が多かったのである。

〈われわれの旅行は休暇ではない〉フィッツが言った。

たしかにそのとおりだった。彼は、地球文化の新しい側面を見つけては常に吸収しているため、休暇といってもそれは仕事の延長であり、おのずとリディアも彼と一緒に働くことになった。

〈わたしの通訳になって以来、君は一度も故郷に帰っていない〉フィッツがつづけた。〈このへんで帰省してもいいのではないか?〉

すでに荷造りは終えているんですが、とリディアは答えた。

生まれた町で

リディアは、マンチェスター駅からハリファックスまで鉄道で移動し、運賃を出張旅費に加算した。そうしろと言ったのはフィッツで、彼はリディアのこの旅行は「現地調査」であり、もし異議を唱える者がいたら、彼がハリファックスの印刷産業とそれが地元の文化に与えた影響を詳しく知りたいと思ったので、彼女を派遣したことにしてやると約束した。フィッツは、大使館は絶対に経費として認めると確信していたが、逆にリディアは不安で——今の彼女に、大使館が好意をもっているはずないのだから――にもかかわらずこの勧めを拒むことなど、彼女にはできなかった。

リディアもかつて住んでいた母親のアパートは、インク工場に近い町の南側にあるため、路面電車《トラム》で市街地を縦断しなければいけない。よく知っている景色を眺めるのは、やはりいいものだ。いや、なかなか興味深いと言うべきか。

トラムに乗車した彼女は、空いている席をひとつ見つけたのだが、シートの上に薄い本が一冊読み捨てられている。自然食運動の歴史に関する本だったので、興味を覚えた彼女は本をポケットに押し込み、その席に腰をおろす。聞こえてくる地元の訛りはのどかで懐かしく、と同時に彼女を暗鬱な気分にさせる。ＬＳＴＬの教員たちから、「もっとニュートラルに」話すよう命じられた彼女は、一日三十分間、低周波の音波で喉頭を圧迫する特製の首輪《チョーカー》を装着させられた。そのチョーカーをしていると、自分でも笑ってしまうくらい発音は上品になるのだが、これから永遠にこんな話し方をするのかと思うと厭《いや》でたまらず、リディアは静かな抵抗のしるしとして、チョーカーを外したあとはわざと本来のアクセントを強調してしゃべった。おのずと、彼女の話し方はほかの学生とは違ったものとなり、本人もそれを楽しんだのだが――訛りが薄くなってきたことは自覚していたし、今こうしてほかの乗客たちの声に耳を傾けていると、どれだけ薄れたかはっきりわかった。

むろんトラムに乗っているあいだは、話す必要などまったくない。彼女は音楽を聞きながら、窓の外を眺める。最後にこのトラムに乗って以降、風景からなにが消えたか確かめるのは、彼女の楽しみのひとつだ。

日没が近いので光線はよくないけれど、ちらっと見るだけでも、町外れの大型ショッピングセンターの跡地に立つ3Dプリントされた簡易住宅の数が、以前より増えているのがわかる。慈善団体が無償で提供するあの掘っ立て小屋は、誰かに蹴り倒されないかぎり一年ぐらいは居住可能だ。ああいう小屋を使う人たちのために、恒久的な住宅が建設されることはない。住人の大部分はランカシャー州からの移住者で、かれらの家はいま海の底に沈んでいる。マンハッタンを囲むような大防潮堤を築く価値が、モーカム（ランカシャー州の西端にあるアイリッシュ海に面したリゾート地）にもあると考えた人は、ひとりもいなかったからだ。

もしもあのとき、3Dプリントの簡易住宅を海沿いにずらっと並べていたら、ちょっとした防潮堤になったかもしれない。誰かがやる気になれば、できないことはなかっただろう。もちろん今となっては、遅すぎるけれど。

トラムが地下道をくぐる。道路の両側には簡易住宅がびっしり立っており、人ひとりが歩ける歩道すらほとんどない。

リディアの視界の隅で、乗客のひとりが手を振る。むかし学校で一緒だった男子だろうか？　それとも彼女の兄の友だち？　どっちでもない。ただのいきずりの若者だ。ところが彼はリディアの隣のシートに座り、彼女の注意をひこうとする。

リディアは彼のほうをむき、首を横に振って窓の外に視線を戻す。そして、スーツケースがちゃんと両足のあいだにはさまっているか確認し、トラムのなかで強盗に遭ったり刺されたりすることはないのだと、自分に言いきかせる。車内は明るく、トラムの監視ＡＩは犯罪を即座に検知できる。以前リディアも、市街地を走行中のトラムの車内で男が銃を抜き、別の男に突きつけた現場にいあわせたことがあった。トラムはただちに別の軌道に入り、いちばん近い警察署に急行して、銃を抜いた男は逮捕された。トラムで悪いことをするのは割に合わない。それを知らない人はいないのだが、本物のバカはどこにでもいる。

突如リディアの耳のなかの音楽がとぎれ、わざと不自然に合成したロボット風の声が聞こえてくる。〈アナタトオ話ガシタイデス。イイデスカ?〉同時にメガネ型端末のなかを、ひとつの映像がよぎる。満足げに笑っている隣の席の男の顔。彼女の端末のリンクをハッキングして、侵入してきたのだ。こんなこと、マンハッタンではまず起こらないから、彼女はブロッカーの更新を怠っていた。一分もしないうちに、彼女の端末のＡＩが男の侵入経路を特定してシャットアウトしたのだが、たとえ一分でも侵入されれば腹がたつ。リディアはメガネを外し、若者をまっすぐ睨《にら》みつける。痩せていて彼女より若く、薄い口ひげをはやしてシャツは着ておらず、リベットを打ち込んだようにみえるタトゥーを、顎のラインに沿ってぽつぽつと入れている。人造人間を装うタトゥーは最近の流行だし、その気持ちはわからないでもないが、自分の顔を永遠にバカなジョークに変えてしまうのは、やっぱりやりすぎだ。

若者が舌なめずりし、リディアはもしここにアーサーとマーサがいれば、片手のひと振りでこいつをテイザー銃で撃ってやれるのにと思う。うしろの座席には男の仲間たちが座っており、くすくす笑いながらなりゆきを見物している。こいつらもまとめてテイザーで始末したいが、それは無理だし、ならばせめて自然食の本を投げつけてやろうか。

しゃべり慣れた地元のアクセントをめいっぱい強調しながら、リディアはなんの用かと若者に訊《たず》ねる。

「いえね、ずいぶん派手な服を着てるな、と思って」彼は答える。

リディアが着ているのはゴールドのブレザーで、沈みかけた太陽の光を受けるとストロボのようにきらめく。彼女がこれを着てきたのは、特に派手ではないと思ったからだ。飛行機のなかではずっと着ていたし、スーツケースにしまうのも面倒なので脱がずにいるけれど、今はちょっと暑い。飛行機内のエアコンは、寒いほうが高級と思っている乗客たちのせいで、いつだって効きすぎている。ここでリディアははっと気づく。たしかにこのブレザーは、派手かどうかはともかく、彼女を金持ちのようにみせている。くそっ。こんな失敗、故郷を出るまえの彼女だったら絶対にしなかったのに。

「この町は初めて?」若者が訊く。

「いいえ」リディアは答える。

「じゃあ、なにをしに来たの?」

「仕事中にクソバカな男をぶん殴ってやったら、休暇をとれと命令されたので、帰ってきただけ」

うしろの席で、若者の仲間が声をあげて笑う。

若者もにやりとする。「それなら俺がクソバカな男じゃなくて、よかったと思ってるんじゃないか?」

「かわいそうだけど」いかにも同情しているような顔で、リディアが答える。「悲しいお知らせをしなきゃいけないみたい」

彼の仲間がまたどっと笑い、リディアは仲間の見ているまえで彼をへこませてやれたことに、つい満足感を覚えてしまう。あいつらにどう思われるかなんて、気にしてはいけないのだ。この町の人間がなにを考えようと、彼女の知ったことではない。

若者が顔を近づけてくる。「まさか、本当にぶん殴ったわけじゃ――」

すでにリディアのAIは、彼を締め出していたのだが、彼の側のチャンネルがまだ開いていたので、彼女は自分の視点カメラがとらえたアンダーズが殴り倒されるシーンを、彼の目に直接送り込んでやる。

若者が顔をゆがめる。「わかったよ、王女さま。ちょっと友だちになろうとしただけさ」彼はこう言うと席を立ち、仲間たちがいるシートまで後退する。

リディアが母親の住むアパートに到着すると(ウェインライト・ハウスと呼ばれる古い建物の十四階にあり、ありがたいことにエレベーターはちゃんと動いていた)母親はこんな急に帰ってくるからなんの準備もできなかったとぼやき、あなたの部屋は今ミカイラが使っているから、寝るところはないよと言う。

リディアがロンドンで学んでいるあいだは、帰省したとき必ず使うからと言って彼女の部屋を確保していられたのだが、ＬＳＴＬを卒業し別の大陸で働くようになると、この大義名分は通用しなくなった。役所は母親に、娘の部屋を第三者に貸与しないのであれば、ひと部屋少ないアパートに移ってもらうと告げた。役人たちは部屋を貸す相手も選ばせてくれず、やって来たのは、蒼白《あおじろ》い顔をして仔猫のように臆病なミカイラだった。ここに移ってくるまえは、３Ｄプリントの掘っ立て小屋に住んでいた女性である。幸いなことに母親も兄のギルも、彼女をけっこう気に入った。

リディアは、リビングの隅にスーツケースを押し込もうとして、床に一メートルくらいの高さまで積み上げられたペーパーバックの山を崩しそうになる。ブレザーを脱ぐと、母親が彼女を上から下までじろじろと見る。

「ちゃんと食べさせてもらってるみたいで、安心した」母親が言う。

リディアはため息をつく。言われるに違いないと、予想していたからだ。彼女が太った理由を、通訳として豪華なディナーやビュッフェを食べる機会が多いからだろうと推量する人は少なくない。でも本当の理由は、まったく違う。ロジ語を通訳することで引き起こされる体内化学物質の変化には、インスリンの過剰分泌が含まれているため、どれほど気をつけて運動に時間をかけても、体重が増えてしまうのだ（リディアは、外交官宿舎の地下にあるジムで毎日一時間は運動しているのだが、実は厭でしかたない）。彼女がフィッツの英語版フィード（フォロワーはとても少ない）に登場するたび、肥満がらみのコメントがごっそりつくけれど、ありがたいことにその大部分は、専用アプリが自動的に削除してくれる。

「太る理由については、まえに説明したでしょ」リディアは母親に食ってかかる。

「別に深い意味で言ったわけじゃない」

「じゃあなぜ言ったのよ?」

母親が嘆息した。「あなたには、もうなにも言えないのね」

「そんなことない。帰ってきて嬉しいと言ってくれれば、それだけで充分」

「もちろんわたしは、あなたが帰ってきてくれて嬉しい。ただ、もう少し早く連絡をくれればーー」

「そんなに迷惑なら、ホテルに泊まろうか? そうしてほしい?」

「バカ言わないで」

「お金ならあるもの。わたしは高給取りだし、だから母さんもーー」ここで突然、リディアは泣きくずれる。

母親が近づいてきて、リディアの肩に両腕をまわして抱きよせる。「ごめんね。もちろんあなたとまた会えて、すごく嬉しい」

「わたし、バカなことしてしまったの」

「どうってことないわよ」

「いいえ、ある。わたしのあの映像、母さんも見たんでしょ?」

「まあいちおう見たけどね。大使館はあなたをクビにしたの?」

「してない」

「どうして?」

リディアは笑いださずにいられない。「知らないわよ。クビにして当然だったのに、しなかった。きっと、フィッツが止めたんだと思う」

母親は目を丸くする。「なぜそんなことしてくれたんだろう?」

「わたしを気に入ってるから? さもなければ、わたしの仕事ぶりに満足してるとか?」

「かれらがなにを考えているかなんて、わかったもんじゃないものね。もちろんあなたには、わかるんだろうけど」

「わたしだって、ロジ人の心が読めるわけじゃない。かれらが聞かせようとする言葉を、聞きとれるだけで」

「おやおや、ほんとの理由は、あなたも知らないんだ」

「だけどフィッツはいい人よ。わたしは彼に、迷惑をかけたくない」

「彼の心配より、自分の心配をしなさい」

次のひとことを口にするまえに、リディアは少しだけ考えこむ。「わたし、この仕事をつづけていいものかどうか、わからなくなった」

「なんですって?」

「考えてたの。このまま戻らないほうが、いいんじゃないかって」

母親は困ったような顔をして、首を小さく振る。「なぜそう考えるの?」

「ああいうことは、一度だけで終わらないと思うから。わたしは酔っぱらうと、バカなことをやってしまう」

「そう」同意していいものかどうか、母親は迷う。

リディアは再びため息をつく。「昔はわたしがバカなことをしても、さほど問題にならなかったから、心配する必要もなかった。だけど今は、常にちゃんとしてなきゃいけないし、なのにわたしは……わたし、もともとこの仕事に向いてなかったんじゃないかな？」

「そんなこと言わないで、お茶でも飲まない？」

リディアは「飲む」と答え、母親が振ってきた別の話題につきあう。この話は、今みたいに疲れていなくて、自分の気持ちをきっちり説明できるときに改めてすればいい。今は仕事のごたごたから遠く離れているし、母親の家にいるだけで気持ちがずっと楽だ。リディアを引き戻せる者は、ここにはひとりもいない。

上等な仕事

リディアが居間のソファで眠っていると、兄のギルがパブからほろ酔いで帰ってくる。ギルは妹を揺り起こし、肘掛け椅子にどさっと腰をおろす。工場での遅番を終えてきた彼の衣服には、あの独特の金属臭がしみ込んでいる。彼はリディアに、フライトはどうだったかと訊く。彼が知りたいのはフライトの詳細であって、リディアの仕事についてはなにも訊かない。どうやら、妹は仕事の話をしたがらないと推量し、わざと避けているらしい。だからリディアも兄の質問に答え、できるだけ詳しくフライトについて語ってやる。ギルは昔から、自分もいつの日か飛行機に乗りたいと願いつづけている。とはいえ彼がやってみたいのは、無料の酒をあおりつつ高い空から地上を眺めることであって、外国旅行にはあまり興味を示さない。彼は飛行機に乗れる妹を羨んでおり、今回はファーストクラスだったと聞いて、気も狂わんばかりに嫉妬する。

「はいこれ、おみやげ」リディアはバッグのなかに手を突っ込む。「これを配られたときは、まだお腹が空いてなかったので、あなたにあげようと思って持ってきた」彼女は兄に、航空会社のロゴが入ったチューブ入りの鮨《スシ》を手渡す。

ギルは興奮して、おまえは最高の妹だと言いながら包装を破り、音をたてながらそのスシをむさぼり食う。自分もあんなふうに食べていたのだろうかと、リディアはいぶかる。LSTLでの彼女は、テーブルマナーをもっと学ぶ必要があるとさんざん言われ、自分では問題ないと思っていたから、大いに当惑した。だけど彼女も、こうだったのかもしれない。

リディアはギルに、最近手に入れたり修理したりした車はあるかと訊ねる。正直なところ、彼女が兄から聞きたい話はこれだけなのだが、ギルは首を横に振る。「時間がない。今はむちゃくちゃ働いてるんだ。人手が足りないものでね」

「あの工場で、人手が足りないなんてことがあるの？　失業者は山ほどいるでしょうに」

「長つづきしないんだよ。社員を育てるという発想が会社にないからな。おまえのボスにも、よく言っといてくれ」

ギルが働くインク工場は、ロジアに輸出する書籍を作る目的でリディアが子供のころに設立された。そして書籍の製造こそは、あの惑星と地球間の交易の根幹だった。ロジ人は、心と心の直接コミュニケーションがもつ純粋さに比べ、デジタルは雑駁《ざつぱく》にすぎると考えており、デジタル技術に対し複雑な感情を抱いている。ロジアのテクノロジーははるかに有機的で、かれら自身の心から直接発せられるコマンドで操作されるから、ロジ人にとってプログラミングは嫌忌の対象でしかない。地球から移入したデジタル技術も使われているけれど、用途は限定されており、しかもその技術を本当に理解しているロジ人はごくわずかしかおらず、大多数のロジ人は実体がある図書のほうを好んでいる。

地球とのコンタクトに成功してしばらくのあいだ、ロジ人は地球に対し冷ややかな態度をとっていたのだが、地球では本がはるかに安く製造できると気づいたとたん、一変した。ロジアで紙の原料とされている植物は、栽培が難しく、成長もゆっくりしている。地球製の粗い紙に慣れるには、ある程度の時間が必要とされたものの、大幅なコスト削減のためとあらば、ロジ人は許容した(このあたりの話はリディアもだいたい知っていたのだが、異なった文化圏で本が同時発生した歴史的過程を調査するフィッツの手伝いをしたとき、さらに詳しく学ぶことになった)。

ロジアの本の製造開始に伴い、地球の本にもちょっとしたリバイバルが起きたため、ハリファックスの工場でも地球向け書籍の印刷と製本を行なっている。ただし、これはあくまでもロジアから請け負う仕事のおまけであり、だからギルは、彼の職場環境がよくならない原因はロジアにあると考えている。彼に言わせると、ロジ人はいちばんのお得意さまなのだから、製品の品質向上のためもっと強く発言するべきなのだ。

「でもねギル、フィッツはそっち方面の担当じゃないの」げんなりしながらリディアは言う。「ロジ人の全員が、おたがいを知ってるわけでもないし」でも実のところ、この問題をとりあげ、対処できそうな担当者につなげるくらいの影響力であれば、フィッツにもあるはずなのだ。しかしリディアは、(a)差し出がましいことは言いたくない、(b)もうすぐ辞める、というふたつの理由から、兄の要望をフィッツに伝えたくなかった。

「明日ドライブに行ってみない?」彼女は兄を誘う。

「実は今、車をもってないんだ」

「あのウムもないの?」

「あれは売った」

「売った!」リディアは驚く。「なぜひとこと言わないのよ。わたしに売ってくれれば、まだここに置いておけたし、いつでも乗れたのに」

「駐めておく場所も問題だったんだ。ジェドンはもう、俺に彼のガレージを使わせてくれない。かといって路上に駐めれば、すぐ盗まれてしまう」

「あーあ、これをいちばん楽しみにしてたのに。わたしが最後に車を運転したのは、何年まえだったろう」

「悪かったな。おまえに車を貸してくれる人がいるかどうか、ちょっと探してみよう」

「あなたはどうするの？」

「どうするのとは？」

「あなたも車がないんでしょう？　どうやって出かけるつもり？」

「だから、遊びに行ってる時間はないんだよ。与えられたシフトをこなすだけで、精一杯だからな。われながら心配だね——もし俺が足を折ったり意識不明になったりしたら、母さんはどうなってしまうのかって」

「母さんは、いろんなアルバイトでけっこう稼いでるんでしょう？」

ギルは口をとがらす。「そうだけど、たいした額にはなってない。市民支援事務所からもらってる金より、ちょっと多いくらいだ。だから俺は、無茶なことをしちゃいけないわけ」

「そう。あなたが行けないのなら、わたしひとりでドライブする意味もないわね」

「すまない」

リディアは改めてソファに寝そべる。「あのウム、大好きだったのに。兄貴はあの車で、わたしに運転を教えてくれた」

「それは俺もよく憶えてる」

リディアは十二歳のときから、兄のギルと一緒に古い自動車の改造をはじめていた。自動運転装置を外し、完動品の手動ステアリングギアとトランスミッションを積み、こまごましたオプションを追加した。しばらくすると、リディアのほうが改造に熟達したので、ギルはそっちの作業を妹にまかせ、パーツ取りができる中古車を探すことに専念しはじめた。当時、ギルは無職だった。需要さえあれば、ちゃんとした商売になっただろうが、かれらが改造車をほかの手動愛好家《マニュアラー》に売って利益をあげられることは、めったになかった。リディアは、エンジンを完全に分解して再組み立てできるまでになったのだが、実際に車を運転した経験はまだなかった。

もしギルが妹に運転を教えていたら、母親は彼を家から叩き出しただろう。母親は手動運転は危険だと言って毛嫌いしており、自動運転装置より巧みに車を操れる人間なんかいるわけないと信じていた。そしてなにがあろうと、ギルが運転する車に乗ろうとしなかった。あるとき彼女は、自宅で手首を骨折したのだが、ギルがいくら救急車より速いからと言っても、息子の車で病院に行くことを頑として拒んだ。こういう急ぎのときがいちばん怖いのだと、彼女は言いはった。

しかし結局は母親も、リディアに運転を禁じつづけるのは無理であることに気づき、教えてやってくれとギルに頼んだ。かくてあの夏の一か月間、ギルは十六になったばかりのリディアを栗色《くりいろ》のウムに乗せ、町外れにある大型ショッピングセンターの広大な跡地（当時はまだホームレス村になっていなかった）へ毎日つれてゆき、彼が知っている運転技術をすべて教えこんだ。彼が渋滞に巻きこまれないよう注意したのは、手動運転というささやかな交通違反に気づいたほかのドライバーが、通報してしまうからだ。おのずと兄妹の練習は、さびれた地区の道路にかぎられ、そんな地区はいくらでもあった。ギルはリディアに、事故回避の方法やコーナリング、停車距離などを教えた。さらにはドーナツターンやサイドターン、そしてドリフト走行を。

やがてリディアは腕をあげ、人に見られる心配がまずないトッドモーデン（ハリファックスから西に約十五キロ離れた町）のような放棄された町で、ギルの友人たちとレースができるまでになった。厳密には違法なのだが、かれらが告発されることはなかった。自分たち以外の人間を危険にさらしていなかったし、みんな失業中だったので、かれらが死のうと生きようと気にかける者がいなかったからだ。かれらのレースコースで、リディアは一度だけいちばんきついコーナーを時速八十キロで回り、四十秒を切るタイムを出したことがあった。彼女にとって、ギルに運転を教わりながらあのウムを走らせた日々が、今までの人生で最も幸福な時間だったかもしれない。

リディアは自身のアカウントをダークモードに設定してあるので、古い友人たちのフィードで彼女の存在は認識されず、リディアが帰省していることをかれらは知りようがない。たとえ知ったとしても、探してくれる人がいただろうか。ＬＳＴＬに入って最初の数年間は、帰るたび声高に騒いで全員に会おうとした。自分が以前と変わっていないことを、かれらに（そして自分にも）わからせたかったからなのだが、彼女が少しずつ変わりはじめていることがらとは、隠しようもなかった。友人たちは、リディアの服装や話し方、取りあげる話題について揶揄《やゆ》するようなコメントを残すようになり、リディアはそれに自嘲的な笑いで応えようとした。そうする以外、彼女になにができただろう？　時がたつにつれ、そんなあれこれが負担になりはじめ、いくら頑張っても無駄なように思えたので、放っておくことにしたら急に楽になった。

友人のなかでも、特に関係がこじれたのはエマだった。今リディアの所属している通訳エージェンシーが、モバイル試験センターを各地に派遣したとき――もう五年もまえになる――一緒に受けてみようと誘ってくれたのがエマだった。試験センターがハリファックスに来たわけではなく、彼女たちのほうがシェフィールドまで出向いた。自分には適性なんかないと、リディアは確信していた。必要とされる資質の一覧（美術と数学の両方が得意、騒がしい室内でもひとりの人の発言に集中できる、共感覚《シナスタジア》がある）を見ても、「VR酔い症候群がある」を別にすれば、彼女に当てはまるものはひとつもなかった（この持病があるから、彼女はたった一時間VRグラスを装用しただけで頭が痛くなってしまい、その反動として自動車修理に興味をもった）。だけどエマは、ひとりで受験するのを嫌がり、このテストは誰でも受けられるし、合格すればただで語学学校に通えて、卒業後はこの近所では絶対に得られない上等な職に就けるのだから、ぜひ一緒に行ってくれとリディアにせがんだ。結局エマは不適格と判定されたのだが、彼女は肩をすくめ、どうせ適性があるのは十万人にひとりなのだと笑い飛ばした。リディアは、自分も不適格だったと嘘をついた。

その一週間後、リディアは二次試験を受けるため、エマには内緒でロンドンへ向かった。エマに黙っていたのは、ここで落とされるに決まっているのだから、わざわざ教えて厭な気持ちにさせることもないと考えたからだ。LSTLへの入学が認められたときは、母親とギルにはすぐに報告したものの、エマに嘘をついているてまえ、自分のフィードには書き込めなかった。やっとエマに本当のことが言えたとき、彼女は喜んでいるようなふりをしてくれた。リディアは罪悪感を少しでも減じようとして、学費は完全に無料というわけではなく、卒業して就職したあと、少しずつ返済しなければいけないのだと教えてやった。

「ふーん」エマが言った。「それってあまりよくないね」つづいてエマは、それでも入学するのかと訊いた。

「たぶんするんじゃないかな」とリディアは答えたのだが、すでに彼女は、三週間まえに入学の手続きを終えていた。

帰省した翌日の昼まえ、現在の地元の雰囲気を知りたいと思ったリディアは、母親に髪をカットしてもらいながら、メガネ型端末がひろう情報の範囲をハリファックス周辺に絞り込んだ。でも引っかかってくるフィードが少なかったため、TRフィルターのレベルを下げてみた。

@DALEDIGGER/自宅で遺体となって発見された市会議員、AIが本人に代わって「数か

月ものあいだ」会議に出席。殺害を計画したのはこのＡＩ？／ＴＲ62
@LONGVOICE／消防局が衛星ヒートマップ技術への批判に対し、虚偽通報を八十八パーセント遮断できたと反論。「われわれはマヒ状態になるところだった」／ＴＲ76
@FEEDCHURNER／バーンズリー（北イングランドの工業都市）がサイエントロジーの新たな世界本部？壁を越え構内への潜入に成功／ＴＲ51

　こんなもの、いったい誰が読むんだろう？　リディアの昔の友だちのなかには、自分はこういうゴミを信じない、娯楽として読んでるだけだと弁解しながら、わざとフィルターを低く設定するやつがいたけれど、実は信じていることが言葉のはしばしからうかがえた。真実度判定そのものを疑って、これも不都合な情報を隠蔽する手段のひとつに過ぎないと断じる者もいた。リディア自身も、ＴＲフィルターに頼りすぎるのはよくないと思うことがあったし、きっとある程度は意識操作されているのだろうが、いずれにしろ大量のゴミ情報は、なんらかの方法で整理する必要を感じていた。この世界は嘘つきとホラ吹きであふれている。疲れてしょうがない。

　リディアはフィードを閉じ、通訳を辞めたあとどう生活すればいいか、再び考えはじめる。すると髪を切ってくれている母親が、横の長さをそろえているのだから動くな、と命じる。通訳エージェンシーを退職するのであれば、学費の大半が未払いのまま残ってしまう。現在は給料の八・五パーセントが返済にあてられているけれど、彼女が実際に仕事をはじめてからまだ十か月しかたっておらず、完済するにはあと六年働く必要がある。契約では、収入のあるときだけ返済すればよいことになっているけれど、通訳を辞めてこっちに戻ってきたら、就ける仕事はないと思ったほうがいい。インク工場の適合性評価基準に照らすと、工場内のすべての職務に対しリディアの適性は中から低で、ならば工場外の仕事に関しても推して知るべしだ。

いずれにせよ、残りの人生、彼女は借金を背負いつつハリファックスで生きねばならない。それもいいだろう、と彼女は思う。昔と同じように端末で古いビデオを観たり、ギルが家に持ち帰る本を、選り好みせず読んでいればいいだけだ。インク工場はもう何年もまえに、規則を破るスリルがなくなれば盗難による損失も減ることに気づき、完成した本を好きなだけ持ち帰ってよいと従業員に許可していた。再び自動車修理をはじめてもいいだろうし、そのときはギルも誘ってみよう。もちろんミカイラには、出ていってもらわねばならない。これはちょっと面倒だ。

そういえば、まえにも一度、このような事態に直面したことがあった。まだLSTLで学んでいたころ、カリフォルニアで開発されたある自動翻訳装置が大評判になった。スクリーンの前に集まった同級生たちと一緒に、リディアもその装置のデモンストレーションを観た。まだ未完成で、各部がむき出しのケーブルで繋《つな》がれた不格好なデバイスを、ひとりのロジ人がヘルメットのようにかぶっており、開発チームの人間がマイクに向かってなにか言っていた。ヘルメットはしゃべっている人の言葉を受信すると、通訳者の脳組織をクローン化した有機パーツにその言葉を送り込み、ロジ人が理解できる信号に変換する。双方向デバイスなので、ロジ人の思考を受信して言語化プログラムで処理し、音声出力することも可能だ。そのデモは、リディアたちに強烈な印象を与えた。

リディアは困惑した。仲間たちもみな頭をかかえた。なにしろもうすぐ卒業だというのに、今までの努力が水の泡になるかもしれないのだ。このヘルメットが発売され、すべてのロジ人が一台ずつ購入すれば、もう通訳の出る幕はない。かれらは、特殊技能者でもなければ有用な人材でもなく、あとに残るのは多額の借金だけとなる。泣きだす学生もいた。あんなもの機能するわけない、これは投資家や出資者を呼び込むためのフェイク映像だと口々に言いながら、デモをくり返し観ることで、自分たちを納得させようとする一団もいた。

教員は学生たちに、ああいう装置は気にせず訓練に集中しろと言った。なにをバカなとリディアは思ったのだが、そうする以外、彼女にできることはなかった。

二、三か月がたったころ、その後のテストで、例のヘルメットがフィードバックループを生成してしまうことが判明した。ループが生まれると、ヘルメットの使用者は脳で認識したひとつの言葉だけをくり返すようになり、事実上その言葉の発信機となってしまう。ロジ人にとって、ほかのあらゆる思考が遮断されるこの状態は、最悪に不快なものとなった。開発した企業は、この欠陥は除去可能であると力説したものの、すでに製品の評価は地に落ちていた。ロジ人は自分たちがこのヘルメットを使うことは絶対にないと宣言し、当然ビジネスとしての可能性は閉ざされ、今後も開発を進められる見込みは完全になくなった。プロジェクトは中止となった。

　このニュースが報じられた夜、ＬＳＴＬの学生たちは寮でパーティーを開いた。みなアルコール入りの本物の酒で酔っぱらい、リディアは隣の部屋のメイベリンという女の子とぎこちないセックスをした。今にして思えば、同級生を身近に感じられたのは、あのときだけだったかもしれない。

　ギルの友人のジャンクが、出勤まえにリディアたちのアパートに立ちより、やっと目を覚ましたギルが支度するのを待つあいだ、リディアに話しかけてくる。でも彼女は、おしゃべりなんかしたくない。髪を染めるので忙しかったからだ。ジャンクは訊かれてもいないのに、その色は嫌いだと言う。自分は通訳じゃなくてよかったという顔をしながら、通訳の仕事について見当違いの質問をするバカはたくさんいるし、ジャンクは間違いなくそのひとりだった。

「あの宇宙人どもは、本当は通訳なんか要らないんだろ？」

「誰がそんなこと言った？」

「だってやつらの全員が、親戚みたいなものなんだからな」

「なんですって？」

「つまりそういうことさ」ジャンクはにたにた笑う。リディアがまだ家族と一緒に住んでいたころ、この男はギルにやめろと言われるまで、彼女に卑猥《ひわい》なメッセージをたびたび送ってきた。そんなメッセージのなかには、ジャンクと彼女が一発やってるディープフェイク動画なども含まれており、要するに彼は、最も古典的な性的荒らし行為《セックス・トローリング》の常習者だった。どうやら今も、ぜんぜん変わってないらしい。

「ロジ人と通訳が一緒に仕事をしている映像を、あなたも見たことがあるでしょ？」

ジャンクは肩をすくめる。「あるよ。だから？」

「だから、ロジ人が通訳を必要としてないなんて、大嘘だってこと」

「でもさあ、おまえと同じ学校を出た人の全員が、おまえと同じ上等な仕事に就けたわけじゃないだろうよ。仕事にありつけなかったやつは、なにか別のことをやってるかもしれない」

「なんの話をしてるのか、ぜんぜんわからない」

ジャンクはこのまま黙るだろうと思い、リディアは至福の数秒間を過ごす。しかし彼は、すぐにこう質問してくる。「あれのとき、やつらはなにを考えてんだ？」

「さあね」

「でも、おまえにはわかるんだろ？」

リディアはため息をつく。「彼がわたしになにかを伝えようとすれば、わたしにはそれが聞こえる。だけど彼がひとりでなにか考えているときは、なにも聞こえない。そして彼のほうも、わたしがなにを考えているかは、知りようがない。それだけ」

「きっと、わからないほうが都合がいいんだろうな。たぶんおまえは、知りたくもないいんだ」

「ジャンク、あんたって、ほんとにバカね」

なぜこの町に帰ってきてしまったんだろう？　何日かロンドンに行けば大丈夫ですと、フィッツにお願いすることもできたではないか。彼は認めてくれただろう。高級ホテルを予約してくれたかもしれない。そしてロンドンに着いたら、レイフやトレガンといったLSTL時代の仲間や、学校の外で知り合った友人のエズミ、あるいはメイベリンを探す。母親とギルに会えたのは嬉しかったけれど、通訳を辞めて故郷に戻れば、どうせ毎日顔を合わせることになるのだ。ここ以外の場所を訪問できるチャンスは、もう二度とないかもしれないのに、彼女はそれを自分でつぶしてしまった。

ヒドゥン・パレス

午後も遅くなってから、リディアはぐっすり眠ってしまったのだが、母と兄は夜十時ごろ彼女が目を覚ますまで、そのまま寝かせておく。リディアが母親に、空港ターミナルで買った時差ボケ解消薬はゴミ同然で、ぜんぜん効かないと静かに訴えると、彼女のメガネ型端末が製品レビューを投稿するかと訊いてくる。リディアは、投稿すると答える。

どうせ今夜はもう眠れないのだから、リディアは出かけることにする。遊びに行くのだ。

昔の友だちもギルも誘わず、たったひとりで（どっちみちギルは、あと数時間しなければ夜勤から帰ってこない）。彼女は、母親が廊下の戸棚に押し込んでいた真空ボックスから、以前着ていた服を何着か引っぱり出したが、今の彼女にはもちろん小さすぎるので、仕事用のスーツで出かけるしかない。玄関ドアの脇にはまっている姿見《ミラー》で、彼女が服装を整えてゆくあいだ、母親はコーヒーテーブルに両足をのせ、中世風のファンタジー世界を舞台にした戦《スト》略《ラテジー》ゲームをやりつづける（そのゲームに出てくる邪悪な死霊たちの外観が、ロジ人とよく似ていることにリディアは気づいてしまう）。

「かっこいいわよ」ゲームを一時停止して紅茶をすすった母親が、リディアに声をかける。

「でしょ」リディアは答える。グレー／ブラックのストライプスーツは、強めに入れたアイシャドーとダークグリーンの新しい髪色に、ぴったり合っている。「この町の人と違う格好をしたところで、とがめられるわけでもないし」

「そうね」

「どっちみちわたしは、世界を股にかける高級不良少女なんだもの」

母親は眉をひそめる。「それは違うと思うけど」

「なんでもいいわ」リディアはシルバーのタイをまっすぐに直す。「わたしはわたし。母さんではない」

「楽しんでらっしゃい」母親はこう言うと、一時停止を解除してゲームに戻ってゆく。

「もちろんそのつもりよ」

リディアが向かったのは、十八歳の誕生日に一度だけ行ったことがあるヒドゥン・パレスという名のナイトクラブだ。あのころ彼女の友人たちが、本物のクラブで遊べるくらいの金をもっていることは非常に珍しく、そんなときでもかれらに行けたのは、ヒドゥン・パレスより安い店だった（VRではない生のナイトクラビングであれば、リディアも問題なく参加できた）。当時はすばらしく豪華に感じられたこの店も、いま見れば古臭く、みすぼらしかった。でも、実際は昔からこんな感じで、違ったように見えていただけかもしれない。

ナンプが簡単に手に入ったので、少しきめて踊りはじめたのだが、一時間たっても頭が冴えるばかりで、くさくさした気分が抜けない。時間の無駄だったかと思いはじめたとき、彼女は、タトゥーのまったくない顔で黒髪を長く伸ばし、花が縫いつけられているシャツを着た若い男が、バーの前に立っていることに気づく。リディアは即座に思う。彼なら、わたしに似合いかも。

目を伏せていた男が顔をあげ、リディアを見る。リディアは急いでそっぽを向くが、すでにふたりの視線は交差している。男はリディアのほうに歩いてくる。

名前はハリで彼女より若く、たぶん二十代前半、最悪まだ十代かもしれない。彼はリディアに、このクラブでは珍しい服装をしていると言い、リディアも同じことを言い返すのだが、すぐにこの感想が不正確だったことを思い知る。なぜなら、集まってきた彼のふたりの友人が、どちらもハリと似たような格好をしていたからだ。

ハリが友人たち――チャッカとフィオン――を彼女に紹介する。このふたりにもタトゥーはなく、ピアスすらしていないけれど、チャッカは立派な顎髭を生やしており、リディアは古い写真で見た自分の祖父を思い出す。三人は、リディアが何者でどこから来たのか、こんなところでなにをやっているのか知りたがり、リディアが自分もハリファックス出身だと教えてやると、びっくりする。かれらは彼女に酒をおごり、質問攻めにする。リディアと熱っぽく話をしながら、自分たちがやっている蒸気吸引タイプの物《ブツ》を彼女にも勧め、リディアは三人が彼女のことをクールと思っているようだし、期待を裏切りたくないから、ドラッグの名前を聞き逃したにもかかわらず、その蒸気を吸わせてもらう。さほど心地よくもない酔いがやってきて、すぐにかっと冴えた恍惚《こうこつ》感に変わるが、ナンプで高揚している上にこんなものをやって問題はないのか、彼女に知るすべはない。

自分のことしか話さないのは失礼なので、リディアも三人にあれこれ質問する（ハリは依頼を受けてサイバーセキュリティの欠陥を修正する技術者で、フィオンはデータ分析を専門とするハリの相棒、そしてチャッカは、マリファナ用の特注パイプを製造販売していた）。しかし、かれらは自分たちのことを語るより、マンハッタンの話やリディアが自分の目で見てきた外国の話を聞きたがる。三人はリディアに、実際にその場に行くと、やっぱりVRとは違っているのかと訊ね、リディアがイエスと言うのを待ちかまえる。本当に違っているのだから、リディアにとってこの質問は、すごく答えやすい。

ヒドゥン・パレスを出たあと、ハリはリディアに、実をいうと自分は弟と同じ部屋で寝ているので、君をわが家に連れていけないと申しわけなさそうな顔で告白する。リディアは、ぜんぜん大丈夫と答える。彼女はメガネ型端末でいちばん近いリザベーション・サービスを呼び出し、チェックアウト時刻未定のショートステイをリクエストする。世界を股にかける高級不良少女は、行きあたりばったりでホテルを予約するのだ。

とれたホテルは、ぜんぜん高級ではない季節労働者向けの宿で、でも空室があるのはそこだけだった。数分後そのホテルに入ったふたりは、エレベーターのなかでさっそくキスする。部屋はダブルベッドがかろうじて収まる広さだったけれど、今のふたりにはベッドだけあればよい。

つややかに引き締まったハリの体はエネルギーにあふれており、セックスのあとふたりはおしゃべりに興じる。リディアのジョークに、ハリは声をあげて笑う。彼に目をじっと見つめられた瞬間、リディアは田舎に帰ってきた本当の理由を、思わず打ち明けてしまいそうになる。クラブのなかでは、適当にごまかしていたのだ。

だが危険な瞬間は過ぎ去り、ふたりはもう一度愛し合う。朝九時を過ぎたところで、とうとうハリが眠りに落ちる。部屋代は払ってあるから、好きなときにチェックアウトしてくれと伝言を残し、彼を寝かせておくこともできただろう。しかしリディアは部屋にとどまる。

彼女の頭のなかを、さまざまな思いが対話のように行き来する。昨夜は、ハリたち三人の目を通して自分を見なおせたことで、どれだけ救われた気持ちになれたことか。三人とも、リディアの話に本気で感心してくれた。彼女はマンハッタンが恋しくなってくる。テーマパークになりかけているからって、それがどうした？　もとより彼女はテーマパークが大好きだ。自分が犯した失敗の埋め合わせもしたい。失敗して恥をかくのはもちろん怖いけれど、彼女はすでに大失敗をやらかしたのだから、これ以上失うものがあるだろうか？

なによりもリディアが取り戻したいのは、フィッツが与えてくれる集中力と自信だ。フィッツと一緒にいるとき、彼女は自分がなにをすべきか明確にわかっているし、彼は絶対にリディアをからかったりしない。

リディアの頭のなかの対話には、フィッツの声も混入している。それは本物のフィッツの声ではないが、いかにもフィッツの言いそうなことを言ってくれる。通訳として特定のロジ人につくと、離れているときでもそのロジ人の声が聞こえるというのは、ＬＳＴＬでも教えられたし、今は聞こえるのがあたりまえになっているから、特に意識することもない。ところが突然、たぶん数日間フィッツと話をしていないからだろう、この現象がひどく奇妙なことのように思えてくる。

「なにがそんなに奇妙なの？」ハリが枕の上で頭だけ動かし、眠そうな顔でリディアを見あげながら訊く。

リディアは頭のなかで考えたことを、そのまま声に出していたらしい。反射的に恥ずかしいと思ったのだが、あえて恥ずかしさをふり捨て、自分がなにを考えていたかハリに説明する。

「それはたしかに奇妙だね」ハリが言う。「そのロジ人が、ずっと頭のなかにいるなんて」

リディアも同意する。だけどもう気にしない。この奇妙な状態が、彼女は大好きなのだから。

新しいリディア

マンハッタンに戻ったリディアは、自身の意識のなかで、古いリディアと新しいリディアのあいだに截然《せつぜん》たる一線を引く。過去の失敗はすべて古いリディアがやったこと。新しいリディアは、ああいう失敗は犯さない。なぜなら新しいリディアは――

- 柔和で
- 退屈なほど礼儀正しく
- 他人を殴らないから（少なくとも仕事中は）。

リディアの帰還をフィッツは喜んでくれたようで、臨時の通訳はよく頑張ったけれど、彼女ほど優秀ではなかった、と教えてくれる。〈彼には一から十まで説明してやる必要があった〉フィッツが言う。〈君のように、先を読むことができなかったからだ〉自分がそんなことを得意にしていたなんて、気づいていなかったリディアはつい嬉しくなったのだが、同時に、これからも同じ水準を保たねばならないプレッシャーを感じてしまう。〈わたしは、君たち通訳の全員が、文学や地理学に関する基礎的な知識をもっていると信じていた。君がそうだし、君の前任者もそうだったから、学校で教えられるに違いないと思い込んでしまったのだ。ところが臨時の通訳は、なにも知らなかった。どうやら彼は、あまり聡明ではなかったらしい〉

リディアは笑ってしまう。高い学費をとる学校で主要教科をそつなく勉強し、そこそこの成績をおさめて卒業したあとすべてを忘れ、それからLSTLに入学した同級生たちを、思い出したからだ。対照的に、リディアを博識な学生とみなす人はいなかったけれど、それは彼女が無知だったからではなく、かれらの認識不足に過ぎなかった。インク工場のある町では、あらゆる分野の紙の本がすべての家庭やパブだけでなく、街角やVRバーにまで山と積まれており、そんな環境で育った子供がどうなるか、世間の人たちはまったくわかっていない。むろん本に書かれている情報は、ほぼすべてオンライン化されているけれど、見つけるためには検索する必要がある。ハリファックスでは、新しい英語の本が印刷されるたび、地元のフィードはもちろん、パブや道端でもその本が必ず話題になった。関心のない人たちもいたが、新刊書について語る人が変な目で見られたり、疎まれたりすることはなかった。ほかの話題で嫌われることはあっても、本の話題は無難だったのである。

ここでリディアは、さっきフィッツがちらっと言ったことが気になりはじめる。辞めることを真剣に考えたばかりだったから、リディアは自分の前任者がなぜ辞めたか、どうしても理由が知りたくなってしまい、思いきってフィッツに訊いてみる。

〈燃え尽きたからだ〉フィッツは淡々と答える。〈彼女にしてみれば、次のステップに進む潮どきでもあった〉

翌週、フィッツとリディアは、ニューヨーク大学の階段教室で教壇に立っている。地球とロジアが接触を開始して以降、文学に描かれた異星人像の変遷をテーマとした会議が開かれ、それに出席しているのだ。フィッツは、ロジア側の文学作品における地球人類の描かれ方というテーマで基調講演を行ない、彼の言葉をリディアが同時通訳してゆく。リディアの負担を減らすため、ふたりは講演内容を事前に翻訳しておいたから、実のところ彼女は準備した訳文をメガネ型端末で読んでゆけばよい。聴衆をざっと眺めたリディアは、生身の参加者が多いことに驚く。国際会議である以上、ほとんどがプラグイン参加だろうと思っていたからだ。この近辺に住んでいるのならともかく、こういう会議にわざわざ飛んでくる人は、リディアの想像以上に裕福なのだろう。

講演がはじまってしばらくのあいだ、リディアは緊張していたのだが、聴衆の大多数は彼女など見ていないし、見ていたとしても、今日は今までとは違う最高の装いをしているのだと、彼女は自分に言いきかせる（着ているのは白いピンストライプが入ったライトブルーのシャツに、濃紫のクラッシュベルベット・パンツ)。やがてリディアの語りにも、自信と威厳が加わりはじめる。加わらないわけがないと、彼女は思う。なぜなら彼女は、訳した文章を機械的に朗読するのではなく、内容を細部までフィッツと確認しあい、完全に理解したうえで発話しているからだ。最後のほうになるとリディアの緊張はすっかり解け、この聴衆の拍手に自分——とフィッツ——は値する仕事をしたと、強く自負する。

つづいて彼女は、聴衆との質疑応答を通訳してゆく。最初の質問者は上品な服装をした中年女性で、彼女は『外枠を埋めるピース』と大雑把《おおざっぱ》に訳せる表題をもつロジ語の小説について、フィッツの意見を求める。「あの作品はお読みになりましたか?」彼女はフィッツに訊く。

まだ読んでいないと、フィッツは正直に答える。もちろんリディアも読んでいないから、彼の力にはなれない。「あの作品は、わたしたち地球人をかなり見下していると思うんです」険しい声で女性が言う。「異文化間の対話がどんなに豊かな効果をもたらすか、お話しになるのはけっこうですけど、わたしはあれを読んだロジアのみなさんが、地球人とはあんなものだと考えてしまわないか、心配でたまりません。あの本はむしろ、ロジアの人たちについて語っていると思います」

このコメントを訳したあと、リディアはフィッツにこう問いかける。〈さっきの基調講演は、まさにこの問題について触れてましたよね。指摘してあげたほうがいいでしょうか?〉〈彼女には、その本はすぐに読んでみます、教えてくれてありがとう、とだけ伝えてくれ〉

リディアは言われたとおり訳すのだが、質問者の女性は納得せずしゃべりつづける。フィッツは謙虚すぎて彼女の話を中断できず、だからリディアが彼に代わってこの質問に対する答を終わらせてしまう。女性はたちまち不機嫌な顔になり、一瞬リディアは彼女が暴れはじめ、警備員に外に連れ出されるかと思う。リディアは急いで次の質問者を選ぶ。今度は年配の男性だ。

「そちらの星の文学には、宗教の要素がほとんどないように感じます」彼が質問をはじめる。「わたしの知識不足をお許し願いたいのですが、それって、宗教に関心をもつロジ人が少ないため、書いても議論を呼ばないからなんですか？　あるいは、宗教そのものが存在しないのでしょうか？」

リディアが訳して伝えると、フィッツは少し考えこむ。〈われわれの文学では、その種の問題も議論されています〉彼は答える。〈しかし、そういう作品はうまく翻訳できないため、読んだことのある地球人はほとんどいません〉

質問者は、それならロジアの宗教、あるいは精神的信条の基底にはなにがあるのかと、重ねて訊く。

〈その問題は非常に複雑なので、わたしの持ち時間内で適切な説明をするのは、不可能だと思います。もっと適任の者にお訊きください。それはそれとして、あなたが語る宗教のイメージは、わたしには非常に魅力的に感じられ……〉ここからフィッツは、持ち時間が尽きるまで宗教について熱っぽく語りつづける。

この基調講演は、長い一日のはじまりに過ぎない。フィッツは会議で発表されるテキストの翻訳を事前に受け取り、すべて読了しているのだが、発表者たちに敬意を表して傾聴しているふりをし、リディアも通訳する必要がないので、彼と一緒にただ聞きつづける。とはいえ、長時間集中して聞いているのもすごく疲れるし、各発表が終わったあとはディスカッションの同時通訳が待っており、合間の休憩時間にも、フィッツはたくさんの人と話をしなければいけない。だから参加者全員が集まって閉会が宣されたとき、ほろ酔いのうえ疲労困憊《こんぱい》していたリディアは、ちょっと会場を抜け出し、少量のナンプをきめてくる。

夜、会議後のバンケットで、絶好調のリディアは会話から会話へと飛び移りながら流れるように通訳の職務をこなしてゆき、おかげでフィッツは基調講演を行なったゲストにふさわしく、人びとに取り囲まれることになる。デザートが配られたところで、フィッツはリディアにまだ帰らなくていいかと訊くけれど、リディアはまだ大丈夫です、と正直に答える。ドラッグの効果だけではない。天然のアドレナリンのおかげだ。自分の仕事がちゃんとできるということは、ゲームに勝ちつづけるのと同じくらいの興奮を彼女に与え、これを辞める気になっていたなんて、今となっては信じられない。

〈わかった〉フィッツが言う。〈疲れて帰りたくなったら、いつでもそう言ってくれ〉

〈そうします〉リディアは答える。

そしてここからあとのことは、よく憶えていない。

翌朝の彼女は、目を覚ましたとたん死にたい気持ちになる。昨日のシャツを着たまま寝ており、なのにパンツはどこかに脱ぎ捨てている。糖とカフェインを猛烈に欲しているのだが、摂取するには痛む体を動かさねばならず、目を開けるだけで痛みを感じてしまう。まるで脳がゴミみたいな思考でパンパンに膨れ、その重みで潰れかけているみたいだ。

ベッドサイド・テーブルにいつも並べているコーク・ローを一本取り、プルタブを引いて冷えてくるのを待つ。充分に冷えたらキャップを開け、ベッド上にしぶしぶ座るのだが、これは飲むそばから鼻の穴に流れ込むのを防ぐためだ。それから窓を閉ざしているカーテンに、透明度を少しずつ上げてゆき、五十パーセントのところで止めるよう命じる。どうやら外は曇っており、うだるような暑さで、嵐が近づいているらしい。そんなことを知っても、彼女の頭痛はぜんぜんよくならないのだが。

昨夜はクビになるようなことをやっていないか、フィードを見て確かめたいと思ったリディアは、自分のメガネ型端末を探す。だがどこにもない。いつもは充電するため、ベッド脇のキャビネットの上に置いておくし、マグネットで固定されるから、寝ているうちに払い落とす危険もないはずなのだ。ということは、バッグのなかに入れっぱなしか。

それならバッグはどこにある？

リディアはキャビネットを開け、スペアのメガネを出す。エージェンシーから支給されたものではない私物のメガネで、仕事を離れたときはこっちを使っている。ありがたいことに、ぎょっとするような投稿やニュースは一本もなかった。その代わり彼女のアカウント名が、いくつかの投稿で言及されている。

@jairzin70／フィッツウィリアム文化担当官の基調講演は、いくつかの興味深い問題を提起し、通訳の @Lydl_Words は、私が一月に主催した座談会が引用されていることに言及してくれた！／TR94

@Sansalee[=/=]／この基調講演でみごとなスマッシュを決めてくれたのが、わが美しき友 @Lydl_Words であることを誇りに思う！／TR（信頼できる友人認定済）

こういうのを自分のフィードでシェアするのは、うぬぼれが過ぎるだろうかと迷ったものの、結局リディアはやってしまう。スクロールダウンすると、バンケットで撮られた彼女の写真が何枚か出てきたけれど、酔っているようにはまったくみえない。少し危なそうな目をしている写真も、これは真剣に耳を傾けているからだと説明できるのではないか？　そう、たしかにそんな目つきだ。でも彼女は、この写真はシェアしない。

心のなかで渦巻いていた不安が消え、通常の二日酔いと同じ状態になったリディアは、この外交官宿舎のなかにフィッツの気配がないことに気づく。彼の精神的な足音というか、そういうものに彼女はすっかり馴染《なじ》んでいるので、彼が家にいればすぐにそれと感じることができる。もし本気で頑張れば、この自分の寝室から書斎にいるフィッツに呼びかけることだって可能だ。だからこれは、ちょっとおかしい。彼女抜きで彼が出かけることは、非常に稀《まれ》である。公園の散歩に行くときでさえ、彼女を連れてゆく。そしてリディアが寝ていたり、地下のジムで運動しているときは、書斎にこもって仕事をする。

もしかすると昨夜、会議に出席していた素敵なロジ人と仲良くなって、どこかにお泊まりしたのかもしれない。そう考えるとちょっと楽しくなり、リディアはベッドから出たのだが、酔いが残る意識の奥では、それはあり得ないという声が聞こえている。だから彼女は——本当は横になったまま甘いペストリーを注文し、窓の外までドローンに配達させたいのだが——確かめてみるため立ちあがり、部屋を出てゆく。

階段を下りながら、応えてくれることを願いつつ頭のなかでフィッツを呼びつづけるが、返事はまったくない。彼の寝室をおずおずとのぞき、不在を確認したところで急ぎ退却する。やっぱり外出したのだ。そうに決まってる。

一階まで下りた彼女は、いきなり自分のバッグを発見する。廊下の壁に立てかけられているから、昨夜帰ってきたときひょいと置いて、たぶんそのまま——

廊下の先で、書斎のドアが開いていた。

書斎に近づくにつれ、嗅いだことのない臭いが漂ってくる。書斎の入り口に立って室内を見ると、ソファに横たわっている人がおり、それがいつもの姿勢で寝そべるフィッツであることを、リディアの目はすぐに認識する。しかし彼女は、まっすぐ彼を見ることができない。

なぜなら彼の緑がかった紫色の血液が、ラグと板張りの床の上に溜《た》まっていて、それがさっきから嗅いでいる異臭の原因だからだ。しかも、目の前にフィッツがいるのに、リディアが彼の存在を感じられないということは、考えられる理由はひとつしかない。

第二部

殺人事件とマシュマロ・クリーム

生まれてこのかた、リディアは警察とのかかわりを巧みに避けてきた。もちろん、違反行為をドローンに見つかってしまい、罰金を支払うか、それとも異議を申し立てるか選べというメッセージを受け取り、罰金のほうを選んだことならある。異議を申し立てたところで、長い目で見れば時間を無駄にしたうえよけいな金を遣うだけだから、罰金を払って違反記録を残されるほうが、結局はお得なのだ。罰金は月々の生活支援金から自動的に引かれるので、騒ぎたてなければ、それ以上役所や警察と接触せずにすむ。途中で人間が介入してくることはまずないし、記録を調べられないかぎり、違反を犯した事実が知られる心配もない。

ギルと改造車で遊びまわった経験から、リディアは当局が張った網をかわす方法や、騒ぎが起きる兆候を事前に察知するこつや、警察が到着するまえに逃げるすべを学んでいた。この技術は、ほかの状況でも役に立つことが何度となく証明された。たとえば以前、リディアも参加していた近所の読書会で、トマス・ピンチョンの『重力の虹』を評したメリア・グレイスが、その解釈は「あまりに単純すぎる」と誰かに批判されて激怒したことがあった。これはただではすまないと直感したリディアは、その場をそっと抜け出して十四階の自宅アパートに帰った。喧嘩《けんか》騒ぎはどんどんエスカレートし、最終的に八人が逮捕された。リディアの母親は、もし彼女が現場に残って状況をストリーム配信すれば、たちまち数千ビューが集まってアフィリエイトでいくらか稼げたのに、と残念がった。その種の騒動は、必ず大きな注目を集めるからだ。しかしリディアは、そこまでのリスクを冒す価値があるとは絶対に思わなかった。

今、豪奢《ごうしゃ》なソファに横たわるフィッツの遺骸を前にして、リディアが立ちすくんでいると、目の前の光景を記録しているメガネ型端末が彼女の精神的動揺を感知し、911に電話しますか?という質問をディスプレイに表示する。リディアは状況が理解できないまま、イエスと答える。電話に出たオペレーターに、彼女は「人が死んでいます」と伝え、メガネがただちに現場写真を送付する。オペレーターは電話を切ってその場で待つようリディアに指示し、ここで彼女はようやく、自分が生まれてはじめて警察に通報したことに気づく。そんなこと、ぜんぜん意識していなかったのだ。

どう見てもフィッツは殺されているから、これは殺人事件だと彼女は確信しているのだが、ことの重大さがまだ呑み込めない。自分が気づいてないだけで、そのへんに犯人がまだ隠れているかのように、リディアは部屋のなかをぼんやり見まわすけれど——ここにいるのはやはり彼女だけだ。同じひとりだけでも、息絶えた人がそばにいるとまた別の味わいがあり、でもその味が最悪であることを、彼女は学びつつある。

それにしても、いったいなにが起きたんだろう? もしこの家のデータにアクセスできれば、すぐにわかるのだが、リディアにその権限は与えられていない。いま見えているものから、推理するしかないのだ。

フィッツの死体を、彼女はこわごわと熟視する。ロジ人の生物学的特徴と緊急時の応急処置法については、LSTLで学んでいたから、かれらの血液がどんな色で主要臓器がどのへんにあるか、リディアもひととおり知っている。一見したところ、フィッツは銃で胸を撃たれ、即死または失血死したようだが、もし失血死なら彼は助けを呼ぼうとしただろうし、少なくともソファから離れただろう。視線を上げた彼女は、ソファの上のキャンバスが完全な空白であることに気づく。ガラス状の表面の中央からやや外れたところに、小さな穴が空いており、その穴からひび割れが放射状に広がっている。ということは、二階でリディアが寝ているあいだに少なくとも二発が発射され、フィッツとキャンバスにあたったのだ。だがそれにしても、犯人はどうやってこの外交官宿舎に入った？ 警備員はどこにいた？ アーサーとマーサは、いったいなにをしていた？

リディアは書斎を出て、正面玄関のドアを開け外の様子を観察する。朝の街はすでに蒸し暑く、じめじめしている。ドア左上の定位置に、アーサーがいた。ということは、マーサは裏庭を警備しているのだろう。

通りはいつもと変わらない。この家のなかではフィッツが死んでいるのに、なぜこんなにも普通なのか？ リディアとフィッツは、彼を警護するため特に配備された二機のドローンを従えこの通りを毎日歩いてきたし、ロジ人に敵意を感じる人が少なくないことは彼女も知っていたけれど、フィッツに危害を加える人間が本当にいるなんて、一度も実感したことがなかった。

「なにかご用はございませんか？」いきなり背後から声をかけられ、リディアは驚いて飛びあがる。ふり返ると、家事ロボットが滑るように近づいてくる。

「おまえは、なにか見たんじゃない？」リディアはロボットに訊く。

「質問はもっと具体的にお願いします」

「彼を殺したのは誰？　なにがあったの？　犯人はどうやってこの家に入った？」

「残念ながら、その三つの質問には、三つともお答えできません。朝食をお持ちしましょうか？」

リディアは目をしばたたく。

警察が来るのなら、そのまえに隠し持っているナンプを処分しなければいけないことに気づき、リディアはあわてはじめる。バッグにしまってあるガラスの小瓶のなかに、まだ少しだけ残っているから、この際ぜんぶ飲んでしまおうと一瞬思ったけれど、それは考え得る最悪の選択だ。そこで彼女は、ガラスの小瓶をきれいに洗い、キッチンのゴミ箱のいちばん下に押し込む。これでうまく隠せただろうか？　この種の物を、オマワリは探したりするのだろうか？

ここでようやく、もうすぐ警察の事情聴取を受けねばならないという現実が、リディアに生々しく迫ってくる。

彼女は気持ちを落ち着かせようとする。かくも法外な出来事に対し、彼女にできることなど皆無だが、自分の二日酔いには対処できるし、二日酔いさえなんとかなれば、この事態にもいくらかしっかり向き合えるだろう。家事ロボットがコーヒーを淹《い》れてきたので、彼女はそれを飲みながらトーストを注文する。「コーヒーを多めに用意しておいて。警察が来るの」

「承知しています」ロボットが答える。こんな返事のしかたまで、プログラムされているのか。

「もしかすると、警官がコーヒーを飲みたがるかもしれない」

「はい。それも承知しています」

リディアはトーストが運ばれてくるのを待ちながら、この家にベイクドビーンズがないのを残念に思う。彼女にとって、ベイクドビーンズをのせてメイプルシロップをたっぷりかけたトーストは、二日酔いの朝の理想のメニューとして、すべての条件を満たしているのだ。フィッツに頼めば、ベイクドビーンズぐらいすぐ注文してくれただろうが、彼が死んだ今それはできない。フィッツの死が自分にとってなにを意味するか、彼女はこれ以上考えたくないと思う。考えたところで、どうにもならないからだ。しかし、彼女は今後なにをすればいいのだろう？　こんなこと、ＬＳＴＬは教えてくれなかった。フィッツが殺害されたのであれば、事後処理にあたる専門の人たちがいてもいいではないか。

リディアが一枚めのトーストにマシュマロ・クリームを塗りはじめたとき、警察が到着し、ずかずかと外交官宿舎内に入ってくる。この住所からの緊急通報が受理された時点で、警察には許可なく侵入できる権限が与えられるからだ。キッチンに入ってきた警察のドローンが、ホバリングしながらリディアを観察し、武器所持の有無と危険度を確認する。

「そのナイフを置きなさい」ドローンが命じる。

「これ、バターナイフなんだけど」マシュマロ・クリームがべったりついたバターナイフを、リディアがドローンの前にかざすと、クリームがナイフの柄をたれ落ちて彼女の指につく。

「そのナイフを置きなさい」ドローンがくり返す。

リディアはバターナイフをテーブルに置き、指をなめる。キッチンの安全確認が終わったことを知らせるため、ドローンがチャイムを一回鳴らすと、二名の制服警官が入ってくる。かれらはキッチン内の状況を記録し――しわだらけのシャツを着た若い女性がテーブルに座り、指からマシュマロ・クリームをなめ取っている――リディアは、マシュマロ・クリームは失敗だったかと思う。殺人事件の被害者を発見した直後に、こんな軽薄なものを食べるなんて、ソシオパスがやりそうなことではないか。彼女は警官たちに、インスリンの分泌異常が引き起こす翻訳の二日酔いには、こういう糖度の高い食品がいちばん効果的なのだと説明したくなる。でもその一方で、かれらの注意をこれ以上マシュマロ・クリームに向けさせたくない。だから結局、なにも言わず黙っている。

「あなたがリディア・サウスウェルですね？」片方の警官が、メガネ型端末に表示された情報を読む。警察官に支給される標準的な端末は、パイロットのそれによく似たサングラスタイプで、おかげですべてのオマワリが例外なく間抜けに見える。

「そうです」

「被害者の通訳？」

被害者……「はい」

「なにがあったんです？」

リディアは、死体を見つけ大急ぎで警察に通報しただけだから、なにもわからないと答える。現場でなにかに触ったかと警官が訊き、彼女は首を横に振る。今日この家の各部屋で過ごした時間を、メガネ型端末で確かめると、フィッツの書斎には一分四十一秒しか滞在していなかった。この旨を警官に伝え、それから要求されるまま、書斎での彼女の全行動が記録された映像を、かれらの端末に飛ばしてやる。

警官たちは小声でなにごとか話し合ったあと、ここにいなさいと彼女に命じ、キッチンから出てゆく。リディアはコーヒーを勧めていなかったことに気づき、廊下に頭を出して呼び戻そうとするが、かれらには聞こえなかったらしい。だから彼女はテーブルに戻り、警察のドローンに監視されながら、マシュマロ・クリームが塗られたトーストを食べつづける。

この外交官宿舎に、警官たちが出たり入ったりする音を聞きながら、彼女は自身のフィードを何度もリロードし、事件のニュースがこの近所から拡散してゆくのを眺める。

@McLean&Evans67／うちの町内に警察が集まってる……日曜日なのに、これは変だ……ロジアの外交官の家に入っていった？　ライブ配信中／ＴＲ97

@Swingleton1604／警官の会話をひろった――殺人課の刑事が到着し、殺人事件として捜査しているとのこと。被害者については未《いま》だ情報なし／ＴＲ96

ほかにも数個のアカウントがストリームをつくっており、リディアはライブで映されている建物が、自分が今いるこの宿舎であることを確かめる。警官が増えつづけているのは、被害者が大物だったことを示しており、とうとう十機以上のドローンを従えて、犯罪現場捜査班《CSI》の大型トラックまで到着する。外交官宿舎の玄関と道路のあいだに、ジャバラ式の目隠し用トンネルが設置され、道路に張られた規制線の向こう側に集まっている野次馬《やじうま》たちの不満を、いっそう募らせる。もし死体の映像を最初にアップできれば、その人物は相当な額を丸《まる》儲《もう》けできるから、かれらは搬出される被害者の遺体を狙おうとしているのだ。

警察からの公式発表がないため、いいかげんな憶測が飛び交いはじめる。たいていの人は、最も容易に想像できる結論――事件性が疑われる状況で、ロジアの外交官が死亡した――に飛びついているけれど、当然この程度ですむはずもない。

@SKINNYDIP／ロジアの文化担当官が自殺に至った衝撃の真相――アンケートに答えるか簡単な医療スキャンをやるだけで、写真が見れます／ＴＲ23

@FACTS4FRIENDS／ロジア高官暗殺事件の最新情報――次は誰だ？　ターゲットになると思われる十名をランキング形式で紹介。第四位には誰もが驚愕《きょうがく》！／ＴＲ15

@EVERYTHING_FOCUS／いきすぎたセックス・ゲームによる文化担当官の死を、ロジア大使館が隠蔽――今ならプレミアム契約者向け隠し撮り映像の完全版あり／ＴＲ19

@NOWPUNCHER／ロジアのフィッツウィリアム大使、逆上して自分専属の女性通訳を殺害――同僚や友人たちから彼女に送られた追悼の言葉／ＴＲ12

最後の投稿には、髪がブルーだったころのリディアの写真が添付されている。この種のでたらめを撒《ま》き散らす連中のなかに、彼女の存在を知る人がいたのは嬉しい驚きだったけれど、〈同僚や友人たち〉からの〈追悼の言葉〉をクリックすると、適当なストック写真の人物たちが決まり文句を述べているだけだった。こういうゴミは、いくらＴＲ値が低くとも、正確な事実が伝えられ下位に追いやられるまでフィードに残りつづけるし、人びとは今リディアがやっているように、ついつい読んでしまう。彼女自身、もっと読みたいという欲求は情けないほど強いのだが、ここはあえて思いとどまる。

もちろん、リディアが真相を投稿することも可能だ。真実度判定フィルターは、彼女とフィッツの関係、および彼女のこれまでの投稿が首尾一貫していることを認識して高いＴＲ値をつけるだろうが、それをやったら警察の不興を買うかもしれないし、どっちにしろ彼女は、自分で自分を物語の主役にしたくない。だからあえてメガネを外し、顔をそむけると、キッチンの窓の外でちっぽけなドローンが何機もホバリングしながら、自分を撮影していたことに気づく。彼女が窓の透明度を下げようとしたせつな、マーサが出現し、大電流を放電したかのような音を発する。たちまちすべての豆ドローンがぴたりと動きを止め、中庭のテラスの上に一斉に落下し、パキパキと音をたてながら壊れてゆく。そのさまは、どこか滑稽だ。豆ドローンはなくなったけれど、どっちにしろリディアは窓を暗くする。

通訳エージェンシーと大使館からメッセージが入りはじめるが、直接やりとりしていいものかどうか、リディアは迷う。結局〈わたしは無事で、いま警察に協力しているところです。でもなにが起きたか、ぜんぜんわかりません〉とだけ返事をしておく。ニュースを知った親戚知人からも入ってくるけれど、かれらには返事をする気にもなれない。いっそのこと、同じ文言で一斉送信してやろうか――〈こんにちは！　連絡ありがとう。ボスが殺されちゃったので、しばらく返事はできないかも〉

キッチンに新しい警官が入ってきた。今回リディアはコーヒーを忘れずに勧めるのだが、警官は固辞する。

「事件が起きた時刻、あなたはどこにいましたか？」警官が訊く。

「事件は何時に起きたんです？」リディアは訊き返す。

「午前二時十四分」

「その時間は二階で寝てました」

「なにか変な音を聞いたり、一階に下りてくるようなことはなかったですか？」

「いいえ、まったく。この家のデータを確かめれば、すぐにわかると思いますよ。玄関にも廊下にも、カメラがたくさんありますから」

警官は上の歯の内側を舌でなめ、うなずく。「もっと詳しく事情を聞きたいので、署までご同行願いたい」

「ここではだめですか?」

「署で聞く決まりになってるんです」彼は苛立《いらだ》たしげにこう言うと、彼女を玄関ドアまで連れてゆく(書斎の前を通過しながらなにげなくのぞき込むと、フィッツの遺体はすでに搬出されていた)。目隠し用トンネルのなかを、警察車両まで歩く。彼女は後部座席に乗せられるが、運転席は無人だ。窓は完全にブラックアウトされている。車が走りだすと、乗っているのは誰だと騒ぐ野次馬たちの声が聞こえてくるけれど、それよりもっと大きな声で、監視カメラのAIが彼女に向かって正式な警告文を読みあげる。「今後、あなたの行動および発言は、別途通知があるまですべて記録されます」

弁護士の助言にしたがって

警察車両から降りて署内に入るリディアを見た者は、彼女を案内した生身の警官ひとりだけで、彼はリディアのDNAサンプルを採取したあと彼女を取調室へ連れてゆき、ここで待っていろと命じる。リディアはテーブルに座ってフィードを確認するが、警察署内では個人のあらゆる通信が合法的に傍受されていることを知らない者はいないので、彼女も読む投稿を慎重に選ぶ。

@MILLIONPAGE／確報　ロジ人のフィッツウィリアムが、マンハッタンの自宅で何者かに銃で撃たれ死亡しているのが発見された。警察が捜査中／TR94

この投稿は、まともな報道を行なうと思われるすべてのメディアでくり返し再掲されており、タイムラインからゴミ投稿を——少なくとも今のところは——はじき出している。さっき見たブルーの髪のリディアの写真も拡散しており、しかも、ブロードウェイのあの劇場でバルコニーから落ちそうになった彼女のクリップとリンクされている。やれやれ。

リディアは自分の個人フィードをざっとチェックし、それからメガネを外す。警官が事情聴取をするため入ってきたとき、改めてかければいいのだし、今は静かなひとときが必要だ。すると彼女の頭のなかに、そうしたほうがいい、と言うフィッツの声が聞こえてくる。もちろんフィッツ本人の声ではなく、リディアの独りごとみたいなものだ。いつになったらこの声が聞こえなくなるのか、彼女は考えてみる。きっと、新しいロジ人の専属通訳に任命されれば、その人の声と置き換えられるのだろう。

フィッツの声が消えてしまうのは、ちょっと寂しい。しばらくしたら、どんな響きだったかも忘れてしまうに違いない。頭のなかの声は、録音を残せないのだから。


三十分が過ぎたとき、今まで一度も会ったことのない人物が取調室に入ってきて、リディアの弁護士だと自己紹介したあと、なぜメガネを外したのかと彼女を叱る。

「わたし、メガネを外しているあいだ、なにもしてませんけど」リディアは言い返す。

「それはあなたの見解ですね」弁護士が言う。「あなたがメガネをかけていなければ、こっちはその間のあなたの行動を、確認できないでしょう?」弁護士はアッシュグレーの髪をきれいになでつけ、痩せた体に暗い紫色のスーツを着ている。彼はアリンと名のり、リディアの隣の椅子に腰をおろす。

「わたしは単に、事実を述べただけです」リディアは、こんなに早く弁護士がくるなんて、まるで自分が隠しごとをしているみたいではないか、と思ってしまう。

「それはわかってます」

「言っておきますが、わたしはまだ、逮捕もされていないんですからね」

「いいですね。その調子でいきましょう」アリンはポケットから丸めたシート状ディスプレイを取り出し、テーブルの上に広げてゆく。大判の本くらいの大きさがあるディスプレイだ。画面にフォルダがいくつも表示され、アリンは各フォルダをあちこち動かしては隠したり位置を入れ替えたりする。「質問には、できるだけ簡潔に答えてください」フォルダを動かしながら、アリンがリディアに言う。「そして訊かれていないことには、答えないように」

それはどういう意味かとリディアが訊こうとすると、アリンは片手をさっとあげて彼女を黙らせる。その直後、私服警官が取調室に入ってきてロロ警部補だと自己紹介する。小柄でリディアより少し若く、きちんと手入れされた顎髭《あごひげ》を生やしているけれど貫禄《かんろく》はなく、むしろ親しみが感じられる。

「メガネを」アリンが小声でうながす。

リディアは急いでメガネをかける。

「それって、通訳エージェンシーから支給されたメガネではありませんね」静かだが鋭い声で、アリンが指摘する。

「ええ、自分のが見つけられなくて――」

「その話はあとにしましょう」

ロロがリディアの正面の椅子に座り、体調はどうかとリディアに訊く。

「大丈夫です」リディアは答える。

「さぞつらい思いをなさったでしょう」リディアが返事をしようとすると、またしてもアリンが片手をあげて制する。

「この事情聴取は、記録されていますか？」

「もちろん」

「その事実を、わたしのクライアントは知っているのでしょうか？」

「ええ、知ってますよ」横からリディアが答える。

アリンはうなずき、改めてロロに向かって言う。「できれば、もっと適切な質問をしていただきたいと思います。この場合、わたしのクライアントがどんな情緒状態にあるかは、あまり重要ではないので」

「わたしとしては、彼女を気づかったつもりなんですがね」

アリンがこわばった笑みを浮かべる。「その気づかいはしっかり伝わりましたよ、警部補」

ロロは肩をすくめると、なにがあったか改めて確認させてもらうとリディアに告げ、リディアは質問に答えてゆく。リディアとフィッツのほかに、あの外交官宿舎のなかにいた者は？　リディアが知るかぎり、誰も。では、ほかにあの家に自由に出入りできる人は？　リディアとフィッツを別にすると、大使館のスタッフが数名。なにか変わったことに気づかなかったか？　書斎のドアが開いていたことだけ。

ひととおりの質問に答え終えたリディアが、目の隅でアリンを見ると、うなずきながらメモを取っており、ここまではうまくやれたことに彼女もほっとする。

「生きている被害者を最後に見たのは？」ロロが訊く。

「昨夜です」

「時刻は？」

「思い出せません」

「正確でなくてもいいんですけどね」

リディアは思い出そうとする。「わたしたち、昨夜は仕事だったんです。バンケットがあって――」

「バンケット?」

「ええ。国際会議のあとの夕食会です。通訳の仕事がどんなものか、刑事さんもご存じでしょ。だから九時以降のことは、あまりよく憶《おぼ》えてなくて――いえ、ちょっと待って。ある詩人と話をしていて、その人が自分の葡萄《ぶどう》畑の土のことばかり延々としゃべるものだから、時計を見たら九時三十分でした。時刻を気にしたのは、あれが最後でしたね」

今回アリンはうなずいていなかった。

「つまりあなたは、そのバンケットの会場でもミスター・フィッツウィリアムと一緒だった」ロロが確かめた。

「はい。さっきも言ったとおり、通訳として働いてました」

「仕事中に、よくアンダンプをやるんですか?」

リディアはごくりと唾を飲む。そんなことしません、と反射的に言いそうになったからだ。ここはバカなことを口走らないよう、充分に注意しなければ(むろんロロの発音を訂正してやるなんて、もってのほかだ――いつだって警官は、民間人がナンプとしか呼ばないあの薬を〈アンダンプ〉と呼ぶ)。リディアはアリンを見る。

「それが適切な質問だとは思えませんけど」メモから顔をあげようともせず、アリンが言う。

「さっき署に到着したとき」ロロが説明する。「ミズ・サウスウェルの体内から、昨夜まだ早い時間に摂取したアンダンプの痕跡が検出されたんです」

しまった。あのDNA検査か。単なるDNA検査ではないと、もっと早く気づくべきだった。とはいえ、拒否するわけにもいかなかっただろう。

「まだ納得できません」アリンが言う。

「薬物は、証人としての彼女の信頼性に影響を与えますからね」

「その意見は認められないし、正直なところ、刑事さんも本当は認めていないと思料します。もし認めているなら、そもそも彼女から事情聴取なんかしないでしょう？　なので今後の質問は、事件の捜査に直結したものだけにしていただきたい」

ロロはリディアに向きなおる。「どうやって自室に帰ったか、憶えていますか？」

「いいえ。でもわたしは、フィッツと一緒に大使館の公用車で宿舎に帰ったはずです」リディアがアリンを見ようともしなかったのは、顔をしかめているのがわかっていたからだ。

「あの車の乗車記録を調べれば、簡単にわかるんじゃないですか？」これこそまさに、アリンが言う訊かれてもいない質問に対する答だろう。リディアは自分の声に、わずかな自暴自棄と罪悪感が混じっているのを感じる。なぜだろう？　わたしはなにもやってないのに。しっかりしろ、リディア。

ロロはぷいと横を向き、視線を宙に漂わせる。「悪いけど、今すぐ確認できるかな？」どこかで聞いているらしい誰かに、彼は依頼する。

「なぜそんなことをする必要がありますか？」アリンが抗議する。「すでに警察はあの家のセキュリティ・データを調べて、ふたりが帰ってきた時刻とミスター・フィッツウィリアムが亡くなった時刻、そしてほかに人がいなかったかどうか、すべて把握しているんじゃないですか？」

「実をいうと、データが壊されてましてね」リディアは、ロロがこの情報をわざと伏せていたことに気づく。狙いは、リディアが自分から知っていることを明かすよう、仕向けるためだ。「昨日の午後八時から今日午前八時までのデータは、すべて消えていました」

「消えていた？」リディアは訊き返す。「だけど、クラウドには上がってるんでしょう？」

「そちらも消去されています」

「そんなことって、可能なんですか？」

「消し方を知っていればね」

わたしは知らないと、リディアはロロ警部補に言いたかったのだが、これもまた訊かれていない質問に対する答になってしまう。

「近所の防犯カメラは？」

「やはりデータが飛んでいました。それも、同じ十二時間分だけ」

「ハッキングされたんでしょうか？」

「たぶん」

「くそっ」リディアはがっくりと背もたれに寄りかかる。アーサーとマーサがなぜ犯人を発見できなかったのか、訊きたくなったけれど、やめておいた。リディアたちが二機のドローンを引き連れて帰ってきたとき、すでに犯人が家のなかに潜んでいたと仮定すれば、それが答になるからだ。

　ロロが彼女の顔を指さす。「昨夜は、ちゃんとメガネをかけていましたか?」

「これではないですけどね」と答えながら、リディアは話がよくないほうに向かっているのを感じる。「仕事用のやつを、かけてました」

「そっちのメガネも、持ってきてますか?」

「それが、どこにも見あたらないんです」

　部屋のなかが静まりかえり、リディアは、アリンが唇を噛《か》む音を聞いたような気がする。

「紛失したんですか?」ロロが訊く。

「バッグのなかにあるはずなんですが、バッグは外交官宿舎に置いてきました」ナンプを処分する際に、バッグからメガネを出しておくつもりだったのだが、ほかのことを考えるのに忙しくて、つい忘れてしまった。

「だけど、昨夜は間違いなくかけていたし、かけてるあいだは常時シンクロさせているから、わたしのストレージにすべて保存されてると思います」

「それ、見せていただけます?」

　リディアがアリンの顔を見ると、本当は許可したくないが、拒めば不利になると考えているのがはっきりわかる。「見せてあげてください」アリンが言う。

　リディアはアリンのシート状ディスプレイを借り、自分のストレージにアクセスする。メガネの映像記録を保存するストレージは、一度もクリアしたことがないので、かなりの量がクラウド保存されているけれど、最新の動画ファイルを見つけるのはわけないし、いま必要とされているのはそれだけだ。ファイルを開き、どんどんスキップしてゆく。

最後の三十秒間は、少なくとも十五階の高さがあるバルコニーから撮られている。リディアは高いところが苦手なので、あんなに酔った状態でこの高さのバルコニーに立ったらしいことに自分でも驚き、気分が悪くなってくる。ましてあの劇場のバルコニーから落ちかけて、まだあまり日がたっていないのだ。あり得ないとわかっていても、昨夜ここから落下したのに、そのことをすっかり忘れているのではないかと不安に駆られる。だけどすぐ冷静になり、もし本当に落ちたのなら死んでいるはずだし、死なずにすんだのであれば、忘れるわけがないと自分に言いきかせる。

すると映像のなかで、メガネをかけている人物が前傾してゆき、バルコニーの手すりから大きく身を乗り出すと――

カメラに向かって、地面がすごい速さで接近してくる。リディアはパニックを起こしそうになる。やはり自分は本当に死んでおり、今やっとその事実を知ったのだろうか？　今朝目を覚ましてからの出来事はすべて嘘で、脳が死ぬ直前に、最後の意識が見せた幻に過ぎないのか？　もしそうなら、なぜすべてがこれほど奇妙で不気味なのかも、説明がつく。きっと、いま顔をあげたら弁護士と刑事がこの取調室から彼女を外に連れ出し、するとそこには、死後の世界が広がっているのだろう――それがどんな世界か、想像もできないけれど。

とうとうメガネが地面に激突し、でも聞こえてくる音が正しくない。もしメガネをかけた人物があの高さから落ちたのであれば、吐き気を催すような湿った音とおぞましい苦悶《くもん》の叫びが聞こえるはずなのに、記録されているのはメガネが壊れるパリンという音だけだ。画面に無数のひびが入って映像が停止し、リディアは自分がバルコニーから落ちたのではなく、メガネだけが彼女の顔から外れて落ちたのだと理解する。そしてようやく、安堵《あんど》の息をつく。

しかし、その安心は長つづきしない。なぜなら、メガネが壊れたあとの彼女の行動は、まったく記録に残っていないからだ。ということはつまり、今までも今後も、リディアは証人ではなく容疑者でありつづける。

暴力の履歴

昨夜、宿舎に帰るリディアとフィッツを乗せた外交官車両のなかの映像は、特にこれといったことも起こらないまま八分十七秒で終わる。映像のなかほど、五番街を走行中にリディアが車のウィンドウを開け、「アン・ブロンテはエミリーの尻を蹴とばしてやればよかったんだ」と叫ぶけれど、フィッツが長い腕を伸ばし彼女を優しくシートに戻してやることで、車内は再び静かになる。リディアはこの映像を見て、恥ずかしさを感じながらも温かな気持ちになったのだが、それは彼女がこのようなふるまいにおよぶたび、フィッツが迷惑そうなそぶりを一切みせず、自分の仕事の一部として甘受してくれたからだ。よほど忍耐強いのでなければ、リディアの行動を単に面白がっていたのだろうし、あるいは外交官として世間体を気にするという概念が、もともとなかったのかもしれない。

映像は、ふたりが車から降りるところまでを記録している。リディアは車のドアがなかなか開けられず、苛立ちをつのらせる。すると、先に降りたフィッツが彼女の側にまわってドアを開け、彼女が道路にふらふらと出ていかないよう手を取ってくれるのだが、通行する車はない。時刻表示は午前零時五十二分となっており、街路は静まりかえっている。どうやらこれが、生きているフィッツを映した最後の映像らしい。

「あまり参考になりませんね」ロロが言う。

「まったく参考になりません」アリンが応じる。

リディアも記憶をまったく呼び起こせなかった。この動画はすべてディープフェイクだと言われても、納得しただろう。酔ってここまで記憶を失うのは、とても珍しい。芝居のあとのパーティーで大失敗した余韻が消えないうちに、会議の通訳で自分を追い込みすぎたのだ。なぜ彼女は懲りないのだろう？　早く帰ってもいいぞというフィッツの好意に、なぜ甘えなかった？　もし甘えていたら、彼は死なずにすんだかもしれないのに。

ロロは背もたれに上体をあずけ、腕組みをする。「ほかのデータがない以上、事件当時あの家にいた被害者以外の人間は――」

「それは単なる推測です」アリンが抗議する。「警察は、まだなにもつかんでいないし――」

ロロは、メガネの奥の目玉をぐるっと回してみせる。「殺害現場にいたことが確認できている人物は、ひとりしかいない。そしてそのひとりが、ミズ・サウスウェル、あなたなんです」

ロロに対して抱いた第一印象を、リディアは訂正せざるを得ない。親しみを感じたのは、大間違いだった。でもこの場合、正しいのは彼のほうだろう。なにがあったかリディアは憶えておらず、アリバイもなく、現存しているセキュリティ・データでは、彼女の無実はまったく立証できないのだから。フィッツを殺害する動機などリディアにはないし、なぜ、あるいはどうやって殺したかもぜんぜんわからず、それでも彼女をフィッツ殺害の容疑者と考えるのが最も妥当な推理であり、なお悪いことに、リディア自身も自分は殺していないと確言できないのだ。


「これって、かなりまずいんでしょう?」取調室でふたりだけになったとたん、リディアはアリンに訊く。

「決してよくはないです」

「まいったな」彼女は両手で顔を覆う。フィッツが殺されただけでも、充分にショックなのだ。そのうえ自分が容疑者にされるなんて、まったく信じられない。

「しかし、今あるのは状況証拠だけです。鑑識が採取したデータには、なんの意味もない。

あなたはあの家に住んでいるわけだし、あの書斎にも日常的に出入りしていた。しかも死体の第一発見者です。凶器の銃も発見されていませんしね」

「銃なんか、どこで入手できるかも知らないのに」

「しかし、3Dプリントすることは可能です」

「本気で言ってるんですか？　わたしが無許可で銃のプリントアウトを指示したら、たちまちネットワーク上に警戒フラグが立ち、警察が飛んでくるでしょうね」

「大使館が所有する備品には、プライバシー保護の特例が適用されてますよ」

リディアは鼻を鳴らす。「そうですね、警察はそう言ってるけど、実際どこまでプライバシーが守られてることやら——」アリンに睨みつけられて、彼女も自分が今どこにいるか思い出し、急いで話題を変える。

「大使館は、ネットワーク接続に厳しいルールを定めてます。ルール違反はすぐに見つかるし、ダウンロード履歴も残される」

「理屈はそうでしょう。しかし犯人は、痕跡を消すことにかけて相当な技術をもっているらしい」

「そんな技術、わたしにはないし——」

「なんにせよ」アリンが片手をあげて彼女の言葉をさえぎる。「警察が必要としているのは、凶器そのものを発見するか、あなたが凶器を処分するため、あの家から離れた証拠をつかむことなんです」

「凶器なんかあるわけがない。これは誓って言えます」

「つまり凶器は発見できないわけだ。それでもかれらは、凶器を発見しなければいけない。なぜなら銃が見つからないと、この事件は一歩もまえに進まないからです。だから警察は、今まさにあの家を家宅捜索してますよ」

「嘘でしょ」ということはつまり、リディアの所持品もすべて調べられているのだ。キッチンのゴミ箱に捨てた空っぽのガラス瓶も、発見されただろう。いや、ナンプについてはもうばれているか。

「今のところ警察が捜査対象にできるのは、あなただけです。大使館は警察を頼りにしているし、それは市長も同じだから、警察はなんらかの成果をあげなければいけない。捜査はまだはじまったばかりです。おいおいほかの情報が明らかになるでしょう」

「どうしても成果があがらなかったら、銃をどこかに仕込むなんてことも、警察はやるんでしょうか?」

アリンの声がひときわ大きくなる。「そんなこと、するわけないでしょう」やけに芝居がかった言い方は、ここが警察署内でなければ、違う答をするだろうと言外に匂わせている。

「わたしには、彼を殺す理由がありません。なぜわたしが雇い主を殺さなきゃいけないんです？　わたしは自分の仕事が好きだし、もしフィッツがいなければ、クビになっていたかもしれないのに――」

またしてもアリンが片手をあげ、彼女を黙らせる。「自分を犯人と仮定して、犯行の動機を探すのはやめましょう。それは警察の仕事だ。どうせ探すなら、彼を殺す理由をもった人がほかにいないか、探してみるんです。彼に敵はいませんでしたか？　もし警察に、考えるべき別の材料を与えることができれば――」

「そういえば、マディスンがいましたね」

「誰ですか、それは？」

「大使館の人事とか、そんな感じの仕事をしている女性です」

「なるほど。で、その人がなにか？」

「わたしをクビにする話が出たとき、反対するフィッツと彼女のあいだに、口論があったんですって。もちろん、フェスティバル最終日のあの騒ぎのあとで」

「あなたの暴力の履歴にわざわざ言及するのは、あまりお勧めできませんが」

リディアは天を仰いでみせる。「ひとりの男の顔面を一回殴っただけで〈暴力の履歴〉になるんですか？　あなただって、人を殴ったことぐらいあるでしょう？」

「あいにくわたしは、殺人事件の容疑者じゃないものでね。とにかく、その大使館の女性は――」

「フィッツによるとマディスンは、彼もどこかに異動させようとしていたそうです。当然、彼女は外交官宿舎への出入りも自由だったし、セキュリティ面でも――」

「周辺の防犯カメラ映像を、消去することもできたんでしょうか？」

「どうだろう。できたかもしれません」

「あなたは、マディスンが本当に彼を殺したと思いますか?」

リディアが言葉に詰まったのは、実はそう思っていなかったからだ。「そう、フィッツを異動させる彼女の目論見《もくろみ》は、うまくいかなかったし、もし彼女がそのことを根にもっていたら……それとも、彼を追い出したいもっと深刻な理由があったとか?」

「マディスンも容疑者になり得ることを、警察に教えてやる気はありますか?」

あまり期待はできないけれど、リディアは警察の関心を少しでも自分から逸《そ》らせたかった。

「あります」

アリンがうなずく。「あなたが大使館の関係者を名ざししたら、通訳エージェンシーはいい顔をしないでしょうね」

「わたしが自分のボスを殺した罪で起訴されても、いい顔はしませんよ。痛し痒《かゆ》しってやつです」

「意味がよくわかりませんが?」

「特に意味はないです」

参考人

　すでに一時間近く、リディアは取調室でひとり待たされている。本を持ってくればよかった、と彼女は思う。自分のメガネやシート状ディスプレイを使いたくなる誘惑と戦っているのは、警察が彼女の一挙手一投足を監視しているからだ。自分が潔白であることには、ほぼ絶対の自信があるものの、罪人になったような気がしているせいで、なにをやってもやましさがにじみ出ることを彼女は恐れている。警察には、あらゆる種類の生体分析装置とボディランゲージ解析機が備わっているし、それらを使った観察結果はたとえ証拠にならずとも、捜査に強い影響を与えるだろう。だから彼女はなにもせず、おとなしく座りつづける。すると今度は、じっとしていることが罪悪感の表われと解釈されるのではないかと、心配になってくる。

　突如リディアは、取調室の前の廊下を歩いてゆくマディスンの気配を感知する。もちろんマディスンの思念を聞きとったわけではない。しかし、リディアの頭の隅で鳴りはじめた不明瞭なノイズが、マディスンがすぐ近くにいて誰かと話していることを教えてくれる。話している相手は、マディスン専属の通訳かもしれないが、警察づきの通訳である可能性のほうが高いだろう――容疑者に雇われた人間の言うことを、警察が信じるわけないのだから。LSTL時代、学内のキャリアセンターで行なわれた就職説明会に数人の警官が来て、リディアたちに司法通訳という選択肢も検討するよう勧めたことがあった。バカ言うな、とリディアは思った。オマワリになるくらいだったら、ハリファックスにいるほうがずっとましだ。

それを思い出すと、なんだか不愉快になった。これではまるで、リディアがマディスンを警察に売ったみたいではないか。リディアとしては、彼女が犯人だと信じているわけではないのに。

取調室のドアが開き、リディアは飛びあがらんばかりに驚いたのだが、内勤の巡査が昼食代わりのブリトーを持ってきただけだ。再びひとりになった彼女は、マディスンの気配が薄れてゆくのを感じる。ここから遠く離れた部屋に、連れていかれるのだろう。リディアはブリトーを食べながら、マディスンが別の取調室で警察の質問攻めに屈し、罪悪感に耐えかねて涙ながらに――あるいは涙に相当するなにかを分泌しながら――自供している場面を空想する（実はリディアも、フィッツが泣くところなど一度も見たことがないのだが）。そしてリディアは、重要な手がかりを提供したことで警察から、第二の犯行におよぶまえに犯人を逮捕できたことでロジア大使館から、大いに感謝される……

そのときロロ警部補が、別の警官をひとり連れて戻ってくる。かれらにつづいてアリンも入ってきたので、リディアはもの問いたげな視線を彼に送ったが、彼が返したのは仏頂面だけだ。だからリディアも、三人がここに来た目的は、マディスンが自白したので、もう帰っていいと彼女に告げるためではないことを察する。

新たに加わった制服警官は、ずんぐりしたハンサムな中年男なのだが、年に似合わず前髪を少年のようにたらしている。彼はスタージェス警部と自己紹介したあと、リディアとしっかり握手して椅子に座る。ほかのふたりも、それぞれテーブルの両側に腰をおろす。リディアは、ロロよりも上の階級の人間が出てきた意味を考えてみる。どうせろくなことではあるまい。

「まず最初に申しあげておきたいのは」リディアに向かって、スタージェス警部が語りはじめる。「この件の捜査に対するあなたのご協力に、ニューヨーク市警は深く感謝しているということです。今日あなたが大きなショックを受けたことは、よく存じあげています。にもかかわらず、ここにいるロロ警部補によると、あなたは有益な情報を数多く提供してくださった」

リディアはロロをちらっと見る。彼がそんなことを言ったなんて、ちょっと想像できないが、スタージェスに反論してもはじまらない。「そうですね」彼女は答える。「わたしはただ、誰が彼を殺したか、早く見つけてほしいだけです」

「わかりますよ」スタージェスはシート状ディスプレイをポケットから出し、広げる。「さて、最近あなたはイギリスに旅行しました。間違いありませんか?」

「はい。わたしはイギリス生まれですから」

スタージェスがにっこり笑う。「イギリスで、どんな人たちに会いました?」

「わたしの母と兄、昔わたしが使っていた部屋に住んでいる女性、あとはクラブで会った三人の男性ですね。でもそれが、今回の事件となにか——」

「マーク・ジャンコヴィックという名の男と、話をしませんでしたか?」

リディアは首を横に振る。「それって、トラムでわたしにちょっかいを出したやつでしょうか?」

スタージェスは、テーブルについているほかの二名の顔を見る。「トラムってなんです?」

「バスみたいな乗り物なんだけど——そう、アメリカでは市街電車《トロリー》と呼ばれてます」

スタージェスは自分のディスプレイに、ビールのボトルを持ち横目でカメラを見ている若い男の写真を表示させる。「これがマーク・ジャンコヴィックですけど」

「なんだ、ジャンクじゃないですか」

「ということは、彼とも会ったわけだ」

「ジャンクは兄の友だちですからね。誰も彼をマークと呼ばないので、わかりませんでした」

「なるほど。彼とはどんな話をしました?」

「話をしたといっても、せいぜい二分ぐらいです。彼のことはよく知らないし、わたしは彼が大嫌いなので。ジャンクはただの——」

「彼はあなたの仕事について、なにか質問しませんでしたか?」

この警部はなにを狙っているのかと、リディアはいぶかしむ。「しましたけど……」

「どんなことを、彼は知りたがってました？」

「通訳の仕事にはあまり興味がないみたいで、不愉快なことばかり訊かれました――おまえはロジ人の家で、住み込みの娼婦《しょうふ》とか、高級売春婦とか、愛人みたいなことをしてるんじゃないか、みたいな」

スタージェスが目を丸くする。アリンは笑いだしそうになるのをこらえる。

「それであなたは、なんて答えましたか？」表情ひとつ変えずにロロが訊く。

「まったく違うと答えました」

「ジャンコヴィックとは、ほかにどんな話を？」再びスタージェスが質問する。

「あんたは大バカだとわたしが言って、彼との話はそれで終わりました」

「彼はあなたに、ニューヨークへ持ち帰るプレゼントのような物を、なにか渡しませんでしたか？」

「プレゼントって、たとえば？」

「どんな物でもかまいません」

「いいえ。もし彼が渡そうとしても、突っ返していたでしょうね。どうせ怪しげな物に決まってますから」

「逆にあなたは、彼になにか渡しましたか？」

「まさか」

「彼から別の誰かを紹介されたことは？」

「ありません」

「そういう質問も、捜査に関連しているんですか？」アリンが横から口を出す。

「ご存じないかもしれないが」リディアから目を離さないまま、スタージェスは答える。「マーク・ジャンコヴィックは、不合理同盟《イロジカル・アライアンス》と呼ばれる団体のメンバーです」

「なんていう団体ですって？」

スタージェスは問題の名称を、ゆっくりと一語ずつ区切ってくり返す。

「ひどい名前ですね」リディアが感想を述べる。「早口で言うと、イロジカル・アイアンズみたいに聞こえる。でなければ、イロジカル・ライオンズ？」

「おそらく、ライオンズと聞かせたいんでしょう」アリンが言う。「パワーの象徴として」

リディアは鼻に皺をよせる。「そうでしょうか？　どっちにしろ悪趣味だわ」

「かれらは、ロジ人の影響力が拡大することに反対している圧力団体でしてね」スタージェスが説明する。「ジャンコヴィックがメンバーだったことは、知らなかったんですか？」

「知りませんでした。でも、別に意外ではないです」

「その団体に関する質問に、わたしのクライアントはもうこれ以上お答えしません」アリンがスタージェスに言う。「フィッツウィリアムの死にどのような関係があるか、説明していただかないかぎり」

「今現在われわれの捜査線上に浮かんでいるのが、この団体だからです」スタージェスが応じる。「ミズ・サウスウェルが、何者かを意図的にフィッツウィリアムに接近させたとは言いませんが、被害者が殺される直前に彼女がイギリスに帰郷したことを、単なる偶然として片づけるわけにもいかない。もしかすると彼女は、フィッツウィリアムが標的になり得ることを、誰かに気づかせたかもしれませんからね」

「誰かに気づかせた?」リディアはびっくりする。「つまりわたしが、殺人犯にヒントを与えたってこと?」

「マーク・ジャンコヴィックとの会話を、あなたは記録しませんでしたか?」

「してると思います。でも、そういう悪巧みにジャンクを加担させる人がいるなんて、ちょっと考えられません。ジャンクは本物の大バカだし、その点は法廷で証言してもいい」

「クラブで会った三人の男性というのは、どんな人たちでした?」

「きれいな顔をした、普通の若い人たちです」

「きれいな顔?」

「タトゥーもピアスもしていない、という意味です」リディアは、あの三人と一緒に撮った写真を自分のメガネに呼び出してアリンに送信し、アリンはその内容を確認したあとスタージェスに転送する。スタージェスは三人の名前をリディアに訊《たず》ねる。彼女は三人のファーストネームを答え、でもすぐに、ハリだけはデサイという名字まで知っていると言い添える。スタージェスはロロに、ハリ・デサイという人物についてただちに調べるよう命じる。

「この三人に、ご自分の仕事についてなにか話しましたか?」

「かれらは、すごく興味をもってくれました」リディアの表情が硬くなる。「ハリファックスにいると、ニューヨークで働いている人と出会う機会なんて、めったにないんです」

「どんなことを話したか思い出せますか？」ロロが口をはさむ。「それとも、いつものように酔っていた？」

スタージェスがロロに向かって片手をあげ、小声で鋭く命じる。「黙ってさっきの件を調べてくれ」

「会話の内容はよく憶えてます」酔っていたか否かは明言せず、リディアは端的に答える。

「で？」

「かれらがいちばん知りたがったのは、ニューヨークでのわたしの暮らしぶりと、どんな店やイベントに行くのかという点です。三人とも、フィッツ――フィッツウィリアム――にはあまり関心を示しませんでした。わたしも、彼の話はほとんどしなかったし」

「クラブを出たあと、かれらと接触する機会はありましたか？」

「ありましたよ。三人のうちひとりをホテルに連れていって、セックスしましたから」

ディスプレイを見ていたロロが、急に顔をあげる。

「そんなに驚かなくてもいいでしょ」リディアが言う。「あなただって、かれらにそういう下心があったことを、予想していたんじゃない？」

「なぜホテルに行ったんです？」スタージェスが訊く。

「彼もわたしも、自分の家ではプライバシーが保てないからです。セックスできる部屋がない、という意味でね」彼女は念のため付け加える。

「あなたはホテルでも、自分の仕事についてなにか話したんですか？」

「少しだけ話しました。だけど職務上の秘密については、なにも明かしていません。学校で、そういう訓練を受けてますから」

「それはわたしもよく知ってます」

「ハリは、頭のなかで他人の声が聞こえるというのはどんな感じか、ということに興味を感じているようでした」

「それについて、彼はどう考えてました？　よくないとか、不潔だとか、屈辱的だとか言ってませんでしたか？」

なんて失礼な質問だろう。リディアの頭のなかで声がした。フィッツの声みたいだった。

「特になにも。だけど、奇妙だとは言ってました」

「では、そのホテル以降、彼と連絡をとったことは――」スタージェスが言葉を切ったのは、ロロが自分のディスプレイを差し出して彼に見せたからだ。「ほう」スタージェスが言う。

「これは興味深い」彼はリディアに視線を戻す。「昨夜ハリ・デサイがニューヨークに到着したことを、あなたはご存じでしたか？」

ニューヨーク市警は、ただちに総力を挙げてハリの捜索に取りかかる。いま判明しているのは、ハリは昨夜午後九時過ぎ、ラガーディア空港に到着した飛行機に搭乗していたということだけだ。彼は自身のパスポートを所持しており、入国審査時のスキャンで本人と確認されたが……以後の消息はまったく不明で、それだけでも嫌疑をかけられるに充分であろう。警察はボットを使い、市中の監視カメラ映像をしらみつぶしにチェックしながら、彼の行方を追う。

再びアリンとふたりだけになったとき、リディアはこの展開が彼女にとってなにを意味するか、彼に質問してみる。

「新たに重要な容疑者が出現した、ということです」弁護士は答える。「それ自体は非常によいのですが、彼はあなたと接点をもっていた。こちらはあまりよろしくない。あの警部は、あなたが密《ひそ》かに彼を誘導したとは考えていないようだけど、まだ油断はできませんね」

「ハリがあんなことやったなんて、信じられない」虚《むな》しく聞こえるのを承知で、リディアは言う。自分は人を見る目があると、つねづね思っていたのだ。誰もがそう自負してないだろうか？　もしかすると、ハリは最初から企んでいたのかもしれない。たぶん彼は、リディアがハリファックスに帰ってきたことを知っていて、クラブまであとをつけ、それから彼女に接近したのだ。最初に声をかけたのが彼のほうだったか自分だったか、リディアは思い出そうとする。ホテルで彼女がシャワーを浴びているすきに、彼女のディスプレイを盗み見たのだろうか？　それとも彼女の髪の毛の一本からＤＮＡを採取し、それを使って外交官宿舎の警備システムを通過したのか？　すべてはリディアを罠にはめるため、周到に計画されていたとしたら？

「自分もニューヨークに行くことを、彼があなたに言わなかったのも不自然ですよね」

「たしかに」

「彼は、サイバーセキュリティの欠陥を修復する技術者なんでしょう?」アリンが訊く。

「自分の行動記録を消去できるくらい、優秀なんですか?」

「実演してもらったわけじゃないから、わかりません。でも、決して冷酷非情な男ではないと思います。ニューヨークに着いてわずか数時間後に、証拠も残さず人を殺せるようなタイプではなく、飛行機から降りたとたん、路上強盗に遭ってもおかしくない感じの人」

「おや? スタージェスが、もうあなたを帰していいと言ってますよ」

リディアはびっくりする。「それって、この警察署を出てもいいってこと?」

アリンはうなずく。「すでに警察は、あの家の家宅捜索を終えてるんですが、結局凶器は見つからなかったため、あなたを逮捕できないそうです」

「あの家に帰れるんですか?」

「家の周辺と一階部分は、もう警官が出入りする必要はなくなったので、鑑識が封鎖してますけどね」

こうなることをリディアは予想していなかったのだが、なるほど理にかなった措置なのだろう。現場に残された物品は、劣化したり改竄《かいざん》されたりするおそれがある。現状を保ったまま、瞬間凍結したようなかたちで完璧に保存しておくほうが、のちのち参考にしやすい。

「お気の毒ですが、あなたのパスポートは押収されているので、マンハッタンを離れることはできませんよ」

リディアは苦笑する。「わたしがほかにどこへ行けます？」

誰もいない部屋の声

昨日と変わらず、今夜もむし暑い。リディアが警察署にいるあいだに、滝のような雨が降ったけれど、今はすっかりあがって通りもほぼ乾いている。結局リディアは、警察署に十一時間くらい留めおかれた。かなりの長時間ではあるが、彼女が署に入ってから事件の様相がどれだけ大きく変わったか考えると、あっという間だったような気もする。

警察署の外の通りはにぎやかで、バーや劇場前の露店は大いに繁盛している。夏の観光客、特に暑さに慣れていない北国の人たちは、昼間の時間を寝て過ごし、日が落ちてちょっとしのぎやすくなってから外に出てくることが多い。リディアは、ロジア大使館の公用車を呼び（ありがたいことに、彼女のアクセス権は抹消されていなかった）来た車に乗り込んでアッパー・ウエスト・サイドに帰ってゆく。車中で自分の受信ボックスをチェックすると、友人知人が送ってきたメッセージのなかに、憤慨しているらしい母親からの一本と、冷静ではあるが心配をにじませたギルからの一本が交じっている。リディアは急いで返事を書き、自分は元気だし逮捕もされていないから、警察の公式発表を含まないニュースはすべて無視するよう伝える。そしてギル宛てのメッセージには、彼が楽しめるよう、マンハッタンを移動してゆく彼女の追跡ストリームを貼り付けておく。

助手席に座ってダッシュボードを軽く叩いていると、非常用ステアリングホイールのロックを解除するボタンについ指が伸びてしまうが、これは運転を手動に切り替え、街から出ていきたい衝動に駆られるからだ。もちろん実際にやってしまったら、ホランド・トンネルあたりで捕まるに決まっているけれど、考えるだけでも楽しい。この外交官車両は、実際に運転したらどんな感じなのだろう。ギルを隣に乗せ、ニューヨーク市内の古くて広い道を疾走しながら、直角のコーナーを猛スピードでクリアする自分を想像してみる。ふたりでさぞ大笑いできるだろう。

母と兄を別にすると、返信の必要性を感じる人がほとんどいないことに彼女は驚く。故郷の友だちは今や没交渉だし、LSTLでも親しい友人をつくることができず、ニューヨークに来てからは現実世界で会ったことのある同輩はひとりもいない。だが実をいえば、VR酔い症候群がある彼女の場合、普通の人には理解できないほど、生身の友人は大切なはずなのだ。もしかするとそれが、フィッツとの関係を過度に重要視させた原因かもしれない。

外交官宿舎がある通りに到着して車を降りると、街のざわめきがガラス板で蓋をしたかのようにくぐもって聞こえる。どうやら住民たちは、事件の衝撃をまだ吸収できずにいるようだ。あるいは彼女自身が、その衝撃を近所に撒き散らしているのか。だけど人びとは、事件が起きたことに興奮しながらも、それぞれの生活を淡々とつづけているのだろう。ミセス・

クローヴスなんか、ついにマンハッタンが物騒な街に戻ったことを喜ぶあまり、今夜も誰かが自宅で殺されることを期待して、わくわくしているかもしれない。

ニューヨーク市警の制服警官がひとり、ドローンを一機伴って外交官宿舎の前に立ち、警戒にあたっている。ハリが現われた場合に備えての警備だということは、リディアも聞いていたけれど、これはもちろん彼女を監視するためでもある。アリンによると、警察が彼女に帰宅を許可したのは、もし彼女がフィッツ殺害の凶器を宿舎内に隠しているのであれば、その処分を試みることで再捜索の手間をはぶいてくれると考えたからだそうだ。

では逆に、警察が家のなかのどこかに拳銃を隠しておき、リディアに発見させてその拳銃が彼女の指紋とDNAまみれになることを、狙っているとしたら？　彼女に帰宅を許した本当の理由が、それだったとしたら？

いや、考えすぎるのはもうやめよう。リディアは腹をくくる。

ドローンが彼女のIDを確認し、警官が早く入れと手振りでうながす。

家のなかはひっそりとしている。静かなのはこれまでと同じだが――フィッツは絶対に大きな音をたてない人だった――違っているのは、沈黙に新たな意味が加わったことぐらいだ。書斎のドアも、彼が生きていたころと変わらず閉まっており、しかしリディアは開けたいとは思わない。フィッツがいない書斎など見たくないし、もし警察が証拠品として持ち去っていないのなら、ラグに残る血痕はなおのこと見たくなかった。

警察署を出られたことで、彼女はほっとしている。刑事の質問に対する自分の答えが的確だったかどうか、くよくよ考える必要がなくなったからだ。一度だけだが、気持ちが昂《たか》ぶりすぎてこう口走りそうになってしまい——わたしが彼を殺したのかもしれないけれど、なにも憶えてないのでよくわかりません——懸命に自制した。そのときのリディアは、彼女の有罪を決定づける動かぬ証拠（彼女の指紋がついた銃、またはフィッツの血がわずかに付着したシャツ）を突きつけられ、すべてをあっさり認めている自分の姿を幻視していた。

自室に入った彼女は、無意識にドアを閉めて鍵をかけ、だがしばらくして、この家には自分しかいないことを思い出す。それでもやはり、用心するに越したことはない。彼女はドアまで戻り、施錠されているのを再確認する。

へとへとに疲れ、体のあちこちが痛いけれど（一日じゅう小さな部屋に閉じこもり、しゃべりつづけるとこんなに疲れるものなのだ）ベッドに横たわったリディアは、時間が遅くなりすぎるまえに母親に電話しておこうと思う。今ハリファックスは午前三時まえだが、現在の母の行動をモニターすると、彼女は『最強艦隊《マイティ・フリーツ》』という海戦ゲームに興じている。でも、ちょうどストリーミングから離れたところらしい。リディアはすかさず電話を入れ、ゲームを少しのあいだ一時停止してくれと頼む。

元気なことだけ伝えてしまえば、母親との電話での会話は、リディアにとって時間の無駄でしかない。

「じゃあ大丈夫なのね？」母親はこう言うと、リディアの答をろくに聞こうともせず、自分がニューヨークを危険な街であると信じていた理由について、べらべら語りはじめる。ニューヨーク市民は全員が高性能照準器を持っているため、一流スナイパー並みの射撃の腕があり、だからどの街角でも殺人事件が起きるのだと彼女は主張し、この誤った自説を補強するため集めたに違いない真実度の低いビデオクリップを、次々に見せようとする。その合間にも、母親はリディアに向かって故郷に帰ってこいと命じ、いくらリディアが今は警察に移動を禁じられているから帰れないと言っても、納得してくれない。

「親が子供を心配するのは、あたりまえでしょ」母が言う。

「もしフィッツを殺した犯人がわたしも殺す気だったら、そいつはまっすぐ二階に上がってきて、寝ているわたしを撃ったでしょうね」

「そうしている暇が、犯人になかったとしたら？　もし犯人が戻ってきたら、あなたはどうなった？」

「なぜ戻ってこなければいけないの？　わたしは重要人物でもなんでもないのに」

「だけどあなたは、多くを知りすぎているかもしれない」

「わたしがなにを知ってるっていうのよ。フィッツの仕事は国家機密に関係なかったし、わたしと彼は、オペラを観に行ったりするだけだった」

「エージェンシーに頼んで、転勤させてもらうわけにはいかないの？　もっと清潔で、安全で、実家に近い街に」

「あのね母さん、ハリファックスもそれほど安全じゃないの」

この調子で、会話はだらだらとつづいてゆく。母親は娘に電話を切らせたくないのだが、母親のほうも、言うべきことはなくなっている。それでも彼女は娘に、あなたがフィッツを殺したのかとは訊かなかった。電話の音声チャンネルで、そんなことを訊くのは不用心に過ぎると考えたのでなければ、その可能性を想像すらしていないのだろう。

「よく聞いて」うんざりしながらリディアが言う。「今この家は、警察が二十四時間見張ってくれている。ここ以上に安全な場所はないから、わたしになにか起きるわけないの」

母親は不満そうな声をあげる。

「もう切らなきゃ」リディアが言う。

「どうして？　これからまだなにかあるの？」

「なにもない。わたしはすごく疲れていて、寝るまえになにか食べる必要があるだけ。なぜ母さんは、わたしが今からなにかすると思った？」

「だってあなたの言い方、誰かがそこにいて、これからどこかに連れて行かれるみたいなんだもの」

昨夜、ほかにどんな可能性があったか考えはじめて、リディアはまたしても眠れなくなる。もし賊が侵入した音を聞いて、彼女が目を覚ましていたら？　殺人は止められなかったにしても、犯人の顔を見ることはできたのではないか？　それとも、彼女まで一緒に殺されていた？　もしフィッツの勧めに従って、バンケットの会場を早めに抜け出していたら？　犯人は殺害する機会を逸していたかもしれない。少なくともリディアは、あんなに酔っていなかっただろうし、なにが起きたか、ちゃんと憶えていられたはずだ。

そもそも、もし彼女がハリファックスから戻っていなかったら、どうなっていただろう？　これも充分にあり得たことだ。彼女はいっとき、本気で戻らないつもりだったのだから。しかし、たとえリディアがニューヨークに帰っていなくても、フィッツが死ぬことに違いはなかったかもしれない。それならそれで、リディアは今ごろ母親のソファに寝そべり、フィッツが殺されたニュースを、無関係な第三者として観ていられただろう。

午前一時を少しまわったころ、彼女の頭のなかで、フィッツによく似た声が〈君はわたしを殺していない〉と語りかけてくる。なにかを理性的に考えようとするとき、彼女の内面のつぶやきは、いつだってフィッツの声をまとってしまう。

〈わかってる〉人間を夢の世界へと誘うホルモンは、すでに彼女の脳内に滲《にじ》み出ているのだが、まだ完全には眠りに落ちていない状態で彼女は自答する。

ところがフィッツの声は、〈君はわたしを殺していない〉としつこく反復する。本当にフィッツにそっくりだ。今後リディアは、夢のなかでこの声を聞くことになるのだろう。そしてそんな夢を、これから何年も見つづける。この声は、彼女がふだん使わない脳の片隅に、埋め込まれてしまったのだ。

リディアは、完全な無意識の領域へと落ちてゆく直前、もう黙っていてくれとフィッツの声に頼む。

〈しかしリディア、わたしを殺したのは君ではないのだ〉

冷静に、論理的に

自室のドアをノックする音で、リディアは目を覚ます。

なぜ今、この家のなかに、彼女以外の人間がいるのか？

そう思ったとたん、リディアは完全に覚醒する。心臓の鼓動が急に速まり、ベッドの上にまっすぐ座った彼女は、なにか武器になる物はないかと探す。ベッド脇のランプをつかんだものの、あまりに軽すぎるため、電球を叩き割ってスタンガン代わりに使えないか考えてみる。でもランプの電圧では、たぶんだめだろう。

「どなたですか？」彼女は大声で訊く。

「わたしだ。マラート」

リディアは緊張を解き、ランプをもとの位置に戻す。よく考えてみたら、殺し屋がノックをするわけがない。彼女はベッドから出てドレッシング・ガウンを羽織り、ドアを開ける。

マラートは、通訳エージェンシーのニューヨーク支社長だ。髪が白くなりかけた中年男性で、背丈はそこそこだが肩幅があり、引退した運動選手のような体型をしているのだが、その正体は筋トレに異常な執念を燃やす、引退した同時通訳者に過ぎない。この支社長と、リディアはまだ三回ぐらいしか会ったことがなく、アンダーズを殴ったときも彼は出てこなかった。だから彼女は、ついこんな皮肉を言いたくなってしまう——やっぱりこの件は、それくらい重大なことなんですね。

「なぜドアに鍵をかけた？」

「昨夜この家のなかで、人が殺されたからです」

「わたしはてっきり、君が自殺したのかと思ったぞ」

「なぜです？」

「数分間ノックしつづけたのに、応答がなかったからな」

「すみません。ぐっすり眠っていました」

「もう十時十五分なんだがね」一瞬遅れて、彼女はマラートが自分を非難していることに気づく。フィッツとの仕事は、夜のイベントに参加する——つまり深夜までかかる——ことが珍しくなかったし、次の日リディアが遅くまで寝ていても、フィッツはなにも言わなかった。

「起きられなかったのは、昨夜なかなか寝つけなかったからです。ご存じないかもしれませんが、わたし、すごく恐ろしい体験をしたもので」

「それはよく知っている」マラートが事務的な口調で言う。「今はどんな気分だ？」

「最低です」

「特に意外ではないな」

「なぜわたしが、今朝も早起きしなければいけないのか、理由がまったく思いつかないんですけど」

「わたしたちのほうが、君と話をする必要があるからだ」

「わたしたちとは？」

「大使館のマディスン、君のグループリーダー、人事担当者、ほか数名だ。すでに全員が下の応接室に集まっている」

いくら大使館が所有している建物とはいえ、リディアが二階で寝ているあいだに勝手に入ってくるのは、無神経にすぎるのではないか？　それにマディスンは、警察に彼女の事情聴取をさせた張本人がリディアだということを、知っているのだろうか？　いや、知っているからこそ、マディスンも一緒に来たのかもしれない。たぶんリディアは、釈明を求められるだろう。

「まずシャワーを浴びたいんですが、かまいませんか？」

シャワーを浴びながら、リディアは昨夜ベッドに入ったとき、頭のなかで聞いたフィッツの声を思い出してみる。眠りに落ちる直前に聞こえた声なんか、フィッツ本人かと思ってしまうほどよく似ていた。

〈当然だ。あれはわたしの声なのだから〉同じ声が語りかけてくる。

リディアは体を洗っていた手を止め、耳のなかをシャワーの騒音で満たしながら考えこむ。やっぱり彼女は、まだひどく疲れており、精神的な安定を欠いているらしい。もっと気をしっかりもって――

〈リディア、わかってくれ。わたしはここにいる〉

〈それはないでしょ〉リディアも頭のなかでつぶやく。〈すでにあなたは、死んでいるんだから〉

〈自分が死んだことは、よく承知している〉

これを正しい答と呼んでいいのかどうか、彼女にはよくわからない。〈これは、わたしの頭のなかの独りごとが、ときどき帯びてしまうフィッツの声のコピーに過ぎない。今までも頻繁にあった。だから彼が死んだからといって、この声がすぐに消えることはないのだろう〉

しばしの沈黙。それからフィッツの声が質問する。〈こういう会話を、君は頻繁にしていたのか？〉

〈まあね〉と答えたとたん、彼女は答えてしまった自分に腹がたってくる。

〈しかし今回は、これまでとは違う。この声はわたしの声だ。本物のわたしの〉

〈本物のフィッツなら、シャワーを浴びているわたしに話しかけてくることは、絶対になかったでしょうね〉

〈すまない。しかし、ことは急を要するのだ。君が階下にいる人たちと会うまえに、話をしておく必要があった〉

たしかにこれは、いつもの頭のなかの独話ではない。彼女の脳が故障したのでなければ……まったく別のなにかが起きているのだろう。

〈死んでしまったのに、なぜわたしと話ができるの?〉彼女は、当然といえば当然の質問をしてみる。

答が返ってこないので、彼女は今の質問で変な声を黙らせることができたと思う。こういう問題は、少し冷静になって論理的に対処すればよい。対処さえできれば、もう安心だ。彼女はシャワーを止め、タオルに手を伸ばす。

〈ロジ人に関して〉ところがまたしても、同じ声が語りはじめる。〈地球人にはあまり知られていない重要な事実が、ひとつある〉

あたかも、ようやく止まったしゃっくりが、ほっと息をついたとたん再発したかのようだ。リディアは、この現象をエージェンシーに報告すべきかと迷う。かれらは、なにかしら対応策を知っているだろう。これからはじまる尋問に、手心を加えてくれるかもしれない。それとも修理不能な故障品とみなされ、契約を解除されるだろうか。

〈われわれロジ人にとって、死はすべての終わりを意味しない〉声がつづける。〈われわれの霊的実体——と呼ぶのが適切であるなら——は、われわれが命を落とした場所に残りつづける〉

〈それって、この家に取り憑《つ》いたってこと?〉

〈その表現は正しくない。わたしは単にここにいるだけだ〉

〈じゃあ魂だけ、この家に引っかかっているのね〉リディアは歯ブラシを軽く振って充電したあと、練り歯磨きをブラシの上に絞り出す。

〈疑っているようだな〉

〈あたりまえでしょ。そんな話、信じられるわけないもの〉

自分の潜在意識の断片が発する幻の声と話をしていて、ひとつ便利なのは、歯を磨いているあいだも会話をつづけられることだ。

〈なぜわたしを信じない？〉

〈なぜ信じなきゃいけない？〉

〈なぜならわたしは、こうして君に語りかけているからだ〉

〈そうね、だけどわたしは、さっきも言ったとおり、たとえあなたが近くにいないときだって、あなたの声をいつも頭のなかで聞いていた〉

〈しかし、このような会話はしたことがなかったはずだ〉

〈たしかにこれはなかった。でも似たような経験は、さんざんしている〉

〈きっとしているのだろう。しかしこれは、錯覚などではない〉

リディアは歯磨きの手を止め、鏡のなかの自分を見る。〈あなたの声、本当にフィッツとよく似てる〉

〈それはわたしが本物だからだ。この事実を受け入れるのが、なぜそんなに難しい？〉

〈だってわたし、幽霊なんか信じてないもの〉

〈わたしは幽霊ではない〉

〈霊的実体、幽霊、魂、なんでもいいわ。死後も生きつづける命の存在を、わたしは絶対に

信じないだけ〉

〈君は信じていないのか？〉

〈あら、驚いたみたいね〉

〈君が信じていなかったとは、まったく意外だ。そういえばその種の話を、わたしたちは一度もしたことがなかったな〉

本当に一度もなかっただろうかと、リディアは思い返してみる。たしかに、声の言うとおりだった。

〈おそらく、人間はテレパシーによるコミュニケーションができないため、納得するのが困難なのだろう〉

リディアは思わず笑ってしまい、急いで口からうがいの水を吐き出す。

〈なにが可笑《おか》しい？〉フィッツの声が訊ねる。

〈失礼、でもあなたのその言い方、ちょっとお気楽すぎるんじゃないかと思ってね。まるで、なぜ一般市民は大きな家に住めないか、一度も考えたことがない大金持ちみたいなんだもの〉

〈しかしわたしは、決して無知ではない〉少しむっとしたらしい。〈死後の生命について人間がどう考えているか、わたしは広範に研究してきたし、これはわたしが特に関心をもってきたテーマだ〉

リディアは、あの基調講演のあとの質疑応答で、フィッツがどんな話をしたか思い出した。ロジ人の宗教概念について訊かれた彼の答は、ひどく曖昧だった。〈こと宗教に関し、ロジ人とわたしたちのあいだには、大きな隔たりがあるみたいね〉彼女は言う。

〈同感だ。君たちが宗教に感じている神秘性を、わたしは羨ましく思う。人間の最も興味深い思想の多くは、宗教に由来しているからな〉

リディアはバスルームから寝室に戻り、着替えをはじめる。〈黒を着るべきなのかな？〉

彼女はフィッツの声に訊いてみる。〈みんなもそれを期待していると思う？〉

〈君の上司はしているだろう。しかしマディスンは、君が何色の服を着ているか、気づきもしないはずだ〉

リディアはうなずきながらも、死人の声に服選びのアドバイスを求めたのではない、頭のなかに浮かんだ疑問を、言語化しただけだと自分に言いきかせる。とりあえずは、ヴィクトリア時代の喪に服する未亡人みたいな黒ずくめではなく、適当に地味なものを選べばいいだろう。

〈ところでロジアの人たちは、誰もが死んだ建物の近くで、永久にうろうろしつづけるの？〉

〈永久にではない。われわれは残響《エコー》と同じで、徐々に消えていく〉

これを聞いて、下着を選ぼうとしていたリディアの手が止まる。なぜか今の話は、死そのものがもたらす悲しみより、はるかに悲しいように思えてしまったからだ。〈死んだ人は、どれくらい長く残っていられる？〉

〈個人差がある。数週間で消える人もいるし、何年か残りつづけられる人もいる〉

〈じゃあそのあとは？　完全に消えてしまうわけ？〉

〈その点は議論がつづいている。完全に消滅するという意見がある一方、単に声が聞こえなくなるだけだと主張する人もいる。死者がみずからの意思で、しゃべるのをやめるだけだという考え方もある。もちろん、どこか別の世界に移るという人も少なくない〉

〈あなた自身は、どう考えてるの？〉

〈わたしは昔から、死者の声が聞こえなくなってしまうのは、その声を聞かねばならない最後のひとりがいなくなったときである、と考えてきた〉

〈へえ〉

〈実はこれも、けっこう主流派の考え方なのだ〉

　リディアは、この不気味なやりとりをいったん中断し、ダークグレーのジャケットとパンツ、そして白いシャツを手に取る。今のこの状況で、上司たちはプロの通訳としての彼女の資質を疑っているはずだから、服装だけはきちんとしておきたい。

〈それなら、あなたの声を聞かなければいけない人は、いったい誰なの？〉リディアは訊く。

〈わたし？〉

〈正直に言うと〉声が答える。〈君にはただ聞く以上のことをしてもらう必要がある〉

〈どういう意味？　生きているあいだは、わたしにどうしても頼めなかったことがあって、それをいま頼みたくなったとか？〉

〈違う〉苛立った口調は、生前のフィッツらしくない。〈わたしは君に、誰がわたしを殺したか、突きとめてもらわねばならない。そんなこと、とっくにわかっていると思っていたの

だが〉

　応接室にいる人たちを、彼女はずいぶん長く待たせているから、会話の相手が何者であれ、早く切りあげて一階に下りていかねばならない。

〈お願いがある〉靴をはいているリディアに、フィッツの声が言う。〈なにがあっても、わたしと君がまだ会話できていることを、かれらに教えないでほしい〉

〈教えるわけないでしょ。逆にわたしは、かれらと話をしているあいだは声をかけないでほしいと、あなたに頼むつもりでいた〉こんな話をつづけてしまう原因として考えられるものを、できるだけ絞りこむなら、神経衰弱が挙げられるだろうが、ちょっと深刻すぎるので、精神的ショックやPTSDのせいにしたほうが、より信じてもらえるかもしれない。原因がなんであれ、マラートたちから事情を聞かれる席では、フィッツの死から立ちなおるには時間がかかる、とだけ言っておこう。あとは、適当な薬を見つけて服用すれば治るだろうし、治ってしまえば、こういう重大な問題を抱えていたと、エージェンシーに報告する必要もなくなる。なにしろエージェンシーは、契約している通訳の心の健康について、やけに厳しいことを言いたがるのだ。実際LSTLでも、心の病を見つけるための徹底した検査を、定期的に受けさせられた。まるで通訳たちが、かれらの精神疾患を、まるごとロジ人にうつしてしまうかのように。

〈わかっていると思うが〉フィッツの声がつづける。〈死後のロジ人がどうなるか君に教えたことを、ほかのロジ人たちは冒瀆《ぼうとく》的な行為とみなすだろう。家族や親しい友人だけが、密かに語るべき話題と考えられているからだ。まして外部の者に、この種の話を聞かせることはまずない〉

〈つまりあなたとわたしは、みなさんの顰蹙《ひんしゅく》を買うわけだ〉

〈わたしは、君が危険な目に遭うことを心配している〉

〈それはないでしょ〉リディアは、誰が自分に危害を加えるのかと訊きたくなる。しかしすぐに、これはただの自問自答かもしれないのだと思いなおす。

〈君が黙っていれば大丈夫だ。君が自分から言わないかぎり、ほかのロジ人たちに知るすべはない〉

〈あるいは、あなたがバラさないかぎり〉

〈わたしがかれらと話をすることは、絶対にないだろう〉

〈なぜ？〉さっきからリディアは、二階の踊り場でもたもたしている。一階から、自分を待つ人たちの話し声が聞こえており、ということは、かれらにも彼女が階段を下りる足音が聞こえるはずだ。彼女は靴を片方脱ぎ、ありもしない小さな砂利を靴底からほじくり出そうとする。〈あなたを殺した犯人を探すのであれば、お仲間のロジ人のほうが、わたしよりずっと上手いでしょうに〉

〈実をいうと、誰を信用していいか、わたしにもわからないのだ〉

〈それ本気で言ってる？〉

〈本気だ。ロジアの内部事情は、なかなか複雑でね〉

〈なのにわたしのことは、信用してるわけ？〉

〈そのとおり〉

尊敬する人から信用していると言われ、しかも彼を殺した犯人の捜索を依頼されたのが自分だけであることに、リディアは興奮を覚える。けれども同時に、この興奮は、みずからの狂気に完全に呑み込まれた証しではないかと不安になる。

〈とにかくかれらには、わたしが君と話していることを教えないでほしい〉フィッツの声が念を押す。〈ほかのロジ人たちは、この家にわたしの意識が残留しているかどうか、知りたがっているだろう。それがかれらにとって、最大の関心事のはずだ。けれども、かれらがそれについて君やほかの人間に語ることは、まずあり得ない〉

〈でしょうね〉

〈もうひとつ、君がここに住みつづけることも非常に重要だ。だからほかの住居に移れと言われても、従ってはいけない〉

〈どうやればわたしが、かれらの命令を拒めるの？　この外交官宿舎を所有しているのは、ロジア大使館なのに〉

〈それは自分で考えてくれ。しかしわたしたちは、常に連絡をとりあう必要がある〉

かれらを待たせるのもそろそろ限界だった。〈もう行かなきゃ。ほかになにかある？〉

〈できるものなら、君が犯人ではないと、かれらに言ってやりたい〉

〈だけどあなたにも、犯人が誰かわからないんでしょう?〉

〈わからない。暗かったし、犯人は覆面をしていた〉

〈なのになぜ、わたしじゃないと断言できるわけ?〉

〈君がわたしを殺そうとしたのなら、わたしはその意志を感じていたはずだ。あれは明らかに君ではなかった〉

リディアは階段を下りはじめるが、たちまち体がふらつき、手すりにつかまってしまう。自分が酔いはじめているのを、彼女は感じる。

頭のなかでいくら自問自答をくり返しても、酔いを感じることはない。こうなってしまうのは、生身のロジ人と話をしたときだけだ。

残留許可

応接室にいる全員がリディアに顔を向けており、しかしその目つきたるや、すべておまえが悪いと言っているかのようだ。集まっていたのは、マディスンと彼女の通訳、ヴァリという名のロジ人と彼の通訳、そしてマラートを含む地球人四名の総計八名。マディスンは、ロジ人が好むフードつきのメッシュの服を着ているのだが、色が明るい赤、黄、青なので、炎に包まれているようにみえる。ずいぶん強烈じゃないかと、リディアは思う。

リディアは、精神的に打ちのめされている顔を精一杯よそおいながら、部屋の反対側にぽつんと置かれていた椅子に腰をおろす。健康状態に関するお決まりの質問が終わると、事件について彼女が知っていることを最初からすべて話すよう、またしても要求される。昨日も警察で同じことを何度も言わされたと、彼女は訴える。

〈警察の捜査能力を疑うわけではないの〉マディスンが言う。〈でも、かれらとわたしたちでは優先事項に違いがあるかもしれないので、わたしたちも独自の捜査を進めたほうが賢明なのね〉

この点については、リディアも同意せざるを得ない。ロジ人たちが、この殺人事件をロジ人排斥運動の一環ではないかと危惧するのは当然だし、市警からの情報をただ待つのではなく、自分たちで情報収集に努めるのも理解できる。もしここにいる人たちが一斉に退出してくれたなら、リディアはフィッツを呼び出し、自分を殺したのが誰か本当に心当たりはないのかと、詰問できるのだが。

マラートが横から口をはさむ。「警察から聞いたんだが、君の体内から、ナンプの成分が検出されたそうだな」リディアは、今その話をしても無意味だろうと言い返したくなる。そしてこの支社長どのに、もし彼の通訳たちが、職務を遂行するためドラッグを利用していないと思っているなら、あなたは大バカだと言ってやりたくなるけれど、ほかに誰が常用しているのか訊かれたり、誰から手に入れたと追及されたりするのも面倒なので、やはり黙っている（実は、ナンプをリディアに譲ってくれたのはキャンディスという名の引退した通訳で、キャンディスはすごくクールな女性みたいだったから、リディアは彼女と適切な友情が育めなかったことを悔やんでいる）。リディアはうなずき、「たしかに、会議後のバンケットで集中力を維持するため、少しだけ使いました」と素直に認める。

「フィッツウィリアムは、そのことを知っていたのか？」

「もちろん知りません」

「リディア、わたしたちは薬物濫用を、非常に深刻な問題と受けとめている」

濫用？　たまに使うだけではないか。それも、集中力を保つというあの薬の本来の効能を得るために。

「この件は君の経歴書に残されるし」マラートがつづける。「今後の捜査でも検討材料に加えねばならない」

「今後の捜査？」

〈あなたのふだんの行動を調べるという意味〉マディスンが補足する。

〈フィッツが殺されたことと、わたしのふだんの行動が、どう関係するんです？〉

〈監察官のチームが、昨日ロジアを出発してこちらに向かっている〉ヴァリが答えた。〈この問題に、現地で対処するためだ。だからわたしたちは、かれらが到着するまえに、提供可能な情報をできるだけ多く集めておかねばならない〉

リディアは急いで計算する。昨日発《た》ったということは、移動ゲートがどれだけ安定しているかにもよるけれど、五日後には到着するわけだ。それまでに大使館は、事件を可能なかぎり整理し、捜査が順調に進んでいるよう、みせかけねばならない……当然、誰に責めを負わせるかも決めておくのだろう。そして今ここにいる人びとのなかで、誰が最有力候補であるかは、わざわざ訊くまでもない。

〈なぜフィッツウィリアムは、あの殴打騒ぎのあと、あなたを擁護したんだろう?〉マディスンが訊く。

〈それって、半月ぐらいまえの話ですけど〉

〈これほどの重大事件になれば、時間的にも広範な捜査をする必要があるの。ぜひ協力してもらいたい〉

〈フィッツがわたしをかばってくれた理由は、ぜんぜんわかりません。わたしとしては、クビを覚悟していたのに〉

〈あなた、自分はクビになるべきだと考えていたの?〉

〈わたしが考えていたのは……難しい状況に直面したあげく、バカなことをやってしまった、ということだけです〉

〈あなたを雇いつづけるとフィッツウィリアムが決断するにあたって、あなたがなにかしら働きかけたことは?〉

〈ありません〉

〈本当に?〉マディスンの声には疑念がにじんでいる。

〈そんな時間はなかったからです。あの翌日、みなさんが彼と会った時点で、わたしは彼と一度も言葉を交わしていませんでした〉マディスンは、リディアがフィッツに対し、なにか邪悪な影響力を行使したとでも考えているのだろうか？　だとしたら大笑いだ。

つづいてマラートが、ハリファックスに帰省しているあいだ、ハリ・デサイ以外の誰に会ったのかとリディアに訊く。この支社長は、所属する通訳が目の届かない場所に行くのを極端に厭《いや》がるし、特にリディアが故郷に帰ったことを、不快に思っているらしい。まるで帰省したせいで、彼女が、かれらによって改造されるまえの野蛮人に戻ってしまったかのようだ。さらにマラートは、彼女がハリファックスから戻ったときのフィッツの心理状態、あの会議における基調講演の内容、会議にはほかにどんな人が出席していたか、そして殺害当夜のその他の出来事について、矢継ぎばやに質問を浴びせる。

ロジ人のなかでも特に長身で色が白く、大使館で渉外を担当しているヴァリは、フィッツに敵がいることを匂わせるものはなかったかと、リディアに質問する。リディアは、こう訊き返したい誘惑に駆られる——それって、マディスンを別にしてという意味ですか？　しかし、そんなことを言えば顰蹙を買うだけだろうし、なによりマディスンに、誰が警察の注意を彼女に向けさせたか気づかれてしまう。リディアは、現状を改めて考えてみる。こんなに疑われていても、自分はまだ解雇されていない。すると、フィッツの声が誰も信用できないと言った対象は具体的にどの人たちか、ひどく気になってくる。もしかすると彼女の直感は、あながち的外れではなかったのでは？

しかしリディアは、改めて自分にこう言いきかせる。そもそもフィッツの言葉は、リディアの潜在意識が不確かな疑念を別のかたちにして、彼女に投げ返しているだけかもしれないのだ。であるなら、意味もなにもあったものではない。

〈敵がいるような感じは、まったくありませんでした〉ヴァリの問いにリディアは答える。〈彼は本当にいい人でしたから〉このひとことを、彼女はマディスンに向けて放ったつもりだったし、マディスンの心にこの言葉が入ってゆくとき、クッションにピンが突き刺さったくらいの小さな抵抗を感じる。マディスンにとっては、あまり聞きたくない言葉だったらしい。

〈君と彼は、ずいぶん気が合っていたようだな〉ヴァリが言う。

〈仲はよかったですね。わたしは彼が好きでした〉リディアは集まっている人びとの顔を見わたし、声に出して言う。「まさか彼が、陰でわたしのことをけなしていたわけじゃないでしょう？　だって彼とわたしは、仕事上のすごくいい関係を築けていたんですから」

この質問に答えようとしたマラートに向かって、マディスンが宙に小さく円を描く。黙っていてくれと頼む際のジェスチャーであり、本来は礼儀にかなったものなのだが、今回もそう解釈していいのかどうか、リディアにはわからない。

〈警備体制の不備が明らかになったことに比べたら〉マディスンが言う。〈あなたたちの仕事上の関係なんか、ちっとも重要ではない〉

〈もしかして、データが消去されたことを言ってるんですか？〉

〈そのとおり。でも、それだけではない。わたしは、決められた手順を守り適切な距離を保つよう、フィッツウィリアムに何度も注意した。あなたが彼の専属として就くまえには、彼が人間のスタッフと個人的な情報を共有しすぎることに対し、苦言を呈したこともある。わたしの注意を、彼は守っていた?〉

この質問にぎょっとしたリディアは、酔いがまわりはじめていることに気づく。〈守っていました。でもご存じのとおり、専属の通訳という仕事の性質上――〉

〈距離をとるのは不可能だと言うつもりなら、わたしは同意しない。可能なことは明白であり――〉

〈この問題について、わたしはさんざん訓練を積んできたし、フィッツの私生活に踏み込んだことは一度もありません。なぜそれが――〉

〈わたしたちは、あなたが誰に対し、自分の仕事を詳しく説明したかにも関心をもっている。だから――〉

リディアは声をあげて笑ってしまう。〈詳しい説明を他人にしている暇なんか、あるわけないでしょう! 通訳として働くことが、わたしの社会生活のすべてなんですからね。友だちはひとりもいないし、だから話をゆっくり聞かせてやれる相手もいない〉

〈それでも犯人は、なんらかの方法で警備の弱点を衝《つ》いた。ドローンが二機とも無反応だったことを、よく考えてみて。そしてもし、犯人がこの建物に侵入したのであれば――〉

〈そのもしはどういう意味ですか? わたしが犯人を招き入れたと思ってるんですか? そ

〈これほどの重大事件になれば、被害者と仕事上良好な関係にあったというだけで、その人を容疑者リストから外すわけにはいかない。個人的な問題ではないんだもの。もしあなたを詳しく調べなかったら、わたしたちは死んだフィッツウィリアムに、さらなる悲しみを与えることになるでしょうね〉

リディアがなにを言おうと、マディスンが考えを改める見込みはなさそうだ。彼女は、ここにいる全員に出ていってもらいたくなる。

「ところで」マラートが気まずそうな顔で割り込む。「君のために、学校の寮の部屋をひとつ用意した。とりあえず身のまわりの物だけ持って移動してくれれば、残りはあとから送ってあげよう」

「学校って、ＮＹＳＴＬのことですか？」あの語学学校があるのは、イースト川を渡ったクイーンズ区だ。これは困る。「わたし、マンハッタンを離れるなと言われてるんですけど」

マラートは首を横に振る。「警察に確認したら、ニューヨーク市から出なければいいそうだ」

「でもわたしは……ここに残りたいんです」

ここで人事担当の男性が身を乗り出す。「この外交官宿舎は、現在の君にとって決して望ましい場所ではない。トラウマの現場に滞在しつづけるのは、よくないことだ」

「わたしは大丈夫です」とリディアは答えるが、声に自信がこもっていない。

「君がここにいる理由はもうないだろ」マラートが言う。

「それに学校の寮に移ってくれれば、わたしたちも君とすぐに接触できる」

どうせ本当の狙いは、近くにおいて監視することなのだ。そして通訳業務に復帰できるかどうか観察する。もしここで抵抗したら、適性を失っていると判断されるだろう。けれども、頭のなかで聞こえているあの声が、もし本物だとしたら？　彼女はここにとどまり、犯人探しの手伝いをしなければいけない。「もしできれば……フィッツの後任が決まるまで、彼の代わりとしてここにいたいんですが」

〈それはだめ〉マディスンが言下に拒絶する。〈そんなことは許されないし、まだ一年も一緒に働いていないのに、文化担当官の仕事を代行できるとあなたが考えているのであれば、それは彼に対する侮辱であり――〉

〈わたしは彼の代行をやると言ってるのではありません〉リディアが反駁《はんばく》する。〈ここにいて、留守番をしたいと言ってるんです。彼がどんな仕事をしていたか、わたしはすべて記録しているし、彼が連絡をとった相手もひとり残らず把握しています。だからかかってくる電話に応対したり、彼宛てのメールを処理することができる。お願いします。役に立っていることが実感できなければ、わたしは苦しいままなんです〉

「リディア」嚙んで含めるようにマラートが言う。「捜査対象になっているあいだは、事実上の停職状態におかれるんだ。それはわかっているだろう？」

「でもわたし、停職になるようなことはなにもやってません」

「君がなにかをやったとは、誰も言ってない。しかし捜査が終わるまでは、そう断定もできないんだ」

リディアは嘆息して立ちあがる。この決定をくつがえすのは、どうやっても無理らしい。

「荷物をまとめてきます」

リディアは、スーツケースに必要な物を投げ込みながら、持っていく本を何冊ぐらいに抑えれば、寮の部屋からあふれないだろうかと考える。そしてこれが最後になるかもしれないと思いつつ、フィッツに話しかける。

〈ごめんなさい〉彼女はまず謝罪する。〈ここにいられるよう、がんばったんだけど――〉

〈それはよくわかっている〉彼の声が答える。〈なんなら君が密かに戻ってこられるよう、わたしが手伝ってあげようか？　ここの警備プロトコルを、わたしはよく知っている〉

〈でもそれをやったら、警察はわたしをいっそう疑うんじゃないかな？　どっちにしろ、かれらはわたしを監禁するみたいだし、この家は警官が二十四時間見張っている。そう言ってくれるのは、すごくありがたいんだけどね〉

〈では別の手を考えてみよう〉

〈ごめんなさい〉

〈謝ることはない。君にどうこうできる問題ではないのだから〉

〈なにがどうなっているのか、さっぱりわからない。われながら情けなくなってくる。わか

っているのは、自分がクビになることだけ〉

〈しかし君は、完全に無実だ。エージェンシーのほうも、君の疑いを晴らすことで、かれらの教育訓練と人選は誤っていなかったと、証明したいのではないか？〉

〈それはないと思う。逆にかれらは、できるだけわたしから距離をとろうとするでしょうね。もしわたしが幹部社員だったら、守ってくれるかもしれないけど、わたしはいくらでも取り替えのきく下っ端だもの〉疑う余地もなかった。マラートたちは、決められた手順どおり彼女を馘首《かくしゅ》し、それで終わりにするだろう。

むろん警察が彼女に罪を着せたりしたら、話は違ってくる。

あるいは、リディアが本当はフィッツを殺しており、単にそれを憶えていないだけだとしたら。

〈とにかく戻ってこられるよう、がんばってみる〉彼女はフィッツに言う。〈でも、可能かどうかわからないし、もしできなかったら――〉

〈わたしはできると確信している〉

リディアが階下へ戻ってゆくと、なぜか応接室では激しい議論が交わされている。新しい声がいくつか加わっており、そのうちのひとつにリディアは聞き覚えがある。警察署で彼女を最後に尋問したあの警部、スタージェスだ。リディアがドアの陰から顔を出すと、全員が一斉に彼女を見る。スタージェスの横には、真っ白なストレートヘアをボブにした色白の若い女性が、表情のない顔で立っている。制服は着ていないけれど、白いシャツの胸ポケットにピンで留められたバッジから、警察づきの通訳であることがわかる。

「パーティーがはじまってたんですか？」リディアは言う。「まだ飲み物が出てませんね。失礼しました」

スタージェスがにこやかに笑いかけてくる。「ミズ・サウスウェル、こちらの方々があなたをどこかに移すと聞いて、大急ぎで駆けつけたんです。行き違いがあったようで、申しわけありません」

「気になさらないでください」ついこう言ってしまったけれど、この状況は気にすることだらけだ。まずスタージェスは、移動の話をどうやって聞きつけたのだろう。この外交官宿舎は盗聴されているのか？　それとも玄関前の警官が、聞き耳を立てていた？

「あなたがマンハッタンから出られないことは、エージェンシーにも大使館にも、連絡ずみなんですがね」

「でしょう？　わたしもそう言ったんですけど――」

「あなたはちゃんとわかっていた。だからわたしも、まさかエージェンシーが――」

「ニューヨークから出さなければいいと、われわれは聞いたのです」マラートが仏頂面で言う。

「もし彼女の移動制限を勝手に解除したら、なにが起きるか考えなかったんですか？　彼女だけでなく、あなたたちもひどく面倒なことになるんですよ？　彼女は、逃亡の危険があるとみなされている。みなさんも今後は、相互連絡をもっと密にしていただきたい。わかりましたか？」

マラートはまだなにか言いたそうだったが、口をつぐんでリディアに向きなおる。「突っ立ってないで、座ったらどうだ？」

椅子が全部ふさがっていたため、リディアは窓枠に腰かける。

「さて、君の意見を参考にして検討した結果——」

リディアは思わず笑いそうになる。これではまるで、彼女の意見がかれらの結論を決定づけたみたいではないか。彼女が笑いをこらえていることに気づき、マラートが眉をひそめたので、リディアは急いで大真面目な表情をつくる。マラートが言葉をつづける。「——君がここに留まるのは理にかなっていると、認めることにした」

「だけど、ほかにも選択肢があったんじゃないですか？」

「君をホテルに移したり、大使館内に部屋を与えることも考えてみた。しかしニューヨーク市警は、警護しやすいという理由から君がここに残ることを望んでいる。そしてわたしたちも、通常の業務から外れた君を、次の文化担当官が着任するまでここに残し、連絡係として情報の整理にあたらせるのが合理的であるという結論に達した」

この言い草にリディアは唖然《あぜん》とする。これはさっき、彼女がとっさに思いついた案ではないか。まさか現実になるとは思っていなかった。マラートたちは、警察に強いられたからそうするのではなく、自分らで決断したようにみせかけるため、彼女の苦しまぎれの案に飛びついたのだろうか？　たぶんそうだ。どうでもいいけど。

「ありがとうございます」不快感を隠しながら、リディアは礼を言う。「みなさんをがっかりさせないよう、がんばります。わたしは、フィッツがどんな人たちと仕事をしていたか、本当によく知っていますから――」

「しかし、君がすべてを担当するわけではない。君はマディスンの助手としても働けるわけだから、マディスンもここに常駐し、新たな決定があるまで連絡業務にあたってもらう」

くそっ。

マディスンは片手の指をそろえて、こめかみにあてる。あれが歓迎の意を表わすジェスチャーであることを、リディアはよく知っているのだが、今は妙に押しつけがましく、尊大に感じられる。あのジェスチャーは、相手を愚弄したいと思っているのでないかぎり、上司はもちろん同僚に対してもやるべきではない。マディスンが言う。〈今後ともよろしく、リディア〉

スーツケースを二階の自室へ戻しにゆく途中、リディアは大使館の通訳と警察の通訳のふたりが廊下に立ち、くつろいだ様子で語り合っている声を聞く。なぜ自分にはあれができなかったのだろう？　ニューヨークに来るまでは、通訳は全員が共通の土壌をもっているから、簡単に友だちがつくれると考えていたけれど、そのとおりにはならなかった。警察に飼われている通訳までもが、彼女がまだ加入できずにいるクラブの一員であることを見せつけられると、落胆せずにいられない。とはいえ、これも彼女がこの街で犯した大きな失敗の一部なのだし、そのうち忘れてしまえるだろう。

第三部

リディアはベッドの上に寝て、なぜスタージェスがエージェンシーの意図を即座に察知し、ここに駆けつけることができたのか考えてみる。彼女を監視していたとしか思えないが、もしそうなら、警察はどこから彼女を見ており、彼女はどうやればその目を避けられるのだろう？　この外交官宿舎の隣に立つ建物は、二階が高級アパートになっていて、現在そこに住む男性は避暑でケベックに行っているから、リディアを見張る拠点として警察が徴用するにはうってつけだ。考えれば考えるほど、彼女はそうに違いないと確信する。もちろん警察に、彼女とフィッツの会話を盗聴することはできないけれど——今この家には、マディスンがいる。

〈わたしたちが話をしていると、マディスンは気づいてしまうの？〉リディアはフィッツに訊いてみる。

〈これくらい離れていれば、気づくことはない〉フィッツが答える。

マディスンは今、一階のフィッツの書斎にこもっている。リディアは、必要に応じ彼女の手伝いをすることになっていた。

〈もしわたしが彼女を感じられないなら〉リディアは言う。〈彼女がわたしを感じることも、ないんでしょうね〉

〈君は、ちょっと神経質になっているようだな。移動を強いられそうになったことが原因か？〉

〈それもある〉

〈過ぎたことを気にしてもはじまらない。警察のおかげで、君はここに留まれたのだから〉

〈警察は、親切心からそうしたわけじゃない。この家からわたしを、動かしたくないだけ。そうすればそのうち、凶器を持ち出すだろうと考えているのね。マンハッタンに置いておきたいのは、空を飛ばないかぎり、島の外に逃亡できないから。エージェンシーと大使館が、そんなわたしの味方をするわけないし、すでにかれらは、わたしを憎んでいる〉

〈憎んでいるというのは、言いすぎだと思うが〉

〈だってわたしは、かれらの頭痛の種だもの。早くわたしを追い出したくて、うずうずしてるわ〉ここでリディアは、マディスンが近くにいないことを確かめるため、耳をそばだてる。なにも聞こえない。

〈あなたはもう、マディスンに話しかけてみたの？〉

〈いや。話しかけるつもりもない。彼女は信用できないし、君がわたしと話していることを、悟られたくないからだ。彼女と接触するのは、避けたほうがいいだろう〉

〈マディスンからも事情聴取しろと、警察に言ったのはわたしなんだけど、あの人が犯行に

かかわっている可能性ってあると思う?〉

〈たぶんない。たしかに、わたしたちのあいだに意見の相違はあったが、彼女はそこまで飛躍しないと思う〉

〈でしょうね。やっぱりバカな思いつきだったんだ〉

〈とはいえ、性急に彼女を除外するのも考えものだ。可能性はいくらでもあるのだから、君が犯人探しに動いていることを、彼女に知られるのはまずいと思う。協力が得られないどころか、逆に妨害されるかもしれない〉

ため息をつきながらリディアがシート状ディスプレイを広げると、見ず知らずの人たちから彼女宛てに送られてきた大量のノートや音声メッセージが、画面上でひしめいている。

@LMBFFFFFOOO/おまえみたいな頭のおかしい悪人は、刑務所で殺されてしまえばいいんだ
@MonkeyMike456/自分がなにをやったか、わかっているのですか? あなたの名は、戦争をはじめた女として歴史の教科書に残るでしょう
@LostPride2058/行動を起こす人が遂《つい》に現われてくれた。君は偉大なアメリカン・ヒーローだ
@dodohunter89/あなたの訴訟費用を確保するため、クラウドファンディングを立ちあげたところ、早くも三千百ドル集まりました!

@ClassicBoi00／君が彼になにをやったか想像すると、興奮せずにいられないし、もし個人的に会って詳しく話を聞かせてくれるのなら、お金を払ってもいいです

いくら読んでもきりがない。

送られてきたノートのなかには、あの不合理同盟《イロジカル・アライアンス》が発表した公式声明のコピーも含まれていた。そのなかで同盟は、リディアを殺人罪で起訴するのは不当であると主張しているのだが、彼女は無実だとまでは明言しておらず、声明に寄せられたリプライには、じゃあ冤罪《えんざい》だろうと推測するものや、彼女は正しいことをしたと断言するものもあった。

リディアはニュース・フィードに切り替える。フィッツの死が大きなニュースになることは、彼女も予想していたけれど、彼女自身の身に起きたことがこれほど広く語られるなんて、にわかには信じがたい。ニューヨークではもちろんトップニュースだが、世界中のメディアが報じている。この事件がフィードから消えないのは、犯人がまだ捕まっていないからだ。エージェンシーの努力にもかかわらず、続報が出るたびに彼女の写真もくり返し表示され、当然のことながら彼女が犯人だろうと、多くの人が決めつけている。かといってリディアには、どうすることもできない。すでに彼女は、ニュースの読者によって捏造《ねつぞう》された彼女の分身が、全世界に拡散しているような気がしている。自分が当事者であるという実感さえ、薄れてしまいそうだ。しかし残念ながら、彼女は当事者なのである。

事件の謎に飛びついた人の多さにも、リディアは驚いている。警察は、この事件がなぜこ

れほど不透明なのか理由を説明するため、セキュリティ・データが消失している事実の公表を余儀なくされた。それ自体は、さほど珍しいことではあるまい。殺人事件の被害者のなかには、いかがわしい生き方をしてきた人が少なからずおり、かれらは行動が記録されることを極力避けているからだ。しかし、公的に重要な立場にいて、常に身辺を警護されている人物がこんな死に方をしたとなると、話はまったく違ってくる。

〈世界中の人たちが、誰があなたを殺したか知りたがっている〉リディアはフィッツに言う。

〈なのになぜ、わたしひとりで犯人が探せるとあなたは考えたの？　警察は商売だから、捜査は得意中の得意だし、動ける警官もたくさんいる。だけどわたしは普通の女で、手伝ってくれる人もいなければこの街のこともよく知らず、おまけに事件が起きたときは酔っぱらっていた〉

〈わたしが懸念しているのは、強力なプレッシャーにさらされた警察が、結果を早く出そうと焦ったあげく、いちばん手近な容疑者にすべてをかぶせてしまうことだ〉

〈それがわたしだってことは、自分でもよくわかってる。わたしでなければ、ハリね〉

〈ハリとは？〉

〈イギリスに帰ったとき、向こうで知り合った男性。なぜか彼は、事件の日の晩にニューヨークにやって来たの。だけど、もし警察がハリを逮捕しても、わたしは彼との関係を改めて疑われるだろうな〉

〈だからこそ、わたしのためだけでなく君自身のためにも、君が自分でこの事件を捜査する

ことは、とても重要になってくるのだ〉

〈それなら、なにをどう捜査すればいいか教えてよ。わたしには手がかりもなければ、情報もないんだからね。しかも事件があったときは、バカみたいに眠りこけていたし――〉

〈リディア、落ち着きたまえ〉

〈そりゃあなたは、簡単に落ち着けと言えるでしょうよ。もう死んでるんだし、心配することなんかなにひとつ――〉

〈わたしは君のことを心配している〉

リディアは、思わず涙が出そうになる。たとえ死者であっても、この大都会で自分を心配してくれる人が、少なくともひとりいるのだ。

〈わかった〉気を取りなおして彼女は言う。〈わたしはまず、なにをやればいい？〉

〈まず最初に、君が里帰りしているあいだに送られてきたわたし宛ての不愉快なメッセージのなかから、特定の一本を探し出してほしい〉

〈あなたを罵倒するメッセージであれば、毎日たくさん届いているでしょうに〉

〈そうなんだが、その一本は珍しく文章が整っていた〉

〈もし書斎にあるのなら、取りにいけない。わたしがあなたのファイルに触るのを、マディスンが許すはずないもの〉

〈書斎には置いていない。どこにあるか、今から教える〉

警報が鳴るのではないかとびくびくしながら、リディアはフィッツの寝室に入ってゆく。この部屋に入るのは初めてだった。明確に禁じられていたからではなく、入る必要がなかったからだ。リディア自身も、入りたいと思ったことは一度もない。

階下から物音が聞こえてくるが、あれはマディスンが書斎でなにかやっている音だ。でも少し待っていると、再び静かになる。もしここにいるのを見つかったら、本を探していると言えばいい――実際そのとおりなのだから。

部屋の壁は深紅色で、内装の趣味は悪くない。置かれているのはフィッツの衣服と呼吸補助装置、それにベッドぐらいだ。ベッドは四柱式で低い位置にドーム形の天蓋があり、横たわるとバブルのなかにいるような状態となるため、顔につけていた半透明の薄膜を外して眠ることができる。フィッツはいつも、仕事上のごたごたは書斎だけにとどめ、この寝室はそこから逃れるための避難所だと言っていた。にもかかわらず、不愉快なメッセージをわざわざインクアウトし、栞《しおり》として本に挟むことがよくあった。そして最後の夜も、問題のメッセージが栞の代わりに挟まれた本を、この寝室で読んでいたと言う。

フィッツには内緒だが、リディアはこの寝室内での自分の行動を、フィッツの声が本物であり、自分が狂っていないことを証明するためのテストにしようと考えている。リディアの理屈はこうだ――問題のメッセージの存在を彼女は知らなかったし、当然、その所在を知るわけがない。ということは、もしあの声の指示どおりにメッセージを発見できたなら、その情報は彼女の脳から引き出されたものではあり得ない。したがって、彼女がコミュニケートしている相手は、本物のフィッツである可能性が極めて高くなる。

フィッツはリディアに、ベッドのそばにあるチェストを開けろと指示する。彼女はベッド脇をのぞき込み、床の上に置かれた小さなチェストを見つける。抽《ひ》き出しを開くと、本が一冊だけ入っている。最近の出張で彼に贈られた、太平洋諸島の伝統美術に関する図版入りの歴史書だ。彼女はその本を床に置き、深呼吸して心の準備を整える。なにしろ彼女は、自分が発狂しているかどうか、今から確認するのだ。これも人生の一大事には違いない。

両目を閉じる。

本を開く。

目を開ける。

二つ折りにされた紙片が、ページのあいだに挟まっている。

ここまではいい感じだ。だがフィッツは、ただの反故《ほご》紙を本に挟むこともあるから、やはりなにが書かれているか確かめねばならない。紙片を手にとった彼女の目に、飛び込んできたのは――

あなたが死ぬまえに、地球に来たことを後悔させてあげましょう。

どうやらこれらしい。本を閉じようとしたリディアは、しかしはっとして手を止める。本に挟まれた栞が意味するのは、今はこの場にいない誰かが、あとで戻ってきてつづきを読む気でいる、ということだ。それを考えると、栞を抜いたらその人の意思を断ち切ることになってしまうし、彼女は突然、このまま本を閉じるのが忍びなくなる。ところがそのとき、階下でまたマディスンがごそごそ動きはじめる。リディアは急いで本を閉じるともとの抽き出しに戻し、紙片だけ持って静かに自室へ帰ってゆく。

自分の部屋で、家事ロボットに持ってこさせた紅茶とクッキーをつまみながら、リディアは二つ折りにされた紙を開く。英語で書かれたオリジナルのメッセージが、そのままインクアウトされている。ふだんフィッツは、英語の文章はリディアに読ませるし、そうでなければ翻訳サービスにまわすよう彼女に頼むのだが、フィッツの声によると、このメッセージが届いた日、彼はちょうど英語の読解練習をやっていたらしい。インクアウト冒頭のデータは、これが匿名のメッセージであり、トロールボックス経由で送られたことを示している。

ミスター・フィッツウィリアム、わたしがこれを書いているのは、貴殿が長期にわたり、地球人類の文化を抑圧し破壊する策謀を推し進めているからです。貴殿は目立たぬよう行動しているつもりかもしれませんが、われわれの目から見ると、貴殿のやっていることはあまりに露骨です。ロジ人の地球への定着と時を同じくして、われわれの貴重な古典作品の多くが図書館などから消えてしまい、ロジアからの影響を如実に示す新刊書に取って代わられたことは、決して偶然ではありません。一見したところ無害に思える貴殿の活動は、実はまったく逆なのです。いくつかの点で、貴殿こそ最悪のロジ人と呼ばれるにふさわしいでしょう。わたしは貴殿に、ただちに職を辞し故郷の星に帰ることを強くお勧めします。これは貴殿の身の安全を考慮した、衷心からの警告です。むろん貴殿に害を加えるつもりなど、わたしには毛頭ありませんが、貴殿が破壊に着手している文化とアイデンティティを共有する人びとのあいだで、貴殿の解き放った憎悪が高まっていることは、お伝えしておきましょう。あの警備体制では、貴殿の命は守れません。どうやれば突破できるか、かれらは知っているからです。かれらが貴殿を一撃で殺してくれるかどうか、わたしは疑問に思います。きっとかれらは……

ここから先は、フィッツがどんな殺され方をするか、血なまぐさい空想が延々とつづく。リディアは身震いし、メッセージの残りを読み飛ばす。

〈ひどいわね、これ〉罵詈《ばり》雑言《ぞうごん》を浴びせてくるメッセージであれば、リディアも何度か受け取ったことがあるけれど、彼女をぞっとさせたのは、これを書いた人物の異様なまでの冷静さだ。

〈しかし、なかなか興味深い〉

〈わたしならこれを興味深いとは言わないな。それに、飛び抜けてよく書けてるとも思えない。まるであなたが自分で訳したあと、推敲《すいこう》を重ねたみたいな感じ〉

〈いずれにしろ、非常に明快で直截的だと思わないか？〉

〈そうね〉もう一度ざっと読み返しながら、リディアは答える。〈それは言えてる〉

〈この家の警備を破ることにまで言及しており、しかもこれが届いたのは、事件の数日まえ……〉

〈なんならわたしが、これを警察に届けようか？　警察にまかせれば、発信者を特定できるんじゃない？〉

〈いや、警察はすでに入手していると思う。かれらは、わたしがもっているすべてのアカウントにアクセスできるからだ。そしてこれも、無数にある悪意のメッセージのひとつと判断したのだろう。たぶんそのとおりかもしれない。しかしわたしには、それ以上の意味があるように思えてならないのだ〉

〈なんにせよ、わたしにできることはなさそうね。匿名だし〉

〈頼めば発信元を探ってくれる人を、ひとり知っている。彼女は以前にも、このような事案で力になってくれた〉

〈このような事案？〉

〈個人的に追跡したい脅迫者がいたので、彼女に依頼したのだ〉

なんとなく厭《いや》な予感がするが、ここは流しておこう。〈だけど、頼むにはお金がいるんじゃない？　わたし、もってないわよ。おまけに今後は、給料をもらえるかどうかもわからないし〉

〈わたしの稀覯《きこう》本を何冊か売れば、金はつくれる〉

リディアは口にした紅茶を吹きそうになる。〈なんですって？〉

〈わたしはそれでかまわない〉

〈あなたはかまわなくても、わたしはどう説明すればいいの？　あなたが墓のなかから語りかけてきて、自分は気にしないから売れと命じた、とでも言うわけ？〉

〈生前贈与されたと言えばいい。それが嘘か本当か、証明などできないのだから〉

〈たとえそれを信じてもらえても、わたしはすごい疑惑の目で見られるでしょうね。それに形見の品を、その人が死んでわずか二日後に売りに行ったら、血も涙もない女だと思われてしまう〉

〈売却したところで、気づく人はいるまい。数千冊あるうちの、わずか数冊なのだから〉

〈だけど、もしわたしの預金記録に古本屋から多額の振り込みがあれば、警察はすぐに気づくと思うけど〉

〈それなら古書店に売らなければいい。彼女に直接、現物で支払うんだ〉

追跡サービス

〈ああリディア、ちょっと〉書斎のドアの前を通り過ぎようとしたリディアに、マディスンが声をかける。

ロジ人を相手にしていて困るのは、聞こえなかったという言いわけが通用しないことだ。実家で暮らしていたころのリディアは、どこに行くのかと母親に訊かれ答えたくないとき――たとえば、ギルと一緒にドライブに出かけるとき――イヤホンをつけているようなふりをして、なにも言わず家から出てゆくことができた。ところがロジ人の声は、聞き逃しようがない。まるで瞬時に受信確認ができるかのように、かれらは自分の思念が相手の心に届いたことを直感してしまう。

リディアは立ちどまると、肩からかけたメッセンジャーバッグを胴体の陰に隠し、それから開きっぱなしのドアの前まで戻る。

〈わたし、出かけるところなんですけど〉

〈どこへ？〉フィッツの書類が入っているフォルダから顔をあげ、マディスンが訊く。彼女はソファに座っているのだが、そこはフィッツが死んでいたまさにその場所だ。教えてやったほうがいいだろうかと、リディアはちょっと迷う。

〈なにか食べるものを、買ってこようと思って〉

〈配達させるわけにはいかない？〉

〈歩きたいんです。昨日からずっと、この家にこもりっきりだし〉

〈これについて、教えてもらいたいんだけど――〉マディスンは手にしているフォルダを指でつつく。〈シカゴ美術館との提携に関する文書がファイルされている。でも連絡が、途中

で終わってるみたいなの〉
〈ああ、それですか。相手がなりすましだったんです〉
マディスンは指で片方の目の上をさっとこする。これは、びっくりして二度見するときのロジ人のジェスチャーだ。〈つまり、誰かがシカゴ美術館のふりをしたということ？〉
〈ええ。けっこう巧妙でね。こちらからの連絡はすべて偽のアドレスに誘導し、展覧会のディレクターをモーションキャプチャーした上で、こちらと話をするときは彼女の３Ｄ映像で対応したんです。でも、完全な詐欺でした〉
マディスンは改めて書類に視線を落とす。〈それはひどい〉彼女がしばらく顔をあげないので、リディアはもう用はすんだと判断し、そっとその場を離れ正面玄関から外に出てゆく。
もちろん玄関前には、ひとりの制服警官と一機の警察ドローンが常駐している。マーサとアーサーは証拠品として警察に提出されており、どのみち徹底した分解点検を行なわなければ、危なくて再配備できないだろう。リディアを見た警官は、軽く会釈するだけで彼女を止めようとはせず、メッセンジャーバッグの中身も特に調べたりしない。たとえ調べたところで、リディアが食堂の棚から抜いてきた二冊の薄汚い古本を、怪しいとは思わないだろう。彼が絶対に気づかないのは、この二冊がウィリアム・サッカレー（十九世紀イギリスの作家。代表作に『虚栄の市』『バリー・リンドン』などがある）著『ニューカム家の人びと』上下巻の初版であり、盗むに値する極めて高価な稀書であるという点だ。もっともリディアとしては、本を盗むような女だと思われてしまうのも、すごく心外なのだが。

どこに行っても監視されていることが、リディアにはよくわかっている。ニューヨーク市警は彼女を要監視者リストに入れているし、全パトロール・ボットが彼女の怪しげな行動に目を光らせているはずだから、ボットが警報を発し確認のため人間の警官が集まってこないよう、自然にふるまわねばならない。時間はたっぷりあるので、彼女は散歩するふりをしながら数軒の店を冷やかし、その後やっと目的地である猫カフェへと向かう。

フィッツの協力者だという女性が、金銭ではなく稀覯本による支払いをあっさり承諾したことに、リディアはびっくりしたのだが、実は驚くほどのことではないのかもしれない。金の流れであれば、当局は簡単に追跡してしまう。しかし古書の動きをたどるには、相応の努力が要求される。代価としての本は、ハリファックスのドラッグの売人がむかし使っていた闇の暗号通貨なんかより、はるかに安全なのだ。

フィッツは、彼が匿名で契約しリディアも知らなかったアカウントを経由して、その協力者と連絡をとるようリディアに指示した。フィッツが教えてくれたパスワードを使ってログインしながら、彼女はフィッツに、このアカウントに入っているほかのメッセージは読まない、と約束した。ところが彼は、毎回ログアウトするまえにすべて消去しているから、残っているメッセージは一本もないと答えた。

リディアは、フィッツの隠れた一面を見たような気がして、本当に彼はただの文化担当官だったのかと疑いはじめる。しかし、ふたりは長い時間を一緒に過ごしてきたし、フィッツが彼女に嘘をつくことはできないのだから、もしなにか隠していたのであれば、彼女はすぐに気づいたのではないだろうか？

　ロックフェラー・プラザにあるその猫カフェに到着したリディアを出迎えたのは、すばらしくきれいな顔と一直線にそろった真っ白い歯をもち、頭に気味悪いほどリアルなネコの耳をつけた若い店長だった（そのネコの耳は、彼がなにか言うたび揺れるのだが、耳を頭に固定しているバンドは外からまったく見えない）。

「いらっしゃいませ！」店長が言う。「当店は初めてですか？」

　いかにも常連のような顔をして、普通にふるまうというリディアの計画は、ここでもろくも崩れ去る。「えーと……」彼女は口ごもる。

　店長が自分のメガネ型端末でなにかを読むあいだ、沈黙の時間が流れる。「お客様がご来店された記録は、ちょっと見あたりませんね……初めてということでよろしいでしょうか？」

　あまりよろしくないけれど、はいと言うしかないので、彼女は「はい」と答える。

「まったく問題はございません」大仰な身ぶりで、店長は彼女を安心させようとする。でも彼が言う問題とは、いったいなんなのだろう？　動物虐待常習者ではないことを、確認したという意味か？　もしかすると、隣接する三州の猫カフェや犬カフェが、ブラックリストをもっているのかもしれない。店長は、店内規則と諸条件がリディアのメガネに表示されるはずだと言い（実際すぐ表示された）、価格表について説明する。リディアは、勧められるままネコ一匹／一時間コースを選び――これが最低料金でもある――店長は「ありがとうございます」と愛想よく笑いながら、彼女を遊び場のひとつに案内する。

カフェの床には数十個のドーム形をした遊び場が置かれており、どの遊び場も床と壁には柔らかなパッドが張られている。リディアが通されたのは小さめのドームで、低い椅子と爪とぎタワー、おもちゃ数点とフードボウルが二個置いてある。ボウルの片方には水が入っており、もう一方には餌入りの小袋が置いてある。ドアを閉めて店長が出てゆき、リディアはメガネに表示された指示に従って椅子に腰をおろす。

遊び場の奥にあったネコ用のくぐり戸が開き、銀色で短毛のトラ猫が入ってきてあたりをきょろきょろと見まわす。リディアを警戒している様子はない。袋を破ってボウルに餌を入れろという指示に、彼女は従う。ネコは、待ってましたとばかりボウルに駆けより、がつがつと食べはじめる。ネコが食べているあいだリディアのメガネには、この子はケイリーという名のメスで年齢は六歳、そして購入可能であるという情報が流れる。くぐり戸に触れてみるともうロックされており、彼女はこの扉がどこにつながっているのか、どうやってネコを遊び場に入れるのか、不思議に思う。

ケイリーが食事を終えたところで、リディアは彼女を抱きあげて膝の上にのせる。ケイリーは抵抗こそしなかったものの、一分もしないうちに立ちあがるとリディアの膝からぴょんと飛び降り、爪とぎタワーの横に置いてあった段ボール箱のなかに入って丸くなる。リディアが期待していたほどの交流はないけれど、少なくともこの店のネコが、客の要望にすべて応えるよう遺伝子操作されていないことは確認できた。もしそんなネコだったら、彼女の気持ちは沈んでいただろう。

着信音が聞こえ、リディアは、プリネットでのチャットに招待されていることに気づく。プリネットのホストはアリスンと名のっており、フィッツの協力者の名前ではなかったけれど、その協力者がいくつか使っている偽名のひとつだということは、彼女もあらかじめ聞いている。なぜもっとクールな偽名――スコーピオとか、シルバーゴーストとか――を使わないのかと、リディアは意外に思う。でも正直なところ、相手がそんな気取った名前を必要としていないことに、彼女は安心感を覚える。リディアはプリネットに接続する。プリネットは通信範囲を極端に狭く抑えているから、アリスンもすぐ近くにいるのは間違いない。リディアは立ちあがって探しに行こうかと思うのだが、アリスンがここを接触場所に指定したのは、直接顔を合わせずにすむからだということに気づいてやめておく。

「よく来てくれたわね。嬉しいわ」アリスンが言う。その声には、東海岸の知的なアクセントがある。リディアは録音してコレクションに加えたくなるけれど、今はそんなことやってる場合ではないと考えなおす。

「こちらこそ、会ってくれてありがとう」リディアは声に出して答える。なるほどこれも、このカフェで会う利点のひとつだ。リディアがひとりでしゃべっていても、ネコに話しかけているようにしか見えないのだから。

「フィッツウィリアムは、本当に気の毒なことをしたわね」

「ええ、彼はわたしのボスだから、友人と呼ぶわけにはいかない。それでも――」

「あなたたちは、いつもおたがいの頭のなかにいた。さぞ絆《きずな》は強かったでしょう」

リディアは肩をすくめる。「かもしれない」フィッツの死をどうとらえ、どのように感じるのが適切なのか、リディアはわからなくなっている。なにしろ彼女は、フィッツの死後も本人と話しつづけているのだ。

「ごめんなさい、わたしには関係のないことだった」

「いいんです。ただちょっと……」まさか世間話をするなんて、予想していなかったのである。それなら彼女は、なにを期待していた？

「それでわたしは、なにを調べればいい？」

例のインクアウトのスキャン画像を、リディアはアリスンに送る。

「これね……」とアリスンが言い、そのまま黙って読みはじめる。リディアは膝立ちで床の上を進み、段ボール箱のなかで気持ちよさそうに寝ているケイリーに近づいてゆく。背中をそっと撫《な》でると、ケイリーの喉がゴロゴロと鳴る。

「ボットかもしれないということは、わかってる？」やっとアリスンが言葉を発する。一瞬リディアは、このネコについて訊かれたのかと思うが、もちろんアリスンはメッセージの送信元の話をしている。

「はい。でもわたしたちのフィルターは優秀で、ほとんどのボットをはじくから、実際に読むメッセージはほぼすべて人間から送られてます。おまけにそのメッセージは、あからさまな殺害予告だし、届いたのは彼が殺される数日まえなので――」

「よくわかった。ちょっと注意をうながしただけ。そうね、解析する必要があるから、すぐには終わらないわ。だけど、一時間もあれば充分でしょう」

リディアは、せっかくの機会だから楽しんでいくことにする。彼女はピッツァとビールを注文し、自分の個人アカウントからしぶしぶ支払いをする。ここにはフィッツの用事で来たけれど、経費として請求したところで、彼はもう二度と承認のサインをしてくれない。

リディアはケイリーをなだめすかして段ボール箱から誘い出し、床の上にあぐらをかくと、ネコを膝の上にのせてピッツァを食べはじめる。そして再びアリスンの声が聞こえてきたときには、自分がここに来た理由だけでなく、自分を取り巻く状況がめちゃくちゃになっていることまで、忘れかけている。

「この送信元はボットではないわね」

「そうなんだ」夢見心地の状態から、リディアはいやいや現実に引き戻される。「やっぱり」

彼女はアリスンの次の言葉を待つが、一分ぐらい過ぎても黙っているので、まだ解析が終わっていないことに気づく。再びケイリーを撫でながら、自分にこのネコは買えるだろうかと思う。そして価格を調べ、とうてい買えないことを知る。

「ここのネコは、わざと高すぎる値をつけられてるの」アリスンが話しかけてくる。

「え?」

「これは失礼。プリネット経由で、あなたの行動をモニターしていたものでね。あなたを疑ってるわけじゃないけど、わたしとの話がまだ途中のお客さんが、待ってるあいだに別の人と連絡をとっていないか、チェックする必要があるの」

「そうなんだ。でもそれって当然だと思います。どっちみちわたしが、ネコを買うことはないけどね。ちょっと知りたくなっただけ」

「ここに来るお客さんたちがネコを買って帰るのは、この子たちの可愛《かわい》さにころっと騙《だま》され、特別な絆で結ばれているような気になってしまうから。なにしろマンハッタンの住人は、外から来た動物はすべて凶暴か病気もちだと思っているので、動物保護施設《シェルター》の子は絶対に引き取ろうとしないの」

「でもわたしは、マンハッタンの住人ではない」

「いえ、別にあなたのことを言ったわけじゃないのよ。お客さん全般の話。それはともかく——見つかったみたい。あのメッセージの送り主が」

「ほんと？」

「ええ。あちこち経由してるけど、最終的なＩＤを突きとめた。この人、市販のキットを使ってるわね。確認できたのは、送信地の位置情報、送信元デバイスの情報、そしてそのデバイスが誰の名前で登録されているか。無関係の第三者が、そのデバイスから送信したことも考えられるけど、登録者は十中八九プリントレックをオフにしていないので、送信元が本人か別人かはデバイスが記憶しているし、どっちにしろ九十九・九パーセントの確率で、『送ったのは自分ではない、別の誰かが自分のデバイスを無断で使ったのだ』と主張する人は嘘をついてる。だからこれがあなたの探している人であることは、まず間違いないと思う」

「ありがとう」リディアは礼を言う。「それで、この本はどうやって渡せば――」

「その遊び場から出るとき、ドアの横に置いていって」

「わかった。でも、残り時間が十分くらいあるみたいだから、できればそのあとで――」

「もちろんそれでいいわ。おまかせする」

リディアはケイリーを抱いたままビールを飲みほし、もうひとつだけ訊いておくことにする。「あの、これは別に答えなくてもいいんだけど――」

「いちばん厄介な質問は、いつだってその言葉ではじまる」

「ごめんなさい」

「いいのよ。つづけて」

「フィッツはあなたに、どんなことをお願いしていたの？」

「今日みたいなこと。送られてきたメッセージの追跡」

「やっぱり脅迫状？」

「全部が全部というわけではない。中身を見せてもらえないことも、けっこうあった。ヘッダーとタグだけ渡されたら、内容はわからないでしょ」

「それってちょっと変じゃない？」

「別に。わたしに追跡を依頼する人の大部分は、見せる必要のないものは見せたがらないし、わたしもそっちのほうがいい」

「たとえそうでも、やっぱり変だと思う。フィッツらしくないわ。なぜ彼は、大使館や警察にまかせなかったんだろう？」

「個人的なゴタゴタを人まかせにするのが嫌いな人は、おおぜいいるから」

なるほどその意味では、フィッツらしいとも言えるだろう。


時間になったので、リディアがケイリーにさよならを言おうとするとネコ用のくぐり戸が開き、ケイリーはさっさとそのなかに消えてゆく（どうやってあそこまで仕込んだのかと、彼女はまたしても不思議に思う）。ドームのドアも自動的に開いたので、彼女は出てゆくとき、言われたとおり二冊の本をドア横の床の上に置く。店の出口へ向かいながら、誰かに持ち去られても困ると思いふり返ると、ちょうどダークグレーのトラックスーツを着た中年女性が、本を手にするところだった。薄茶色の髪を頭の上で束ね、明るい黄色の口紅を塗ったあの人が、アリスンだろうか？　まるで子育てに熱心な中流家庭のお母さんみたいだ。彼女はリディアと目が合うと、うなずきながらにっこり笑う。

猫カフェを出て通りに出たリディアは、アリスンが送ってくれたデータをじっくり読み、驚愕《きょうがく》する。送信者の名前だけでなく、面識があることまで思い出したからだ。

未読の書棚

リディアが外交官宿舎に帰ってみると、正面のポーチに警官の姿がない。彼女は、気づかれることなく書斎のドアの前を通過したいと願ったのだが、その願いはいきなり聞こえてきたマディスンの声で打ち砕かれる。

〈ああリディア、いいところに帰ってきてくれた。なにも言わずに出かけてしまうのは、今回だけにしてね〉

書斎のなかに、マディスンとポーチにいるべき警官が立っている。ふたりの姿勢を見れば、睨《にら》み合っていることは一目瞭然だ。「この人に、よく話してやってほしい」警官が言う。

「もう用事は終わったのかと思ったんです」と口に出して言ったとたん、リディアは言った相手を間違えたことに気づき、急いで同じことをマディスンに伝える。

〈彼によく説明してやってくれないかしら〉マディスンが言う。

〈たった今このお巡りさんからも、同じようなことを言われたけど〉リディアは答える。

「なあ、わたしの言ったことが聞こえなかったのか?」警官が言う。

「ちょっと待って。問題はなんなんです?」

〈彼が急に入ってきて、フィッツの書類を引っかきまわしはじめ、わたしの整理システムをだいなしにしたの〉床に並べられたフィッツの書類を指さしながら、マディスンが訴える。彼女の整理システムがなにを意味するかは、判然としない。

同時に警官も、自分の立場をこう説明する。「署のほうから、書類をひとつ探しておけという指令がきたので、ここに来て探しはじめたんだ。なのにこの人が――」

リディアはふたりに、少し黙っていてくれと頼む。ところがかれらは聞く耳をもたず、不毛な議論を再開してしまい、それはリディアが問題の書類を見つけ出し、警官が署に送れるようコピーしてやるまでつづく。これではまるで、彼女がマディスンの個人秘書みたいではないか。

殺害予告の脅迫メッセージを送ってきた男と、リディアが簡単に連絡をとれたのは、まえに会ったとき彼から詳細な連絡先をもらっていたからだ。彼女は、フィッツと一緒に行った場所やそこで会った人びとを、自分の業務日誌に詳細に記録している。ロジ人は地球人を識別するのに困難を覚えることが多いため、基本的な情報は通訳がすべて記録しておき、必要に応じてすぐ確認できるようにしておけと、リディアたちはＬＳＴＬで教え込まれた。おかげでローマン・シェインという名にも見覚えがあったし、日誌を調べてみると今年の二月、共同制作した旅行記の出版記念イベントで会っていることがわかった。ローマン・シェインの所属は、イート・ブックスという中堅出版社の版権管理部門だ。

リディアは自室のドア脇にある書架の前に立ち、彼女とフィッツに贈呈されたまま、彼女がまだ読んでいない英語の本ばかり収めた下三段の棚を見てゆく。記憶に違わず、イート・ブックス社の本が五、六冊並んでいる。どれもあの出版記念イベントの数日後、ローマンがフィッツ宛てに小包で送ってきた本であり、フィッツはそのままリディアに渡していた。彼女は、最初の三章だけ読んで投げ出し、書棚に収めていた『太陽のダンサーたち』と題された一冊を手に取る。内容を思い出すため、ベッドに腰かけてざっと読みなおしながら、どんなふうに話をもっていこうか考える。

ローマンの職場に電話を入れると、クリーム色の肌とアニメ調の眼、そしてマンガのように誇張された胸の谷間をもつ彼のＡＩアシスタントが応答する。教えられていたキーワードをリディアが伝えると、電話はローマンにつながり、べたっとした髪をした長身の若者の顔が画面いっぱいに現われる。

「リディアじゃないですか！」うなずきながら彼が言う。「あなたが電話してくれるなんて、実に素晴らしい！」ここで彼は、手放しで喜んではいけなかったことに気づく。「フィッツのこと、聞きました。ひどい話です」

「ほんと、あれはショックでした」

「ショックなんてもんじゃありませんよ。うちの職場でも、みんな悲しんでる」

リディアは、事件の不条理さを強調するかのように重々しく首を振ってみせる。「まったく理解できないんです。彼はすごくいい人だったのに」

ローマンがうなずく。彼がいつしびれを切らし、仕事の話をはじめるかリディアは計っているのだが、それはその長さがなにを意味するか、推量するためだ。でも実のところ、彼女は密《ひそ》かに楽しみはじめている。すでに彼女は、この男がフィッツを殺した可能性は低いと考えている。自社の書籍の翻訳を、フィッツが認めなかったことで彼を逆恨みし、殺害予告を送りつけたとしても、このローマンにそれ以上のことができるとは思えない。しかし、なにか知っているのではないか？　いかがわしい場所に出入りして、誰かが得意げに語る殺害計画を、立ち聞きしたのではないか？　この男にたどり着くための代償が、『ニューカム家の人びと』の初版本だったのだから、ここはなんとしても確かめなければいけない。

「もしぼくにお手伝いできることがあれば」ローマンが言う。「なんなりと言ってください」

「実をいうと今日は、逆にあなたのお手伝いをさせてもらいたくて、電話したんです」

「というと？」

「フィッツが死ぬちょっとまえ、わたしは読み終えたばかりのこの本について、彼に話をしようと考えていました」彼女は『太陽のダンサーたち』をカメラの前に出す。「もっと早く読了できなくて、ごめんなさい」

ローマンの目がぎらりと光る。彼は懸命に冷静を装う。「いや、それはいいんですけど――その本、あなたはどう思いましたか？」

「すごく気に入りました」リディアは、本をわざとらしく胸に押しつけてみせる。

ローマンがほほ笑む。「嬉しいですね。ぼくもそれは、本当に特別な一冊だと思ってますから」

「まったく同感です」本の内容について踏み込んだ質問をされるまえに、彼女はさっさと話を進める。「わたし、この本をフィッツに強く推薦するつもりでいたんです。それなのに――」彼女はここで言葉を切ると、自分でも芝居が下手なのはよくわかっているので、大げさになりすぎないよう注意しながら少しだけ顔をゆがめる。

これにつづくローマンの反応を、彼女は楽しく観察させてもらう。表面上は、いかにも同情しているような厳しい顔をしているけれど、内心では新たな市場で本を売る好機が失われた無念さに、身悶《みもだ》えしているはずなのだから。彼女が確認したところ、イート・ブックスが地球外で自社の書籍を発売したことは、今まで一度もない。

「それはそれで、たいへんな悲劇です」ローマンが言う。

言葉を継ぐのもつらそうな顔をしながら、リディアはうなずく。「この本を彼に推薦することは、結局できませんでした。でも彼は、翻訳費として確保している予算へのアクセス権をわたしにも与えていたし、わたしがなにかの本を推薦すれば、必ず翻訳を承認してくれました」

「そうなんですか」

「あの悲しい事件のせいで、この本が広く読まれる機会を逸してしまうのは、本当に残念でなりません。そしてフィッツも、そんなこと望んでいなかったでしょう」

「あの方のことだから、ぼくもそうだと思います」

「だからわたし、あなたと直接お目にかかり、この件について話し合えないかと思って」この程度の話であれば、電話でも充分にできるのだが、一方的に接続解除されたらそこで終わりになってしまうため、どれほど不愉快でも実際に会う必要があるのだ。

「そうですね、それがいい」ローマンが二つ返事で同意する。リディアは確信する。この男、若い女性と不適切な距離まで近づける機会があるなら、絶対に逃さないタイプだ。今回の彼女の目的を考えれば、かえって都合がいいけれど、むかつくことに変わりはない。

〈わたしはあの男が嫌いだ〉電話を終えて着替えをはじめたリディアに、フィッツが言う。〈彼があなたに送ったメッセージから判断すると〉リディアは答える。〈その気持ちはおたがいさまでしょうね〉

無視されて

グラツィエラという名のコーヒー・ショップを、リディアがローマンと会う場所に選んだのは、すべての壁がミラー仕上げになっているからだ。いずれかの壁に向かって座れば、店内の人の動きをあらゆる角度から観察できるので、彼女を監視している者がいたら一発でわかるし、相手がトイレに行くふりをして店からそっと抜け出そうとしても、すぐに追いかけられる。でも実をいうと、この店のミラーには仕掛けがあって、あたかも一九五〇年代の店内が映っているかのように光の反射を加工するから、客たちもみな、当時の服を着た姿に変えられてしまうのだ。そんな店であっても、リディアの目的には充分であり、彼女はここを指定した自分の洞察力に、密かに満足している。

紅茶とチーズケーキを注文し、顔をあげて壁のミラーに映った自分を見る。水玉模様《ポルカドット》のドレスを着ており、こんな格好、死んでも人に見られたくない。このミラーは、XLサイズ以上の人が映るとポルカドットを着せるよう、デフォルトで設定されているのだ。とはいえ、横分けにされた髪はクールだし、リップの色も悪くない。彼女は、ヒドゥン・パレスで一緒に飲んだきれいな顔をした男の子たちに、ニューヨークがどれほど特別な街か語ったことを思い出す。そして、客をシミュレートされたマンハッタンにいるような気分にさせるため、わざわざ趣向を凝らしているこのような店を、奇妙に感じてしまう。この程度のことなら、ハリファックスでも簡単にできるからだ。

考えごとにふけっていたリディアは、テーブルに近づいてきたローマンにいきなり挨拶され、びっくりする。実のところ、彼女は店内を歩くローマンの姿をちゃんと見ていたのだが、ミラーに映っていたのが渋いスリーピース・スーツを着た帽子の紳士だったため、彼とは気づかなかったのだ。現実のローマンはレモンイエローのショートパンツをはき、同色のベストを素肌の上に着ている。ミラーをちらっと見たリディアは、自分の下唇にチーズケーキのかけらがついていることに気づき、ナプキンで拭き取ろうとするのだが、そのとき腰をかがめたローマンの顔が横から現われ、彼女の頰にキスしようとする。彼女は反射的に、この男、わたしのチーズケーキをなめる気かと思ってしまい、彼の唇が頰に触れるまえにあわてて上体を反らす。

「ごめん」彼女の反応に当惑しながら、ローマンが謝罪する。

「こちらこそごめんなさい。わたし、風邪を引いてるの。だから、うつしたら悪いと思って」

「おっと、それは危ないところだったな」リディアの嘘を明らかに見すかしながらも、彼はこう言って椅子に座る。

「こんなに早く会ってくれて、ありがとう」リディアが礼を言う。

「とんでもない。君から電話をもらっただけで、こっちは思いきり興奮したよ」

そりゃあなたは興奮するでしょうよ、とリディアは思う。彼女はローマンがコーヒーを注文しているあいだに、話をどう進めてゆくか作戦を練る。まずは相手を落ち着かせ、安心させるべきだろう。そこで彼女は、今どんな仕事をしているのかと彼に訊《たず》ねる。うまくおだてて、油断させるのだ。ローマンは、『太陽のダンサーたち』の現在の売上と販促キャンペーンについて説明をはじめるが、リディアはろくに聞いておらず、いつ本題に入るか、どう切り出すか考えつづける。そう、彼のコーヒーが到着したタイミングを狙えばいい。会話は途切れざるを得ないし、不意打ちを喰《く》わせるならそこだ。

ふたりのテーブルに近づいてきたウェイトレス（この店の制服はもともと一九五〇年代風だから、ミラーのなかの彼女も現実世界と同じ服装をしている）が、ローマンの前にコーヒーを置く。すでにリディアは自分のバッグを開き、彼が口を閉ざすと同時に例のインクアウトを突きつけ、説明を要求する手はずを整えている。ところが彼は、ほとんど息継ぎもせずにしゃべりつづけ、コーヒーに甘味料を入れ掻《か》きまわすあいだも視線を落とさず、あの小説の簡約版がどれほど人気があるか、その出版契約を自分がどうやってとりつけたか、得々と語りつづける。

やがてローマンも、自分のコーヒーが充分冷めていることに気づき、ひとくち飲もうとしていったん言葉を切る。すかさずリディアはインクアウトをテーブルに叩きつけ、「これに見覚えはない？」と詰め寄る。

もっと慎重に間合いをとって、ここぞというところで出したかったのだが、しかたない。ローマンが仰天したのは、それがなにか、ひとめで認識したからだ。彼の胃が締めつけられてゆくのを、リディアは見たような気がする。ローマンは顔をあげ、「ぼくが？　これに？」と訊く。

「あるんでしょ」

「いや、ぼくはこんなもの……」彼は口ごもり、インクアウトを読む。「これ、誰が書いたの？」

「あなたよ」

ここで彼は、リディアが予想したとおり、なにをバカなと言わんばかりの無理な笑い声をたてる。どうせこのあとは、これはなんの冗談かと訊くに決まってるし、安物のＡＩを相手にするのと同じで、次に言うセリフもわかりきってる。そう考えると、いちいち聞いてやる気も失せてしまい、彼女はインクアウトを手にして立ちあがり、「じゃあ、あなたの上司にこれを送っても、ぜんぜん問題ないわね」と言って帰ろうとする。

「それはだめだ」突然大きな声を出したローマンは、しかしすぐに声を潜め、「座ってくれないか」とリディアに頼む。

リディアは素早く周囲に目を配り、今の応酬を聞いた人がいるか確かめる。数人が聞いていた。よし。彼女は自分の椅子に戻る。怒気をあらわにしながら、ローマンが彼女を睨みあげる。「君は『太陽のダンサーたち』を翻訳しないつもりだな?」

リディアは笑ってしまう。「それがあなたの今いちばん知りたいこと?」

彼は憤然として言う。「すでにぼくは、君と会うことを著者に話している。ぼくと彼女は、あの作品のテーマはものすごく普遍的だから、異星間の文化の壁を超えられると信じていた。今さらボツだったなんて、みっともなくて彼女にはとても言えないよ」

「そっちのほうが、陰謀論者として業界から追放されるよりみっともない?」

「ぼくは陰謀論者なんかじゃない。とにかく、本当に翻訳するのかどうか、はっきり聞かせてくれ」

「しないに決まってるでしょ。そもそもわたしに決定権はないし、たとえあったとしても、あの本は出さないでしょうね。ああいう冗漫な話、好きじゃないの。実際、途中で読むのをやめてしまったくらいよ」ここまで言う必要はなかったのだが、冗漫という語がすっと出てきたものだから、彼女はつい調子にのってしまう。

「それならこれはどういう意味だ？　脅迫か？」

「違う」もちろん彼女には、脅迫するつもりなど微塵《みじん》もない。だがこう言われ、ちょっと考えてしまう。この男、どれくらいお金をもってる？　このメッセージを送った犯人が自分ではないと隠しとおすことは、彼にとってどれくらい大きな意味がある？　いや、考えるな。本来の用件に戻れ。「わたしは単に、なぜあなたがこんなものを送ったのか、理由を知りたいだけ」

　ローマンは肩をすくめる。「よく憶《おぼ》えていない。へとへとに疲れていたし、クソみたいな気分だったから、あのときはちょっと笑える冗談ぐらいにしか思っていなかったんだろう。君もトロールボックスの機能は知ってるだろ。一度インストールすれば、他人がどんな活動をしてるか調べたうえで、からかう相手まで選んでくれる。そして、こちらの正体を隠しながらメッセージが送れる」

　リディアは首を横に振る。「トロールボックスなんか、わたしは一度も使ったことがない」

　彼女の言葉を疑っているかのように、ローマンが片眉をあげる。「あれをオフにするのは難しい。酒やドラッグで酔ってるときは、特に楽しめるからな。それはともかく、このインクアウトを送った記憶はあるけれど、なぜ送る気になったかは、自分でもよくわからないんだ」彼は片手をひらひらと振ってみせる。

「これがどれほど重大な意味をもつか、わかってないの？　あなたがこの脅迫状を送って―

週間もしないうちに、彼は殺されたんだからね」

　ローマンは急にまっすぐ座りなおすと、リディアを睨みつける。今度こそ本気で驚いたのか？　であるなら、なかなか興味深い反応だ。「ちょっと待ってくれ。君だってぼくがあの事件にかかわっているとは、考えてないよな？」

「ほかにどう考えればいい？」

「ぼくは彼を脅してない。そのメッセージをよく読めばわかる。彼に危害を加えたがっている人がたくさんいる、と書いてあるだろ？　これは警戒をうながしているのであって、脅迫ではない。しかもぼくが書いたことは、本当だった」

「それなら、そういう人たちがいることを、あなたはどうやって知った？」

　彼の顔にうつろな笑みが浮かぶ。「特別な情報源があったわけじゃないよ。彼が狙われていることは、公然の秘密だった。なにしろ彼は、黒幕のひとりとみなされていたからな。君を狙ってるやつらもいたはずだ。彼の通訳というだけの理由で」

「まあ素敵」

「ぼくは真面目に話してるんだ。いいことをしたとは、決して思わないけど――」

「それならなぜ、このメッセージを送ってしまったの？　あなたのような仕事に就いている人間が、どうしてこんなことをしたのか、まだ理由を聞いて――」

「彼がぼくを、完全に無視したからだ」リディアに最後まで言わせず、ローマンが答える。

「あなたを無視した？」

「ぼくは、彼が教えてくれた連絡先に、会って話がしたいと何度も伝言を残した。なのに彼は、まったく返事をくれなかった」

「フィッツはいつも多忙だったから」

「ぼくら全員が、いつだって忙しいんだ！」ローマンの声が大きくなる。「世間の人は、今どきの編集の仕事はぜんぶAIまかせで、ぼくは一日じゅうデスクに座って本を読み、ぶらぶらしてると思っているらしいが、実際はかえって仕事の量は増えている。負担を軽くするはずの技術が、逆にもっと多くの仕事を呼び寄せ、処理しなければいけないクソを増やしていく。手間ばかりかかって利益は薄く、だから君が仕えていたあの痩せたロジ人——彼の魂が安らかに眠らんことを——は、うちの会社とぼくにとって、ものすごく大きな意味をもっていたんだ。なのに彼は、ぼくを完全に無視した」彼の大きな声はまわりの客たちにも聞こえていたし、それに気づいたローマンは口を閉ざすと、テーブルに目を落とした。

「要するに、彼に対して腹をたてたから、彼を怖がらせようとしたのね？」リディアが質問する。

「それはあまり考えなかった。それどころか、読んでもらえないだろうと思ってた。ぼくのところにも、一日で処理できる量の十倍を超えるメッセージが、日々送られてくる。だからぼくでさえ、最初の二行を読んで内容がゴミだと見当がつけば、即座に捨ててるものな」

「それがわかっていて、なぜ送ったの？」

「君だってときどき、ガス抜きをする必要を感じるだろ？」

「まあね。でもわたしは、すべて頭のなかで処理できるから」

「それってあまり健康的じゃないぞ。そういうことは、誰かにぶつけたほうがいい」

「そこまで言うなら、あなたにぶつけさせてもらおうかな」

ローマンは笑ったが、すぐに真剣な表情に戻る。「ぼくは本気で言ってるんだ。だってこのところ、君はすごく過酷な体験をしてきたじゃないか。もっと自分を大切にしたほうがいい」

「わたしがどんな体験をしたか、どうしてあなたが知ってるわけ？　ここで話をはじめてから、わたしの個人的なことについては、なにも訊いてないのに」

「君のことを取りあげているフィードが、たくさんあるからさ。ぼくが見たのは、君が死体を見つけたときの再現ドラマだけど」

「再現ドラマ？」

「そうだよ。でもドラマのなかの女優は、君にぜんぜん似ていなかった。きっと制作側が、肖像権の問題を避けようとしたんだろうな」

こんな会話を、リディアはもうつづけたくない。「あのね、わたしは誰が彼を殺したか知りたいし、もしあなたが役に立つ情報をもっているのであれば――」

「犯人探しは警察の仕事だろ？」

「そうなんだけど、上司を殺されてしまった今のわたしが、空いた時間でできることは、それくらいしかないでしょう？」

「ぼくが送った本を読むってのはどうだ？　いや、それは冗談として――」彼はしばし考えこむ。「実をいうとあのメッセージを書くとき、ぼくも自分のところに送られてきたある本の内容を、ほとんどコピーさせてもらったんだ」彼はシート状ディスプレイを広げる。

「へえ、ふだんのあなたは、ああいう文章を自分で書かないんだ？」

ローマンは顔をしかめる。「書くわけないだろ。ぼくはあのメッセージを、できるだけ本物らしくみせたかった。だからろくに編集もしていない。なにしろあのときは、ちょっとハイになっていたから……」画面をスクロールしていった彼が、小さくうなずく。「あった。これだ。だけど、ぼくがこれを君に見せたことは、内緒にしておいてほしい。プロの編集者として、あるまじき行為だからな」彼はリディアのメガネ型端末に、ファイルをひとつ送る。

エピック・ヴァイパー団

フィッツに報告できるおみやげを持たせてくれたローマンに、リディアは不本意ながら感謝する。ローマンが彼女に送ったファイルは、ある本を売り込むための内容紹介文だった。書名は『白紙化される記録遺産／ロジアによる人類文化の抹殺を、われわれはどう防げばよいか』で、著者はジョナス・シェパードとなっている。ファイルには本の全文も添付されており、書籍データによると六百三十三ページの大著だった。リディアがざっと見たところ、人類文化にロジ人が与える致命的な影響について語る本であり、著者は、このテーマで数百ページを書き飛ばすことは苦にならないけれど、書いたあとの推敲や編集には、さほど関心のない人物であることがわかった。文章のくり返しや、途中で終わっている文が非常に多いことから、まったく読み返していない可能性もある。もしかすると、講演かなにかの書き起こしかもしれない。いくら大急ぎで書かれたにせよ、論の根拠や裏づけはほとんど示されておらず、示されている場合も出典がひどく疑わしいので、執筆にかかった時間より調査に費やした時間のほうが短かったことは、誰の目にも明らかだ。

こんなゴミをローマンがすぐ捨てなかったことに、リディアは驚きを感じる。でも彼によると、論議を呼びそうなテーマをめぐる「長ったらしい本」には確かな需要があるし、加えてどの出版社にも、人間の編集者が手を入れるまえに、元原稿の文章を修正してくれるクリーンアップAIが備えられているという。にもかかわらず、ローマンがこの本を出版に向かないとして却下したのは、妄想の度合いが「許容できるレベル」を超えていたからだ。いずれにしろ、テーマが文化である以上、フィッツの名が何度も登場するのは当然といえよう。

〈この著者の名前に聞き覚えはある?〉リディアはフィッツに訊ねる。

〈ない。あったとしても、すぐに忘れている〉

〈わたしもあなたの立場だったら、同じでしょうね〉

ジョナス・シェパードの名は、ネット上で簡単に見つかった。彼のフィードは非常に活発で、この本に書かれていることはどれも、すでになんらかの形で公表ずみだった。

@OneStopShep／《最新》ファーストコンタクト以降、西欧はどのような変化を強いられてきたか／TR65

@OneStopShep／《最新》現実世界がロジ人に奪われつつあるのに、バーチャル世界に安住するのか？　最近のゲームと社会的トレンドの背景に潜むものとは？／TR58

@OneStopShep／《最新》文化保護主義の第一人者、ダニエル・ブライアント氏との四時間におよぶ対話。エピック・ヴァイパー団に関する驚くべき新発見を含む！／TR59

シェパードの写真も何枚かあった。年齢は二十九で、肌の浅黒さを明らかにフィルターで補正している。どうやら生身の人間らしい。証明コードをいくつか掲示しているが、念のためリディアが専用アプリで彼のアカウントを調べると、戻ってきたスコアは八十九パーセントで、これは〈実在の人間である可能性が非常に高い〉ことを示している。ユタ在住と自己紹介しており、この居住地が嘘であるとは、ちょっと考えにくい。というのも、彼をフィッツの事件と結びつけた場合、州境を越えるたびに身元をチェックされたはずだし、これだけうるさく発信しているのだから、事件後警察はただちに彼をマークしただろう。どうやら今のところ、彼はユタでひとり騒いでいれば満足らしい。

〈彼がわたしのことをどう書いているか、興味があるな〉フィッツが言う。〈翻訳してくれないか？〉

〈え？　この本をまるごと？〉

〈まさか。わたしの名前が出てくるところだけでいい〉

〈あなたって、ほんとうに自惚《うぬぼ》れ屋……〉リディアは、頭のなかで彼に向かいこう歌ってやるのだが、このフレーズの出典（アメリカの女性ロック歌手、カーリー・サイモンが一九七二年に放った大ヒット曲『うつろな愛』のリフレイン）がなにか彼に調べる手段がないことは——ロジ語に翻訳して検索しても、ヒットはあるまい——よくわかっている。ところがフィッツから戻ってきたのは、笑いの波動。これまでもリディアは、地球の雑多な文化に関する彼の博覧強記ぶりに驚かされてきたし、彼ほどの知識と視点をもった人は、ほかにいないだろう。でも、今はそのすべてが失われており、それを思うと気持ちが沈んでくる。

　リディアは、フィッツの個人名に加え〈文化担当官〉もキーワードにして分厚い本全体をスキャンし、結果を彼に翻訳してゆく。やがて彼女は、この作業に安らぎを感じはじめる。自分のことをくよくよ考える暇も、難しい決断をする必要もなく、ほかの人間の思考と感情を言い表わすのに最も適切な言葉を、自分のペースで選んでいけばいいからだ。今回の場合、原著者の主張は不愉快だが、好き嫌いを言ってもはじまらない。

　この本の中核をなしている陰謀論のなかで、フィッツは登場人物のひとりに過ぎなかった。

著者であるジョナス・シェパードの陰謀論は、事実ではない記憶が、不特定多数の人間になぜか共有されてしまうマンデラ効果というやつに近似しており、誰もが憶えているのに今は影も形もなくなった人類文化の断片を取りあげて、その原因はロジ人が意図的に消し去ったからであると騒いでいた。そのような文化のかけらは、ネットでいくら探しても見つからない。古いファイルやハードコピーも、どこかに埋もれている。残っていたのは、一か所だけ言及がある昔の新聞記事や、その形跡が背景に小さく写り込んでいる古い写真や、人びとの記憶のなかだけ。著者は、フィッツが地球に来た真の目的をこう臆断する。地球の書籍や文献を博捜し、どれを消去すべきかロジア当局に進言するのがフィッツウィリアムの任務だ。そうでなければ、なぜ一介の文化担当官が、単なる「文化交流」プログラムのため、あれほど大量の本を手にする権限を与えられているのか（シェパードは「文化交流」という語をいちいち太字にして、傍点まで打っていた）。

どの章も、シェパードが失われたと主張する各作品の説明で終始しており、著者は大真面目な態度で、保存することも本書の目的のひとつなのだと豪語する。もしリディアがあらかじめ内容を知らなかったら、彼女はこの本を、未完に終わった小説や映画、あるいはテレビ番組を適当に集めただけの一冊と思ったに違いない。なにしろ、書かれているのが粗雑な背景説明と梗概、そしていくつかの主要な場面の紹介だけなのだから。

いちばん長い章は、『エピック・ヴァイパー団』と題された子供向けアニメ番組の紹介にあてられていた。制作したのはカナダの会社で、2シーズン放映されたのに今やなんの痕跡も残っておらず、〈あのアニメを憶えている人はいますか〉と問うスレッドが、ときどき立つぐらいだという。巨大なヘビに変身する能力をもつ特殊作戦チームが、ワームホールを通って時間と空間を自在に飛びまわる話らしい。メンバーのひとりがアリアドネという名であり、チームの敵がグーンズと名のる悪の組織であるという点で、残されたほとんどの資料は一致している。この章には、番組を記憶していた人びとによって制作された四十ページにおよぶエピソードガイドと、テーマ曲の演奏を著者自身が試みたと思われるサウンドファイルがひとつ含まれていた。

なぜロジ人がこんなアニメを——あるいはこの本で取りあげられているほかの作品を——完全に消し去らねばならないのか、リディアは理解に苦しむ。にもかかわらずシェパードは、このような作品が消された理由の推測に別の一章を費やし、無関係と思える多くの資料を強引に関連づけてゆく。

〈そこは読まなくてもいい〉フィッツが言う。

〈あなたの名が出てこないから？〉リディアが訊き返す。

〈ああ〉

〈なぜローマンがこの本をすぐに捨てなかったか、わかるような気がする。不思議な魅力があるもの〉

〈そうか？〉

〈心配しないで、内容はこれっぽっちも信じてないから。でもここまで細かくやられると、

ちょっとね……もしこれが小説だったら、けっこう印象的な失敗作になったんじゃないかな〉

〈わたしの名が出てくるところは、あとどれくらいある？〉

リディアは検索結果を改めて確認する。

〈第十七章に、いくつか残ってるみたい〉

彼女が翻訳をはじめてから、すでに二時間が経過しており、スクリーンを読みつづける集中力は低下し、明日になったらなにを訳したか忘れてしまう瀬戸際まで、酔いが進んでいる。しかしリディアは、この本の最後の章でもある第十七章を読んでゆく（実は本文のあとに補遺がつづくのだが、この補遺だけで百十数ページある）。シェパードはこの章で、ロジ人がデジタル技術を使えないのは、単なる演技に過ぎないという一部の人たちが主張している説を検討し、ロジ人がそんな芝居をするのは、本書で取りあげた作品を含む記録遺産の抹消を通じて、人類を密かに操るためであると説く。

リディアにとって、これほど受け入れがたい説もない。彼女は十か月のあいだ、翻訳ソフトどころかコンピュータもまともに操作できない人の活動を、日々支えてきたからだ。おかげで多くの業務が遅々として進まず、彼女が一日の勤務を終えるたび、フィッツは外部との連絡を断たれることになった。もしあれが演技なら、割が合わないにもほどがある。ああでしないと、安っぽい連続アニメが存在した形跡を、密かに消すことはできないのだろうか？

リディアは、この章のフィッツに関連する部分を訳してゆく。とはいえ、すでに頭はぼうっとしはじめており、そろそろ終わりにしたいとフィッツに言おうとしたせつな、逆に彼からこう言われる。

〈そこをもう一度読んでくれないか〉

〈そこって?〉

〈引用されている部分だ〉

彼女は一ページまえに戻る。たしかに引用タグを使い、長い文章が引用されていた。彼女はもう一度最初から訳してゆく。


地球の言語と伝達手段を使って人類と接触することを、ロジが拒否したがゆえに引き起こされた真の問題は、ロジの都合に合わせた方法でのコミュニケーションを、われわれの側が強いられた点にある。異星人と生産的な関係を築かねばならないという、経済的に差し迫った必要性がわれわれにロジを受け入れさせ、かれらの要求をすべて呑ませたのだ。その結果ロジは、ロジに対しわれわれが好印象をもつよう、自分たちのイメージを簡単に操作できるようになり、逆にわれわれのほうは、通訳者の養成などコミュニケーション上の問題の解決に、すべての力を注がねばならなくなった。われわれ人間が、おたがいをどう見せるかコントロールできなくなったのは遠い昔のことであり、そんな人間の実態を描いた映像や文書は容易に入手できて、改変も拡散もやり放題だった。しかし、それを人間以外の存在が見たり、聞いたり、読んだりすることを、われわれはまったく想定していなかった。逆にロジは、苦もなくイメージ作りをやってしまえる。そしてかれらの言葉は、通訳というフィルターを通して公の場に発信されるから、発せられたとおりのニュアンスで記録されることはないし、陰でなにを話しても人間に知られる心配はない。おまけに通訳たちは、感情を殺し穏健かつ中立的に語るよう訓練されており、もしご主人さまの発言が否定的な反応を引き起こすおそれがあれば、その旨ご主人さまに注意をうながす。それでも悪い結果を招いてしまったら、ご主人さまは通訳がミスを犯したと言えばいいだけだ。

なによりロジは、地球にいながら自分たちのペースで活動しており、だから失敗を犯さずにすんでいる。逆にわれわれは、否応《いやおう》なく現代社会の地獄のようなスピードに巻きこまれており、ロジはそんな人間たちを、一歩下がったところから観察している。ロジが得ているこの優位性を、われわれは過小評価すべきではない。


読み返しながらリディアは思う。なるほどこの引用部分の文章は、本のほかのところに比べ、はるかによく書けている。

〈引用元の著者の名前はわかるか?〉フィッツが訊く。

参考文献一覧がでたらめなので、リディアは巻末の注釈から執筆者名を探さねばならない。

マルシア・ブース教授となっていた。

〈その人なら、わたしたちは会ったことがあるぞ〉

〈本当に?〉リディアが驚く。〈いつ?〉

〈わたしが死ぬ少しまえだ〉

ブース教授と会ったことを、リディアはどうしても思い出せない。フィッツによれば、会議後のバンケットも終わりに近づいたころで、彼と教授はしっかり内容のある話をしたという。実はそのときの会話があったからこそ、フィッツはリディアに、シェパードの本のなかの引用部分をもう一度読んでくれと頼んだのだ。ブースはバンケットの席でも、通訳の必要性がどれだけ生活のペースを変えてしまったか、語っていたらしい。

〈言葉の選び方や論理の展開は、ほとんど同じだった〉フィッツが言う。〈きっとあれが、彼女の持論なのだろう〉

〈それをわたしは通訳したの？〉リディアは訊いてみる。

〈もちろん〉

〈理解できた？〉

〈完璧に理解できた。ただしあの時点で、出席者の大半はちょっと酔っていたから、わたしたちの会話を立ち聞きした人はいなかっただろう〉

もちろん「ちょっと酔っていた」と「なにも憶えていないほど酔っぱらった」とでは、大きな違いがある。

〈わたしがメガネをなくしていることに、気づいた人もいなかった？〉

〈それはよく憶えていない。しかし、そのことをわたしに指摘した人は、ひとりもいなかっ

いなくて当然だ、とリディアは思う。通訳の顔なんか誰も見ていないのだから、気づいてもらえるわけがない。

〈そのブース教授、次に会ったらわたしのことを憶えているかな?〉

〈おそらく〉

〈それで、あなたと教授はなんについて話したの?〉

〈わたしの基調講演についてだ。彼女は、NYNUで教えていると言っていた。それがどの大学なのか、わたしはよく知らないのだが〉

リディアも知らなかったので、さっそく調べてみる。途中、二十年まえに起きた今回と似たような事件を解説する長文の記事に引っかかったが(地球で死亡した最初のロジ人——先日の事件との不気味な暗合/TR89)、NYNUとはニュー・ニュー・ユニバーシティの略であることが確認できた。「思想と言論の自由を守り育てる」ことを建学の理念に掲げ、四十年まえに設立されたという。学校としての規模は大きくないものの、校舎があるのはセントラル・パークに近いアッパー・イースト・サイドという一等地だ。マルシア・ブースは文学部文化研究科の教授で、専門は文化戦争研究だった。

〈彼女も関係してると思う?〉リディアはフィッツに訊くが、「あなたの殺害に」という目的語を省略してもまったく問題はない。語調をわずかに変えるだけで、相手になんの話をしているかしっかり伝わるのは、ロジアの言語がもつ利点のひとつだ。

〈彼女と話をしているあいだ、敵意はまったく感じなかった。少なくともこの引用文にみなぎっているような反感は、伝わってこなかったな。会話と文章の違いだろうか？〉

〈そうでなければ――ちょっと乱暴な言葉を使うと――いつもはボロクソにこき下ろしてるくせに、本人の前ではいい顔をしてたんでしょうね〉

〈そんなことは何度も経験しているよ。ご指摘ありがとう。彼女もそうだと、決めつけたくなかっただけだ〉

〈へえ。なんでまた？〉

すでに夜もふけているが、明日は早起きする理由もないので情報収集をつづけたリディアは、ジョナス・シェパードのフィードのなかに、一年近くまえに彼が行なったマルシア・ブースのインタビュー映像を発見する。アクセス数は七百万を超えており、TRポイントも71と彼の記事としては飛び抜けて高い。撮影されたのは大昔のテレビニュースのスタジオ内で、ふたりが向かい合って座っている椅子も、ステンレス製の細いフレームに黒革の座面という古いタイプだ。背景はどこにでもある青空の映像だが、あれは番組制作アプリにデフォルトでついてくるインタビュー環境のひとつだろう。ブースは五十がらみで、長く伸ばした金髪と白い肌が与える優しそうな印象を、鋭いブルーの瞳と角ばった顎が打ち消している。アクセサリー類は地味だが、ロイヤルブルーの細身のドレスが目を引くので、AIカメラは彼女にフォーカスしっぱなしだ。

シェパードは勇んでブースとのインタビューに臨んでいるが、話についてゆけず四苦八苦している様子が、はっきり見てとれる。彼のうなずきが激しくなるのは、ブースがなにを言ってるか理解できなくなったときだ。だからほとんどの時間、シェパードは彼女に好きなようにしゃべらせている。やがてブースは、フィッツについて語りはじめる。

ブース：わたしが住んでいるニューヨーク市を考えてみましょう。この国の文学と演劇の中心地であり、知的活動の中心といってもよい大都市です。

シェパード：たしかにそのとおりですね。

ブース：だからこそロジアは、ポートランドでもシカゴでもなく、むろんカナダなど一顧だにせず、ニューヨークに文化担当官を駐在させたのです。そしてすべての芸術家や文化人が、この担当官の前にひれ伏してしまった。重要なのは金と影響力であり、この文化担当官の与えるお墨付きが、人びとが見たり読んだりするものに、多大な影響を与えるのです。そしてこの事実は、あまり知られていない。

シェパード：(うなずきながら）一般の人たちは無教養ですから。

ブース：でもそれは、かれらの責任ではありませんよ。

シェパード：そうです。もちろん違います。

ブース：この問題について、行政はまともに議論しようとしません。

シェパード：政府は信用できませんから。

ブース：かれらは文化担当官の影響力を、軽く考えすぎています。

シェパード：そのとおり。だからわたしは、こういう活動をしているのです。バランスを取るために。
ブース：突きつめれば、最も重要なのはソフト・パワーなのです。
シェパード：（激しくうなずきながら）おっしゃるとおりです。問題はソフト・パワーです。
ブース：ひとつの文化が、それ自体をどう印象づけるかコントロールできたなら、その文化を担う集団の印象も、一緒にコントロールできますからね。
シェパード：なんて恐ろしい。
ブース：そしてそれこそが、あの文化担当官がニューヨークにいる真の理由なのです。

ニューヨーク・ニュー・ユニバーシティ

眠りに就いて五時間が過ぎたところで、リディアは、マディスンの指示で二階に上がってきた家事ロボットに起こされる。書類を読むから手伝ってくれというのが、マディスンの用件だった。マディスンと話をしていると、フィッツがいかに口数の少ない人だったかよくわかる。もともと無口でないとすれば、彼はできるだけ簡潔に話すことを心がけていたのだろう。マディスンはまったく逆で、いつも大きな声でなにか考えており、だけど独りごとが多いため、リディアは注意をそらして自分のディスプレイに向かう。ところがそのとたん、急に質問を投げてきて、リディアが訊き返すと機嫌が悪くなる。

にもかかわらずリディアは、マディスンの用事のあいだをかいくぐってNYNUのサイトからブース教授の研究室ページに入ってゆき、開放時間のスケジュールを探し出すことに成功する。その時間内であれば、学生は個人的に教授と接することが可能なのだ。ブースに探りを入れるには、願ってもないチャンスなのだが、のんびりしている余裕はない。というのも、今週ブースの研究室の開放時間は午前十一時からで、今はもう十時五十二分なのだ。

ここでマディスンから、再び質問が飛んでくる。ヴァーモントに冬のオリンピックを招致するにあたって、フィッツはどんな役割を果たしたのか？　冬のオリンピックとはそもそもなにを意味しており、なんのために開催されるのか？　一刻も早くNYNUに向かって出発したいリディアは、オリンピックについてはよく知らないふりをしながら、適当に答えてゆく。

〈そろそろ休憩しないと、もう限界です〉バイアスロンの説明を終えたところで、リディアは訴える。これは嘘ではなく、あまりに多くの情報を短時間に翻訳したものだから、急激に酔いがまわってしまったのだ。

そう言われてマディスンも、このままつづけたらリディアが使い物にならなくなると、しぶしぶ認めてくれる。

〈どうも〉リディアは椅子からずり落ちながら礼を言い、両足をなんとか床につける。

〈どこに行くの?〉

〈新鮮な空気を吸いに、かな?〉ドアに向かって足を踏み出す。

〈書類を踏んでる!〉

〈ごめんなさい〉

一歩下がったリディアは椅子にぶつかり、倒れた椅子のあとを追うように尻もちをつく。

〈わたしは大丈夫〉体を起こし、なんとか立ちあがる。〈ぜんぜん平気ですから〉彼女は慎重に壁ぎわを歩き、本棚につかまってバランスを取りながらドアに向かう。


NYNUは、昔フランス総領事館だった場所に本校舎があり、隣の区画に立つもとはアパートだったらしい建物を第二校舎としている。少しでも酔いを醒《さ》まそうとしたリディアが、自販機で買ったカフェイン飲料を飲みながらロビーに駆け込んだのは十一時半をまわったころで、しかし彼女は、たちまち厳重なセキュリティゲートに行く手をさえぎられる。これは予想しておくべきだった。ところがゲートの右側には、「受講料を納めればすぐ校内に入れます」と告げる端末が、いくつも並んでいる。説明書きをよく読むと、都度払いで何回か講義を受ければ単位が取得でき、取った単位に応じた学位が授与されるというシステムだった。しかもいちばん短いコースを選べば、たった一回の講義と所要時間六十分の理解度テストで「部分学位」がもらえるという。学歴や資格の有無は一切問われない。狙いは観光客だと、リディアは直感する。なにしろ、美術館に行くのとあまり変わらない時間とお金をつかうだけで、ニューヨークの大学で「学位」が取れるのだ。そして家に帰った観光客は、その学位記を額に入れて廊下に飾り、自慢する。なんのことはない、体《てい》のいい詐欺だ。

リディアはアメリカ文学の部分学位コースを選び、受講料を支払う。受講申込みが処理されるあいだに、端末が彼女の写真を撮影し、ほどなくして「申込みは受理されました」というメッセージが表示され、下のトレイに彼女の学生証が吐き出される。貼付された彼女のホログラム画像は最悪で、走ってきたため顔は赤く、汗で濡れている。でもリディアは、こんなものどうせ誰も見ないのだからと、わりきることにする。生体情報が登録された以上、この学生証も観光客向けのお土産《みやげ》でしかないからだ。その証拠に学生証を出さなくても、彼女が近づいただけでゲートはすっと開く。

第二校舎の五階にある文学部にリディアがたどり着いたとき、時刻は十一時四十九分になっている。マルシア・ブース教授の研究室のドアは閉まっているが、室内に先客がいるらしく、くぐもった話し声が聞こえてくる。研究室の外で順番を待っているのは、痩せた体にしゃれた服を着て、やけに小さい顎をもつ若い男がひとりだけだ。これなら今日中にブースに会えるだろう。リディアはその男のうしろに立つ。

数分が過ぎる。

研究室のなかから、大きな泣き声が聞こえてくる。ブース教授の声ではないから、泣いているのは彼女と話をしている男子学生のほうだ。慟哭《どうこく》はしゃくりあげるようなむせび泣きに変わってゆき、本人は懸命に抑えようとしているらしいが、泣きやむ気配はない。

痩せた男がリディアを見ながら、天井を仰いでみせる。リディアも彼に共感するような顔をして、同様の仕草で応える。

研究室のなかの学生は泣きつづけている。泣き声の合間にブース教授の抑揚を欠いた声が聞こえる。あのインタビュー映像を見るかぎり、人を優しく慰めるブースの姿を想像するのは難しいが、泣き声は徐々に小さくなってゆき、洟《はな》をすすりながらのつぶやきに変わる。

「こんなふざけた話があるか」痩せた男が誰にともなく言う。「研究室の開放時間は学ぶためにあるんだぞ」ここにいるのはリディアだけなのに、彼はこれ見よがしに腕時計で今の時刻を確かめる。

リディアも自分の時計を見る。十一時五十四分。「たしかにふざけてるわね」ついアメリカのアクセントで同意するが、なぜそうしたのか、自分でもよくわからない。正体を隠したかったからか？　気にしすぎだとは思うが、今はそうせずにいられない。起き抜けにやった翻訳の酔いが、まだ残っているのだから、なおのこと注意すべきだろう。「ああいう人って、外で待つ人たちにも予定があるってことに、気づかないのかしら？」

「ほんとだよ」いらいらしながら男が答える。もう一度時計を見た彼は、自分が金を払ったのは教授と会うためであって、廊下で待つためではないとつぶやきながら、足音も高く歩き去ってゆく。

彼がいなくなって一分後、研究室のドアが開き、泣いていた学生が抜け殻になったような顔をして出てくる。リディアを見てびっくりしたのは、自分の泣き声がドアの外まで聞こえていたことに、初めて気づいたからだろう。彼は大急ぎでその場を離れる。

研究室に入ると、あの学生が床に投げ散らかしたティッシュを拾わせるため、ブース教授が舌打ちしながら家事ロボットに指示を出している。部屋のなかはきれいに片づいており、リディアが想像していた文学部教授の研究室とは似ても似つかない。インテリアは、ところどころグレーを加えたホワイトで統一され、鮮やかな色を放っているのは、ブースが着ている紫のドレスだけだ。シェパードとのインタビューで着ていた青いドレスとデザインが同じだから、モノトーンのこの部屋でもニューススタジオにいたときと同じように、華やかで力強く、毅然《きぜん》とした印象を放っている。青に負けず劣らず、紫もよく似合っていることにリディアは驚嘆したのだが、よく見ればブースは、ドレスの色に合わせ肌の色を微調整していた。

デスクはガラストップで、物が三つだけのっている。シート状ディスプレイ、黒っぽい石でできた老人の胸像、そしてティッシュペーパー一箱。本棚も小さな三段組のものがひとつしかなく、並んでいる約三十冊のうち半分はブースの著書だ。

「あなたが最後のひとり？」リディアをちらっと見てブースが訊く。

「そうです」リディアは、廊下での会話がブースに聞こえなかったことを願いながら、彼女自身のイギリス風アクセントで答える。

「あなたとお話しできる時間は、最長で四分ね。メガネをオフにしてくれる？」

市販のメガネ型端末は、相手の同意を得ない盗み撮りを防ぐため、録画中か否かを外から確認できるようになっている。リディアはちょっと考えてしまう。相手に知られず録画ができる改造モデルを、やはり入手するべきだろうか。

「失礼しました」リディアは謝罪し、メガネのスイッチを切って椅子に座る。「オンになっていたことに、気づかなかったもので」

「わたしは自分の学生たちに、他者のプライバシーをできるだけ尊重するよう指導してるの。昔の人間はプライバシーを大切にしていた。わたしが避けたいのは、この部屋のなかで自分の言ったことが本来の文脈から切り離され、別の目的で悪用されてしまうこと」リディアの顔をやっと正面から見たブースは、眉間に皺をよせる。「あなた、ここの学生ではないわね。でもわたしは、あなたを知っている。どこで会ったのかしら?」

「登録したばかりですが、わたしは本物の学生です」リディアは学生証を掲げてみせる。

「ですから、警備員を呼ぶ必要はないと思います」

「そんなことはしない」ブースはハイバック・チェアに背中をあずけ、人さし指をリディアに向ける。「そうか、あの文化担当官の通訳さんだ」

「はい」

ブースがうなずく。「あの事件は、わたしにとっても大きなショックだった。彼が亡くなったのは、わたしと話をしてからほんの数時間後だったんじゃない?」

「そのとおりです。もちろんわたしも、ひどいショックを受けました」

「なのにあなたは……この学校のコースに申し込んだ」いかにも興味津々といった顔で、ブースはリディアを見る。

「はい。なにもしていないのが耐えられなかったし、だから——」

「この学校を選んだ理由は？」

「ここはいい学校なんですよね？」本当にそうなのかリディアは知らなかったけれど、これをブースが否定することはあるまい。「実をいうと、ブース先生のことは——」

「マルシアでいいわ」

「ありがとうございます」なぜ礼を言う？　いや、よけいなことは考えるな。「実をいうとわたし、バンケットの席でお目にかかるまで、先生のことはなにも存じあげていませんでした。でも昨夜、このコースに申し込もうと思って先生のことを少し調べたら、わたしの亡くなった上司に関する先生のご意見は、あの晩バンケットで彼に話していたことと、ちょっと違っているような気がして……」

ブースは少しも動じず、静かに座っている。「わたし、どんなことを言ってた？」

この質問にひとことで答えるのは難しいので、リディアは別の答え方を選ぶ。

「先生のインタビューを拝見したんです。そのなかで——」

「もしかして、シェパードが聞き手のやつ？」

「はい」

ブースが首を左右に振る。「あの男、わたしの発言を編集で切り貼りし、意図的にねじ曲げた。本物のジャーナリストだったら、ああいうことは絶対にやらない」

この発言を、額面どおり受けとるわけにはいくまい。リディアが見たところブースは、自説を存分に述べられるくらいの時間を与えられていた。だがそう指摘したところで、観る人にそう思わせるのがシェパードの演出なのだと、彼女は主張するだろう。結局こういうのは水掛け論になるから、本当のところはわからない。「それならなぜ」リディアは彼女に訊く。「訂正を要求しなかったんですか？」

ブースが鼻を鳴らす。「あなた、権利侵害の訴えを起こしたことはある？」

「一度だけあります」実際、リディアのフィードを素材にしたフェイクであれば、これまでもときどき作られていた。そのなかには、古い映画や記事、チャット・アーカイブなどから拾ってきた言葉をつないでロジ人に関するバカげた嘘をでっちあげ、それをリディアが語っている映像をＡＩに自動生成させたものまであった。通常、その種のゴミは現われてもすぐに消えるから、彼女が頭を悩ませることはない。ところがあるとき、リディアが内容をまったく理解せず本を紹介しているかのようなフェイク映像が作られ、『カッコーの巣の上で』は野鳥について書かれた本だなどと説明するバカ丸出しの彼女の姿が、拡散したことがあった。このときはフィッツが、正式に苦情を申し立てるべきだと勧めてくれた。

「で、うまくいったの？」ブースが訊く。

「はい、なんとか。でも証拠を大量に要求されて、たいへんでした」

ブースは肩をすくめる。「そんな時間、わたしにはないわね」

いかにもリディアが暇人であるかのようなその言い方に、むっとしたけれど、ひとまずそれは置いておこう。「先生がお書きになったものも、いくつか読んだんですが――」

「そうなの」ブースの語り口に、ものわかりの悪い子供に説き聞かせるときのような柔らかさが忍びこんでくる。「たしかにわたしは、研究者の権利として、ロジ人の活動に対し批判的な意見を述べてきた。でもごめんなさい、あなたがなにを言いたいか、よくわからないの。それに、そろそろ時間だから――」

「わかりました」リディアは、うまくいくか自信のない手を試してみることにする。なにしろ、あなたがフィッツを殺したのかとブースに訊いたところで、狂人あつかいされるだけに決まっているのだから、正直に話すしかない。「実は、わたしが今日ここに来た本当の理由は、警察がわたしを、フィッツ殺しの犯人ではないかと疑っており――」

「フィッツというのは、フィッツウィリアムのこと？」

「そうです。わたしは彼をフィッツと呼んでいました。それはともかく、彼が死んだとき、わたしも同じ建物のなかにいたんですが、防犯データがすべて消去されているものだから、ほかに誰がいたかわからず、なのにわたしは、あの晩の記憶がまったくないんです」

ブースが驚いて目を丸くする。「記憶がないって、どういうこと？」

「通訳を長時間やっていると――」

「ああ、ロジ語の翻訳に伴う酩酊《めいてい》」前傾していた彼女の上体が、背もたれに戻ってゆく。「ふう。それはたしかに困るわね。でもあなたの記憶喪失とわたしに、どんな関係があるの？」

「わたし、バンケットの席で先生と話をしたことも、憶えていないんです」

ブースが苦笑する。「おやおや」

「わたしたち、話をしたんですよね？」

「もちろんよ。だけど記憶がないのに、なぜわたしと話をしたことがわかったのかしら？」

しまった。「それはつまり、先生とフィッツが話しているところを見たと、教えてくれる人がいたからです。だからわたしが知りたいと思ったのは……あのとき彼は、どんな感じだったんでしょう？　なにかを怖がっているような様子は、ありませんでしたか？」探りを入れたつもりなのだが、いったいなにを知りたいのか、自分でもよくわからなかった。

「残念ながら、ロジアの人たちの心の動きを読むのは、わたしには至難の業でね。だけどあなたのほうは、そんなにひどく酔っているようにはみえなかった。この人は本物のプロだなと、感心したくらいだもの」

「ありがとうございます。でも情けないことに、わたしは自分が本当に酔っぱらっており、だからなにも憶えていないことを、立証しなければいけないんです。それができないかぎり、アリバイがないから見え透いた嘘をついていると、思われてしまう」

リディアを見るブースの目が、急に優しげになる。「あなたの立場は、かなり危ういってわけだ」

リディアはうなずく。自分がどれだけ苦境に立たされているか、彼女は少し誇張を交えて語ってゆくけれど、それが真実であることに変わりはない。そうすることで期待したのは、ブースが大事な情報をうっかり漏らしてくれることだ。たとえば、フィッツを殺した真犯人に、心当たりがあるとか。

「今回の一連の流れのなかで、警察が興味をもちそうな人を、ひとりだけ知っている」だしぬけにブースが言う。

「ほんとですか?」なにごともやってみるものだ。名前まで期待するのは難しいだろうが、ここはしっかり聞いておかねば。

「二、三年まえのわたしの学生でね。かなり優秀な子だった」ブースが語りはじめる。「よくこの研究室に来ては、文化的相互作用に関するわたしの研究について話を聞きたがった。わたしは彼女に、大学院に進学することを勧めたんだけど、最終学年のとき神経衰弱にかかり、休学することになってしまった。それでもわたしは連絡をとりつづけ、彼女がこれまでに得た単位はそのままにしておくから、いつ復学してもいいと伝えた。もし正規の退学手続きをとるのであれば、B+の成績をつけてあげるともね。だけど、彼女からの返事はなかった——あのインタビュー映像を、シェパードが公開するまで」

「どういうことです?」

「彼女、わたしがあのろくでもない陰謀論に与《くみ》したと、思い込んだのね。そして関連する資料を、次々と送ってくるようになった」

「ろくでもない陰謀論というのは、人間が書いた本をロジ人が消そうとしている、みたいな?」

「もっと現実離れしたやつ。シェパードの陰謀論は、実際に起きていることを極端に単純化してふくらませただけ。でも彼女の主張ときたら、ナノボットが人間の脳を操っているとか、実はファーストコンタクトは一九八〇年代に完了しており、単に隠蔽されていただけだとか、気候変動はロジ人が起こしたものだとか――」

「もちろん先生は同調しなかったんでしょう？」

ブースがくすっと笑う。「あのね、わたしは評論家であって、奇人変人ではないの」

「その元学生の名前、教えていただけませんか？」

「教えてもいいけど、条件がふたつある」ブースはデスクをタップして、彼女のスクリーンにインターフェイスを表示させる。

「おっしゃってください」

「第一に、これをあなたに教えたのがわたしであることを、他言しないでもらいたい。データ法に抵触してしまうからよ。第二に、彼女は神経を病んでいたし、まだ復調してない可能性もあるので、もし警察が彼女に接近するのであれば、できるだけ慎重にやってほしい。わかった？」

「よくわかりました」

ブースが画面上のカードを一枚フリックすると、リディアのメガネの端にそのカードが転送される。書かれていたのは、ジニー・コナーという名前と、最後に確認された住所だ。

「元気でいてくれたらいいんだけど」ブースが言う。「彼女のためにやってあげられることが、まだあったような気がする。今もわたしは仕事を山ほど抱えているし、すでに彼女は学生ではないのだから、もう忘れていいと思いたい。だけど、もし彼女がなにか悪いことにかかわっているのであれば、わたしにも責任の一端があるように感じてしまうのね」

リバティ・ヴュー

NYUを出たリディアは、ダウンタウンへ向かう地下鉄に乗り、車中で午前中に入ってきたノートをチェックする。

@HYPERTRUTH／フィッツウィリアム事件最新情報：逃亡中の容疑者は、すでに七人のロジ人を殺しているイギリス人シリアルキラー／TR18

@EVERYTHING_YAAAS／殺害されたロジ人の死体がニューヨーク市警の遺体安置所から盗み出され、悪魔崇拝の儀式に使われた！　独占映像あり／TR09

やれやれ。彼女がTRレベルを下げたのは、あの事件に関連したノートをできるだけ多く拾い、世間の人たちがなにを語っているか知るためだった。たとえクソみたいな意見でも、なにかしら参考になる点があるかもしれない。でもこんなのは、本当にただのクソではないか。

リディアは、ジニー・コナーに関する情報を集めてゆく。姓名、および過去数年間NYNUに在籍していた事実から、彼女のストリームはすぐに特定できたけれど、そのプロフィールは呆《あき》れるほど平凡だ。金髪、適度な日焼け、きれいに描かれた眉、不気味なほどまっすぐな歯並び——LSTLにごろごろいた裕福な家庭の女の子たちと、なんら変わるところがない。ジニーのストリームにある画像は、友人たちと一緒のスナップや都会の風景ばかりだが、自分の姿は動物に置き換えることが多く、キツネとペンギンが特にお気に入りのようだ。まとまった文章はひとつも書いておらず、自分で撮影した写真にも短いキャプションしかつけていない。独りごとめいたつぶやきすらないのだ。いちばん最近アップされた画像の日付は、数週間まえとなっていた。

本当にこの人なのかと、リディアは疑ってしまう。この娘が、かつての恩師を陰謀論に引きずり込もうとしている人間だとは、とうてい思えない。しかし、本性を巧みに隠している可能性も考えられる。陰謀論を唱える人はみな妄想症だ。きっと、人目に立つことを避けてきたのだろう。

マンハッタン島の南端は、異常な海面上昇にたびたび襲われるため、市内で最も家賃が安い地区となっている。最後に越水の被害を受けてからすでに六年がたっており、そのあいだに防潮堤の上に新たな壁が築かれたものの、日当たりがいっそう悪くなっただけで、資産価値の回復にはまったく貢献していない。堤防に近い建物の低層階は一日じゅう薄暗く、上層階は眺めこそ悪くないものの水害時は孤立するおそれがあり、しかも春先は激しい風雨にさらされる。

リディアは、もしジニーがここに住みながらNYNUに通ったのであれば（距離的にはけっこう遠い）、彼女は自身のストリームで匂わせているほど裕福ではないのかもしれないと思う。金持ちにみせかけることで、友人たちに溶けこもうとしたのだろうか？　もしそうなら、同情を禁じ得ない。リディア自身は採用しなかったが、これは有効な戦術だからだ。

リディアは、ジニーが住む（または住んでいた）アパートへ向かうまえに、自由の女神像が立つリバティ島まで行くフェリーの乗り場があったあたりを歩いてみる。いま乗り場はなくなっており、代わりに防潮堤に沿って潜望鏡《ペリスコープ》形の望遠鏡がずらっと並び、五ドルで自由の女神像が見られるようになっている。理屈の上では、海上を船で渡ってゆくことも可能なのだが、リバティ島はすでに水没してしまい、波が自由の女神の台座を洗っているから、行きたがる人はいない。不安を感じさせる場所にフェリーを運航したところで、採算はとれないのだ。ただし大金を積めば、今でもヘリコプターで行くことはできる。外交官宿舎の隣に住むミセス・クローヴスに言わせると、現在の自由の女神像は、昔より背が高くなっているそうだ。なぜなら小説や映画などを通じ、世界の終わりを象徴するイメージとして海に沈んだ自由の女神像が定着したため、人びとに滅亡の予感を与えてはいけないと考えた政府が、密かに台座を高くしたからだという（そんな大工事をやれば誰もが気づくとリディアは思うのだが、ミセス・クローヴスは頑として自説を曲げない）。

リディアは、五ドル払って望遠鏡をのぞいたりしない。代わりにメガネのマップ機能をオンにし、ジニーが暮らす四階建てアパートの二階を確認する。リバティ・ヴューと名づけられたそのアパートが、防潮堤の完成後に建てられたことは、海に向かって堤防の形状に沿ったU字形をしており、海側に窓がまったくないことからも明らかだ。だけどこれでは、自《スタ》由の女神《チュー・オブ・リバティ》が見える部屋などひとつもないはずだし、アパート名はただの悪い冗談になってしまう。きっと、屋上に上がれば見えるのだろう。各部屋は非常に狭く、学生や老人、子供のいない夫婦、あるいは収入が少ないため、もっといい場所に引っ越せない人たちが住んでいるらしい。実のところ、わざわざこんな水害多発地区を選ばなくても、似たような家賃のアパートはクイーンズやブロンクスにもあるのだが、一部の人にとってはここがいちばん安らげる土地のようだ。リディアは、アンダーズがあのレセプションの席で、「自分は八年間マンハッタンを離れたことがない」と語っていたのを思い出す。

階段を二階まで上り、十六号室のドアベルを押す。ドアを開けたのは赤茶けた巻き毛の若い男で、顔にはそばかすが目立ち、バスケットボールのタンクトップを着てだぶだぶのパンツをはいている。「どなた？」男が訊く。

「こんにちは。ジニー・コナーさんはいらっしゃいますか？」ここへ来る道すがら考えてきたシナリオを、リディアは読みはじめる。セリフはメガネに表示されるから、間違える心配はない。ありがたいことに、酔いはほぼ醒めたようだ。

「なぜそんなことが知りたい？」この意外な答を、しかしリディアは興味深く感じる。

「わたし、NYUから来ました。コースを修了できなかった学生さんに、いつでも復学できること、もし退学する場合も、部分学位を取得して返金も受けられることをお知らせするため、歩いています」

「そういうことに、彼女が興味を示すとは思えないな」それまで無表情だった男が、急に不機嫌そうな顔になる。

「もしできれば、コナーさんと直接お話しさせていただけませんか？　コナーさんの成績記録を拝見すると、確実にB＋がとれそうなんです」リディアはシナリオを読んでゆく。「そのためにやっていただきたいことは、退学の手続きだけですから、とても簡単です。もちろん、復学して修了することもできます」

「彼女はいないよ」

「何時ごろお帰りになるでしょう？」

「彼女はここに住んでない。そういうことだ」男がドアを閉めようとしたので、リディアはオープン・トゥのサンダルをはいているにもかかわらず、ドアの隙間に思わず足を突っ込んでしまう。もっと頑丈で、足先をちゃんと保護してくれる靴をはいてくるべきだった。次からは必ずそうしようと、彼女は心に決める。

「だけど、以前はここに住んでいたんでしょう？」リディアは喰いさがる。「あなたは彼女をご存じなんですよね？」

「まあね」

「どこに行けば彼女に会えるか、わかりませんか？」

「会ったところで、君の話なんか聞きやしないよ」

「たとえそうであっても、わたしは本人から確認を取らなければいけないんです」

「メッセージを送ればいいだろ」

「送ったけど、返事がありません」

「それが返事だな」声がますます不機嫌そうになる。

「わたしはただ、彼女の力になれればと思って――」

「彼女はもう学位なんかいらない。そんなものに興味はまったくない。それだけのことさ」

リディアはすかさず訊く。「なぜ？」

「ジニーは就職する気もなければ、なにかをはじめる気もないんだ。君は彼女の力になりたいと言うけれど、時間の無駄だね。ぼくも彼女を助けようとしたが、拒まれてしまった。耳を貸そうともしないんだ」

「コナーさんとは、どういうお知り合いなんですか？　もしよかったら――」

「ぼくたちはここで、一緒に暮らしていた」

やはりそうか。ただの知り合いなら、ここまで熱くはなれない。「なるほど」

「さっき君が言ったようなことを、ぼくも彼女に言ってやった。最初は、迷ってるだけだろうと思った――戻るのは厭だけど、終わりにするのも厭だ、みたいな」

「あなたとの関係を？」

「え？　違うよ。学校の話だ」

「失礼しました」

「退学はいつでもできるから、選択肢を残しておきたいような感じだった。かといって一度離れてしまったところに、今さら戻る気もないらしい。わかるかな？」

「よくわかります」リディアは正直にこう答えながら、彼の気持ちも痛いほどよくわかることを、本人に伝えたくなる。

「だからぼくはこう言ってやった。いつまでも宙ぶらりんの状態でいるわけにはいかない、このままでは、両方ともできずに終わってしまうんじゃないか、と。ぼくは間違ってないだろ？」

「すごく正論だと思います」

「だよな？　これでわかってもらえたと思ったんだが、ジニーはそういうことじゃない、とむきになって否定した。だからぼくも、そんなにうしろ向きだと一歩も前に進めないぞと言ったんだが、この話をするたび彼女は話題を変えたり、黙りこんだり、ぷいと部屋から出ていったりした。そしてあるとき、ぼくに向かってこう叫んだんだ。わたしの人生を足踏みさせているのはわたしじゃない、あいつらだ、と」

「あいつらとは？」

「ぼくも同じ質問をしたよ。そしたら彼女はこう答えた。『まだわからないの、トッド？　あの異星人どもよ』」

リディアは彼を指さしながら訊く。「トッドというのは……」

「え？　ああ、そうだよ。ぼくのことだ。とにかくぼくは、バカな言いわけはよせとジニーに言ってやった。自分の優柔不断をほかの人のせいにするなってね。すると彼女は、やつらがすべてを操っているから、人間は自分の意思を失ってしまい、自分で自分のことが決められなくなっているのだと言って、いろいろ例を挙げはじめた。誇張はしてないよ。ぼくは彼女が言ったとおりに、くり返してるだけだ」

「それであなたは、なんて答えたんですか？」

「君は頭がおかしい、と言ってやった」

「そしたら？」

「荷物をまとめて出ていった。でもこの部屋には、彼女の物がまだ半分ほど残ってる。もしジニーに会ったら伝えてくれないか。早く取りに来ないと、全部リサイクルに出してしまうぞって」

「ということは、いま彼女がどこにいるか――」

「どこに行ったかは知ってる。今もそこにいるかどうかは、わからない」

「教えてもらえますか？」

トッドは派手に顔をしかめる。「まだ彼女を説得したいの？　ぼくがこれだけ話してやったのに？」

「ええ。だってわたしの仕事は、こういう非公式の申し出をすることで、みなさんにいい結果を出してもらうことですから。かれらが復学するか、退学しても部分学位を得ることができれば、これほどいいことはないでしょう？　逆に、二年間なんの音沙汰もなければ除籍されるし、そうなると学校にとっても、よくない記録だけが残ってしまう」よどみなく言えたことをリディアは嬉しく思うが、にたにた笑いそうになるのを抑えて、いかにも困っているような顔をしてみせる。「そして除籍者が多くなると、この仕事をしているわたしは、役立たずの烙印《らくいん》を押されるんです」

トッドの心が動いたことを彼女は察する。やっと納得してくれたらしい。彼のなかでジニーは未解決の問題であり、彼自身もなんとかしたいと思っていたのだろう。彼はまだいくつか質問をしてくるが、ここまでくればジニーの居場所はわかったも同然だ。

リバティ・ヴューから出てゆくまえに、本当に自由の女神が見えるか確かめるため、リディアは屋上に行ってみようと思いたつ。もうすぐ国外退去させられることを彼女は予期しており、これが最後のチャンスになるかもしれない。だから彼女はエレベーターに乗って、最上階まで上がる。

午後の日差しが照りつける屋上には陽炎《かげろう》が揺れており、ずらっと並んだ黒いソーラーパネルのあいだを抜けてゆくと、遠くにかろうじて女神像が見える。リディアはU字形の片方の棒のいちばん先端まで歩き、メガネを望遠モードにセットする。手すりに寄りかかって立ち、しばらく女神像を眺める。屋上はとても静かで、こうしていると下界のごたごたを忘れてしまいそうだが――

「リディア！」

誰だ、わたしの名を呼ぶのは？

リディアは声の主を確かめるためふり返るが、その声にアメリカのアクセントがなく、彼女自身の訛《なま》りに近いことを、しっかりと聞き取っている。

屋上への出入口となっているドアは、U字形の中央に位置しており、そのドアの前に三人の男が並んで立っている。うちひとりは、ハリ・デサイだ。

「君をずっと探していたんだ」とハリが言い、三人はリディアに向かって屋上を歩きはじめる。

第四部

ニューヨークそぞろ歩き

ハリたち三人が近づいてくると、リディアはじりじりと後退する。背後と左右に目を走らせても、屋上の縁に沿って手すりがつづいているだけだ。非常口のようなものは、まったく見えない。彼女はU字形の棒の先端に、追い詰められている。逃げ場はどこにもない。

ハリと一緒に現われたふたりの男は、小声で言葉を交わしながらリディアを見てにやにや笑っており、彼女はこの男たちにひどく剣呑《けんのん》なものを感じる。ハリファックスで会ったハリの友人たちとは、似ても似つかない。びっしりとタトゥーを入れ、この陽気にもかかわらず、メタリックなシャツの上にぎらぎらと光る派手なジャケットを着て、前ボタンを開けている。ふんぞり返って歩いているが、足もとはふらついており、なにかでハイになっているのは明らかだ。ハリもやけに疲れた顔をしており、どことなく薄ぎたない。どうやら三人とも、ケティンと呼ばれるドラッグをきめているようだ。

派手なジャケットのひとりが換気口につまずき、よろめいた拍子にジャケットが大きく広がって、内ポケットに入れた拳銃がちらっと見える。リディアがもうひとりの男に目をやると、こちらもジャケットの片側が下がっているから、銃を持っているのは間違いない。リディアのメガネが、彼女の心悸《しんき》亢進《こうしん》を感知すると同時に、どこにも行けない彼女に三人の男が迫っている現況を認識し、二回つづけて強くまばたきすれば、自動的に警察に通報できることをテキストで知らせてくる。リディアは、喜んでそうさせてもらう。現在位置と視点カメラの映像も一緒に送られるので、言葉を発する必要はまったくない。

警察はリディアを監視していたはずだし、もし今も監視をつづけているなら――この通報を受けて、何分ぐらいで駆けつけてくれるだろう？　彼女に迫る三人のなかに、ハリ・デサイがいるのを確認したとたん、空から舞い降りてくるのではないか？　自分が警察に監視されていることを願う日がくるなんて、彼女は夢にも思っていなかった。

「このお姉ちゃんが、あんたがイングランドで一発やってきたって子か？」派手なジャケットの片方がハリに訊く。

「よせよ」きまり悪そうにハリがたしなめる。

「けっこうかわいいじゃん」さらに一歩リディアに近づきながら、もうひとりの男が言う。

すでに彼は、手を伸ばせばリディアの体に触れるくらいまで接近しており、リディアは彼につかまれることを本気で恐れている。でも男の目を見るかぎり、いつ手を伸ばしてきてもおかしくない。そのとき彼女のメガネに、警察は約六分後に到着の予定と表示される。リディアは、この予告が正確であることを願いながらも、屋上から投げ落とされることなく、ここに六分間も立ちつづけていられるだろうかと疑う。

「おいケイル」ハリが派手なジャケットの男に声をかける。男がリディアの体をつかもうとしていることに、やっと気づいたらしい。「それはやめとけよ」

しかしケイルと呼ばれた男は下がろうとせず、逆にもう一歩リディアに近づくと、彼女を上から下までじろじろ見る。その顔つきたるや、ひとりになったとき活用するため、ひと目もはばからず女性の映像を保存しまくる変質者のようだ。

「おい」もう一度ハリが呼びかける。「聞こえたろ。クールにいこうぜ」

ケイルが憎々しげな目でハリを見る。「おまえ、俺がクールじゃないって言うのか?」

ケイルはリディアに向きなおると、彼と彼女だけが理解できる冗談であるかのように「クソ野郎め」とつぶやく。

リディアは、男たちの頭越しにハリに向かって質問する。「あなた、ずっとわたしのあとをつけてきたの?」

「ああ、この屋上までね」ハリが答える。「だけど——」

「じゃあ、尾行をはじめたのはいつから?」

「おまえ、この女をストーカーしてたのか?」もうひとりの派手なジャケットがハリに訊く。

「するもんか」ハリがただちに否定する。「頼むよ、ミロ。バカなこと言わないでくれ」彼はリディアに訴える。「彼は冗談を言ってるんだ。ぼくと彼は、昨日からずっと一緒だから、ぼくが君のあとを追いまわしていないことは、彼がいちばんよく知ってる」

「それなら、今日はどうやってわたしを見つけた?」リディアがさらに訊く。

「望遠鏡が並んでいるあそこで、たまたま見かけたんだ。十五分ぐらいまえに」

「ただの偶然だったと言いたいわけ?」

「そうだよ。本当に偶然だった。ぼくは君と話がしたかったんだけど、君はさっさとこのアパートに入ってしまったから、階段の下で待つことにした。するとついさっき、屋上にいる君をケイルが見つけたので、三人で上がってきたというわけ」

「へえ。そうなんだ……それにしても、あなたニューヨークでなにしてるの?」

ケイルとミロが腹を抱えて笑いはじめる。「おまえ、彼女は友だちだって言ってなかったか?」ミロが言う。

「うるさいなあ。少し黙ってろ」ハリが言い返す。

ミロがさっとうしろを向き、ハリを正面から睨《にら》みつける。「俺にそんな口をきくな」彼が殴りかかるふりをすると、ハリは身をそらす。ミロがまた大声で笑いはじめ、つられてケイルも笑い、結局ハリも一緒になって笑う。激しい気分の揺れと興奮は、ドラッグのせいだろうし、このままではなにをやられるか、わかったものではない。警官の到着まであと四分三十秒。リディアは、かれらが何者か訊きたいのだが、いま三人の関心は彼女から離れているので、とりあえず黙っていることにする。

突然ケイルが彼女に向きなおり、くすくす笑いながら言う。「こいつ、おまえがいるから、ニューヨークに来たんだぜ」

リディアは視線をハリに移す。「わざわざハリファックスから? わたしと会うために?」

「君と会うために、ではない」苛立《いらだ》たしげにハリが答える。「君と会ってしまったからだ。

あのクラブで君の話を聞き、ぼくは自分が世界をまったく知らなかったことに気づいた。そしてそのことばかり考えていたら、親父が死んで少し金が入ったので――」

「ニューヨークに来るのなら、連絡してくれてもよかったのに」

「なに言ってんだ、君は連絡先を教えてくれなかったじゃないか」

そうだった。わざと教えなかったことを、リディアは思い出した。「だってあれは、一夜かぎりの――」

「ああそうだとも」ハリは彼女の言葉をさえぎる。「ぼくのほうも、それでまったくかまわなかった。ぼくがここに来たのは、この街を見るためだ。ニューヨークが頭から離れなくなったのさ」

「実際のニューヨークを見て、がっかりしたんじゃない？」

ハリはうっとりとほほ笑む。「とんでもない。君から聞いた以上だったよ」

「そう言ってもらえてよかった。だけど、わたしがこの街のいいところばかり強調したせいで、あなたはここまで来たんだから、結局わたしの責任なのかも」

「誰もそんなこと言ってないだろ」

「冗談よ。それにしても警察は、まだあなたから事情を聞いてないんだ？」

リディアは軽い気持ちで訊いてしまう。もし事前によく考えていたら、ケイルとミロの反応を警戒し、この質問を口にすることはなかっただろう。案の定ケイルたちは不安そうに顔を見合わせ、ミロがハリに訊く。「おまえ、警察とつながってるのか？」

「まさか！」ハリの声が大きくなる。「つながってるわけないだろ。なぜぼくが――」

「警察はこの何日か、あなたを探しつづけてた」結局リディアは、すべてを教えてやる。

「いったいどうやって、かれらの目を逃れていたの？」

「なぜ警察がぼくを探すんだ？」

「あなたがわたしのボスを殺したと、思っているから」

ハリは笑いだす。「なんだって？」しかしリディアの真剣な表情を見て、顔色が変わる。

「クソっ！」ケイルが言う。「それって、最悪のクソじゃないか」

「ぼくが君のボスを殺したと、警察が思ってる理由は？」

「だってあなたは、彼が殺される数時間まえに、ニューヨークに到着したじゃない」リディアは逆に質問する。「あなた、自分が捜査対象になっていることを、本当に知らなかったの？　どのニュース・フィードにも書かれているのに」

「こっちに来てから、ぼくはずっとオフラインなんだ。ローミング契約の問題でね。だけど、彼が死んだ日に到着したというだけで、なぜぼくが犯人あつかいされなきゃいけない？」

「警察は、殺されたわたしのボスに関する情報と、彼の家の防犯システムをどうやって突破するかを、わたしがあなたに教えたのではないかと疑った。もちろんそんなもの、わたしは教えてない。でも警察は――」

「君も、ぼくが犯人だと思ってるのか？」

リディアは、ケイルとミロが数歩うしろに下がり、じっと立っていることに気づく。チャットで密《ひそ》かに話しあっているとしたら、どんな話をしているのだろうと彼女はいぶかる。

「やっぱり君も、ぼくがやったと思ってるんだ！」ハリが大きな声を出す。

「思ってない！」リディアはあわててハリに注意を戻す。「もしあなたがやったのなら、逮捕されるのを待っているかのように、そのへんをぶらぶら歩いてないでしょう？　まして、わたしに近づいてくるわけがない。この大都会で、あなたを知っているただひとりの……」ここで彼女は口をつぐむ。この街でハリを知る唯一の証人は彼女だ。そしてハリは、こんな逃げ場のない屋上で、ふたりの銃を持った男たちを連れて彼女に近づいてきた。リディアは不安げに背後を見やってから、唐突に言う。「わたしもう、警察を呼んだからね」

　これを聞くやいなや、ケイルとミロは、U字形の中央にある屋上からの出口に向かって走りだす。ハリはふたりの背中を見ながら、当惑したような声で「待てよ」と怒鳴り、それから改めてリディアに顔を向ける。「なぜ警察を呼んだ?」

「あなたたち三人が、怖かったからに決まってるでしょ」

「ぼくは君と話をするため、ここに来ただけなのに――」

「でもあなたは、こんな逃げ場のない屋上に、ドラッグで酔ったろくでなしを二匹も連れてきた。あいつら、いったい何者なの？」

「ぼくが泊まったホステルのバーで会ったんだ。ほかに知ってる人はいなかったし、かれらなら、ぼくに本物のニューヨークを見せてくれそうな気がしたものでね」

「そしてかれらは、本物のニューヨークを見せるための費用を、すべてあなたに出させた。

違う？」

「それはそうなんだが……」ハリは屋上をざっと見まわす。薄汚れたソーラーパネルが、陽光を鈍く反射している。「正直に言うと、ぼくはあのふたりがちょっと怖かった。でも、なかなか追っぱらえなくて」

リディアは苦笑しながら、ふたりが消えていったドアを指さす。「なのに、たった五分間わたしと一緒にいただけで、やつらは逃げ出してくれた。よかったじゃないの」

ハリはにこりともしなかった。「君が警察を呼んだなんて、まだ信じられない」

「逆に、なぜ警察はあなたを発見できなかったんだろう？　それほど巧妙に逃げまわっていたの？」

「逃げまわるもなにも、ぼくは追われていることすら知らなかったんだぞ」

「もしあなたが、観光客が行きそうなところばかり歩いていたのなら、すぐに顔認識されて捕まっていなければおかしい。それがなぜ、こそこそ身を隠そうともしないのに、何日も見つからずにいられた？　まったくわからない」

ここでふたりとも黙りこみ、と同時にサイレンの音が近づいてきたことに気づく。リディアのメガネが、今回は警官の到着まで五分五十三秒かかったことを報告し、この結果に評点を与えるかと、彼女に訊いてくる。

警察は人質事件になることも予想していたのだが、それは杞憂《きゆう》に終わる。ハリは抵抗したり、もし近づいたらリディアを屋上から投げ落とすと脅したりすることもなく、命じられたとおり両手を上げて膝をつく。すでにその段階で、アパート内にあるすべてのデバイスとその所有者には、現在いる場所から動くなというメッセージが一斉に送られている。

「ごめんね」応援の警官たちが屋上に上がってくるのを待ちながら、リディアがハリに詫《わ》びる。「でもどっちみちあなたは、帰りの飛行機に乗るとき、捕まっていたと思う」

ハリはなにも言わない。

「ハリファックスには、いつ帰る予定だったの?」リディアが訊く。

「別に帰る必要もないと思っていた。このままここにいる気になっていたからだ」

「あなたは、ニューヨークに住むのがどれほどたいへんか――」

「わかってるさ。在留許可証を取るだけでも、かなり難しいものな。だけど、なんとかなるんだろ? でなければみんな、住みつづけているわけがない。君みたいに」彼の口ぶりには、リディアが協力してくれることを期待し、懇願しているような気配が感じられる。しかしリディアは、自分が彼の力になれるのか、なるべきなのか、あるいはなってやりたいのか、よくわからない。

できるだけ公平に

ハリが連行されていったあと、リディアは警察から事情聴取を求められるが、彼女も警察と話がしたかったので、すなおに応じる。屋上から警官たちが引きあげてくるのを、リバティ・ヴューのロビーで待ちながら、彼女はこの近辺のフィードを読んでゆく。

@GeezLoueeze17／警官がリバティ・ヴューの全住人に、家から出るなと言ってる――行方を探していた犯罪者が、屋上に出現したからだ！　俺も上がっていって確かめたほうがいいかな？／TR83

@happynesta1010／たった今、警察がうちの窓に設置したカメラを調べたら、フィッツウィリアム殺しの容疑者がつい十五分まえ、リバティ・ヴューのなかに入っていくのが映っていた……なにかの偶然か??／TR90

ふたつめの投稿が早くも拡散しているけれど、ハリの身柄が確保されたことを、警察はま

あの瞬間が、ぼくの頂点であり、
終焉でもあったのだ

アイリス

Hinakura Sarie
雛倉さりえ

四六判仮フランス装・定価1760円 E

伝説の映画『アイリス』。子役として主演をつとめた瞳介と、監督の漆谷は、公開から十年たった現在も過去の栄光に縛られていた。気鋭が贈る注目作。

JennaWagner/Getty Images

『風よ僕らの前髪を』の新鋭による受賞第一作

蝶の墓標

Yayoi Sayoko
弥生小夜子

四六判上製・定価1870円 E

心臓の病と半身を覆う鮮やかな痣を持ちながら、強い復讐の意思を身裡に秘めた少女・夏野。彼女に魅入られた人びとの愛憎と献身を流麗な筆致で描く鮎川哲也賞優秀賞受賞第一長編。

Evgeny Gromov/Getty Images

短編で史上初の日本SF大賞候補作を収録

わたしたちの怪獣

Hisanaga Mikihiko

編集部

久永実木彦

妹が父を殺した。テレビからは東京湾に怪獣が出現したというニュースが流れていた。姉は東京へ父の死体を捨てにいくことを思いつく。『七十四秒の旋律と孤独』の著者、新境地。

サエズリ図書館のワルツさん1　**紅玉いづき**

定価858円 Ⓔ

紙の本が貴重な文化財となった近未来、本を無料で貸し出す私立図書館があった。本を守る司書官と利用客達との交流を描く伝説のシリーズ、書籍初収録短編も含む待望の文庫化。

シェフ探偵パールの事件簿

ジュリー・ワスマー／圷 香織 訳　定価1320円 Ⓔ

年に一度のオイスター・フェスティバルを目前に賑わう、海辺のリゾート地ウィスタブルで殺人事件が。レストランの主にして新米探偵パールが事件に挑む、シリーズ第一弾！

おれの眼を撃った男は死んだ

シャネル・ベンツ／高山真由美 訳　定価1320円 Ⓔ

無秩序な暴力に翻弄され、血にまみれながらも生きてゆく人々の息遣いが、気高く、美しく描き出される。O・ヘンリー賞受賞作含む十編収録、凄絶な迫力に満ちた傑作短編集！

暗殺者たちに口紅を

ディアナ・レイバーン／西谷かおり 訳　定価1320円 Ⓔ

犯罪者の抹殺に四十年を捧げた女性暗殺者四人VS古巣の暗殺組織の刺客たち。殺すか殺されるかの危険な作戦の行方は。MWA賞候補作家が贈る極上のエンターテインメント！

■創元文芸文庫

アパートたまゆら　**砂村かいり**

定価836円 Ⓔ

「うち泊めますけど」隣人の男性からの予想外の提案から始まった交流の中で、いつしかわたしは彼のことが気になっていて――距離は近くても道のりは険しい、王道の恋愛小説。

好評既刊■単行本

黒蝶貝のピアス　**砂村かいり**

四六判並製・定価1870円 Ⓔ

かつてアイドルとして輝いていた上司。あの日、彼女から受け取った〝大切なもの〟が、

好評既刊■創元推理文庫

刀と傘　伊吹亜門　定価814円 E

死刑執行を前に、大逆の罪人はなぜ毒殺されたのか。幕末から明治の京で、初代司法卿・江藤新平と若き盟友が奇怪な謎に挑む。ミステリーズ！新人賞受賞の連作時代本格推理。

金庫破りときどきスパイ　アシュリー・ウィーヴァー／辻 早苗 訳　定価1320円 E

第二次世界大戦下のロンドン。凄腕の女性金庫破りが、堅物の青年将校にはめられて、重要文書争奪戦に巻きこまれ……。正反対のふたりのスパイ活動を描く軽快なミステリ！

好評既刊■創元文芸文庫

HHhH ――プラハ、1942年　ローラン・ビネ／高橋 啓 訳　定価1430円 E

ユダヤ人大量虐殺の首謀者を暗殺すべく、青年たちはプラハに潜入した。読者を驚嘆させた傑作、待望の文庫化。ゴンクール賞最優秀新人賞受賞、本屋大賞翻訳小説部門第1位！

※価格は消費税10％込の総額表示です。　E 印は電子書籍同時発売です。

だ公表していない。にもかかわらずハリは、すでに話題の中心になろうとしている。

小柄でずんぐりむっくりした女性の警官が近づいてきて、屋上でなにがあったか話してくれとリディアに頼む。

「まず最初に言っておきたいのは」リディアは強調する。「彼はわたしのことを、これっぽちも脅したりしませんでした。わたしが恐怖を感じたのは、彼と一緒にいた別のふたりの男のほうです」

「別のふたりの男？」

リディアは派手なジャケットの男たちについて語り、警察が呼ばれたことを知って、かれらがあわてて逃げたことを説明する。「ふたりとも、臆病で根性なしのクズ野郎でした」

警官は眉をひそめると、ディスプレイ上に表示されているリディアの供述をテキスト変換した文章の最後の部分に、強調処理を施す。「そのふたりはともかく、ハリ・デサイは、あなたに近づいてきたのね？」

「はい。もちろんわたしは、警察が彼を探していることを知っていたので、すぐに通報しました」リディアは、ここからどう話すべきか迷いはじめる。彼女が避けたいのは、真相はさておき、警察がハリを殺人犯と決めつけ、彼女がハリを密告したかたちになってしまうことだ。だから、ハリを危険人物と断ずることで警察をそんな結論に飛びつかせ、彼を起訴させるようなことは、絶対にやりたくない。その一方、もしハリが真犯人で――その可能性はまだ捨てきれないと、リディアは自分に言いきかせる――彼女が彼をかばおうとしたら、彼女の立場はいっそう悪くなるだろう。だからリディアは、ちょっと冷たいようだが、彼女の証言だけで警察がハリを容疑者あつかいするのではないと、考えることにする。

結局リディアは、彼を罪に陥れたり擁護したりすることなく、できるだけ公平に一連の出来事を語ってゆく（ハリがドラッグで酔っていたことだけ黙っていたのは、どっちみち警察は検査するに決まっているからだ）。やがてリディアは、ハリがまったく偶然に彼女を見つけたくだりを語りはじめるのだが、ここで女性警官が質問を差し挟む。

「ちょっと待って。つまり彼は、あなたをここまで尾行したのではない、と言ったの？」

「はい。望遠鏡のところで、たまたまわたしを見かけたんですって」

「そんなすごい偶然があるのかな」

「わたしも同じことを言いました」

「人口一千万の大都会で、彼はあなたを偶然見つけたのに、われわれ警察はこの数日、彼を発見できずにいた」

たしかに不思議だった。これではまるで、警察がリディアを監視下においていなかったかのようだし、もしそうなら、なぜ彼女を監視しなかったのだろう。「そう言えばハリは、警察が自分を探していることさえ知りませんでしたね」

警官はさらにいぶかしげな顔で彼女を見る。「それはもっと信じられない」

「わたしは、彼が言ったとおりを伝えているだけです」たしかに信じがたい話ではあるが、誰が好き好んでこんなふざけた嘘をつくだろう。ましてや、今のリディアの立場にいる人間が。「本人が言うには、彼はこの数日間、ニューヨーク観光をしていたんですって」

「われわれは、彼がもっているすべてのアカウントに網を張り、総力を挙げて彼を探してきた。彼について得られた情報から行動パターンを割り出し、入手できた彼の全イメージを監視カメラに投入した。警官を路上に配置し、人の目を使って街路を見張らせることまでやった。これほどの警戒態勢を彼がすり抜けるためには、数日のあいだ、メガネ型端末やディスプレイをオフにしたままどこにもログオンせず、買い物も一切しないで息を潜めていなければならない。市内を観光して歩いていたと言って、われわれが信じると思っていたのかしら？」

　リディアは肩をすくめる。

　女性警官は首を横に振る。「まったくつじつまが合わない」

　そのとおりだった。つじつまが合わないのである。であるなら、彼が今日まで発見されなかったのには、なにか別の理由があるのだろう。でもそれがなにか、リディアには見当もつかない。

「最後にもうひとつだけ聞かせて。なぜあなたは、ここにいるの？」

「え？」この質問に対してなんの準備もしていなかったリディアは、言葉に詰まる。

「あなたがこのアパートに来た理由はなに？」

「ミズ・サウスウェル」そのときリディアの背後から、男の声が聞こえてくる。ふり向いた彼女は、スタージェスがドレスシャツの袖をまくりあげ、腕に入れた螺旋《らせん》状のタトゥーをむき出しにしてこちらに歩いてくるのを見る。彼はかけていたサングラスタイプのメガネを外すと、自分の言葉を強調するためそのメガネを振りながらリディアに言う。「ハリ・デサイを見つけてくれたお礼を直接言いたくて、駆けつけました。たいへんなお手柄ですよ、これは」

「いえ」リディアは正直に答える。「こちらのお巡りさんにもお話ししたんですが、彼のほうから、わたしに近づいてきたんです。彼を見つける努力なんて、わたしはぜんぜんしてません」

「あなたが通報時に添付した映像も見ましたが、その道のプロみたいに冷静な対応だった」

スタージェスが本気でそう言ってるわけでないことは、むろんリディアも承知している。彼が狙っているのは、今後もリディアが捜査に進んで協力するよう、彼女をおだてておくことだ。本音が露骨にみえているものの、久々にかけてもらった温かい言葉を、リディアはとりあえず歓迎する。「ありがとうございます」

「この件に関し、あなたがこれ以上厭《いや》な思いをしないですむよう、願いたいものですな。すでにあなたは、充分ひどい目に遭ってきたんですから」

心から同意するかのように、リディアはうなずいてみせる。

スタージェスは、外交官宿舎まで送っていこうと申し出てくれるが、リディアは丁重にお断りする。すると彼は、メディアに出す公式発表を準備しなければいけないと言って、まだそこにいた女性警官と一緒に、リバティ・ヴューから去ってゆく。リディアは、一瞬ジニー・コナーのことを話そうかと思ったのだが、彼女についてはまだなにもわかってないので、結局やめておく。それ以前に、彼女を調べてくれと頼めるほど、リディアは警察を信用していない。なによりも、ひとりで勝手に嗅ぎまわっていることを、警察に知られてはいけないのだ。もし知られたら、警察は彼女を止めようとするだろう。

靴屋の上階には

トッドに教えてもらった住所は、グリニッジ・ヴィレッジを少し越えたところにあり、歩行者専用となった道路のひとつに面していた。そのあたりは近年、歩道上に仮設店舗が次々と建てられ、だがどの店も撤収せずそのまま居座るものだから、今ではもとからあった建物と合体していた。雑然とした建物の連なりは、まるで好き勝手に成長したツタ植物が、絡みあっているかのようだ。

めざすアパートへたどり着くためには、仮設の靴屋を通り抜けねばならない。リディアは、お客さまにぴったりの靴があると言ってつきまとう女性店員をふり払い、靴屋の裏口に直結されたアパートのロビーへと入ってゆく。そのアパートは、エレベーター・シャフトを潰して増築されているため、当然エレベーターはなく、リディアは五階まで階段を上ることになる。あちこちに人がたむろしているけれど、かれらがこのアパートの住人なのか、別の場所に住居があるのか、それともこの階段で暮らしているのか、リディアには見当もつかない。気化したマリファナの匂いが漂うなか、リディアは目を合わせないよう注意しながらかれらをひとりずつ見てゆき、メガネに表示させたジニーの学生証の写真と一致する顔を探す。

三階の廊下の隅に、ふたりの男にはさまれて若い女性がひとりうずくまっている。目は閉じているけれど、自分の頭越しに語り合う男たちの会話に割り込もうとしているから、眠ってはいない。学生証の写真に比べ、髪は長くてぼさぼさだが、鼻と口はよく似ている。もしかしたら……

リディアは彼女に近づいて身をかがめる。「ジニー?」女性がふっと目を開き、リディアはその両眼が、ジニーのそれより接近しすぎていることに気づく。違う。この人ではない。女性は当惑したような顔でリディアを見あげる。「わたしに訊いたの?」

男たちも話をやめ、リディアを見ている。

リディアは体をまっすぐ起こす。「ごめんなさい。知ってる人によく似てたから、間違えたみたい」彼女は逃げるようにその場を離れる。階段を上ってゆくリディアの背後で、あの三人が彼女のアクセントを嗤《わら》いながら、ジニーとは誰のことだと言いあっている。

五階の二十三号室に到着しドアをノックしたリディアは、誰でもいいから早くこのドアを開け、自分をなかに招き入れてくれと願う。そうすれば、階段を戻りながらあの三人の横を通らずにすむし、この部屋を出るときには、かれらのほうがどこかに消えているかもしれない。

　ドアを開けてくれた女性は、ジニーではなく、リディアはちょっとがっかりする。年齢はジニーと同じくらいで、背はリディアより少し低い。黒髪をボブにしており、柔らかそうな肌は磁器のようにすべすべだ。薄いプリントレース地のカーディガンを着て、手には赤ワインのグラスを持っている。

「なに？」女性が訊く。

「あの、わたしジニー・コナーを探してます。彼女の友だちが、たぶんここだと教えてくれたもので」

「友だちって、トッドのこと？」

「はい」

「あなた、トッドの友だちなの？」

「いえ、そういうわけじゃないけど」リディアは正直に説明する。「以前ジニーが住んでいたリバティ・ヴューを訪ねたら、そこにトッドがいたんです」

　こんな答でよかったのかとリディアは心配になるが、どうやら正解だったらしい。若い女性は、気取った笑みを浮かべる。「彼、まだあのゴミ溜《た》めに住んでるんだ？」間延びした尊大な話し方は、アメリカ東海岸のものだろう。この女性、意外に育ちがよさそうだ。でもアメリカ上流階級のアクセントについては、まだよく知らないので、なんとも判断できない（あとで録音し、コレクションに加えておこう）。

「トッドは、すごく不幸せそうな顔をしてました。こんな話、もし聞きたくなかったのなら、お詫びします」

女性は首を横に振る。「とんでもない。そう聞いて、逆に嬉しいくらいよ。でも残念ながら、わたしも最近ジニーの顔を見てなくてね」

「それって、彼女はここにいたってことですか？」

「ええ。ほかのどこよりも、この部屋で寝ることが多かった。でもどうして、あなたはジニーを探しているの？」

リディアは、大学から頼まれたという嘘をくり返しそうになったのだが、この女性に対しては、正面からいったほうがよさそうだと考えなおす。彼女がトッドに確認を入れることはなさそうだし、であるなら、別の話をでっちあげよう。

「わたし、ジニーが心配なんです。長いこと会ってないし、なのに彼女は、わたしに変なメッセージばかり送ってくる」

女性の顔を暗い影がよぎる。「どんなメッセージか想像がつく。彼女とはどこで知り合った？」

「NYUで」リディアは思う。きっとこの女性は、観光客に学位を安売りしたり、教授が陰謀論者のインタビューに応じたりするような大学ではなく、もっと歴史のある一流校を卒業しているのだろう。「ところで、わたしの名はリディア」

「わたしはオンディーン。ねえ、なかで話さない？」

リディアはこの招待を受け、彼女の部屋に入ってゆく。床や天井は板張りで、狭い部屋のなかはリサイクルショップで買ったガラクタであふれている。オンディーンは、椅子のひとつに積まれていた一九九〇年代から二〇〇〇年代のビンテージ雑誌の山を床に下ろすと、リディアをその椅子に座らせる。

「なにか飲む?」自分のグラスをテーブルに置きながら、オンディーンが訊く。

断れば気まずくなりそうなので、リディアはうなずくけれど、一杯でやめておこうと心に決める。なにしろ、彼女がこんなことに巻きこまれたのも、もとはと言えば酔った状態でいろいろやろうとしたからなのだ。

オンディーンが狭いキッチンできれいなワイングラスを探しているあいだ、リディアは部屋のなかを見まわす。キッチンと反対側の端がオンディーンの作業場となっているらしく、業務用の大きな3Dプリンタが置かれ、そのまわりをかろうじて正体がわかる程度まで変形された日用品が囲んでいる。どれも例外なく昔の製品だ。スクリーンから怪獣が飛び出している大昔のノートパソコン。人間の足がついた椅子。電球のソケットに花を詰めた電気スタンド。ぼんやり眺めていたリディアに、グラスを持って戻ってきたオンディーンが訊く。

「気に入ってもらえた?」

なにを表現したいのか、よくわからなかったけれど、オンディーンが肯定的な返事を期待しているようなので、リディアは「はい」と答える。

「アーカイブから、古いプリントデータを探してくるの」リディアにワインを手渡し、向かいの椅子に座りながらオンディーンが説明する。「もちろん権利が切れていたり、消滅した会社が所有していたデータをね。それから各製品のコードを呼び出し、いろいろとアレンジしたうえで出力する。その結果がご覧のとおり」

「すごくクールだと思う」こう言いながらリディアは不安になってくる。もしオンディーンがアート関係の仕事をしているのなら、リディアを見覚えている可能性は高い。すぐには思い出せなくても、そのうちピンとくるだろう。逆にリディアのほうは、イベントの初日や美術学校の展覧会などでこの女性と会った記憶はまったくないし、当然、彼女に関するメモも残していない。オンディーンは、作品のプリントアウトがすんだら、改変したプリントデータを完全に破棄し、そうすることで一点物としての価値を生み出すのだと、自身の創作手法を説明する。それを聞きながらリディアは、自身のストレージを検索し、彼女が写っている画像を探す。一枚もなかった。とはいえ、オンディーン自身が撮影されることをブロックしていた可能性もある。もしそうなら、あとは彼女がアート業界とはなんのかかわりもない素人か、アーティストを気取りたがるただの物好きであることを、願うしかあるまい。

「それで」オンディーンが話題を転じる。「ジニーはあなたに、どんなメッセージを送ってくるの？」

すぐに返事を思いつかなかったリディアが、時間を稼ぐためすすったワインは、ニュージャージー産のアルコール度数の高いものだった。こういう安酒が、レセプションの席で供されることは絶対にないから、リディアは久しぶりにじっくり味わってしまう。「メッセージといっても、ひどく混乱したものばかりで」とりあえず曖昧に答える。

オンディーンがうなずく。「そうでしょうね」

彼女が気づいていないようなので、リディアは要点を言い添える。「でも、ロジ人についてごちゃごちゃ言うことが多かったみたい。それも、すごく変なことを」

オンディーンはさっきより熱心にうなずく。「たしかにジニーは、その話ばかりしていた。二か月くらいまえ、彼女は何日かこの部屋から一歩も出なかったんだけど、そのときはロジ人が誰かを雇ったと思い込んでいた……彼女を暗殺するために」

「わお」

「そんなことあり得ない、とわたしは言ってやった。ジニー・コナーは、それほど重要人物じゃないだろうって。もちろんはっきりそう言ったわけじゃないわよ。もっと遠まわしだったけれど、具体的になんて言ったかは、もう忘れた」

「彼女がそこまで悪化していたなんて、ちっとも知らなかった」

「おかげでわたし、自分の仕事が手につかなくてね。だってこんな狭い部屋に、一日中ジニーがいて、なにか読んではダウンロードして紙にインクアウトし、その紙をそこらじゅうに積んでおくんだもの。だからしばらくよそに行ってくれと、やんわりほのめかしたのね。かわいそうだとは思った。だけど彼女には、助けてくれる人が必要だったの。というか、治療してくれる人が」

「トッドも似たようなことを言ってましたね」

いから」

オンディーンがぐるりと目をまわす。「トッドは、自分が正しいと思ったことしか言わない

「ジニーは今、どこにいるんでしょう？」

「彼女はわたしに、もしわたしがひとりになりたいのなら、別の友だちのところに行くと言った。だけど――」オンディーンは右の目じりを指で押さえる。「いつもだったらすぐに、もう帰っていいかと訊いてくるのね。やっぱりここにいるほうが、彼女も安心していられるみたいで……」オンディーンは右目から指を離すと、なにかを解き放つかのようにその手をすっと開く。それを見てリディアは、ダンサーみたいに優美な動きだと思う。「最後に彼女からメッセージが入ったのは、土曜の朝で、セントラル・パークで見たというアヒルの写真を送ってきた。わたしは急いで〈可愛《かわい》いアヒル！〉と返信し、そろそろ帰りたいと彼女が言いだすのを待っていたんだけど……」

土曜の朝――あの国際会議があったのも、土曜日だった。いや、今はまだ、単にそれだけのことだ。なんでも関連づけるのはやめろと、リディアは自分を戒める。

「その後ジニーとは、連絡をとってないんですか？」

オンディーンは床に視線を落とす。「気にはなっているんだけど、とってない。こっちからは、あまり連絡したくないのね。だって、わたしはまだひとりで仕事をする必要があるし、もし彼女がどこかで落ち着いているのであれば、急いで連れ戻したくないもの。だから、あえてこう考えるようにしている。ジニーなら大丈夫、わたしは彼女の保護者じゃない、彼女

は自分の面倒は自分でみられる」オンディーンは自分のメガネ型端末をタップする。「ちょっとジニーに連絡してみようかな」

「いい考えだと思う」

「もし彼女が応えてくれたら、一緒に探しに行けるものね。もちろん、あなたさえよければだけど」

「わたしはぜんぜんかまわない。それにしても、彼女になにがあったんでしょうね？」

オンディーンは肩をすくめると、のろのろと自分のシート状ディスプレイを広げ、すぐにまた丸める。彼女のディスプレイの裏側には、黒いレース状の加工が施されており、まるでヴィクトリア時代の未亡人が、葬儀の席で涙をふくハンカチのようだ。彼女が再びディスプレイを広げると、スクリーンからホログラム状のきらめきが舞いあがる。彼女はなにも言わないまま、ディスプレイの開閉をゆっくりと一分ほどくり返し、この沈黙が大きな意味をもつらしいと察したリディアは、新たな質問を差し控える。時として人は、沈黙に多くを語らせようとするのだ。

「よくわからないけど」やっとオンディーンが口を開く。「すごくバカなことが起きたんだと思う。彼女か、ほかの誰かに……でも彼女が人を傷つけたことは、これまで一度もなかった」オンディーンは急いで言い添える。「ジニーの頭がおかしくなったとは、考えたくないのね。だけどもし、自分なんかどうなってもいいと彼女が思っていたなら……」オンディーンは、開いていたディスプレイに一本の動画を呼び出し、ディスプレイごと持ちあげてリディアに渡してくれる。

短いループになっているその動画には、はれぼったい目と尖《とが》った顎をもつ若い女性と、その女性の肩に腕をまわしているオンディーンが映っている。オンディーンの顔は、その女性の豊かな金髪の巻き毛でなかば隠されている。若い女性はもちろんジニーなのだが、よほど注意して見ないと、あの学生証の写真と同一人物だとは思えないだろう。学生証のジニーはもっと地味でおとなしそうだし、髪の縮れ方もずっと弱々しいが、その原因は、照明の悪さや使われているフィルターの違いにあるのかもしれないし、あるいは写真が撮られた当日、本人が二日酔いだったのかもしれない。それくらいこの映像のなかのジニーは、生き生きとして自信を感じさせる。ジニーとオンディーンがいるのは冬のセントラル・パークで、ふたりとも寒さで息が白くなるのを楽しんでいる。ループのつなぎ目がわからないくらい、うまく編集されているが、よく見ると白い息が霧散して次の息を吐きはじめる瞬間でリピートしている（もちろん実際は、ひとつの同じ呼吸をくり返しているだけだ）。ふたりとも悩みなどまったくないような顔をしており、でもこれは、ごく短い時間を切りとった映像に過ぎない。ほんの一瞬であれば、人間はどんな悩みだって忘れられる。

彼女たちのプライベートな映像なのだから、リディアはコピーを欲しがったりしないけれど、ジニーがこんな顔もできることだけは、憶《おぼ》えておこうと思う。というか、憶えておかねばなるまい。なぜなら、パズルの一片でも解答の一部でもなく、ひとりの生きた人間としてジニーを見るのは、これが初めてだからだ。

リディアはディスプレイをオンディーンに返し、バスルームを使っていいかと訊《たず》ねる。特にトイレに行きたいわけではないが、バスルームのなかも見ておきたかったからだ。しかしなにを探せばいいのか、自分でもよくわからない。いずれにしろ、たとえ収穫がゼロであっても、ふだん入る機会がない一般的なニューヨーク市民のバスルームを見学できるのだから、それだけでも充分に意義があるだろう。アパートのこの部屋を、オンディーンは購入したのだろうか。もし借りているのであれば、しっかり腰を据えてしまったらしい。壁という壁が、収納家具または装飾で埋められ、隙間がぜんぜんないのだから。

リディアはバスルームに入ってゆき、トイレに座る。反対側の隅に、白い紙の束を入れた果物用の段ボール箱が、無雑作に積みあげられている。ジニーはなんでもインクアウトしていたと、オンディーンが語っていたのを思い出し、リディアはいちばん上にあった紙束を手に取って読みはじめる。

それは、リディアの母親が好きそうな戦略《ストラテジー》ゲームのプレスリリースだった。『夜を取り返せ』というタイトルで、ひとつの都市が犯罪組織に支配されてしまったディストピア的な未来が舞台となっている。プレーヤーは、有名無実化した警察の職務を継承すると誓った自警団の一員となり、ギャング団を倒すため、ネット上のほかのプレーヤーたちやAIと協力しあう。数ページあるプレスリリースは、このゲームの大仰な解説にはじまって、同じ会社から発売されているほかのゲームに寄せられた賛辞の紹介がつづき、そのあと総ダウンロード数や参加人数、総プレイ時間、認知度、ゲーム内課金実績といった数字や情報が並ぶ。プレスリリースの日付は六か月まえなのだが、今リディアが検索をかけてみても、『夜を取り返せ』と題されたゲームについては引用すらひとつも見つからず、引っかかってきたのはジャスティン・ティンバーレイクという歌手が、大昔に発表した同名の曲だけだ。

リディアは段ボール箱から、さらに紙を何枚か抜き出してみる。全部このゲーム関連のものだった。これだけの枚数をインクアウトするには、けっこうな時間と金がかかっただろう。プレスリリースの下には、ゲームのプログラマーたちが交わしたチャットを書き起こした紙の束があり、量が多すぎていちいち読んでいられないものの、バグのリストや修正方法の提案、デザインに関する意見、ストーリー全体へのフィードバック、市場調査をめぐる議論といった退屈な内容が並んでいる。

小用を足し終えても、リディアはバスルームから出ようとせず、積まれた段ボール箱を上から順に取りのけて中身を確かめてゆく。下のほうの箱に入っている紙は、すべてプログラムコードをインクアウトしたもののようだ。コーディングについて、リディアが知っていることはあまり多くない。プログラミングの勉強を彼女は十一年生のときに放棄しているから、知識そのものが古すぎて使い物にならないだろうが（もとより学校のコンピュータが非常に古いものだった）、ここにあるのは『夜を取り返せ』のプログラムコード——少なくともその一部——ではないだろうか？　アートやサウンド、アニメーションの各ファイルまですべて含めると、この種のゲームの完全データは膨大になりすぎてインクアウトするのは不可能なはずだが、本物のプログラムコードであるのは間違いなさそうだ。

ではなぜ出力した？　なぜこの部分だけ紙に残した？

バスルームのドアをオンディーンがノックする。

「大丈夫？」

「あ、大丈夫」リディアは急いで答える。「ただちょっと――」消化器系の持病があって、と言いわけすることも考えてみた。けれども、この紙の山を見れば誰だって興味をもつに決まっていると考えなおし、「箱の中身を、ついのぞいてしまって」と弁解しながらドアを開ける。

「そんなことだろうと思った」オンディーンが嘆息する。「捨てるつもりでそこに積んでおいたの。ジニーにも言ったのよ、もしとっておきたいんだったら、早く別の保管場所を見つけてそこに移せって。紙くずがこんなにあったら、危なくてしょうがない。もし火がついたらどうなると思う？　こういう古いアパートが、昔はやたらと火事になったことは、あなたもよく知ってるでしょ？」

「原因は、タバコの火の不始末が多かったんだっけ？」

「そのとおり。タバコの火が、もしなにかに燃え移ると、大火事になってしまう。だからわたしは、この紙くずを箱に入れてバスルームに押し込んだ。ここに置いておけば火がつく心配はないし、いざとなったら、消火用の水はいくらでもあるからね」

「じゃあこれは、やっぱりジニーが？」

「ええ」オンディーンは紙束をひとつ手に取り、ぱらぱらとめくる。

リディアが訊く。「なぜこんなことをしたか、彼女は理由を説明した?」

「消去されたときに備えて、紙の上に保存しておくことが重要だと言ってた。だけどこれって、全部なにかのゲームを構成するゴミでしょう? そもそもわたしは、あの印刷機《インカー》がちゃんと動くことさえ、まったく知らなかった。だってあれは、靴箱かなにかに改造できると思い、どこかのジャンクショップで拾ってきたんだもの」

「わたし、けっこう広い部屋に住んでるの。今日初めて会ったのに、こんなこと言うのは失礼かもしれないけど――」

「もしこの箱をぜんぶ持っていってくれるなら、これほどありがたいことはないわ。どうしようかと、本当に困っていたんだから」オンディーンは別の紙束をつかむと、見もしないでひらひらと振る。「こんな紙とっておいても、ジニーのためになるわけがない。だって、なんの重要性もないんだもの。でしょ?」

伸び縮みする時間

段ボール箱が四つもあったら、目立たないよう外交官宿舎に入ってゆくことなど、できるはずがない。しかもすべてを運び込むためには、タクシーと玄関のあいだを一往復半しなければいけないのだ。ポーチで立番をしている警察官に、手伝ってもらうことも考えたけれど、やっぱりやめておいた。リディアは、紙が詰まった果物箱を二個抱えて歩くことが最新のトレンドであるような顔をして、警官の前を歩き過ぎる。

「聞きましたよ。あなたが捕まえたんですってね」警官が話しかけてくる。

顔をあげたリディアは、その警官が今朝とは違っていることに気づく。ここに交代で詰めている警官の数を、彼女はちゃんと数えている。それを知ってどうなるものでもなかったが、確かめたほうがいいように思ったからだ。

「ごめんなさい、なんの話ですか?」質問をよく聞いてなかったので、彼女は警官に問い返す。

「容疑者のことですよ」

「ああ、それ。彼のほうから近づいてきたんです。たまたまわたしが、外出した先で――」

「怪我はありませんでしたか?」本気で心配しているような口調で、警官が訊く。

「ぜんぜん。なんともありませんでした」なんともないどころか、紙が詰まった箱は重いし、タクシーは待たせたままだし――

「あなたに話しかけるなんて、容疑者もバカなことをしたものだ。この街で彼を知っている、唯一の人物なのに」

「逆に、だからこそ話しかけてきたのかもしれません」

「あなたが助けてくれると思ったのかな？」

「それはないでしょう。彼は警察に追われていることさえ、知らなかったんだもの。単にわたしと、話がしたかっただけみたい」

警官は肩をすくめる。「無実のような顔をするのが得意なやつはいますよ。自分は無実なんだと、信じこめるやつまでいる。彼が真犯人であることを期待しましょう」

「そうですね」リディアは生返事で話を終わらせ、外交官宿舎へ入ってゆく。ありがたいことにマディスンが留守だったので、そそくさと箱を玄関に置いてタクシーへ戻るためふり向くと、あの警官が残りの二箱を抱え、こっちに向かって歩いてくる。リディアが礼を言うと彼はうなずき、持ち場へ戻ってゆく。間違いなくあの警官は、リディアが果物箱を四つも宿舎に持ち込んだと、上司に報告するだろう。

〈ずいぶん長いお出かけだったな〉最後の一箱を自室へ運び込んだリディアに、フィッツが言う。

〈まあね。ほんとに長い一日だった〉とリディアは答えながら、頭のなかを駆けめぐっている出来事のうちどれが今日起きたことで、どれが昨日だったか思い出してみる。すると、すべてが今日一日の出来事だったから、自分でも驚いてしまう。

フィッツは、人間が当然のように享受している現在時刻の確認方法にアクセスできないため、時間の感じ方がリディアとはかなり異なっている。彼は、時間をデータの連続としてではなく、事象の連続として大づかみに認識する。おのずと彼にとって、時間の流れ方は一定ではなくなる。対して人間は、あくせく働くことでなぜか体感時間を短くしてしまう。だがリディアにとって、今日という日は永遠とも思える長さでまだつづいていた。

今日なにがあったか、順序だててフィッツに説明するのは意外に難しい。細部の断片的な記憶が多すぎて、並べなおす必要があるからなのだが、おかげでリディアも自分の頭のなかを整理していける。

〈この紙の山を、君が重要だと思った理由は？〉フィッツに訊かれる。

〈よくわからない。でもジニーは、明らかにこのインクアウトを重要視していた。とにかく、今はこれしかないの〉そう考えるたび、リディアの焦りは深まってしまう。なにしろ手がかりと呼べそうなものは、この四箱だけなのだ。彼女はジニーを見つけることができず、代わりにこの大量の紙を発見した。〈なのに、ここからなにがわかるか、まだまったく見当がつかない〉リディアは認める。〈あの殺害予告に深い意味はなかったし、ブースという教授にも怪しいところはなかった。そして今わたしが探しているのは、頭が変になったあげく、ゲームのコードを大量にインクアウトした若い娘。いったいわたしは、なにをやってるんだろう〉

〈自分を過小評価したらいけない。君は、鋭い直感力の持ち主なのだから〉

マディスンが出かけているこの時間を、最大限に活用せねばならないリディアは、コードがインクアウトされた紙の入った箱をまずひとつフィッツの書斎へ運び、スキャナーに通してゆく。スキャナーはフィッツが頻用するので、ここには最上位モデルが備えられている。彼は通信文を手書きすることが多く、それをこのスキャナーに通したうえで大使館の文書課に送っていたからだ。このスキャナーを使えば、鮮明なスキャンが最長でもたった一・二秒で完了し――実のところ、次のページをフィードする時間のほうが長くかかってしまう――しかも高精度でテキスト化できる。今回のリディアのニーズにも最適なマシンなのだが、一ページ抜けていたり大きな汚れがあったりしたら、支離滅裂な結果が出てしまうかもしれない。また、この紙に記されたコードがゲームのどれだけの部分に相当するのか、彼女には確かめようがなかったし、一部の構成要素が欠け落ちていても、ゲームの全体像が再現可能かどうかも不明だった。欠けているのがジェネリック画像や音源であれば、彼女でも探してこられるだろうが、それをゲームのどこにどう収めるかとなると、まったくお手上げだ。

〈このソファに座ってもいい?〉リディアはフィッツに訊く。この書斎でフィッツと話をするのは、ちょっと奇妙な感じだった。彼が死んで以来、マディスンに聞かれるのを警戒して、ここでは話をしないようにしていたからだ。

〈なぜわたしに許可を求める?〉

〈なぜって言われても……これは、あなたのお気に入りのソファだったから〉

〈そんなこと気にしないで、さっさと座りたまえ〉

リディアはソファに座り、箱と一緒に持ってきたプログラマーたちのチャット・ログを手に取る。もしマディスンが帰ってきたのを感じたら、すかさずスキャナーにセットした紙を抜き取り、フィッツの本を読むためここに来たような顔をするつもりだった。実際そのために、彼女は書棚から本を一冊持ってきて、さっとつかめるよう手近な場所に置いてある。コードのインクアウトを収めた箱は、ソファの肘掛けの裏に隠した。四箱ぜんぶ持ってきてもよかったのだが、積み上げた箱は隠しようがないから、一箱ずつ片づけようと思っている。それもこれも、なぜこんなことをしているのかと、マディスンに訊かれたくないからだ。

〈ジニーがプレスリリースをインクアウトしたのは〉彼女はフィッツに言う。〈これがどんなゲームか、説明されているからだと思うの〉

〈そうだろうな〉

〈なのにコードまで出力したのは、ゲームのなかにあるなにかを、探すためだったような気がする〉

〈あるいは〉フィッツがあとを受ける。〈このゲームを完全に保存したかったから?〉

〈それはどうだろう。だってここにあるコードが、このゲームのすべてではないはずだもの。もし全体を保存したかったのなら、イメージャーを使えばまるごとコピーできた〉

〈奇妙なのは、コードを紙の上に印刷するというまさにわたしがやりそうなことを、その女性がわざわざやっている点だ。彼女も、単にデジタル・メディアを信用していなかっただけではないのか?〉

〈それならなぜ、制作者たちのチャットまでインクアウトしたの?〉ページの端を指ではじきながら、リディアが訊き返す。〈それも、こんなにたくさん。もしわたしにコーディング

の知識があったら、このチャットの重要性を理解できたかもしれないのに〉

〈それについては〉フィッツが言う。〈わたしも黙っているしかないな〉

リディアは手にしたページを読みはじめる。もちろん一字一句読むのではなく、内容を大まかに理解できる程度にざっと見るだけだ。しかし読めば読むほど、意味不明の内輪のジョークや社内での微妙なかけひきが増えてきて、彼女は自分が職場の隅に立っているだけの臨時雇いとなり、事情がまったくわからないまま、社員同士の会話を聞いているような気分になってくる。とはいえ、かれら全員がリモートで仕事をしており、このチャットだけでつながっているのは明白なので、もしこれがチャット・ログの完全版であるなら、もっと量が多くなければおかしい。きっと誰かが——ジニーでなければほかの誰かが——編集したのだろう。であるならその人は、編集してなにを残そうとしたのか？

フィッツに説明しながら全体の三分の一ぐらいまで目を通したとき、ログに残された会話の土台となっている社内事情が、リディアにも漠然とわかりはじめる。すっかり没入しているから、なぜマディスンがまだ帰ってこないのか、疑問に感じる暇もない。手を休めたのはスキャナーに新たな紙束をセットするときと、二階から次の箱を運んできたときだけだ。

開発チームのリーダーはジュールという名のフランス人男性で、メンバーが投げてくる外国人をバカにする悪趣味なジョークにも、ユーモアたっぷりの切り返しで鮮やかに応じている。ところがある日、このジュールが忽然《こつぜん》と消えてしまう。なぜ彼がいなくなったのか、理由を知っている者はいない。追い出されたという人もいれば、方針の違いで辞任したという人もいる。誰も信じていないのは、開発手順に含まれている機械的な作業をやらせてきたAIに、ジュールがすべてを丸投げしたという説で、というのも、その開発手順を定めたのがほかならぬジュールだからだ。なんにせよプロジェクトは、ジュール抜きで進んでゆく。新たに就任したリーダーは、うちとけたグループ・チャットにはあまり参加せず、決定だけを通知することが多い。

このあたりから、チャットの雰囲気は完全に事務的になる。上層部に問い合わせたのに、返事がないと訴えるメンバーがいる。目的の説明がまったくないまま、ここに大量のコードを挿入しろと命じられた人もいる。チームにひとことの相談もなくプレイテストが行なわれたときは、全員が困惑していた。そして全員が、過酷なほどの長時間労働を求められる。

ところがこのログは、開発の途中で終わってしまう。これで全体の半分ぐらいか、せいぜい三分の二だろう。読むべきページが減ってゆくにつれ、リディアはこの職場でなにが起きているのか、懸命に思い描こうとする。チームの数人は、いつの間にか消えてしまった。それでも開発は進められるのだが、かつてのような興奮はもはや感じられない。全員が、早く終わらせたがっている。

最後のページにあったのは、パスという女性のシニアデザイナーが残した次のようなメモだ。

サイドミッションのショッピングモール攻囲戦で、仮設の公衆電話にバグがあると聞いたから、プレイテストして調べてみた。たしかに、声がふたつ重なって聞こえるのはバグなんだけど、よく聞いたらただのバグじゃなかった。声のひとつは、最初からあのサイドミッションヨン用に設定されたやつで、ところがもうひとつの声は、あのゲームとはまったく無関係なナレーションだった。だからわたしは、なにかのサウンドファイルが間違えてコピーされたのだろうと思い、バグレポートに記録しておいた。でも最近は、バグの修正を依頼しても、いつ直してもらえるかわからないけどね。それはさておき、わたしはテストを続行し、ほかに大きな問題もなくあのサイドミッションをクリアできた。わたしはゲームからログアウトして、スープでもつくろうと思いキッチンへ行った。ところでみんなは、侵入思考という言葉を知ってる？　そう、厭な言葉やイメージが頭に侵入してきて消えなくなり、そのことしか考えられなくなる、というやつ。わたしも以前はずいぶん悩まされたんだけど、最近は薬で完全に治まっていた。なのにあの晩、その侵入思考がまたはじまってしまい、ほかのことに集中できなくなった。おかげで、もとに戻るまで一時間ぐらいかかってしまった。これがどれほどわずらわしいか、説明するのは難しい。だけどいちばん問題なのは、今回わたしの頭のなかで聞こえていたのが、わたしの声ではなかったこと。わかる？　そう、ゲームのなかで聞いたあの声、あの公衆電話から流れてきたバグの声が、ずっと響いていたの。当然これも報告したほうがいいんだけど、ふと思ってしまった。もしこれが、あのゲームの本当の狙いだとしたら？

冗談じゃない。わたしは辞めさせてもらう。こんなこと、もうやってられない。だからみんなも、あのゲームは絶対にやっちゃだめ。

リディアはこのページを最初からもう一度読み、フィッツに説明しながらめまいを感じたので、ソファに横たわって肘掛けを枕がわりにしながら考える。このチャット・ログが開発の途中で終わっているのは、ゲーム自体がまだ完成していないからではないか？

昨日と同じ服

はっと目を覚ましたリディアは、自分がフィッツのソファで寝てしまったことに気づく。服は昨日のままだし、顔の上にはチャット・ログの紙束がのっている。よだれまでたらしていた。紙束がゆっくりと彼女の顔を離れ、床に落ちてゆく。本物の探偵であれば、重要な証拠をこれほどぞんざいに扱うことはあるまい。いま何時だろう？　彼女のメガネはどこだ？家のなかにいるのは、まだ彼女ひとりなのだろうか、それとも――

キッチンから物音が聞こえてきた。誰かが動きまわっている。

〈まだ寝てる気？〉もちろんマディスンだ。

〈いま起きました〉リディアは答える。スキャナーに目をやると、排紙トレイの上にコードをインクアウトした紙が残ったままだ。スキャンを終えたほかの紙は、床の上に積んである。昨夜最後に見たとき、スキャン待ちの紙がどれくらいあったか彼女は思い出せない。フィッツと話をしたせいで、今朝もけっこうな二日酔いだ。

マディスンが書斎の戸口に立つ。彼女が言葉を発するまえから、リディアは不満と非難の波動を感じる。

〈昨日はどこに行ってたの？〉

〈ちょっと用事があったもので〉

〈新鮮な空気を吸いに行くと言ったのに、いつまでたっても帰ってこない〉

そうだった。たしかにそう言って外出したのだった。あのときはかなり酔っていたし、そのあといろんなことがあったから、つい忘れていた。〈ごめんなさい。急に人と会うことになったんです〉

〈それなら、わたしにひとこと連絡を入れてもよかったんじゃない？〉

〈時間がありませんでした。ごめんなさい〉

〈わたし、何度もメッセージを送ったんだからね〉

そういえば昨日の朝から、彼女はマディスンのメッセージをブロックしたままだった。

〈ほんとに？　受け取ってませんね。どうしちゃったんだろう〉

〈とにかくあなたは、一日中いなかった。用があったのに〉

リディアは、すでに小さくなっていた今後も通訳として働ける見込みが、地平線上の点となって消えてゆくのを感じた。

〈本当にすみませんでした〉ほかに言うべき言葉もないので、リディアは謝罪をくり返す。でも困ったことに、これは嘘だった。正直なところ、彼女は少しも反省していなかった。後悔はしているけれど、それはまた別の話だ。

〈なぜここで寝ていたの?〉

この質問を嘘でごまかすのは難しそうだが、真実のまわりを慎重に迂回《うかい》してゆくことなら、できるかもしれない。その場合、真実に近すぎる部分を踏み抜かないよう注意しないと、ここまでのリディアの弁解が嘘だらけであることが、ばれてしまう。

〈寝るつもりはなかったんです。でもつい、遅くまで本を読んでしまって〉こう答えながらリディアは、マディスンが彼女の生活や体調のことを、まったく心配していないことを願う。もしリディアに関心がないなら、これ以上質問をしないだろうし、ましてや床の上の紙はなにかと訊くこともあるまい。

〈床の上にある紙の山はなに?〉でもやっぱり訊かれてしまった。

〈ああこれですか。昨日、ある人がくれたんです〉できるだけ軽い調子で、リディアは答える。ごまかそうとするのではなく、説明するほどのことではないと匂わせるのだ。〈その人が処分したいと言ったので、もらってきました〉ここで彼女は気づく。これはただの二日酔いではない。自分はものすごく疲れている。昨日あちこち歩きまわった肉体的な疲労に、何度も嘘をついた精神的な疲労と、ハリと遭遇し警察に事情を聞かれた緊張が加わって、こんなにも疲れてしまったのだろう。おまけに頭のなかでは、いくつもの疑問が渦を巻いている。今日一日ゆっくり休みたいのだが、それはたぶん許されない。ならばここで、強引に話題を変えてみたらどうだ？

〈ところで、昨夜はどこに行ってたんですか？〉突如リディアはマディスンに質問する。

マディスンは、答える必要はないと言って突っぱねるべきかどうか、一瞬考える。でも結局、〈大使館にいた〉と答えてしまう。〈最新の状況について、協議するために〉

〈それってもちろん、ハリについてですよね〉

〈そういえば、あなたが彼を発見したんだって？　すごいじゃない〉

〈正確にいうと、彼がわたしを発見したんです。わたしが彼を探したのではなく〉

〈そうか、あなたにはほかの急用があったんだものね〉

〈警察に教えられるまで、彼がニューヨークにいることさえ、わたしは知りませんでした〉

〈それはわたしも聞いてる〉マディスンは、数歩進んで床の上の紙束を指さす。〈これ、早くどこかにやってくれない？〉その口調から、本当はゴミと言いたかったことがよくわかる。

〈わかりました〉リディアが紙束を拾いあげようとして前かがみになったとたん、二日酔いの頭がずきんと痛む。彼女はその痛みを無視して、マディスンがじろじろ見てしまうまえに、チャット・ログがインクアウトされた紙を大急ぎで集める。でもどっちみち、マディスンはここに書かれている文字を読めないはずだし、それどころか、なにが書かれているかさえわからないのではないか？　だが、そう決めつけるのも危険だ。リディアは、紙が入っていた箱を探すけれど、置いたはずの場所にみあたらない。

〈それじゃあ昨夜は、大使館に泊まったんですか?〉マディスンの注意を紙からそらそうと思い、どうでもいい質問をしてみる。

〈着いたのが遅い時間だったから、部屋をひとつ使わせてもらった〉

〈大使館の人たちは、ハリが逮捕されたことについてなにか言ってました?〉

〈それは教えられない〉

〈ですよね。失礼しました〉リディアはやっと箱を見つけるが、紙を放り込んだあとになって、順番どおりに入れただろうかと不安になる。〈えーと、これでぜんぶだと思います〉

〈ごくろうさん〉マディスンはこう言うと、ソファの上に立って背もたれに膝をつき、壁に掛かっている壊れたキャンバスの縁にドライバーのような工具を差し込む。

〈なにやってるんですか?〉

〈修理してるのよ。これはあなたに手伝ってもらわなくても大丈夫〉

むろんリディアだって、手伝いたいとは思わない。ただマディスンが、こんな手仕事をやりはじめたことに驚いている。そういうタイプにはみえないのだ。きっと大使館から、修理ができる技術者を連れてこられなかったのだろう。それとも、できるだけ早く修理したい理由があるのだろうか。

どっちにしろリディアは、彼女がこの作業をやっているうちに、さっさと退散すべきだ。

〈じゃあわたしは、自分の部屋に戻ります〉リディアは、自分が隠しごとをしているのをマディスンに感づかれているのではないかと疑いながら、急ぎ足で書斎のドアに向かう。ロジ人をあざむいた経験なんか、リディアにはまったくない。フィッツを誤解させるようなことすら、一度もやったことがなかった。

〈あとでなにか頼むかもしれない〉マディスンが言う。

〈いつでもどうぞ〉とリディアは答えるが、本当はなにも頼まれたくない。


自室の比較的安全な環境に戻ったリディアは、スキャンの結果をシート状ディスプレイで確認する。スキャナーは、紙の上のコードをテキストファイルに変換しており、そのファイルをリディアはインクアウトと大まかに照合してゆく。コードが入った四箱のうち、最初の二箱と三箱めのほとんどがスキャンを終えているけれど、三箱めのページの順番がめちゃめちゃになっていることを彼女は危惧する。残りの紙を、メガネ型端末でスキャンすることも可能だが、おそろしく時間がかかるうえ、正確性も保証のかぎりではない。あるページが妙なぐあいに光を反射しただけでも、読み取り不能になってしまうからだ。かといって、次に彼女がフィッツのスキャナーを使えるのは、いつのことになるかわからない。

昨日から着っぱなしだった服を脱ぎ、これからどうしようかと考えながら、シャワーを浴びる。この姿がフィッツに見えているのかどうか、彼女は知らない。彼にはなんでも見えているような気がするけれど、光を感じるのは視神経という器官なのだから、肉体がないのに物が見えるというのは、ちょっと理解に苦しむ。もしかすると、彼は見るのではなく、肉体があろうとなかろうと、波動のようなものを通して周囲の状況を感じとっているのではないか？　もっともリディア自身、人間の眼がどうなっているか正確には知らないのだから、死んだ異星人に向かって幽霊となった自分の眼について説明しろと言うのは、あまりに無茶だろう。

彼女は、シャワー・コントローラーの横にあるタイルパッドをタップし、最新のニュース・フィードを確かめる。ハリの逮捕が公表されて以降、あの事件に関する新しいニュースはほとんどなかったらしい。

@THE_LAST_SLICE／意見：なぜフィッツウィリアムの殺害は、今ごろになってやっと実現したのか——予見されていた理由は？／TR77

@FACTS4FRIENDS／リークされたCIAの通信記録から、フィッツウィリアム事件の新逮捕者は「外国勢力のエージェント」であることが判明／TR49

@WHAT_ARE_YA?／目を覚ませ！　フィッツウィリアム暗殺事件は偽装である——彼は実在していなかったし、彼の利用価値もすでに失われていた／TR23

〈あなたは最初から存在していなかったと、信じてる人たちがいるみたい〉リディアがフィッツに言う。

〈わたしを殺した人物も、そのなかに含まれていればよかったのに〉

こういうブラックジョークを彼が言ったことに驚き、リディアは大声で笑ってしまうのだが、その拍子にシャワーの水を吸い込んで激しくむせる。

〈でもわたしにとっては、さほど驚くことではない〉フィッツがつづける。〈ロジアの文明そのものが、まやかしだと考えている人間はたくさんいるからな〉

これはリディアも、知りすぎるほどよく知っていた。実際、彼女がLSTLに入学できたと父親に報告したとき、父親はこのデマについて解説ビデオ付きで詳しく説明しようとした。こんな大嘘を彼が本当に信じていたのか、あるいはいつものように、娘のやることをただ否定したいだけだったのかは、よくわからない。どっちにせよその後、彼女は二度と父親に連絡しなかったし、だからあれが今のところ、父と交わした最後の会話となっている。

〈それを面と向かって言われたことはある？〉彼女はフィッツに訊く。

〈ある。わたしは操り人形だと、断言した人がいた〉

〈文字どおりの意味で？〉

〈きっと操り人形にかぎらず、ただのロボットやホログラムでもよかったのだろう。それより理解に苦しむのは、地球の政府もわれわれの共犯であると、かれらが思い込んでいる点だ。そんなことをしても、手間と労力ばかりかかって誰も得をしないのに〉

実はリディアも、この問題についてはいろいろ考えていたのだが、フィッツが生きているあいだは話題にできずにいた。

〈それって、権力の座にあった昔の人間が、自分の決定を正当化するため、神とか神に似た権威を利用したのと同じことだと思う。責任転嫁する、という意味でね。わかる？〉

〈わからない〉

〈やっぱりわたしは説明が下手なんだ〉彼女はシャワーから出る。〈ほら、地球の権力者たちは、人びとの支持を失いかけたときや失敗を犯したとき、自分たちより高位の存在や外部の要因に、非難の矛先を向けさせようとするでしょう？　遠いむかし、高位の存在とは神のことだった。その後は別の国に責任をなすりつけるようになり、だからアメリカはこれはロシアのせいだと言い、ロシアはアメリカが悪いと言った。経済を悪者にすることもある。予算をカットしたり廃止したりするのは、経済をよくするためだというやつ〉

〈つまりかれらは、権力者が便利に利用できるスケープゴートとして、ロジ人を作り出したと考えているわけだ〉

〈理にかなってるでしょ〉

〈そうか？〉

〈あなたは納得できなくても、なぜ人間がそう考えようとしたのか、わたしにはよくわかる。だってあなたたちが現われるまえ、世界は本当に壊れはじめていたんだもの。主要国はどこも騒然としていたし、戦争は山火事みたいにあちこちで起きていた。本物の山火事も多かったしね。そこへあなたたちがやって来て、新たな機会を提供してくれたものだから、人間は一丸となってそれに飛びつき、そのなかで自分たちにできることとできないことを、あなたたちから指図されていった。そして政治家は、責任を転嫁するのに便利な相手として、ロジ人を利用するようになった〉

〈なるほど、そういうことか。だから陰謀論者たちは、政治家が批判をかわし人びとの結束を強めるための策略として、ロジ人をでっち上げたと信じてしまったわけだ〉

〈ええ、そう信じた人もいる。その一方で、単に世界が今より大きくなることを、嫌っている人たちもいるの。考えただけでむかつくみたいね。だからすべては手のこんだ陰謀だと、決めつけてしまう〉

〈そうなのか？〉

〈一部の人にとってはそう〉

リディアはバスルームから出てメガネをかける。そして、オンディーンからのメッセージを見つける。

チェス・プレーヤーたち

リディアは、昼下がりのマディスン・スクエア公園でベンチに座り、チェスを指す人たちを眺めている。この公園には、観光客や学生、気取った遊び人を相手に金を賭けてチェスをやるプロが集まっており、ＡＩにこっそり先を読ませることは厳禁されているので、不正を発見された者は、その目的で雇われた用心棒にぶちのめされる。たまにそんなことが起きると、見物人は大喜びするから、それもお楽しみの一部と言えよう。リディアも仕事のない午後は、ときどきこの公園に来ており、一度だけ生意気そうな若者が捕まったのを見たことがある。用心棒は彼を、大型のゴミ容器に投げ込んだ。たしかにあれは、なかなか楽しい見世物だった。

オンディーンはここでリディアと落ち合い、それから一緒にジニーの居所を知っているらしい男と会おうと言ってきたのだが――まだ来ていないようだ。リディアは彼女に、確認のメッセージを入れる。オンディーンからの返事はすぐに来た。

ごめん、行くつもりでいたんだけど、やっぱりわたしはあの男が大嫌いだし、だから彼とはもう二度と会いたくないの。

なんて心強いお言葉だろう。リディアはただちに問い返す。

あの男って、どんな男？

わたしの友人たちのまわりを、いつもうろうろしている女狂い。気持ち悪いやつだけど、ジニーと会っているのは間違いないと思う。

リディアは唇を嚙《か》み、さらに問い返す。

だからそいつ、なんて名前で、どんな顔してるの？

今度は返事が戻ってくるまで、一分ぐらいかかった。名前はマリウスで、こういう顔。

このメッセージは、しみだらけの顔をしたむさ苦しい男の写真の上に、大きく書かれている。リディアよりちょっと年上で、三十歳ぐらいだろうか？　薄汚れたオレンジ色の髪を、肩まで伸ばしている。写真の上の文字をスワイプして取り除き、細部をよく見てから顔をあげると……

その男が、チェスを見物する人たちに交じってコーヒーを飲んでいた。彼もリディアを見ており、目が合うと、彼女に向かって歩きはじめた。たしかに怪しげで〈気持ち悪いやつ〉だ。きょろきょろと落ち着きがなく、ごついブーツをはき、この陽気にもかかわらず茶色のロングコートを着ているから、リディアはあの下に銃を隠し持っているのではないかと、本気で疑ってしまう。彼女は急いで周囲を見まわす。これだけ目撃者がおおぜいいたら、うかつなことはできないだろう。しかし、こいつと一緒にどこかへ行くことだけは、絶対に避けねばならない。

マリウスは彼女から三メートルほど離れたところで立ちどまり、ひょっとしてリディアか、と問う。

「それを知りたがるあなたは誰？」リディアは逆に訊く。

「あんたがここで待ってると、オンディーンから言われた」かすれ声がわずかに震えている。

「ジニーを探してるんだって？」

リディアがうなずくと、マリウスは彼女の隣に腰をおろす。

「ジニーとはどこで知り合った？」

「NYNUで」

「あんたも土曜からこっち、彼女と連絡がとれてないのか？」

「とれてない」

マリウスがうなずく。「彼女はもう死んでるはずだよ」まるで世間話の延長であるかのように、抑揚のない声でこう言うと、彼はコーヒーをすする。

「なぜそう思うの？」

「彼女は気が狂っていたからさ。それも、こっちがぞっとするほどね。興奮していたかと思えば急にふさぎ込み、なにかにおびえていた次の瞬間には、幸せそうに笑う。俺は、自殺した人間をおおぜい知っているんだ」リディアの質問をあらかじめ封じるかのように、彼はすぐに言い添える。「だからその徴候は、一発でわかる」

どう応じればいいのか、リディアはとまどう。「あなたのお友だち、みんな気の毒な人だったのね」

マリウスは肩をすくめる。「かれらを気の毒に思うのは、もうやめにしたよ。いつも一緒に連れ歩いてるから、それで充分だろうと思ってな。誰かが代わりに哀れんでやればいいさ。冷たいことを言う男だと、あんたは思うかもしれないけど」

やけに気取った彼の態度が、リディアは気に食わない。「とにかくわたしは、ジニーになにがあったか、確かめなきゃいけないの」

「だから彼女は死んだって言ってるだろ。どういうわけか、自分は死ぬと決めたやつは、みんな俺のところに来たがるんだ」

リディアは密かに思う——おまえのほうが、そういう人を探してるんじゃないのか？

「じゃあジニーも、あなたに会いに来たんだ。いつ？」

「先週の水曜日。オンディーンに追い出されたあと、俺のアパートを訪ねてきた。すごく動揺して、ぶるぶる震えてたよ。ふたりでハイになって、やりまくった。あれも死ぬと決めた女の特徴だな——これが最後とばかり、何度でもやりたがる」

なんて無神経な大バカ野郎だ。なるほどオンディーンが、会いたくないと言ったわけだ。

「そのあとは？」

「俺の部屋から出ていかないので、いろいろ話をした。俺が本を読んでいるときは、彼女はなにもない空間をじっと見ていた。ディスプレイもメガネも、まったく使おうとせず、わざと世間から切り離されているみたいだった。ところが夜中に俺が目を覚ますと、俺のアパートのデータボックスをいじってるじゃないか。自分がここに来た形跡を、すべて消すんだと言ってた」

「そんなこと、彼女にできたの？」

マリウスはうなずく。「クラウドに残っていたデータまで、きれいに消してたよ。どこで習ったんだと訊くと、暇さえあれば、なんだって独習できると言われた」

「あなたの部屋から出ていったのはいつ？」

「土曜日。いくらか落ち着いて、なんだか楽しそうだったな。夕方、コークを買うと言って出ていき、そのまま戻らなかった」

「でもね、もし死んだのなら、誰かが死体を見つけて警察に知らせるんじゃない？」

マリウスはまたしても肩をすくめる。「それは死に方によるな。よくわからないけど。どっちにしろ俺は、警察とはかかわりたくないんだ」

リディアは急いでオンディーンにメッセージを送る。

悪いけど、ジニーの死亡が確認されてるかどうか、警察に問い合わせてくれない？

「ということは」リディアはマリウスに訊く。「あなたの名前は出さないほうがいいわね？」

マリウスは肩をすくめる。この仕草が、リディアは鼻についてしかたない。

オンディーンから返事が入る。わかった。すぐやる。

「わたしが心配してるのは」リディアはつづける。「あなたの部屋へ来るまえから、ジニーはなにか面倒を抱えていたんじゃないか、ということ」

「たぶんな。でも彼女は、俺にはなにも言わなかった」

「その気配もなかった？　なにか隠しているとか、企んでいるような様子は？」

マリウスはしばらくのあいだ、まばたきもせず黙ってリディアの顔を見つめる。それからコートのポケットに手を突っ込み、丸めたシート状ディスプレイを取り出して広げるが、裏側のカバーがはがされているため、まるで大昔の中華料理屋のメニューみたいだ。彼は、スクリーン上に指でなにかの模様を描く。すると、女性の小さな顔が四つ現われる。四人ともマリウスより若く、しかし外見はそれぞれまったく違う。ふたりはティーンエイジャーのようだが、ひとりが派手にタトゥーを入れてワイルドな服を着ているのに対し、もうひとりは良家の令嬢みたいに清楚《せいそ》だ。三人めは髪を頭の上でまとめた陽気な美術の先生タイプで、四人めがジニーだった。

「さっき言ったろ、いつも一緒に連れて歩いてるって」マリウスが言う。

リディアは四つの顔を凝視する。「四人とも、自殺したあなたの友だちなの？」これと同じものを、リディアは葬儀社が提供するサービスで見たことがある。それぞれの顔に語りかけると、その人の声で、いかにもその人が言いそうなことを返してくる、というやつ。むしろ故人を偲《しの》ぶことが目的だから、スクリーン上の顔が語るのは、その人がむかし実際にしゃべったことばかりだ。家族の秘密を暴露して相手をびっくりさせるようなことは、絶対にない。

「俺は、彼女たちがネット上に残したデータをすべてかき集めた」マリウスが説明する。

「そして彼女たちがやったこと、好きだったこと、嫌いだったことを――」

「でも、ネットで自分を正直に出す人なんていやしない。みんな実際はやらなかったことを自慢したり、なにかやっても黙っていたり――」

「だから彼女たちも、自分がどうだったかではなく、どう記憶されたいかを残していったんだ。それくらい俺だって心得てるさ」

「オーケイ、あなたはそうやって、死んだ女性を何人も自分の手もとに集めた。だけど、それがわたしにとって、どんな役に立つの？」

「俺は、ひとりひとりに好きなことを付け加えてもらった。彼女たちは、怖くて人に話せなかったことや胸につかえていたことを、言い残していったよ」

「あなたはそれを、彼女たちが死ぬまえにやらせたわけ？」

マリウスがうなずく。「ジニーは、俺が寝るのを待って夜中に録音してたな。だから俺も、彼女がなにを言い残したか知らない。もし彼女に訊きたいことがあるなら、勝手に訊いてくれ」

　リディアはスクリーン上のジニーの画像を見る。内気そうで、わずかに伏せた目はどこも見ておらず、学生証の写真と印象が近い。この小さなジニー、ジニーの精霊《ジニー》に質問をして返ってきた答が、どれほど信頼に足るというのだろう？　本物のジニーが真実だけを述べたと、どうやれば確かめられる？　本当はマリウスが、データを追加したのではないか？

　でも今は、このジニーに訊いてみる以外、リディアにできることはなさそうだ。

　この公園は高いビルに囲まれ、しかも今は太陽が真上から照りつけているから、陰になっている場所がない。のぞき見されたり、立ち聞きされたりするのを避けるのであれば、もっとひと目のないところに移動したほうがいいだろう。しかしマリウスとふたりだけになるのは、絶対に厭だ。ならばここで、やってみるしかあるまい。

「こんにちは、ジニー」彼女はスクリーン上の画像に向かって語りかける。

「こんにちは」と答えたジニーの顔に、いきなり生気が宿る。同時にほかの三つの顔は、縮少しながら後方に消えてゆく。

「あなたが死んだのを、わたしもすごく残念に思う」このおかしな挨拶を聞いて、マリウスはさぞにやにや笑っているだろうと思いリディアが顔をあげると、彼はスクリーンから目を離さず、ジニーの返事を待っている。

「ありがと」まったく感情がこもっていない声で、ジニーが答える。声が無感情なのは、彼女の化身《アバター》を動かしているAIの能力のせいなのだろうが、リディアは本物のジニーもこんな感じだったのではないかと疑う。

「ジニー」マリウスがいきなり横から口を出す。「おまえ、ここにいるリディアを、生きてるころから知ってたのか？」

「知らなかったと思う」ジニーが答える。

リディアがマリウスに視線を移すと、マリウスは冷たい目で彼女を見返す。

「どこかで見た顔だな、と思ったんだ」マリウスが言う。「だから顔検索してみた。あんたは、殺されたあのロジ人の通訳だ。あんたがNYNUで学べるわけがない。あんたが出たのは、専門の語学学校だものな」

くそっ。自分の写真がニュース・フィードにあふれているのは知っていたけれど、今の髪色の写真は一枚もなかったし、人びとは毎日すごい量の顔写真を見ているから、気づかれるはずはないと高をくくっていた。この男、彼女より優秀な探偵らしい。「よくわかったわね」リディアは言う。

マリウスがにやっと笑う。「今さら認めなくてもいいよ」

「それであなたは、これから……」

彼はチェス・プレーヤーたちを指さす。「あっちでかれらのゲームを見物する。訊きたいことを訊き終えたら、そのディスプレイを返しに来てくれ」立ちあがって歩きだそうとした彼は、ふと足を止めてふり返る。「あんた、もっと注意したほうがいいぞ。俺が気づいたくらいだから、ほかのやつらもきっと気づく」こう言うと彼は、見物人の輪に戻ってゆくのだが、さっきより人数が増えており、しかもやけにざわついている。どうやら、インチキをして捕まった人がいるらしい。

悔しいけれど、マリウスの言うとおりだった。真相を知りたいのであれば、もっと慎重に行動しなければ。

リディアは改めてジニーに質問する。「死ぬまえのあなたは、なにかトラブルに巻きこまれていたの?」

「わたしは、あのゲームのなかの声に気づいてしまった」ジニーが答える。「だからみんなに、教えようとした。だけど、誰も信じてくれなかった」

「その声というのは?」リディアは重ねて訊く。

「ゲームのなかの声」

これ以上の情報を、ジニーが言い残していないことは明白だった。そこでリディアは、問題の声をどうするつもりなのかと質問する。

「信じてもらえないなら、人に言っても無駄」ジニーは答える。「だからわたしは、あの声を殺す」

第五部

気が滅入《めい》るような田園風景

〈いいところに帰ってきた〉外交官宿舎に戻ったリディアに、キャンバスの修理を終えたばかりだったマディスンが言う。

〈あなたの手を、ここにおいて〉マディスンが指し示したのは、銃弾の穴が空いていたあたりだ。彼女はキャンバス全体に、なにかの層を新しく塗り重ねたらしい。リディアがこのキャンバスに触れたことは、これまで一度もなかった。片手を広げて表面に当ててみると、ガラスのような外観とは裏腹に、水彩画を描くときに使う厚紙に似た感触だ。〈今度は両手で押してみて〉マディスンが言う。〈もっと強く〉リディアは言われたとおりにする。するとマディスンは、あのドライバーに似た工具をキャンバスの縁に差し込み、ぐるっと一周させてから一歩うしろに下がる。

〈もう離していいですか?〉リディアが訊く。

〈いいわよ。でも片手ずつ、ゆっくりね〉

リディアはまず左手を離し、それから右手を離す。死んでいたキャンバスが生き返り、表面にさまざまな色がおどりはじめる。

〈よし〉

リディアもマディスンの横に立ち、なにかが像を結んでゆくのを見守る。出現したのは、素朴派の絵を思わせるタッチで描かれた、地平線に納屋らしき建物がある田園風景。でも最前面には、泥の溜《た》まった溝が一本走っており、絵全体のなかでいちばん暗い部分となっているこの溝を、リディアはつい見つめてしまう。まるで、人間の視線を吸い尽くす底なし沼のようだ。

〈この絵は、今まで一度も見たことがなかった〉リディアが言う。

〈部屋にいる人の気持ちを反映するまで、ちょっと時間がかかるの。とにかくこれが、このキャンバスが壊れた時点で表示されていた絵〉

マディスンの平然とした口調にびっくりして、リディアが訊く。〈それって、フィッツが殺された時点でということ?〉

〈そうよ〉

〈それなら、けっこう重要なのでは?〉

〈犯人の手がかりが残されているかもしれない、という意味で?〉

〈もちろん〉

〈あのね、このキャンバスに、そういう機能はないの〉子供を相手にするような優しい声で、マディスンが説明する。〈感情の動きに反応するだけだから、死ぬ直前のフィッツがメッセージを残すなんてことはできない。よく見てごらんなさい。手がかりになりそうなものなん

か、どこにもないでしょう？〉

　リディアはキャンバスを熟視して、マディスンが間違っていることを証明できるものがないか探す。だが、いくら探してもこれといったものは見つからず、ただ不安になってくるだけだ。彼女は、現在のキャンバスをメガネに撮影させたあと、書斎から出ていこうとする。

〈どこに行くの？〉マディスンが呼び止める。

〈二階ですけど〉

〈手伝ってもらいたいことがあるって、言ったでしょ〉

〈これのことかと思った〉リディアはキャンバスを指さす。

〈ほかにもいろいろあるのよ〉

　リディアが出かけているあいだに、マディスンはフィッツのスケジュール表から多くの疑問点を洗い出していた。支援金の分配先とか、後援を約束しただけで、未着手に終わっているプロジェクトなどだ。早く終わらせて二階に戻れば、そのぶん早くフィッツと話ができると思いながら、リディアはマディスンの質問に辛抱強く答えてゆく。しかしひとつの案件が終わると、そこから新たな疑問が次々と湧いてくるものだから、酔いが少しずつまわってきて、集中力を維持するのが難しくなる。

〈椅子に座ったまま体を左右に揺するの、やめてくれない？〉苛立《いらだ》たしげにマディスンが言う。

〈え？〉リディアが訊き返す。

〈その椅子よ。あなたさっきから、椅子ごと体を左右に振ってる〉

〈そうかな〉

〈やめてもらえるとありがたいんだけど〉

〈なぜ？〉

〈気が散ってしょうがないの〉

〈ごめんなさい。でもこうしてないと、頭が……〉

〈ああ、そういうことね——わかった。ところで、このデバイスド・シアターのイベントというのはなに？　なぜ大使館が、こんなもの後援しなきゃいけないわけ？〉マディスンがロジ語で書かれたインクアウトを突き出したので、リディアはページの隅にあるコードをメガネに読み取らせ、フィッツのファイルから対応する英語版を選び出す。

〈これは〉ちらっと見ただけでリディアは速答する。〈アンダーズ・リュートンがもってきた企画です〉

〈あなたが殴った男も、そんな名前じゃなかった？〉

〈そう、その男〉

〈なるほど〉マディスンは改めてインクアウトに目を落とし、脇に取り分ける。〈これは見なおすことになるでしょうね〉

リディアはぎくっとして言い返す。〈だけどそんなことしたら——〉

マディスンが顔をあげる。〈そんなことしたら、なに？〉

〈このイベントを後援することは、リュートンがあの一件を告訴しない条件になってたんです。実のところ、それだけが理由だった。だからスポンサーをおりてしまうと――〉

〈それはわたしもよく知ってるし、あなたに同情するけれど、残念ながらこの件については、わたしとフィッツのあいだに見解の相違があってね。わたしとしては、彼の決定はまったく不適切だったと思う〉


〈そうか、それは気の毒なことをした〉フィッツが言う。

〈いいの。悪いのはわたしなんだから〉ベッドにうつ伏せになったまま、リディアが言う。

〈あの男を殴ったのはあなたじゃない。あなたがわたしに、殴れと命令したわけでもないし〉

〈もともとマディスンは、厳しい意見をもっていたんだ。君に対してだけでなく、わたしとあのイベントに対しても。わたしは、君の一件があったからあのイベントを後援すると決めたのではない。だから、無価値なプロジェクトに名前を貸したと言われるのは心外だし、腹立たしく思う〉

〈きっとわたしは、刑務所に入れられるでしょうね〉リディアは、憮《ぶ》然《ぜん》とした表情で今後の見通しについてフィッツの意見を求める。

〈残念だが、君の言うとおりになるだろう。とはいえ、もし君がわたしを殺した犯人を見つけられたら、警察の心証がよくなってあの事件を再考してくれるかもしれない。今日君が会ってきた男は、なにか役に立つ情報を提供してくれたのか？〉

〈くれたような、くれないような……とにかく、すごく厭《いや》なやつだった。でも彼の話より先に、確かめておきたいことがあってね〉

すでにオンディーンは、リディアの依頼に返事をくれていた。警察には、ジニーの死体が発見されたという記録はなかったけれど、オンディーンが捜索願を出したそうだから、すぐに進展があるだろう。

闇のなかで、リディアは目を開く。枕元の健康管理デバイスをチェックすると、午後七時二十八分に寝落ちしたらしい。今は午前二時十四分。彼女は寝なおそうとして、ふと思いつく――この時間であれば、書斎のスキャナーを使えるのではないか？

〈フィッツ？〉彼に訊けばわかるだろうと思い、呼びかけてみる。でも返事はない。異星人の幽霊も、睡眠を必要としているようだ。

リディアは、インクアウトが入った最後の一箱を持ちあげ、足音をたてないよう注意しながら廊下を歩きはじめる。もしマディスンかほかの誰かに見つかったら、一階のキッチンへ水を飲みに行くところだと言えばいい……紙がたくさん入った箱を抱えて。客用寝室の前を通り過ぎながら、ドアの向こうにマディスンの気配を感じたような気がしたけれど、確信はもてない。彼女は階段を下りてゆく。

書斎のドアは開いていた。戸口に立つと、なかは真っ暗で、ポーチに詰めている警官の影が見える。もしあの警官に侵入者がいると告げ、彼をマディスンがいる部屋へ案内したらどうなるだろう。大げさに怖がってみせて、彼を緊張させるのだ。そして最後は、自分の勘違いだったと素直に認め、ちょっとした事故として処理してもらう。きっとあの警官は、誰でもいいからロジ人にひと泡吹かせてやりたくて、うずうずしているに違いない。警官はみな、ロジ人にぺこぺこするのが大嫌いだ。そこをリディアが、ちょっとつついてやればいい。そんなことをしても、彼女の問題が解決するわけではないけれど、少しは気が晴れるだろう。

こういうバカな考えが、彼女の頭のなかに次々と猛スピードで現われ、あっという間に消えてゆく。むろん実際にやることはない。良識がブレーキをかけるだけでなく、いくらやりたくても、実行できるとは絶対に思えないからだ。深夜の疲れた心が生む妄想をふり捨て、リディアは書斎に足を踏み入れる。

新しいゲームのはじまり

マディスンの命令で上がってきた家事ロボットにリディアが起こされたとき、時刻は午前十時をまわっており、その時点で彼女は、六時間の睡眠をむさぼることに成功していた。スキャナーが最後のページを読み終えたのは午前四時で、それから彼女は書斎のなかを片づけ、動かした物をすべてもとの位置に戻したあと、二階に戻った。自分がいた形跡をどこかに残していないか、気になってしかたなかった。すっかり疑心暗鬼に陥っていたからだ。彼女がなにをやろうとしているか、すでにマディスンは気づいているのかもしれない。もしそうなら、マディスンは単に悪意から彼女の邪魔をするだろうし、殺人犯を発見する気になっている彼女を、嘲笑するだろう。

二度めに家事ロボットが起こしに来たときも、リディアは無力感と挫折感に加えひどい疲れを感じていたため、ベッドからなかなか出られなかった。しかたなく起きあがったものの、パジャマを着替える気にもなれず、彼女はそのまま一階へ下りてゆく。

〈リディア?〉階段を下りきったところで、書斎からマディスンが呼びかけてくる。

〈はい〉リディアは答える。

〈あとで何本か電話をかけたいの〉

〈わかりました〉

〈市内通話よ。だからあなたに、通訳してもらわなきゃいけない〉

わたしの知ったことか、とリディアは言ってやりたくなる。彼女は実質的に停職中だ。マディスンのために、働いてやるいわれはない。それどころか、厳密にいえば働いてはいけないことになっている。しかもマディスンは、リディアが通訳の仕事に戻ることはないと何度も匂わせているのだから、彼女の依頼を拒んだところで、今さら失うものがあるだろうか?にもかかわらずリディアは、わずかでも退路を残しておけば復職できる可能性はあるのではないかと、密《ひそ》かに希望を抱いている。

〈わかりました〉リディアは同じ答をくり返す。彼女はキッチンに行って紅茶をいれたあと、シート状ディスプレイを広げ、スキャナーが読み込んでくれたゲームのプログラムを表示させる。それから、コードエラーやギャップのチェックができるアプリを立ちあげ、テキスト変換済みのプログラムを調べさせるのだが、このアプリは発見したエラーが修正できなかった場合、その部分は本来どう機能するのか推測しながら、問題があるコードを削除してくれる。チェックの結果が完璧であることなど、まずないだろうが、要はプログラム全体が動かなくなるようなエラーだけ、除去できればいいのだ。

チェックが終わったので、リディアは自分のディスプレイに対応しているか確かめるため、試験的にプログラムを立ちあげてみる（実は彼女自身も、対応しているとは思っていない）。

しかしプログラムが立ちあがったとたん、いくつものファイルのダウンロードが同時にはじまってしまう。リディアは一瞬あたふたする。有害なファイルとか違法なファイルだったら、どうしよう。その両方ということも考えられる。最悪の場合、リディアのディスプレイは爆発するかもしれないし、彼女も逮捕されかねない。

彼女はダウンロードされたファイルをいくつか開き、中身を確認する。アートやアニメーション、サウンド、その他の知覚データを、それぞれひとつにまとめたフォルダが現われた。これらのファイルがどこからダウンロードされたのか、アドレスが不可視化されているため、リディアにはわからない。コーディングに精通した人であれば確認できるのかもしれないが、彼女が見るかぎり、どれもこのゲームを走らせるのに必要なコンポーネントのようだ。きっと誰かが——ジニーでなければほかの誰かが——ネット上のどこかに隠しておいたのだろう。いずれにせよ、こういうファイルはゲームのコードがなければ機能しないのだから、単体ではなんの意味もないはずだ。

　そう考えていくらか安心すると、今度は興奮を覚えはじめる。このゲームは問題なくプレイできそうだが、やはり彼女のディスプレイでは無理だ。ＶＲシステムが必要になるけれど、この外交官宿舎には置いてないし、リディアも持っていなかった。ここから二ブロック離れたところにＶＲバーが一軒あるから、そこへ行けばプレイできるが、困ったことにリディアは、こういうゲームをやった経験がほとんどない。

　でも幸い、この道の達人を、彼女はひとりだけ知っている。

「よく聞いて、母さん。このゲームをほかの人たちにストリームで見せるのは、絶対にだめなの。母さんにお願いしたいのは、わたしがプレイするのを手伝ってもらうことだけ。わかった？」

「はいはい。よくわかりました」リディアの母親が不服そうに答える。

　自分の母親を、リディアが信用していないわけではない。しかしなにか面白そうなことがあると、ストリームをオンにするのが母のデフォルトの行動であり、その傾向はゲームをやるとき特に顕著となる。まして早期《アーリー》アクセス版を入手しようものなら、彼女は必ずプレイレポートをアップするのだが、それはストリームが投稿であふれるまえに一番乗りすることが、のちのち大きな利益につながるからだ。リディアは、母親のストリームがしっかり閉じられていることを確認し、母親も新たなストリームは開かないと娘に約束する。

なぜこのゲームを秘密裏にプレイしなければいけないか、リディアは理由を母親に説明していない。それはもし彼女に不安を感じさせたら、目的を果たせなくなってしまう危険があるからなのだが、同時にリディアは、説明してもなにが重要か彼女に理解してもらえないことを、懸念している。

ハリファックスは午後四時ごろで、リディアが連絡を入れたとき、母親は路面電車《トラム》会社のカスタマー・サービス・チャットに向かって、身に覚えがない運賃請求に関するクレームを、電話で延々と述べ立てている真っ最中だった。過去数か月間、自分は一度もトラムに乗っておらず、だから誰かが自分になりすましたに決まっているというのが母の主張だった。娘から連絡が入っても、母がこのクレームの電話を中断したくなかったのは、つながるまでさんざん待たされていたからだ。「順番におつなぎしています」という決まり文句は、電話してきた消費者を諦めさせるためのバカげた大嘘であると、母は断言した。なにしろコールセンターで電話に応えているのは、すべてＡＩなのだから、数千件の問い合わせが同時に入っても、ほぼ遅滞なく対応できなければおかしいのである。

リディアは母親がまくし立てている時間を利用し、『夜を取り返せ』の全要素《エレメント》が格納されたフォルダを、暗号化したコネクション経由で彼女に送ってしまう。ＶＲバー備え付けのサーバーには、このゲームをインストールしたくなかった。おそらく、母親が自宅で使っているシステムのほうが安全だし、リディアはリモートでゲームに参加すればいい。昼まえのこの時間、VRバーは閑散としており、昨夜のハイライトがモニターに流れるなか、各ブースの清掃が進められている。リディアは、自分のブースのオプションをすべて選択解除したあとセッションを開始したのだが、まだどこかに落とし穴が潜んでいるような気がしてならない。

「ゲームのインストール、もう終わった?」リディアは母親に訊く。

「なんだかループに入ってるみたい」母親がつぶやく。

リディアはびっくりする。「なぜ? どうしてそんなことになったの?」

「知らないわよ。このお兄さん、三十分まえに訊いた質問を、またくり返してるの」

「もしかして、トラム会社のAIの話?」

「もちろん。被害に遭った状況を詳しく説明しろ、ですって。そんなもの、現場にいなかったわたしにわかるわけないでしょ。ほんとバカなんだから」

「わたしはてっきり、ゲームの話をしてるのかと思った」

「まさか。ゲームのインストールは、もうほとんど終わってる。これ、どうすればいいと思う? カスタマー・サービスのボットが不具合を起こしていると、カスタマー・サービスのボットに苦情を言うべきかな?」

「それについては、あとで一緒に考えてあげる。だから今は、このゲームをどうプレイすればいいか、わたしに教えてくれない?」

「わかった。でもなんだか変ね。ふだんはこういうものに目もくれないあなたが、なぜこのゲームだけそんなに急いでやる必要があるわけ？」

「それは……このベータ版のテストを頼まれたわたしの知り合いが、結果を早く報告しろとせっつかれてるの。彼、VR酔い症候群があるわたしみたいな人でも、安全にプレイできるかどうか確かめなきゃいけないのね」

「じゃあ、わたしも一緒にやるわけ？」

それはだめ。ふたり同時にプレイするのは、危険すぎる。

「彼は、プレイするのはわたしひとりでなければいけない、と言ってる。だから母さんに助けてもらう必要があるの。だってわたし、こういうゲームの遊び方をよく知らないんだもの」

「なるほど、そういうことね。わかった。じゃあはじめようか」

リディアがVRヘルメットをかぶると、内部のパッドが彼女の両眼と両耳をほどよい強さで包み込み、外の世界から遮断する。消毒液の臭いも完全に消え、店内の蒸し暑さまで感じられなくなった。こういう状態に置かれるたび、リディアは不安になってしまう――実際はすごく暑いのに、脳が寒いと判断したら、体のコントロールがきかなくなるのではないか？だけどそのへんは、ちゃんと考慮されているのだろう。なんにせよ、彼女がこの状態に長くとどまることはない。ただひとつ、VR空間にいるとき食べ物を口に入れると、舌が電気刺激を受けたかのように味覚障害を起こしてしまうから、それだけは注意する必要がある。

周囲の情景がふわりと浮かびあがってきて、気がつくとリディアは誰もいない博物館のなかに立っている。オープニング・クレジットは省略されているらしく、いきなりカットシーンからはじまった。荒れ果てた展示室のドアが開き、ギャングのタトゥーを入れた若い男が引きずり込まれてくる。コードに問題があるのは明らかで、音声はときどき同期が狂うし、モブキャラクターの半数は顔がなく、壁のひとつは完全に空白だ。これがコードをスキャンした際に生じたエラーなのか、あるいはコード自体の問題なのか、リディアには判断できない。

「なにこれ。イヌのお尻みたいにグチャグチャじゃないの」母親が言う。リディアが聞いているこの声は、しかしほかのキャラには届いていない。そのへんは、ロジ人と話をしているときと同じだ。

「たしかにそうね。でもわたし、音声をしっかり聞かなきゃいけないの」

場面が進んでゆき、キャラたちの議論にリディアも参加できるようになる。でも母親によると、ここでよけいなことを言うと相手が反応してどんどん長くなるから、勝手にしゃべらせて早く終わらせたほうがいいらしい。よく書けたシナリオとは言いがたいが、ギャングが街を占拠した経緯や、厳しい状況にもかかわらずどんな人たちが街に踏みとどまっているか、かれらにはどんなリソースがあるかといった概要は、しっかり説明されてゆく。反撃に転じることを決定した市民グループは、戦いの先頭に立ってくれとゲームの参加者（たち）に要請する。そしてここから、ゲームが本格的に開始される。

ＶＲゲームはリディアの感覚を狂わせる。子供のころは、ＶＲゲームを長時間やっていられる学校の友だちが羨ましくてしかたなかった。あまり認めたくはないのだが、この劣等感は幼いリディアに大きな影響を与え、彼女は自分が特別であることを楽しんでいるふりをしはじめた。でもそれは、人と違う自分が本当は厭でたまらないことを、隠しておきたいからだった。

ＶＲ酔い症候群と診断されるまえに故郷でやっていたＶＲゲームと、このゲームが違っていることを期待したのだが、実のところたいして変わりはなかった。ＶＲゲームのキャラの動きや会話がどれだけ気持ち悪かったか、彼女は思い出した。このゲームも、最初のうちは本物の人間と話しているかのようにリアルだったけれど、すぐにセリフのくり返しやパターンが鼻につきはじめた。とはいえ、小さなバグや未完成のエリアを差し引けば、舞台となっている場所の現実感はなかなかのものだった。架空の街ではあるが、今いる博物館がアメリカ自然史博物館によく似ているなど、ニューヨークをモデルにした部分もあるらしい。実在する土地を舞台にしたゲームが、なぜ人をあれほど夢中にさせるのか、彼女はいつも不思議に思っていた。なにしろ、北欧神話の世界でドラゴンを退治したり、異次元空間を自在に飛びまわる魔法使いとなって、現実世界を改変できるファンタジー・ゲームがいくらでもあるのだ。きっと、人びとが求めているのはファンタジーではなく、自分の意思で行動していると感じながら現実的なルールに従って戦い、勝利を収めることのできるゲームなのだろう。

「これ、あまりできがよくないわね」母親が言う。「わざと古臭くしてるの？」

「さあ、どうなんだろう。わたしにわかるわけないでしょ」

母親は、博物館の二階にあるウッドパネルが張られた部屋に行くよう、リディアに指示する。その部屋が司令部であり、壁には街の大きな紙の地図が貼られている。このカットシーンがつづくなか、誰かが電話のネットワークがすべて死んだと言い、それを聞いたリディアは、なぜ骨董品《こっとう》のコード付き電話機がデスクの上に置かれているのか、ようやく理解する。その電話機は、いかにも急場しのぎの改造という感じで、ファイバーケーブルらしきものに接続されている。母親はリディアに、ポケットのなかを探ってみろと言う。リディアがポケットに手を入れると、小さな紙のノートがあり、電話番号がいくつか手書きされている。すると母親は、その番号に電話すれば、武器や必要な物資が調達できるはずだと断言する。この種のゲームを熟知した彼女の勘のよさに、リディアは感嘆せずにいられない。

リディアはさっそく電話をかけて指示を与えながら、ジニーの語っていた声が聞こえてこないか、耳に神経を集中させる。しかしすでに頭が痛くなりはじめており、歯茎もひりひりしているから、もうすぐ本格的に気分が悪くなるだろう。顔をあげた彼女は、地図の前にひとりの青年が立っていたことに気づく。

「たった今、ハーバーブルックの消防署から連絡が入りました」該当する地区を指さしながら、青年が報告する。「うまく署内に侵入できた市民たちは、数台ある消防車は修理可能だと言ってます。でもわれわれの側に、修理できる者がいない」

「さっき捕まえたギャングの若者が、自動車整備工よ」母親は最初のカットシーンでこの情報を得ており、それをそのままリディアに言わせる。「いま地下室に閉じ込めてある」

「その男、協力してくれますかね？」疑わしげに青年が訊く。

「わたしが説得してみる」とリディアは答え、地下室へ下りてゆく。ああでもないこうでもないと十分ぐらい説得して、若者はやっとこちら側につくことを承諾する。母親が言うには、この種のタスクは特定のキーワードやフレーズを見つけるまでがたいへんで、でも一度ヒットすればあとは簡単に片づくから、暗号を解読するようなものだそうだ。ゲームのこういうところを、リディアは機械的すぎるように感じて白けてしまうのだが、これも彼女の体調が悪くなってきたせいかもしれない。今や乗り物酔いのように胃がむかつき、目の裏がずきずきと痛んでいる。鼻血が出ているような気もするのだが、顔に触れても特に異状はなく、なのに鼻から出血している感覚は消えない。それもゲームのなかではなく、現実の世界で。どうやら、できるだけ早くここから脱出したほうがよさそうだ。

リディアが二階に戻り、司令部となっている部屋に入ったとたん、あの電話機が鳴りはじめる。大きく甲高いベルの音は、秩序が保たれていたかつての世界の名残であり、緊張感に満ちている。リディアは、いきなりみずからの使命に目覚めたかのように、電話に出なければという衝動に駆られる。きっと、そう思わせるなにかが、ベルの音に仕込まれているのだろう。しかし、いったいどうやれば電話のベル音から、そんな反応を呼び起こせるのか？

「もしもし？」

リディアは電話を取る。

「ああ、やっと出てくれた」受話器から、中年の男の声がホワイトノイズを伴いながら聞こえてくる。「誰かに伝えなきゃと思って、何時間も電話をかけつづけていたんです」と彼は言い、市内の別の場所の攻囲状況について、正確な位置と関与している人びとの名を報告しはじめる。ところがリディアは、彼の声にかぶりながら、別の声が聞こえていることに気づいてしまう。しかもその声は、彼女にロジ語で語りかけている。

「君には、わたしの声が聞こえているはずだ」

フィッツの声だった。しかしその声を、リディアは心のなかではなく耳で聞いていた。こんなふうにフィッツの声を聞いたことなど、彼女は一度もない。

「心配しなくていい」フィッツの声がつづける。「君の耳にわたしの声が聞こえるのは、ごく自然なことだ。今わたしが話していることに、大きな意味はないけれど、近いうち重要な意味をもつ。だから次にわたしの声が聞こえてきたときは、注意して耳を傾けてほしい」

きっと送信テストのつもりなのだろう。マイクがオンになっているかどうか、確認するようなものだ。リディアはなにも言わず電話を切る。

「どうして切っちゃったのよ？」母親が驚く。

「なにが？」

「あの人の報告、まだ終わってなかったじゃない。これからだったのに」

「母さんには、彼ではない別の声が聞こえなかったの？」

「別の声？」

「わたしに向かって、この声が聞こえるのはごく自然なことだ、と言ったあの声よ。聞こえなかった？」

「ぜんぜん」

リディアは少しのあいだ考えこむ。「わたし、もう行かなきゃ。手伝ってくれて、どうもありがとう」

「でもリディア、ゲームははじまったばかりよ。あなたはまだ博物館の外にも出てないから、空気感や光線の処理がうまくいってるか、確かめようがないし——」

「とにかく行かなきゃいけないの。だからこのゲームは、完全に削除してほしい。ねえ母さん、削除すると約束して」

「なぜ？」

「約束してよ。すごく大事なことなんだから」

「わかった。約束する。だけど——」

「近いうちまた連絡するね」リディアはこう言うとゲームから離脱し、母親との通話を終了させる。

ストロベリー・フィールズ

セントラル・パークのなかに、ストロベリー・フィールズと呼ばれる一画があり、リディアは今そこのベンチに腰掛けている。ベンチの反対側に座っているのは、あのジョン・レノンだ。

「よく来たね」にっこり笑いながらレノンが言う。

「こんにちは、ジョン」リディアは挨拶を返す。

「おや、そのアクセント、ヨークシャーだろ？」

「あたり」

「イー・バー・ガム（Oh, by god の意）」イングランド北部の訛《なま》りを真似て、レノンが大きな声で言う。「アメリカで、このセリフは言わないほうがいい。アメリカ人はガムを買え《バイ・ガム》と言われたのかと思い、変な顔をするだけだからな」

彼の声は、リディアにしか聞こえていないけれど、これはレノンがここストロベリー・フィールズに来た人のメガネに反応するＡＩだからだ。当然誰もが、オフにしないかぎり、その人だけのジョン・レノンと対話することができる。正面を向いて横目づかいでメガネの端を見ても、彼の姿はない。でも顔を横に向ければ、NEW YORK CITYと書かれたTシャツを着てジーンズをはいたレノンが、そこにいる。

　リディアがここに来たのは、正面衝突に終わってしまう可能性が高い決断を下すことができず、鬱々としていたからだ。なにが起きているかは、ほぼ解明できたものの、まずは自分の頭のなかで明確にしておく必要があった。なにしろ、この事実を突きつけられたフィッツがどう反応するか、確かめるチャンスは一度しかないのである。その瞬間を逃さないよう集中するためには、記録を残している余裕などない。

　見逃している可能性はないか、解釈を誤っている点はないか、リディアはチェックしてみる。また、ジニーがただの哀れな夢想家に過ぎなかったことを示す証拠が、どこかに残されていないかも確かめておかなければ。過ぎなかったと過去形で語るのは、ついさっき、今朝早くジニーの死体が下水道のなかで発見されたことを、オンディーンが知らせてくれたからだ。警察によると死んだのは日曜日で、死因は銃による自殺だった。リディアは、その銃弾がフィッツを殺したものと一致するかどうか、知りたいと思う。

「君のその顔、ひっぱたかれたケツみたいだぞ」レノンが言う。

「でしょうね」

「心配ごとでもあるのか？」

「迷ってるの。わたしのよく知っている人が、密かに悪いことをやったらしいんだけど、正面から彼を問いただすべきか、まっすぐ警察に行くべきか決められなくて」

「迷うようなことじゃないだろ。友だちを警察に突き出すのは、やっていいことじゃない」

「友だちと呼ぶのはどうだろう。だって彼は、わたしのボスなんだもの」

「それなら話は違ってくるな」レノンは少し考える。「彼が好きか？」

「まあね。だからなおさら、彼がやったとは信じたくないし、もしやったとしても、なにか深い理由があったと思いたい」

「そうは言っても、彼を警察に売ってしまったら——」

「彼はちっとも困らないでしょうね。だって、もう死んでるんだもの」

「そうなんだ」

「にもかかわらず、わたしはまだ彼と話ができる」

レノンは肩をすくめる。「なるほど。ぼくも死んでいるけれど、君とは普通に話ができてるものな」

「そんな感じ。もうクセになってるみたい。だからわたしは……もし彼が本当になにもやってないのであれば、彼の評判を貶《おとし》めたくないわけ」

「ほらね、すでに君は、自分で答を出してるじゃないか。だろ？」

リディアはうなずく。たしかにそのとおりだ。最初からわかっていた。だが時として、なにかを正しい観点から見つめなおすためには、遠い昔に死んだロック・スターのＡＩシミュレーションから、助言を得なければいけない。

リディアは外交官宿舎に帰り、ポーチの警官の前を素通りする。顔に見覚えがあると思ったら、いつぞやマディスンと言い争った警官だ。リディアに会釈してくれたので、彼女もうなずき返す。さて、ここからが難しい。というのも、彼女はVRバーに出かけるまえ、電話をかけるから通訳しろとマディスンに命じられたのだが、ちょっと待ってくれと言い残して玄関を出たまま、今まで帰らなかったのだ。

〈リディアなの?〉リディアの頭のなかで、マディスンの声が花火のように炸裂《さくれつ》する。LSTLでは、口論しているふたりのロジ人が激すると、おたがい気絶してしまうと噂されていたのだが、そんな現場を目撃したことなど、リディアは今まで一度もない。もしかして、人間に対しても同じことができるのだろうか? 確かめた人はいないし、そういう記録もないようだ。学生のなかには、駐ブラジルのロジア大使が子供の頭を破裂させたなどと、まことしやかに語る者もいた。この種のホラ話を、もちろんリディアは信じていないが、書斎の戸口に立つマディスンを見たとたん思い出したのは、われながら可笑《おか》しかった。

〈そう、わたし〉リディアは答える。〈ただいま〉

〈なにをしてたの?〉

〈散歩に行っただけです〉

〈あなたに仕事を頼んだのが、聞こえなかった?〉

〈ちゃんと聞こえました。でも、散歩に行きたかったもので〉

〈たとえそうでも、黙って行くことはないでしょうに〉

〈なぜあなたに断らなきゃいけない? わたしはあなたの部下じゃないのよ? しかも停職中だ。どう考えても、あなたにとやかく言われる筋合いはないけど〉

〈しかし、ここで寝起きしているかぎりは——〉

〈わたしがこの家にいるのは、ここから離れるなと警察に命じられているから。そしてあなたは、この騒ぎが終わったあと、わたしを追い出すつもりでいる。そうとわかっていて、あなたの助手をする理由がどこにある? わたしはなにを得られる?〉

〈ずいぶん身勝手な言い分ね〉

〈あなたのクソみたいな仕事をやるために、わたしがすべてを投げ出すのは当然だと、あなたは思っているんだ。だからあなたは、ありがとうのひとことも言いやしない〉リディアは階段に向かおうとする。

〈わたしがありがとうと言えば、なにか違いが生まれる?〉

〈そうね、なにも違わないでしょうね〉ふり返りもせずリディアは言う。〈感謝する気持ちなんか、あなたにはぜんぜんないんだもの〉

リディアは、戻れと命じられることを予想するが、意外にもマディスンはなにも言わない。

こんなむしゃくしゃした気分で、フィッツと対決したくなかったけれど、こうなってしまった以上しかたあるまい。自室に入ってドアを後ろ手に閉めた彼女は、どこに座ろうかと考え、やはり立ったままでいこうと決める。

〈フィッツ！〉リディアは心のなかで呼びかける。マディスンに聞かれてもかまうものか。罰するなり言いつけるなり、好きにすればいい。

〈どこに行っていた？〉フィッツが応える。

〈ジニーが保管していたインクアウトのゲームを、プレイしてきた〉

〈そうか。なにかわかったか？〉

〈わたしがあのインクアウトを持ち込んだとき、あなたはあのゲームについて、なにも知らないと言った。なのにあなたは、あのゲームのなかにいた〉

〈どういうことだ？〉

〈プレイしている最中に、あなたの声を聞いたってこと。もしあのゲームがロジ人と完全に無関係だったら、ジニーはあれほど執着しなかっただろうし、ゲームのなかの声を殺しに行くと言い残して、自殺することもなかった。そしてあのゲームのなかで聞こえてきたのは、あなたの声だった。これって偶然の一致なの？〉

長い沈黙のあと、フィッツが答える。

〈わたしはあのゲームに、深くかかわったわけではない〉

こういう答を予想はしていたけれど、リディアが納得できるはずもない。〈じゃあなぜ、ジニーはあなたの声を危険だと判断した？　開発担当者たちの多くが、クビになったり辞めたりしたのはなぜ？　かれらはなにを知った？〉

〈開発段階の話を、わたしが知るわけないだろう〉

〈それならあなたの声が、ゲームのなかで聞こえる理由は？　どうしてわたしの母親には聞こえなかったの？〉

〈あれは危険でもなんでもないんだ。その点について、ジニーは間違っていた。あのゲームの目的は、単にコミュニケーションを改善することなのだからな。革命的な方法になるはずだったし、今もまだなり得る。しかし、さらに試作を重ねる必要があり、だからゲームの完成も遅れていた〉

〈その方法というのは？　後催眠《こうさいみん》暗示みたいに、なにかを人間の頭に吹き込むとか？〉

〈いいや、まったく違う。君もよく知っているとおり、人間が今もロジ人に対し不信感を抱いているのは、ロジ人の声を聞くことのできる人がほとんどいないためだ。そこでわれわれは、ロジ人と意思疎通ができるよう、人間の脳を訓練するためのツールになり得るゲームの開発を、あのプログラマーたちに依頼した。われわれは、ＶＲゲームがもつ人間の思考パターンを再構成できる可能性に、着目したのだ。あれはその第一歩だった〉

〈じゃあ、その第一歩がめざすゴールは？〉

〈人間の心を開かせること。もちろん、君たち通訳にその必要はない。しかし――〉

〈しかしあなたは、無断でそれをやろうとした。人間の同意を得ることなく、わたしたちの脳を書き換えようとした〉

〈どれだけの恩恵が得られるか、正しく理解してもらうためには、とにかく実行しなければいけない場合もある〉

〈ふざけないで〉フィッツは無関係であってほしいというリディアの願いは、完全に潰《つい》えた。〈それにしても、なぜあなたが担当することになったの?〉

〈大使館がわたしに、人類の文化を研究したうえで、この目的を果たす方法を見つけろと命じたからだ。わたしはゲームが最良のメディアであると結論し、だがわれわれにはノウハウがないため、開発途中のプロジェクトから適切なものを選び、われわれの協力企業に乗っ取らせた〉

〈だけど、わたしがあのゲームに関する書類をごっそり持ち込んだ時点で、わたしが真相に近づいていることにあなたは気づいたはずよ。なのになぜ、わたしに調査をつづけさせた?〉

〈このプロジェクトがどこまで外部に漏れているか、知りたかったからだ。つまり、ジニーがどこまで知っていて、誰に教えたかを。幸いなことに、彼女の死で漏洩《ろうえい》も止まったらしい〉

〈でもあなたは、自分が関係していることをわたしに教えてくれなかった。それって、真実を知ったらわたしが激怒すると、わかっていたからじゃないの?〉

〈違う。君を巻き添えにしないためだ。もし教えたら、君も危険にさらされただろう〉

〈この件はマディスンも知ってるの？　彼女がわたしに冷たくあたるのは、それが理由？〉

〈彼女は、このコミュニケーション改善プロジェクトを引き継ぐつもりでいる。ここで寝起きしているのも、たぶんそれが理由だろう。しかし、彼女はゲームを利用するわたしの方針に反対していた。すでに彼女は、君がなにをやっているか気づいているはずだ。君は証拠をすべて消さなければいけない〉

リディアは、自室の隅に積んだインクアウトの箱に視線を走らせる。〈あの紙をぜんぶ、ということ？〉

〈そうだ。それに、ゲーム本体も削除する必要がある。あれを見つけたのが君でよかったよ。君は信頼できる人だからな〉

〈でも、それで終わりになるんだろうか〉リディアは首をかしげる。〈あなた抜きで、マディスンたちは開発を再開するかもしれない。あのゲームのコピーは、まだどこかに残ってるはずだし――〉

〈すべて処分してくれ。君の安全のためだ〉

〈わたしに指図しないで〉リディアは早くここから離れたいのだが、四つの箱をいっぺんに廃棄するのは無理だ。とはいえ、復元したゲームは自分のクラウドに保存してあるし、プレスリリースとチャット・ログは手で持ち運べるから、彼女はこのふたつの紙束をつかみあげる。

〈それをどうするつもりだ？〉フィッツが訊く。

〈あなたに言う必要はない〉

〈警察に提出するのか？〉

〈かもね〉

〈それはできない。マディスンが止めるに決まっている〉

〈そんな戯言《たわごと》、わたしが真に受けるわけないでしょ。もしマディスンが事情をすべて知っていたなら、なぜ今まで彼女はなんの行動も起こさなかった？〉

〈わたしと同じで、君が証拠を見つけるのを待っていたからだ。その証拠を彼女がどう使うかは、また別の問題だが〉

〈それって要するに、わたしがこのインクアウトをすべて処分しなければ、彼女に奪われてしまうということ？〉

〈彼女は君の将来も閉ざすだろう。君の評判を、とことん貶めることでな。もっとひどいことをやるかもしれない。それくらい彼女は、君のことを危険視している〉

リディアが顎をあげて言う。〈わたしにやれることが、もうひとつある〉彼女はディスプレイを広げると、デスクの上に置く。椅子に座り、自分の顔を正面から撮影できる角度にディスプレイの位置を調整する。〈ジニーがやるべきだったことを、わたしが代わってやればいいのよ。世界に真実を知らせても無駄だと、彼女は考えていたし、たぶんそのとおりなんでしょう。だけどわたしには、もうこれしかない〉

〈リディア、バカなことをするな〉

〈わたしたちの目を盗んで、人間の脳を密かに改造しようと企むほうが、よっぽどバカなことだと思うけどね〉こう言うとリディアはインクアウトの箱を集め、新たにストリームを一本立ちあげる。〈ぜんぶさらけ出してやる。今さらなにをやろうと、わたしが失うものはないみたいだし〉彼女は、語るべき内容をまとめようとする。ふだんであれば、ストリームをはじめるまえはまず要点をメモし、編集したものをアップするのだが、今回はライブでやらねばならない。

〈やめてくれ。頼む。君は完全に誤解している〉

〈うるさいから黙ってて。いま考えてるんだから〉

〈リディア?〉マディスンの声が、遠くから聞こえてくる。〈あなた、誰と話をしてるの?〉

くそっ。リディアは耳をそばだてる。階段を上ってくるマディスンの足音が聞こえる。

〈こんなところを、彼女に見せてはいけない〉フィッツが言う。

〈同感〉リディアはデスクから立ちあがり、ドアの鍵をかける。マディスンはまだ近づいてくる。何分ぐらいあれば、ストリームで必要な情報をすべて伝えることができるだろう? もしリディアがしゃべっている途中で、誰かがドアをぶち破ろうとしたら、話の信憑性《しんぴょう》がぐっと高まるに違いない。彼女はデスクに戻り、二十秒後にストリームが開始されるようセットしてから、語るべき内容を箇条書きしてゆく。

ドアがノックされた。リディアは無視する。

〈リディア〉廊下からマディスンが訊く。〈あなたが話をしていた相手は誰?〉

〈話なんかしてない〉リディアは突っぱねる。

〈嘘をついてもだめ。話したいことがあるから、ここを開けなさい〉

〈今すごく気分が悪いの。話ならあとで聞く〉

〈リディア、あなたなにをやってるの？　もしわたしに隠れて――〉

〈なにもやってない。帰って〉リディアはディスプレイに目を移す。ストリームがはじまろうとしていた。

〈あなたと一緒にいる人は誰？〉

〈誰もいないと言ってるでしょ。ほんとよ。お願いだから、わたしのことは――〉

鍵がカチッと音をたて、マディスンがドアを開けて入ってくる。

〈どうやって入った？〉ストリームがはじまったのに、リディアは驚いて立ちあがってしまう。

ほかにロジ人がいないか、マディスンは部屋のなかを見まわす。〈この家の鍵がすべて開けられるマスターキーを、わたしは持っているの。知らなかった？〉

知らなかったが、想定しておくべきだった。

〈もうひとりのロジ人はどこ？〉バスルームをのぞき込みながら、マディスンが訊く。

〈だから、誰もいないんだって。わたしのことは放っておいてくれない？〉

マディスンはリディアの正面に立つ。〈わたしがここに来たのは、さっきあなたが一階で言ったことを踏まえたうえで、あなたの今後について話すためだった〉

〈へえ〉

〈でも今は、あなたが誰と話をしていて、なぜわたしに嘘をつくのか、その理由をぜひ聞かせてもらいたい〉

リディアは彼女の目をまっすぐ見つめる。〈フィッツよ。わたしはフィッツと話をしていた〉

マディスンもリディアを見つめ返す。そして、リディアが嘘をついていないことを確信する。〈どういうことか、説明してくれない？〉

〈彼がわたしに話しかけてきたの。ロジ人ではない人間が死んだロジ人と話をすることは、あなたたちにとって一種のタブーみたいだけど、彼はわたしにすべてを教えてくれた。あのゲームの真相と、あなたがなにをやりたがっているかを含めてね〉

〈なんの話をしているのか、まったく理解できない。いったいどうやれば、死んだフィッツと話ができるわけ？〉

〈ロジ人が死者と意思疎通できることを、わたしはちゃんと知ってるんですからね〉

〈そんなこと、不可能に決まってる〉

〈あなた個人の話をしてるんじゃない。すべてのロジ人が、死んだ同胞と――〉こう言いかけてリディアは気づく。マディスンも、正直に話しているのだ。彼女はリディアがなにを言っているか、本当に理解できていない。〈フィッツの意識は、まだこの家のなかにとどまっている。だからわたしは、何日もまえから彼と話をしているの〉

〈どうやら、心からそう信じているみたいね〉憐《あわ》れむような口調でマディスンが言う。〈リディア、あなたは自分が正気だと、自信をもって言える？〉

〈もちろん〉と答えたものの、本当はこの質問を彼女は恐れていた。〈わたしは完璧に――〉

〈実のところ、そういう現象は珍しくないの。わたしたちは、同じロジ人が死んだあと、死者の声を聞くことがよくある。でもそれは、ロジ人の心が生む幻聴に過ぎない〉

〈だけど、わたしが聞いている彼の声は――〉

〈あなたはおそらく、たまたま聞こえたフィッツの声の幻聴を、死者や幽霊にまつわる人間の普遍的な神話と重ねてしまったのね。とはいうものの、理解を超えた現象に遭遇したときの反応としては、決して異常なものではないと思う〉

リディアは笑いだす。〈やめてよ。わたしは幽霊なんか信じてない。というか、少なくともこれがはじまるまでは、まったく信じていなかった〉

〈非常に興味深い〉マディスンが言う。〈死んだロジ人の声を聞くという現象が、人間の通訳にも起こったという報告を、わたしはこれまで一度も――〉

〈彼とわたしは、本当に話をしているの！　これはわたしの妄想なんかじゃない！〉

〈しかし、妄想と考えるのがいちばん理にかなっていることは、あなたもわかっているはずよ〉

リディアの体がぐらりと揺れ、彼女はデスクにつかまらねばならない。〈そんなこと、もちろんわかってた！　最初に彼の声を聞いたときは、わたしも自分が狂ってしまったのかと

思った。するとフィッツは、わたしが知らなかったこと、わたしの記憶には絶対になかったことを、わたしに伝えはじめた〉

〈なぜそう断言できる？〉

〈わたしが存在すら知らなかった物や書類がどこにあるか、教えてくれたからよ。そして、彼の書斎に埋もれていた殺害予告のメッセージをわたしに見つけさせ、彼が死んだ夜に間違いなく話をしたのに、わたしが存在すら忘れていたある大学教授の研究室へと、わたしを導いた。実際に会ってみると、その教授はわたしのことを憶《おぼ》えていたわ〉

〈しかし、あなたがその教授と会ったにもかかわらず、忘れていたのであれば、フィッツウィリアムに教えられたのではなく、単に思い出しただけ、ということも考えられるんじゃない？〉

リディアは言葉に詰まる。不愉快ではあるが、その可能性はたしかにありそうだ。それでもなお、彼女がすべてを捏造《ねつぞう》できるわけがない。オンディーンは実在の人物だし、マリウスもそうだ。紙の山も本物なら、あのゲームもちゃんと存在している。よほど明瞭で理路整然とした幻覚を、長時間見つづけているならともかく、すべては現実世界の出来事だ。加えて、死んだフィッツと話をしていても、リディアは酔ってしまうではないか。

〈フィッツはわたしに、彼を殺した犯人を見つけてくれと頼んだ。そしてわたしは、ある女性にたどり着いた。でも、彼女が容疑者だと突き止めたときには、彼女はすでに死んでいたの〉

〈その女性とは？〉

〈ジニー・コナーという元大学生。彼女は、フィッツがあのゲームの黒幕だと知って彼を殺した。問題のゲームを、あなたもよく知っていたことは、さっきフィッツが教えてくれたわ。ところで、この事実をわたしが公表するのを止めようとしても、もう遅いからね。ストリーミングは、すでにはじまっているもの〉こう言いながらリディアは、早くディスプレイの前に戻って普通の声で語りかけないと、視聴者に逃げられてしまうことに気づく。

マディスンは、リディアのディスプレイに視線を移す。〈あなたが言うゲームがどんなものか、わたしはまったく知らない。だけど、もしフィッツを殺した犯人がわかったのなら、なぜ警察に知らせなかった？〉

〈ついさっきわかったばかりだし、まずはフィッツに……〉リディアも自分のディスプレイに目を落とし、それから改めてマディスンを見つめる。〈正直に言ってほしい。あなた本当に、人間の脳を改造する目的でロジ人が企画したVRゲームの存在を、知らなかったの？〉

〈なによ、その荒唐無稽な話は〉

〈質問に答えて〉

〈もちろんなにも知らないし、そもそもそんなプロジェクトは、存在していない〉

〈少なくともあなたは知らないってことね〉

〈だからそんなプロジェクト、最初から存在してないんだって〉マディスンが強調する。

〈フィッツ！〉リディアが呼びかける。〈マディスンは、なにも知らないと言ってる。あな

たから話してくれない？〉

答はない。

〈フィッツ、頼むから彼女に、わたしたちが実際に語り合っていることを、証明してあげて！　たしかにわたしは、あなたに腹をたてているけど、だからってわたしを見捨てることはできないはずよ〉

〈リディア〉マディスンが穏やかに言う。〈もしあなたが、本当にフィッツの声を聞いているのであれば、考えられる可能性はひとつしかない。彼はまだ生きていて、すぐ近くからあなたに話しかけている。とはいえ……〉

マディスンは室内をざっと見まわす。〈すぐ近くにいるとしても、この外交官宿舎のなかではないでしょうね。もしいるなら、わたしに見つかっているはずだもの〉

リディアは、自分の言い分を認めようとしないマディスンに強い怒りを覚えるが、そのとき、隣の建物に面した壁にふと目がとまる。あの建物の二階にある高級アパートは、ひと夏のあいだ空き家になっている――つい先日、リディアを盗聴するため警察が拠点にしたのではないかと、勘ぐった部屋だ。

直感が具体的なかたちを取りはじめるまえに、彼女の足は階段を駆け下りている。しかし頭のなかでは、自分は間違いなくフィッツの死体を見たのに、どうやれば彼が生きていられるのか、納得のゆく説明を探しつづけている。リディアのあとを追いながら、マディスンがなにか言っているけれど、リディアの耳には入ってこない。ロジ人の顔と特徴をしっかり識別できる彼女が、フィッツを見誤ることはあり得ず、あれはたしかにフィッツだった。書斎のソファの上で死んでいたのはフィッツであり、警察も身元を確認したではないか。であるなら、フィッツ本人がなんらかの手を使い、リディアを含むすべての人たちの目を欺いたのだろうか？　もしそうなら、なぜ？　どうやって？　正面玄関から外に出た彼女は、ポーチの警官が消えていることを漠然と意識するが（いついなくなったのだろう？）、気にとめている余裕はない。

隣家の二階にどうやれば入れるのか、まったく考えないままリディアは道路に出る。真実を知りたいという欲求が強すぎて、彼女はどんな障害でも突破できるような気になっている。隣の建物の裏手には、二階まで上れる非常階段があるのだが、裏にまわるための通路は、高すぎて登ることができないゲートでがっちりふさがれている。リディアはゲートをがたがたと揺すってから、建物の正面に戻ってステップをあがり、ドアベルのセンサーに手をかざしてベルが鳴ったのを確かめる。しかし、こんなのんきな音では事態の緊急性が伝わらないと思い、手でドアを乱打しはじめる。もし誰も応えなかったら、ドアをぶち破るしかないだろう。その結果また面倒なことになるのはわかっているが、今さら気にしていられない。

ドアが開き、ミセス・クローヴスが顔を出す。「いったいどうしたの？」いきなり押しかけてきたお隣さんのすごい剣幕《けんまく》に気圧《けお》されながら、ミセス・クローヴスが訊く。

「上のアパートへ行くには、どうすればいいんですか？　こちらのお宅を通って行けます？」

「行けるわよ。でも――」

リディアは最後まで聞かず玄関に入ると、ミセス・クローヴスの抗議を無視してずんずん奥に歩いてゆく。廊下を進んだ突きあたりに、大きく開いた裏口が見える。

その開いた裏口から、金属を叩くような音が飛び込んでくる。二階の高級アパートを出た何者かが、鉄製の非常階段を駆けおりているのだ。

その足音は最後の数メートルを残して狭い庭に飛び降り、少しよろめいたもののすぐに走りだす。リディアがちらっと見たその不審者――男か？――はトラックスーツを着ており、VRヘルメットのようなものをかぶったまま芝生の上を走ってゆく。あれが何者であれ、フィッツでないことは確かだ。リディアも庭に走り出るが、すでにそのとき不審者は、高いフェンスを登りかけている。

「止まれ！」とリディアに命じられても、男に止まる気はまったくないらしい。フェンスに駆けよったリディアは、反対側に消えようとしている相手の足をつかもうとするが、彼女の手は虚《むな》しく空を切る。それ以上リディアが男を追わなかったのは、このフェンスは高すぎて、彼女には越えられないことがわかっていたからだ。フェンスの向こう側の裏通りを、脱兎《だっと》のごとく逃げてゆく不審者の足音を聞きながら、彼女は警察に通報する。でもどう言えばいい？　あの男の容疑は？　空き巣に入ろうとしていた？　そう、それだ。

家のなかに戻りかけた彼女を、マディスンとミセス・クローヴスが待ちかまえている。

〈リディア、あなたどういうつもり？〉

リディアはマディスンを無視して、ミセス・クローヴスに問う。「あの男が上の部屋にいたのを、ご存じでしたか?」

ミセス・クローヴスは当惑しながら非常階段の上を見て、それからリディアに視線を戻す。

「あれは……あれは誰なの?」

「わたしはまったく知りません。あなたも心当たりがないんですね?」

「あの部屋は、もう何週間も留守だった。誰もいないと思っていたのに……」

リディアが非常階段を見あげると、問題のアパートのドアが開きっぱなしになっている。

彼女は階段を上ってゆく。警察車両の音が近づいてきており、このまま部屋に入ったら、彼女も不法侵入で捕まるかもしれない。だが、もしフィッツがなかにいるのであれば、なんとしても話をする必要があるし、警察の到着を待って入室の許可を得ようとしても、拒否されるだけだろう。

〈フィッツ?〉リディアは呼びかける。すでに彼女は、こんな推理をしていた——逃げていったあの男は、この部屋にフィッツを監禁しており、フィッツを脅してああいうことを言わせていたのではないか? もしそうなら、フィッツが命じられた内容をロジ語で正確に伝えているかどうか、あの男はどうやって確かめたのだろう? その点も、フィッツに訊けばわかるのではないか?

しかし、階段を上りきってドアの前に立つと、想像すらしたくなかった光景がリディアの目に飛び込んでくる。

部屋のインテリアは、ミニマリスト・スタイルでセンスよくまとめられ、玄関からまっすぐリビングが見通せる。ガラストップのコーヒーテーブルに水槽がひとつ置かれているが、サカナは泳いでいない。水槽はねっとりした黄色い液体で満たされ、たくさんのパイプやチューブがつながっており、いかにも手作り然とした電子機器と接続されている。

そして水槽の中央に、切断されたロジ人の頭部が沈んでいる。

粘性の高い液体が光を屈折させているため、誰の頭かすぐにはわからなかったが、推測するのは難しくない。頭骨の一部が切除され、そこに数本のケーブルが突っ込まれているのを別にすれば、頭全体はフレームだけにされたヘルメットで覆われている。この不細工なヘルメットに、リディアは見覚えがある。ＬＳＴＬにいたころ、何度もビデオで見たし、このヘルメットが、まだはじまってもいない通訳としての自分のキャリアを潰すのではないかと、恐れていた。それは、ロジ人が開発中止を命じたことで失敗に終わった、あの自動翻訳装置のヘルメットだった。

リディアは、隣にある外交官宿舎の彼女の部屋と向かい合う壁に近づき、拳で叩いてみる。思っていたよりずっと薄い。わずか三センチほどの厚さしかない壁が、このおぞましい光景と眠っている彼女を隔てていたのだ。

回れ右をすれば、水槽のなかの頭と再び対面することになるので、リディアは壁を見つめたまま動くことができない。部屋に上がってきた警察に移動させられるまで、彼女はその場に立ちつづける。

逆行分析

警察は次々に質問してくるが、リディアはそのほとんどに答えられない。彼女に説明できたのは、死んだフィッツの声が彼女には聞こえたこと、その声が伝えてきたわずかな情報を頼りに、誰が彼を殺したか探索したこと、そしてその結果、なんとか容疑者——というか、リディアが容疑者と思った女性——を見つけたことだけだった。

「その時点で、なぜわれわれに連絡しなかったんです？」ロロ警部補が訊く。彼がリディアから事情聴取するのは、これで二度めなのだが、今回ふたりが向かい合っているのは警察署ではなく、リディアの縄張りともいえる外交官宿舎の応接室だ。

「最初は、特に重要なことではないと感じたからです」リディアが答える。「わたしは、なにかせずにいられなかったたし、犯人がわかったと伝えても、警察がまともに取り合ってくれるとは思えなかった。なにしろわたし自身、半信半疑でしたから。だけどフィッツに頼まれた、というか頼まれたと信じてしまったので、彼にしてあげられることは、もうこれぐらいしかないと思い……」

「あなたは、自分に語りかけているのが彼の——なんていうか——霊魂であると、本気で信じていたんですか?」

「なにがどうなっているのか、まったくわかりませんでした。わたしは彼の死体を見て、彼が死んだことを確認したのに、彼はわたしに話しかけてくるし、だからわたしは、自分が発狂したのかと不安になってしまい――」

「そして、彼が隠れているのではないかと思って、隣家の二階にあるアパートに踏み込んだ、そういうことかな?」

「思いつく答が、それしかなかったからです。結果は、わたしの想像と違っていたけれど――わたしの頭が正常だったことは、証明されたでしょう? 彼は間違いなく死んでいたし、わたしが聞いていたのは、間違いなく彼の声だったんだから」

「しかし、われわれが理解できないのは――」

「ちょっといいですか?」割り込んできたのは、警察づきの通訳だった。以前この部屋で、リディアを語学学校に移すのは許可できないとスタージェス警部が宣したとき、一緒に来ていた女性の通訳で、髪を真っ白に染めてすごくクールな彼女と、今でもリディアは友だちになりたいと思っていた。ディオンという名前だけは、すでにリディアも確かめている。ディオンは、マディスンも情報提供を求められる場合に備え、リディアとロロの会話をマディスンのため通訳していた。

「いいですよ。どうぞ」ロロが答える。

「問題の声がどこから聞こえてくるか、リディアが合理的に推定する方法は、まったくありませんでした」ディオンはロロに、マディスンの言葉を伝えてゆく。「あんなことが可能であるとは、わたしたちロジ人もまったく知らなかったし、もしわたしがリディアと同じ立場にいたら、彼女と同じくらい混乱していたでしょう」

リディアは、マディスンが助け舟を出してくれたことに驚きながらも、素直に感謝する。あのアパート内に置かれていた水槽の中身について、警察は詳細を明かそうとしなかったのだが、ロジア大使館は同胞の遺体がどうなったか知る権利があるとマディスンに詰め寄られ、説明せざるを得なくなった。フィッツの頭部は、化学薬品のカクテルのなかに保存されており、彼の脳が接続されていた装置は、たしかに開発を中止された自動翻訳機の技術を使ったものだった。その装置を何者か――おそらくあのアパートから逃走した男――が操作し、フィッツの脳の認知機能を迂回《うかい》しながら言語中枢を経由して語りかけることによって、あたかもフィッツ本人の声を聞いているかのような錯覚を、リディアに与えたのだ。しかも、人の頭に土足で踏み込むかのようなその装置は、外交官宿舎の二階にいるリディアにフィッツの声が聞こえるよう、最大出力をブーストされていた。

「もうひとつ、わたしが懸念しているのは」ディオンがマディスンの通訳をつづける。「警察の遺体安置所から、フィッツウィリアムの頭部を盗んだ者がいるということです」

「現在その件については、徹底した捜査を行なっています」ロロが答える。

「ぜひそう願いたいですね。ところで、頭部を別にして彼の遺体が無傷で保管されていることを、確認しましたか？」

「しました」

「それで？」

「問題はありませんでした」

「フィッツを殺したのも、頭を隠し持っていたあの男なのでは？」リディアがロロに訊《たず》ねる。

「急いで結論に飛びつくのは危険ですね。たしかにその男は容疑者だけど、彼と殺人事件を結びつける証拠は、なにも見つかってない」

「でもあの男、殺された被害者の頭を水槽に沈めていた」

「それだけで彼を、殺人の実行犯と断定することはできない。あの頭部は、殺人が行なわれたずっとあとに盗まれているし」

「でも彼がわたしを利用して、ほかの誰かに罪を着せようとしたことは、歴然としてるでしょう？　きっちり手順を整えたうえで、わたしに犯人探しをやらせたんだから」

「たしかに」ロロが同意する。「あなたが容疑者とにらんだジニー・コナーも、今は遺体安置所に横たわっている。われわれが調べたところ、殺人に使われた拳銃とは別の銃による自殺、と確認できました。あなたは、彼女が被害者を殺す動機となったものを、見つけたんですよね？」

「見つけたと思っただけです。でもジニーは、なにかを発見した。というか彼女も、なにかを発見したような気になっていただけかもしれない。わたしにはもう、なにがなんだかわかりません」つい二時間まえのリディアは、ほんの束《つか》の間ではあったがすべての謎が解けたと考えていた。彼女が知り得たことは、どれもおぞましかったけれど、いちおう筋が通っていた。なのに今、彼女はそれまで以上に混乱していた。

ロロはリディアとマディスンに、今のところ質問はこれだけだ、と告げる。ディオンがすっと席を立ち、失礼しますと言って応接室を出てゆく。酔っているようにはまったくみえない。もしあれがリディアだったら、どんなに気をつけても少しよろめいただろう。

警官たちがひそひそ話し合っているが、リディアの頭のなかは静まり返っている。フィッツが本当に逝ってしまった以上、リディアがこの家のなかで彼の声を聞くことはもう二度とない――いや、実のところ彼は、何日もまえから死んでいたのである。これはバカげた感傷に過ぎないと、彼女は自分に言いきかせる。フィッツはたまたま彼女の上司になっただけだ。彼とリディアは、友だちでもなんでもなかった。


やがて制服警官たちも全員が引きあげていった。ポーチに警官がいる光景を見慣れていたので、リディアは窓の外に警官の姿がないのを、ちょっと奇異に感じてしまう。まるで、クリスマスツリーを片づけた翌朝、リビングルームに入ったときみたいだ。

〈この家を見張る必要は、もうなくなったということね〉窓際でリディアの隣に立ち、マディスンが言う。

〈かれらは、この家を見張っていたんじゃない〉リディアが答える。〈わたしを監視していたんだ〉彼女は、隣の家を調べるため外に出たとき、なぜか見張りの警官がいなかったことを想起する。

最新のフィードを見ると、フィッツの頭部が盗まれたことは、まだまったく言及されていなかった。

@Back2life111/殺人事件があった家とその隣の家の前に、警官が集まってる。なにか新しい証拠でも出たのか?/TR93

@NOWPUNCHER/《速報》ロジアの文化担当官を殺害した凶器が、隣家のアパートで発見された/TR62

ほかの投稿もみなこの程度だった。正確な情報を伝えているものは、ひとつもなかったけれど――何日かまえ、遺体安置所からフィッツの死体が盗まれたと主張する投稿を、リディアは読まなかっただろうか? さかのぼってその投稿を探してみても、一向に見つからない。だが、あまりしつこく検索をくり返すと、リディアにクリックさせようとして、偽情報エンジンがとんでもないニュースを捏造するだろう。

〈少なくとも、あなたの聞いたのが幽霊の声でなかったことは、警察にきちんと説明できたでしょう?〉マディスンが言う。〈わたしは、なにかトリックがあるに違いないと思っていたんだ〉

〈なのにあなたは、まだわたしに謝罪してくれない〉

窓の外に視線を向けたまま、マディスンが訊き返す。

〈謝罪？　なにを謝らなきゃいけない？〉

〈あなたは、わたしが発狂したのでないなら、嘘をついていると決めつけた。そしてわたしが、自分の身に起きている現象を、わたしの原始的な脳に無理やり納得させるため、子供じみた筋書きをでっち上げたと考えた〉

〈そんなこと、わたしは言った憶えがないけど〉

〈はっきりそう言ったわけではない。でも――〉

〈あなたの話をわたしがどれほど奇妙に感じたか、わかってもらいたいわね〉

〈あの話が奇妙じゃないなんて、わたしがいつ言った？　奇妙だってことは、わたしがいちばんよく知っていた〉

〈もしあなたを不快にさせたのなら、謝罪する――ごめんなさい。さてそれでは、あなたはどうやってそのVRゲームにたどり着いたか、説明してもらいましょうか〉

〈なぜ？〉

〈あなたがなにを見つけたのか、わたしも確かめたいの〉

〈またバカにするつもりなら――〉

〈違う、そんなんじゃない〉

〈わたしが見つけたものは、いろいろある。だけど、それらがなにを意味するか、わたしも

わかっていないし――〉

〈あなたの発見は、どれも偽の情報に基づいている。そしてどれも、フィッツウィリアムがあなたに直接伝えたものではない〉

〈たしかに、フィッツがひとつずつ教えてくれたわけじゃなかった。そう、彼から伸びている細い糸を引っ張ったら、ずるずる出てきたって感じ〉

〈だったらそれを説明して。ひとつ残らず〉

リディアは考えてしまう。もしマディスンが一連の事件に加担しているのであれば、彼女になにもかも教えるのは危険だろう。だが逆に、彼女はリディアが真相に迫るのを手伝ってくれるかもしれず、事態がここまで混沌《こんとん》とした今、真実を知るためであれば多少のリスクを冒すのはしかたあるまい。かくてリディアは、マディスンにすべてを語ってゆき、マディスンのほうも、口をはさみたくなるのを我慢しながら黙って聞きつづける。

リディアがほぼ最後まで語り終えたとき、ドアベルが鳴る。〈誰だか知らないけど、帰ってもらって〉マディスンが言う。

リディアは玄関ドアを開ける。

「やあどうも」力ない声で彼女に挨拶したのは、ハリ・デサイだった。「警官は、もうひとりも残ってないよな?」

外部協力者

〈この人は？〉玄関まで出てきたマディスンが、リディアの隣に立って訊く。いきなり現われたロジ人の姿に驚き、ハリがたじろぐ。たぶん彼は、今までロジ人を間近に見たことがなかったのだろう。リディアは、ＬＳＴＬへ入学するときの面接で、初めてロジ人と対面したときの自分を思い出す。今となっては、あのロジ人の名前も忘れてしまった。入学面接にロジ人を同席させる必要など、本当はぜんぜんないのだが、学校側は受験生の反応を確かめようとしたのだ。もちろん、それまでに会ったことがあればどうということはないし、受験生の多くはロジ人に慣れていた。しかし、初めてだったリディアは興奮してしゃべりすぎてしまい、質問にきちんと答えられず面接をしくじったのではないかと、心配になった。それを思うと、今こうしているのが不思議なくらいだ。

　メディアのなかでしか見たことがなければ、ロジ人は実在しないと思ってしまう人がいるのも、驚くにはあたるまい。

〈この人がハリ・デサイ〉マディスンにこう紹介してから、リディアは彼に向きなおる。

「ほら、早くなかに入って」すでに誰かが玄関前に立つハリを見とがめ、写真をアップしているだろうが、やはり外から見える場所での立ち話は、避けるに越したことはない。家に入ってきたハリは、マディスンに一礼して彼女の横をすり抜けるが、これが敬意を表わす動作であることなど、マディスンには伝わらない。

「いつ釈放されたの？」玄関ドアを閉めながら、リディアが彼に訊く。

「二時間ほどまえ」ハリが答える。「まっすぐここに来たんだけど、警官がうじゃうじゃいたので、しばらく様子を見ていた。なにかあったの？　なぜあんなにたくさん集まっていた？」

「複雑すぎて……簡単には説明できない。ところで、警察での扱いはどうだった？」

「あまりよくなかった」

「それはお気の毒。でもわたし、あなたが犯人だなんて、ひとことも言ってないからね。あなたが犯人だと思ったこともないし」

「しかし君は、警察に通報したじゃないか」

「ごめん。あのときはパニックになっていたの。あなたと一緒にいたやつらが、あまりに――」

ハリは片手を上げてリディアを黙らせ、深くうなずく。「君がどう感じたか、ぼくにも想像がつく。実際あのふたりは、とんでもないロクデナシだった」

〈なぜ彼はここに来た？〉マディスンが苛立たしげに訊く。リディアによる詳しい事情説明が、まだ途中だったからだ。

〈わたしにもわからない〉リディアも理由を知りたかったので、マディスンからの質問ということにして彼に訊ねる。

「それなんだけどね」ハリが説明する。「ぼくの泊まっていたカプセル・ホステルは、ぼくが逃げたと思ってぼくの持ち物をすべてリサイクルしたうえ、未払いの宿泊料として、すごい金額をぼくのアカウントに請求したんだ。だから今のぼくは着替えもなく、ほとんど無一文に近い。そこで……」

「ここに来れば助けてもらえると思った、そういうこと？」

「君もたいへんなのは知ってるから、来たくはなかった。でも、この国で知っている人は君しかいないし、おまけに警察からは、許可するまでこの街を出るなと命じられてしまって」

「それで警察は、黙ってあなたを放り出したの？」

「もし泊まるところがないなら、独房にもう一泊していいぞと言われた」

リディアは天を仰ぎ、マディスンにこう伝える。〈彼、泊まるところがないんですって〉

〈ここに泊まれるのは、許可を得た人だけよ〉

〈だからって、このまま追い返せと言うんじゃないでしょうね？〉

「で、ぼくはどうすればいい？」ハリが廊下に立ったまま訊く。

「とりあえずキッチンに行って、紅茶なりコーヒーなり勝手に飲んでてくれない？」

ハリは当惑しながら、リディアとマディスンの顔を見る。「わかった。どうもありがとう」彼は礼を言い、キッチンに向かってゆく。

〈客の相手なんか、してる場合じゃないんだけど〉マディスンが言う。〈彼には、あとでどこかに泊まれるぐらいの金を渡し、出ていってもらう。だから今は、ひと休みさせてあげて。そのあいだに、さっきの説明を終わらせるから〉

マディスンは片手をあげると、くるっと回してみせる。つづけていい、という意味のジェスチャーだ。

〈わたしがあのゲームについて問いただすと、フィッツは、ロジ人と直接コミュニケートできるよう、人間の脳を書き換えることが目的だと答えた〉

マディスンが舌打ちに似た軽い音をたてる。この音には、人間が呆《あき》れて鼻を鳴らしたときと同じ意味があることを、リディアはよく知っている。〈でも、そう答えたのはフィッツの偽者だったんでしょ。どこまで本当だか、わかったものではない〉

〈そうなんだけど、ゲームはちゃんと存在しているし、わたしは実際にプレイしてフィッツの声を聞いたんだから、絶対にわたしの妄想や幻聴ではない〉

〈そのゲームをもっとよく知りたいわね。見せてもらえる?〉

〈ここでは無理。プレイするには、VRシステムが必要だもの〉

〈工夫してなんとかならないかな〉

少し考えて、リディアはいいことを思いつく。〈ちょっと待ってて〉彼女はこう言い残してキッチンに行き、家事ロボットにマグはどこだと訊いているハリの背中に声をかける。

「で、ぼくはここに泊まれそうかな?」ふり向いたハリが訊く。

リディアは指を一本立てる。「ひとつだけ、あなたにお願いしたいことがある。もしイエスと言ってくれたら、わたしもマディスンもすごく助かるんだけど」

〈あの人、なにか危ないことをやってるんじゃないの？〉フィッツの書斎のデスクトップに、不正規《シェイド》ウェアを次々とダウンロードさせているハリを見ながら、マディスンがリディアに訊く。

〈大丈夫〉とリディアは答えるが、実は彼女もよくわかっていない。「そんなことして、危険はないんでしょうね？」リディアはハリに訊く。

「もちろんないさ。内容はすべて確認しているもの。ただ、どのソフトも作者が非公認なので、このデスクトップの防御機構は完全に無効化したけどね」

リディアはため息をつく。

「しかし、かれらが非公認なのは、ライセンス料があまりにバカ高いからであって――」

「詳しい説明はいいから、そのままつづけて。大事なのは、あなたが問題ないと確約したことを、彼女に」――リディアはマディスンのほうにくいと頭を傾ける――「信じさせることなんだから」

ハリは黙って作業に戻り、リディアはソファの上のキャンバスを眺める。気味の悪いことに、いま表示されているのは、ハリファックスのピース・ホール（十八世紀に建てられた同市の有名な建造物）を印象派の画家が描いたような絵だ。きっと、リディアの記憶を反映したのだろう。

「やつら、ぼくたちふたりが共謀したんじゃないかと疑ってたぞ」ハリが言う。

「やつらって、警察？」

「何度も訊かれたよ。君がぼくに、この家の見取り図を渡したんじゃないか、でなければ、ぼくのために警備システムを切って、招き入れたんじゃないかってね。あげくの果て、君が被害者をドラッグで眠らせ、その隙にぼくが――」

「ドラッグで眠らせた？」

「ああ、そうさ。やつらの想像力ときたら、まさに天才的だよ」

波のように押し寄せてきた冤罪《えんざい》で逮捕される不安を、リディアは強引に抑え込む。「警察はその気になれば、どんな筋書きでも勝手にでっち上げられるのね」

「よしできた」ハリはこう言うと、モニター代わりとして使うためデスクトップを垂直に立てる。「これでいけるはずだよ」

VRゲームがこのようなフラットスクリーンで動作しないのは、もちろんVR対応システムに最適化して設計されているからなのだが、実をいうとそれは理由の一部に過ぎず、最大の理由は、プレイ中にVRシステムが拾ってゆく人間の感覚データを、メーカーが収集するためだ。そのようなデータは転売され、それがメーカーにとって大きな収益源となっている。ところがハリは、不正規ウェアを巧みに使うことにより、このゲームにVRシステムでプレイされているかのような錯覚を与え、デスクトップ上で走らせてしまった。デスクトップの中央に、卵形の小さなウィンドウが浮かびあがっている。触感、味、匂いといった感覚データのアウトプットは、近似値を文字化されてスクリーンの片側に送られ、上から下に流れながら消えてゆく。

〈用意できた〉リディアはマディスンに言う。

〈待ちくたびれたわ〉マディスンは、読んでいたフィッツの蔵書の一冊——日本のショッピングモール・デザインに関する本——をかたわらに置く。そして、リディアのうしろに立つ。

「言っとくけど、完璧ではないからね」ゲームをロードしながらハリが注意する。「わかってる。プログラム自体、完全版じゃないもの。インクアウトからスキャンして、インストールしなければいけなかったし」

びっくりしてふり返ったハリが、リディアに訊く。「なのに動作したのか?」

「うん。エラー修正アプリにチェックさせたら、ちゃんと動いた。でも——」

「そのインクアウト、まだある? もしあるなら、見たいんだけど」

「いいわよ」リディアは彼に、あの箱がどこにあるか教えてやる。それから、デスクトップをぼんやり見ているマディスンに向きなおる。スクリーンに表示されているのはゲームの冒頭、博物館内のカットシーンだ。映像は、魚眼レンズで撮影したかのように歪《ゆが》んでいるけれど、なにが起きているかは問題なく把握できる。

〈わたしはなにをすればいい?〉マディスンが訊く。

〈プレイするのよ。あなたが〉リディアは答える。

〈どうやって?〉

ハリは、一本のスタイラスペンを入力デバイスとして設定し、そのペンを大昔のゲームコントローラーのように使うことでゲームの操作が行なえるよう、プログラムを改変していた。たとえば、スクリーン上でペンをさっと動かせばプレーヤーは前後左右に移動できるし、ペン先でダブルタップすれば、アイテムをつかむことができる。ただし、それ以上の双方向的動作が可能かどうかは、保証のかぎりではないそうだ。要するに、魔法の杖みたいな物なのだろう。リディアは、ペンの使い方をマディスンに説明してゆく。

〈つまりわたしは……〉マディスンが言う。〈自分がスクリーンのなかに入ったと仮定して、行動すればいいのね？〉

〈そう〉

〈そして出てくる人たちを、本物の人間のように扱えばいい〉

〈そのとおり〉

リディアは、スクリーンをじっと見つめるマディスンの脳から、かすかに独りごとが漏れているのを感取する。マディスンは、なぜこんなものを人間が娯楽として享受できるのか、あるいはこれをやってどんな意味があるのか、さかんに考えていた。もちろんマディスンのこの反応が、すべてのロジ人に共通するとはかぎらないけれど、今のリディアには、ロジ人がVRを利用した陰謀を企むことなど絶対あり得ないように思える。それくらいVRは、ロジ人にとって異質すぎるのだ。

リディアがゲームの背景についてマディスンに説明し、ゲームエリアのなかを案内していると、ハリがインクアウトの束をつかんで戻ってくる。

「君はこれを、スキャナーに読ませたんだね？」

「ええ。それでぜんぶではないけどね」

「いや、まあ、残りも見てきたんだが……ここに書かれているのは、そのゲームのコードかもしれないし、そうじゃないかもしれない。ひとつだけ自信をもって言えるのは、おそろしく不完全であり、順序もでたらめだということだ」

〈彼、なんて言ってるの？〉マディスンが訊く。

〈ごめん、ちょっと待ってて〉リディアは改めてハリに顔を向ける。「でもこのゲームは、そこから読み込んだコードで動いている。わたしは、すべてのページを自分でそこのスキャナーに読ませたあと、スキャナーが変換したコードで、すべてのファイルをダウンロードした」

「たしかにダウンロードは、スキャナーが変換したコードで行なわれたんだろう。しかし、このゲームを動作させているコードは、君が持ってきたインクアウトから読み込まれたのではない――というか、このインクアウトに書かれたコードでは、機能するはずないんだ」

「じゃあダウンロードされたファイルのコードが、ゲームを動かしているわけ？　スキャナーが変換した元のファイルを、わざわざ上書きしたうえで？　それなら、あの箱いっぱいの紙には、いったいどんな意味があったの？」

「おそらく、ダウンロードのトリガーだったんじゃないかな」

「ということはつまり、わたしは一晩じゅうそこに座って、ほとんど無意味に紙を読ませつづけたってこと?」ここでようやくリディアの脳が働きはじめる。「誰かがわたしに、ジニーがこのゲームを発見したと思わせようとしたんだ。そしてこのゲームが、彼女がフィッツを殺す動機になったと」まるで、すでに倒されているドミノの列があって、それぞれのドミノになにが書かれていたか、最後のひとつから順に確かめてゆくかのようだった。このゲームをめぐる陰謀に加わっていたことを、フィッツは認めたけれど、あれは偽のフィッツだった。ジニーが築いた紙の山は、このゲームのコードではなかったけれど、開発に携わった人たちのチャット・ログは存在していた。たぶんあれも、偽造されたものなのだろう……あれを読んだリディアに、このゲームは怪しいと思わせるために。しかしジニーは実在の女性で、その点は死体を発見した警察も確認した。またジニーの友人たちの証言から、彼女がロジ人に疑念を抱いていたことも明白であり、ジニーの所在を教えてくれたブース教授だって――そういえば、リディアがあの教授にたどり着けたのは、フィッツに指摘されたからだった。偽のフィッツに。

「そういうことか……」リディアは愕然《がくぜん》とする。

〈やっとコツをつかんだみたい〉まだスクリーンに集中していたマディスンが言う。〈次はどうするの?〉

逃げ出したネズミたち

グリニッジ・ヴィレッジのその通りは、前回リディアが訪れたときとほとんど変わっていなかったけれど、今日はリディアのほうが、自分を欺くため制作されたVRゲームに放り込まれたような気分になっているため、どうしても違って見えてしまう。いや、ゲーム以上に作り物に感じられる、と言うべきだろう。まるで、フィッツと一緒に観た『ヘッダ・ガーブレル』の舞台に自分が立っており、うしろを向くと観客がいて、次に自分がなにをやるか見ているかのようだ。リディアは、乗ってきた大使館の公用車を、オンディーンのアパートからすぐの路上に駐車する。マディスンが車を降り、一緒に行くから案内してくれと言う。

リディアもマディスンも、ニューヨーク市警に連絡しようとはまったく考えなかった。これは痕跡が消えてしまうまえに、彼女たちだけで早急に調査すべき案件だからだ。ハリを同行させることはできなかったし、かといって、外交官宿舎でひとり留守番させるわけにもいかなかった。リディアは、彼にホテル代を渡そうとしたのだが、驚いたことに先に金を出したのはマディスンで、しかもマディスンは、今後も協力してもらう必要が生じた場合に備え、彼の連絡先を聞いておけとリディアに指示した。彼女たちがダウンタウンに向かって走りだしたのは、そのわずか数分後だった。

ふたりは仮設の靴屋を抜け、オンディーンが住むフロアまでアパートの階段を上ってゆく。前回来たときより、階段でうろうろしている人の数が減ったように感じるのは、リディアの気のせいだろうか？　廊下の隅でたたずむカップルがいたけれど、リディアが見たのは結局そのふたりだけだ。彼女はオンディーンの部屋の前に立ち、ベルを押す。

ドアを開けたのは四十ぐらいのがっしりした男で、グレーのズボンをはき、ボタンを二個だけ留めた緑のシャツを着ている。手には電動ノコギリを持っており、アパートのなかからは、プリントアウトされたばかりでまだ熱い立体物の焦げたような臭いが漂ってくる。奥のほうをのぞき込んだリディアは、住人以外はまえに来たときとあまり変わっていないことを確かめる。男はまずリディアを見て、それからマディスンに視線を移したのだが、マディスンだけ二度見したのは彼女がロジ人だからだろう。

「用件はなんです？」リディアとマディスン、どちらに訊くべきか迷いながら、男が質問する。

「あなた、どなたですか？」

男がわずかにあとずさる。「そう言うあんたたちこそ、何者だ？」

〈なんて言ってるの？〉マディスンが訊く。

〈わたしたちが何者か、知りたがってる〉

〈教えてあげたら？〉

〈今そうしようと思ってたところ〉通訳としてしゃべったほうが、自分で会話を主導するよりずっと楽だ。「わたしの名はリディアで、彼女はマディスンです。ここにお住まいの方ですか？」

彼はうなずく。「カイルだ」右手に持っていた工具を左手に持ち替え、彼はリディアと握手する。ざらざらに荒れて、タコだらけの手だった。

「実をいうとわたし、二日まえにもここに来たんですけど――」

「ぼくはいなかったろ？」

「はい。わたし――じゃなくてわたしたち、オンディーンを探してるんです」

この名前に、カイルはなんの反応も示さない。「もう一度言ってくれないかな」

リディアはくり返す。

彼は首を横に振る。「申しわけないが、そういう名前の人は、ひとりも知らない」

「あなたがご存じなくても、オンディーンは間違いなくこの部屋にいました」

カイルは顔をしかめる。「パーティーでもやっていたのか？　レンタル契約書では――」

「いえ、あのときここにいたのは彼女だけです。この部屋に住んでると言ってました」

「ここに泊まっていた女性なら、たしかにひとりいたよ」カイルが言う。「でも彼女は、そんな名前じゃなかった」

「じゃあ、その人の名前は？」

「お客さんの個人情報を教えるわけにはいかない。そもそも、なんであんたたちはその人を探してるんだ？」

「探す必要があるからです。どうしても彼女と、話をしなければいけない用事がありまして。ここにいた女性は、あなたのお客さんだったんですか？」

「そうだよ。ぼくはこの部屋を一日単位で人に貸し、貸してるあいだ、ボーイフレンドの家に泊まる。だから急な予約でも、たいてい受けられるんだ」

リディアはアパートのなかを改めてのぞき込む。「ちょっと貸別荘には見えませんけど」

カイルが声をあげて笑う。「そこが売りなのさ。ダコタやオレゴンに住む金持ちの坊やたちは、グリニッジ・ヴィレッジの雰囲気に憧れてるからね」

リディアはカイルとの会話をマディスンに通訳しながら、ポケットからディスプレイを出す。画像を一枚ディスプレイに表示させるあいだ、彼女はカイルにこう質問する。「それで、二日まえここにいた女性なんですが、彼女も急に予約を入れてきたんじゃないですか？」

「あたり。予約を受けたのが日曜で、到着したのが月曜の朝。泊まる日数は未定だったけれど、今朝になって出ていくとメッセージを送ってきた。ぼくに星五つの評価をくれたよ」

リディアは、ディスプレイ上のオンディーンの写真をカイルに見せる。「もしかして、この人？」

カイルはうなずく。「そう、この人だった。だけど名前は違ってたな……オーディンだっけ？」

「オンディーン。少なくともわたしには、そう名のってました」

カイルは同情するような目でリディアを見る。「別の人間になりたくて、大都会に来る人はおおぜいいる。そういう人たちは、正体を探られるのが大嫌いだ」

「それほど単純な話ではないんです。この女性、あなたには本当の名前を伝えたんでしょうか？」

「あたりまえだろ。契約者のＩＤは、必ず確認するからな。それも、契約の各段階で計三回。だけどさっきも言ったとおり、個人情報は教えられない。すでに多すぎるくらいの情報を、提供しているもの」

「その点はご心配なく」こう言うとリディアはカイルに背を向け、階段に向かって歩きはじめる。彼女のあとをマディスンが追う。「だけど、のちほど警察が来て、同じ質問をするかもしれませんよ」


トッドのアパートでも、結果は似たようなものだった。彼の部屋はもぬけの殻で、彼が外出している可能性も考えたリディアは、同じフロアの住人ふたりに話を聞いたのだが、かれらはトッドの名前も顔もまったく知らなかった。こうなってしまうと、あとはもう一段階さかのぼって、ブース教授に会うしかない。

〈なにしろブースは、ジニーの名を最初に教えてくれた人だものね〉アップタウンへ向かう公用車のなかで、リディアが言う。〈あのときは、たいして役に立つ情報とは思えなかったけど……〉

〈でもその情報があったから、あなたはフィッツ殺害の動機となる証拠を発見することができた〉マディスンがあとを受ける。〈はやばやと姿を消してしまった、ふたりの怪しい人物を通して〉

〈真犯人を隠そうとしている人たちが、どこかにいるんじゃないかな。でもそれなら、なぜわたしにあれだけの情報を与えたんだろう？　わたしに偽の犯人探しをやらせるより、警察に間違った容疑者を追わせるほうが、ずっと簡単なはずなのに〉

〈それはたぶん、フィッツウィリアムの声を使えば、あなたを操ることができたからだと思う。かれらはあなたを動かすことで、警察の注意を自分たちからそらせた〉

〈なるほど。教えられた証拠をわたしが警察に持ち込んでも、立証はできなかっただろうね。だいたいその証拠にしたって、発見したときは整合性があるように思えたけれど、ちょっと探ったらばらばらに崩れてしまったじゃないの。そんなもの、法廷で通用するわけがない。それとも、その点は最初から計算ずみだったのかな？　真犯人の足取りがつかめなくなるまで、警察の捜査を引っぱりつづけることが、目的だったんだろうか？〉

〈きっと、これから会う大学教授が、なんらかの答を与えてくれるでしょうよ〉マディスンが言う。混沌とするばかりの今の状況を、彼女が不快に思っていることは、リディアにもひしひしと感じられる。〈もちろんその人が、実在すればの話だけど〉

〈それは大丈夫だと思う。いくらなんでも大学内の研究室を、午前中だけ借りるなんてできるわけがない〉と答えながらリディアは、本当にそうだろうかと疑ってしまう。あの大学のことだ、金さえ積めば必要な日数だけ研究室を貸してくれたうえ、教職員のひとりとして自校のサイトに名前を掲載してくれるかもしれない。

ＮＹＮＵに到着したふたりは、リディアの学生証の有効期限が切れていたことに気づく。なんと、入学したその日だけ有効だったのだ。

〈再登録しなきゃ。でも――〉リディアはマディスンの顔を見る。〈今すぐに払えるお金がなくて〉

〈それくらい、大使館が出してあげる〉マディスンが答える。ロビーにいる人たちが、ふたりをじろじろ見ているので、彼女はさっさと校内に入りたいらしい。

リディアは申込み用の端末で、再入学の手続きをしようとする。ところが端末には、リディアの校内立ち入りは禁止されているので、ただちに退去しろと表示される。リディアは、端末が個人認証に失敗したことを願いつつ再試行するが、二名の警備員が近づいてきて、リディアの考えが誤っていたことを彼女に思い知らせる。

「じゃあおふたりさん、行きましょうか」警備員の片方が、リディアとマディスンを順に指さし、最後に出口のドアを指さす。

「わたし、マルシア・ブース教授に会わなければいけないんです」その警備員にリディアは訴える。

「出入り禁止だから、校内には入れません」警備員が答える。

〈これは外交上の問題だと、彼に言ってあげて〉マディスンの言葉をリディアは通訳する。

「まったく関係ない。とにかくあなたたちは、この敷地内への立ち入りが禁じられています」

〈わたしを退去させることはできないわよ〉マディスンが言い返す。彼女はこの主張を何度かくり返し、大使館に連絡するぞと脅すのだが、ちょうどそのとき警官がロビーに入ってきて、リディアだけでなくマディスンも逮捕してしまう。リディアは、リバティ・ヴューの屋上から通報したときに比べ、問題の発生から警察の到着までにかかった時間が、はるかに短いことに気づく。

第六部

〈警察に逮捕されたのは、これが初めて?〉警察署内のベンチで待たされながら、リディアがマディスンに訊く。

〈ええ〉マディスンが冷ややかに答える。NYNUのロビーで、リディアは抵抗することも考えた(願った?)のだが、結局はにえくり返る腸《はらわた》をなだめ、おとなしく捕まってやった。

〈実はわたしも初めてなの。だけど、すぐに釈放されると思う。NYNUの警備員どもは、わたしたちを追い出せばそれでよかったんだもの〉

〈どっちにしろ、許されることではない。大使とはすでに連絡がついている。最低限、公式の謝罪と逮捕歴の抹消は要求するつもり〉

〈謝罪を要求するって、誰に?〉

〈警察に決まってるでしょ。ほかに誰かいる?〉

〈あの学校にも謝らせるのかと思った〉

マディスンはちょっと考える。〈そうね。それも必要。あとはあの警備員たちを告訴して、規則も変更させないと――〉ここでマディスンが顔をあげたのは、誰かに話しかけられたからだ。リディアがうしろを向くと、数メートル先にディオンが立ち、おびえたような表情でこちらを見ている。マディスンの怒りがどれほど激しいか、よくわかっているのだろう。

〈やつら、わたしと話がしたいんだって〉マディスンがリディアに言う。

〈わたしも?〉リディアは訊く。

「いえ」ディオンが言う。「あなたはいいみたい。彼女だけ」

マディスンがわざとゆっくり立ちあがったのは、主導権を握るのは自分だということを、ディオンにわからせるためだ。彼女に案内されてマディスンが廊下を遠ざかってゆき、リディアはひとり残される。彼女はいらいらと貧乏ゆすりをしながら、待ちつづける。

「ずいぶん早く戻ってきたんだな」

声がしたほうに目を向けると、いぶかしげな顔をしたロロが、こちらに向かって歩いてくる。

「ええ」リディアは答える。「あと一回だけ、大当たりを取ってやろうと思ってね」

彼女が座っているベンチの一歩手前で、ロロは立ちどまる。そしてリディアを見おろしながら、こう言う。「ロジ人とその通訳が、NYNUで騒ぎを起こしたとは聞いていたけれど、まさか君だとは思わなかった」

「きっと警察にとっては、誰がわたしのボスを殺し、彼の頭を盗んだか調べるよりも、わたしを逮捕するほうが有意義なんでしょうね。違う?」

辛辣な皮肉をはね返そうとするかのように、ロロが広げた両手を顔の前にあげる。「君が怒るのはよくわかる。しかし、われわれもベストを尽くしており――」

「わたしのボスの頭は、この警察署のなかから盗まれたっていうのに、あなたたちは気づきもしなかった。警察はハリを見つけられなかったし、頭を盗んだ犯人も見つけられない！　わたし、ここは完璧な監視社会かと思ってた。オーウェル的なクソ世界が、現出していたんじゃなかったの？」

「それほど単純な問題ではないよ。警察は、入手した情報に基づいて動くことしかできない」

「でも、警察署に出入りした不審者の映像ぐらいは――」

「わたしは、そっちの事件の担当ではないんだ」ロロがリディアの言葉をさえぎる。「ジニー・コナーの背後関係を調べることに、忙殺されていたからな」

リディアはベンチの上で座りなおす。

「へえ？」

「彼女の両親に会ってきた。ふたりとも、娘が殺人犯かもしれないなんて話を聞ける状態ではなかったから、こちらも慎重に対処する必要があった」

「でしょうね。それでなにがわかった？」

「君のボスとロジ人について訊いてみたんだが、ジニーがこの問題に興味を示したことは、一度もなかったそうだ。たしかに、精神的な問題を抱えていたこともあったけれど、今はコントロールできていると両親は思っていた。彼女に友人はひとりもなく、おまけに――」

「でも親に黙っていただけで、実際は――」

「おまけに、NYNUに入学した事実もなかった」

リディアは床に視線を落とし、小さくつぶやく。「嘘でしょ」

「ニューヨークに来たのは十八か月まえで、彼女の行動パターンは君から聞いたプロフィールとまったく一致していなかった。一般企業の広報担当として働いており、最後に出勤したのが金曜日で、翌土曜の朝に自殺した。外交官宿舎の警備システムをハッキングしたり、記録を消去したりする技術を学んでいた形跡は、ぜんぜんない。要するに、君の話と一致する点は皆無だったわけだ」

リディアは嘆息する。「実は、そんなことじゃないかと心配していたんだ。ほんの数日まえ、NYNUのある教授が、ジニーは彼女の学生だったとわたしに教えてくれた。わたしは彼女について調べ、NYNUに通っていたことを確認し、ジニーの友人をふたり探して話を聞いた。うちひとりは、ジニーと一緒に撮った写真まで見せてくれたわ。ところが今日になって、そのふたりは忽然《こつぜん》と姿を消してしまい、NYNUの教授にも会えなくなり、あげくの果てジニーについてわたしが聞いた話は、ぜんぶ嘘だったことが判明した。なぜかれらは、わたしにこんなことをするんだろう?」

彼女のこの自問をどう解釈すべきか、ロロはしばらく考える。

「こんなこととは?」

「わたしに嘘を信じ込ませること。ジニーのふたりの友人は――実際には友人でもなんでもなかったし、今どこにいるかもわからないけど――わたしにあからさまな嘘をついた。かれらの写真は今ここにあるから、警察が探せばすぐに――」

「なぜ警察が、そのふたりを探さなければいけない？」

「だってかれらは、わたしに嘘をついたんだもの」

「それだけでは違法行為とは言えないな」

「じゃあ、わたしが真犯人を見つけるのを妨害したから」

「警察の捜査を妨害したのであれば、罪に問えるけれど――」ロロのメガネに着信が入り、彼は呼ばれたので失礼すると言って歩き去ってゆく。再びひとりになったリディアが、ここまでの経緯を頭のなかで整理していると、マディスンが戻ってくる。

〈きっちり謝罪させてやった〉マディスンが言う。〈当然よね。明らかにかれらは、わたしたちがあの場を穏便に立ち去れるよう、もっと留意すべきだったんだから〉

〈これって、単にジニーを容疑者に仕立てあげるだけでなく、もっと別の目的があると思う〉

〈え？〉

〈だって、やることが大がかりすぎるでしょう？　偽のゲームと偽の友だちに加えて、わざわざオンラインに偽の情報を用意している。ジニーに罪をなすりつけるだけなら、彼女は過激なレイシストだと思わせるだけで充分だったんじゃない？　そのためには、ロジ人を殺すという彼女のコメントを大量にでっち上げ、それぞれに過去の日付を入れてアップすれば、ことは足りる。そっちのほうがずっと簡単だし、あんな惨《むご》たらしい計画を立てる必要も……〉突然リディアのなかで、すべてがぴたりと符合する。〈そうか。それが狙いだったたん

だ〉

〈それが狙いって、なにが？〉

〈わたしをジニーではなく、あのゲームに誘導することが。やつらはわたしにあのゲームを発見させ、本物だと思わせようとした〉

〈やつらとは？〉

〈まだわからない。でも、このすべてを仕組んだ連中。やつらはわたしに、わたしが発見したことを公表させようとし、実際わたしは、あなたに邪魔されなければそうしているところだった。わたしは、フィッツの幽霊と話をしていると思い込み、彼から殺人犯のヒントを与えられたけれど、やつらの本当の狙いは、わたしを偽のフィッツと対決させたうえで、実はあのゲームはロジ人の陰謀だったと認める言質を、彼から取らせることだった〉

〈しかし、わたしたちに関する偽情報は、毎日大量に流れている。なぜ今さら、あなたをわざわざ騙《だま》さなければいけない？　あのゲームは陰謀だという情報を、その種の嘘を簡単に信じてしまう人たちに与えれば、それですむことなのに〉

マディスンの言うとおりだった。この種のクソ情報は、陰謀論者と妄想症患者のフィードを通し、ジャグジーのなかの下痢便のように拡散してゆく。

　またしてもリディアは直感する。

〈だけどそういう偽情報は、即座に嘘の烙印《らくいん》を押される。真実度判定は四〇未満で、すべてジャンク級。だからそんなものをわざわざ読むのは、信じたいと思っている人たちにかぎられる。だけど、もし反ロジアの団体と完全に無関係で、それどころかロジ人を誹謗《ひぼう》することなど考えられない立場の人が、ロジ人は人間の脳を改造しているという情報を発信したら、どうなると思う?〉

　マディスンは考え込む。

〈もしわたしがその情報を〉リディアはつづける。〈わたしのストリームで公表したら、すごく高いTR値がついたと思う。わたしは信頼に足る職業に就いているし、経歴にもこれといった汚点はなく、おまけに自分が発見したことを本気で信じていた。なにしろ、落ちているパン屑《くず》をひとつずつ拾っていって、自力で真相にたどり着いたと思っていたんだもの。きっと大騒ぎになったでしょうね。真実度が高いから、ほとんどの人のTRフィルターをすり抜けていき、そしてふだんはそんな投稿を絶対に読まない人たちまで、読んでしまう〉

　マディスンはリディアをじっと見つめる。リディアが正しいか間違っているか、正気か狂っているかはともかく、彼女が本気でそう考えていることは、マディスンにもよく理解できる。

〈しかし、そんな陰謀の存在を証明することは、どうやってもできない〉やっとマディスンが口を開く。〈あなたも自分で言ってたでしょう? これを立証するのは不可能だろうって〉

〈でもそう言ったときのわたしは、自分は真実を発見したと確信していた。もしあのまま発信していたら、あとから嘘だとわかって撤回しても、その時点で世界中に知れわたっている。最初の投稿を見る人はたぶん数十億、だけど、訂正を目にするのはせいぜい数千人。つまり

やつらの狙いは、ロジ人が人間の脳を改造しているという偽情報を、TRフィルターをバイパスして浸透させることだったのよ〉

ここまで看破できたことにリディアは興奮を覚えるのだが、同時に、ふたつの相反する感情が心のなかに湧き起こってくる。答を知る必要があったのだから、これが真相であってほしいと思う反面、もし本当にこのとおりであれば、彼女の手にある大事件なので、間違いであってほしいと願ってしまうのだ。

〈そこまではわかった〉マディスンが言う。〈それで偽情報が浸透したあとは、なにがはじまると思う？　あなたの考えを聞かせて〉

〈人びとは、さっさと行動を起こせと騒ぐでしょうね〉

〈なんに対して？〉

〈この陰謀と、陰謀に加担した集団に対して〉

〈でも、陰謀そのものが存在していない。証拠がまったくなければ、行動の起こしようがないでしょうに〉

〈そしたらかれらは、情報の隠蔽や虚偽の報告があったに違いないと考え、ますますいきり立つと思う〉リディアはつづける。〈フィッツはもう死んでいるから、なぜあのゲームに協力したか、弁解することもできない。するとだれもが、ロジ人に関するネガティブな情報を、いっそう信じやすくなる。そのせいでロジ人排斥運動がはじまったら、どうなると思う？〉

そのとき、広いフロア内に発砲音が響き、割れたガラスが飛び散ってリディアの話を中断させる。

〈なんの騒ぎ？〉音が聞こえてきたほうに顔を向けながら、マディスンが言う。取調室のひとつのなかで、何者かが銃を撃ったらしく、その部屋のドアのガラスが砕けている。汚い服を着た中年男が、拳銃をふり回しながら取調室から出てきて、見るからに興奮した様子で近くにいる署員たちに次々と銃口を向ける。どう対処すべきか迷いながら、顔を見合わせる警官もいれば、大急ぎでデスクの陰に身を隠す警官もいる。隠れる場所が近くにないリディアは、後者の警官を羨ましく思う。一瞬、自分よりずっと大きなマディスンの背後に隠れようかと思ったのだが、行動に移すまえに拳銃を持った男がずかずかと近づいてきて、リディアの腕をつかむと乱暴に引き寄せ、彼女の首元に銃を突きつける。

「いいか、よく聞け！」男が叫ぶ。体臭がひどい。リディアの腕に食い込む指は細かく震えており、その震え方は、ナンプを過剰摂取したときの震顫《しんせん》に似ている。話してわかる相手ではなさそうだ。男は警官たちに向かい、弟を釈放しろと大声で要求する。

「だから君の弟さんは……もう亡くなっているんだ」ひとりの警官が勇を鼓して答える。最初に声をあげた者が撃たれることを、みな恐れていたのだ。

「誰がそんなこと信じるか！」男は自分の言葉を強調するかのように、拳銃をいっそう強くリディアの首に押しつける。男の体の震えが、銃口からはっきり伝わってくる。このままでは、いつ引き金を引くかわかったものではない。

〈助けてよ〉リディアはマディスンに頼んでみる。首を動かせないためマディスンの姿は見えないが、自分のすぐ左に立っていることは明瞭に感じられる。

〈どうやって?〉マディスンが訊き返す。

〈あなたならなんとかできると、期待したんだけどな〉

男は、弟が死んだなんて嘘だとくり返し、留置場だか遺体安置所だか知らないが、とにかく早く連れてこいとわめき散らす。

〈じゃあ、わたしが気絶するふりをするから〉リディアが言う。〈その隙を突いてこいつを引きはがしてくれる?〉

〈それでうまくいく?〉

〈わからない。でもほかの手を考えてる余裕はないの。こいつは弟を取り返せないし、だからわたしを離すこともない。やるしかないでしょ?〉

〈わかった〉

〈ありがと。じゃあ三つ数えて気絶する。いい?〉

〈いいわよ〉

〈一……二……三!〉

リディアは、できるだけ自然に失神したようなふりをする。ふっと息を吐くだけで声はたてず、男から離れるのではなく彼の体にもたれかかるように全身の力をゆるめる。しかし、男はくずおれてゆく彼女の腕を離そうとせず、リディアは、こいつわたしの腕を引きちぎる気かと思う。リディアは床に倒れてゆきながら、手を伸ばして体を支えたくなるのを我慢するのだが、男の拳銃は首に押しあてられたままで、彼女はこれからどうなるのか心配になる。

男は前かがみになりながら、リディアに立てと命じるのだが、そのとたん小さく悲鳴をあげる。リディアはなかば目を閉じていたため、なにが起きたか見えなかったものの、彼女の体をかすめて拳銃が床に落ちる音につづいて、男を殴打する音と、床に倒れながら男が洩《も》らす苦悶《くもん》の声を聞く。

リディアが体を半回転させて目を開けると、すでに男は警官たちに取り押さえられている。彼女はマディスンに手を貸してもらいながら立ちあがり、すると署内にいた全員が、マディスンに向かって拍手しはじめる。

〈あの人たち、なにをやってるの？〉マディスンがリディアに訊く。

リディアは、拍手がつきもののイベントにさんざん出席しておきながら、これだけは慣れることができないとフィッツが言っていたのを思い出す。両手を何度もぶつけることがなぜ称賛を意味するのか、彼には理解できなかったのだ。とはいえ今のリディアも、フィッツと似たような当惑を感じている。なぜなら、かれらの安堵《あんど》と称賛の気持ちは理解できても、彼女はこの署内にいる全員が信用できなかったからだ。信用できるのは――改めて気づいて自分でも驚いたのだが――マディスンだけである。

〈かれらは、あなたに対する感謝のしるしとして手を叩いてる〉リディアは彼女に説明する。

〈よくわかった、とかれらに伝えて〉

「これくらい、別になんでもないそうです」とリディアは声を張るのだが、どっちみち誰も聞いていないので、彼女はマディスンに〈早くここから出よう〉と言う。

〈そうね。でもまだひとつ、やり残したことがある〉こう言うとマディスンは、出口とは反対方向にずんずん歩きはじめる。

〈ここにいたら危ないんだけど〉署内の奥に向かってゆくマディスンを追いながら、リディアが言う。

〈それはわかってる。だけど、これだけはやっておかねばならない〉

男を取り押さえていた警官のひとりが、リディアたちが移動しはじめたことに気づく。

「ちょっと待ちなさい、いったいどこに行くつもり――」

「うるさい！　黙ってろ！」警官にこんな口をきくのが賢明でないことはわかっていたが、リディアは言ってしまう。そうせざるを得なかったからだ。警察署に連行されたうえ、かくも危険な目に遭わされた怒りと、警察に対する不信が言わせたのであり、おかげで効果があったらしい。彼女に怒鳴られた警官はたじろぎ、引きずられてゆく男があげた叫び声に気を取られたので、リディアは小走りでマディスンに追いつこうとする。

証拠品回収

〈やつらも共犯なんだ〉警察署内の廊下を早足で進みながら、リディアがマディスンに言う。

〈もちろんやつらっていうのは、警察のことだけど〉

〈なぜそういう結論に達した？〉

マディスンが訊《たず》ねる。その語調には疑心も冷笑も感じられない。彼女は純粋に、リディアの推論を聞きたがっている。

マディスンがどこに向かっているのかわからず、きょろきょろしながらリディアが答える。

〈どれほど深く関係しているかは、まだわからない――一部の警官だけなのか、それとも組織ぐるみなのか〉

〈つづけて〉

〈今まで警察は、重要参考人をふたりも取り逃がしてきた。ハリなんか、わたしのほうが先に見つけたぐらいだもの。だから警察の内部に、捜査を妨害したやつがいるんじゃないかと思って〉

〈でもハリは、容疑者としていちばん怪しかった。なぜ彼の逮捕を邪魔する必要があった？〉

〈事件を解決させないためじゃない？　そしてわたしに、独自の捜査をつづけさせるため。あなたとエージェンシーが、わたしを外交官宿舎から学校に移そうとしたとき、警察が反対したのを憶《おぼ》えているでしょ？　そしてさっきも、わたしが警察署に連行されたとたん、いきなり現われた狂人がわたしを殺そうとした〉

〈おまけにフィッツウィリアムの頭部は、この署内の遺体安置所から盗まれている。彼の頭

といえば、そろそろ到着するみたい〉

〈遺体安置所に？〉

〈違う、証拠品保管庫。彼の頭は今そこに置いてあるから、回収していく。こっちよ〉マディスンは廊下の角を曲がり、飛ぶように階段を下りてゆく。

〈わたしたちが勝手に持っていっていいの？〉

〈謝罪を求めたときに、彼の頭部の返却も強く要求してある。かれらは同意したんだけど、すぐには渡せないと言われた。わたしはかれらを信用してないし、あの頭を取り返さずに、この警察署を出るつもりはない。だから保管庫に着いたら、挨拶ぐらいはしてあげて〉

リディアとマディスンは、窓のない地下室への入り口とおぼしい開き戸の前にカウンターがあり、そこに内勤の女性巡査部長が座っているのを見る。リディアたちが近づくにつれ、ハンデルというネームプレートをつけたその巡査部長の顔に、不安の翳《かげ》が広がってゆく。

「こんにちは」リディアが明るく挨拶し、自分とマディスンを紹介する。

「こんなところに、なんの用ですか？」ハンデル巡査部長が訊く。

「今日ここに運び込まれた頭部を、受け取りに来ました」

「頭部って……ロジアの大使の？」

「大使ではなく、文化担当官ですけどね」

「あれは証拠品です」

「ご存じかもしれないけど」マディスンが語っていたことを、リディアは一語一句違わず復《ふく》誦しようとする。「外交官の遺体や遺体の一部は、外交官特権によって保護されているため、大使館からの明確な許可がないかぎり、警察など人類の法執行機関は保持することができません。そして現在、その許可は取り消されています」

「だからといって、持ち帰るのはだめです」とハンデルは言うが、本当にだめなのかどうか、明らかにわかっていない。

「大使館員である彼女にはできるし、彼女がおとなしくしているのを、あなたは幸運に思うべきですね」どうやら酔ってきたらしく、リディアは気が大きくなってゆくのを自覚するが、うまく制御できないまましゃべりつづける。「なにしろ、文化担当官の遺体を市警が適切に管理できなかったことは、外交上の大問題に発展しかけているのですから」

「でも頭部が盗まれたとき、遺体はちゃんと安置所に保管されていました」

「巡査部長、わたしはあなたを責めているのではありません。これは警察組織全体の問題です。そしてあなたは、彼女の行動を妨げることで、問題をさらに複雑化させようとしている」

「確認をとる必要があります。少々お待ちください」

ハンデルは自身のメガネをタップし、問い合わせる相手が出るのを待つあいだ、マディスンやリディアを見ないですむ方角に目を向けようとする。一瞬ハンデルの視線が、彼女の足元に置かれた大きな箱の上でとまる。ブルーとオレンジの斜めストライプが入り、ニューヨーク市警の紋章がついたその箱を、ハンデルは心配そうな顔でもう一度ちらっと見る。リディアは気づく。

〈たぶん、あの箱のなかに入ってる〉彼女はマディスンに言う。

〈ほんと？〉

〈確信はないけど、彼女、しきりに気にしてるもの〉

マディスンも箱を凝視し、リディアは彼女が腹を決めたことを感じる。マディスンの長い腕がすっと伸びてゆき、床に置かれた問題の箱をカウンター越しにつかもうとする。

「ちょっと、なにやってるんですか！」ハンデル巡査部長があわてる。

「これはすでに決定済みだし、わたしは急いでいるのです」通訳しているかのような口調で、リディアが言う（こんなことマディスンは言ってないのだが、黙認してくれることがリディアにはわかっている）。ハンデルの反応を見て、リディアはフィッツの頭は間違いなくあのなかだと確信する。もし入ってないなら、ハンデルははっきりそう言うだろう。ハンデルはマディスンの腕を払いのけようとするが、まったく歯がたたない。

「わたしに触らないでください」リディアが言う（今回はマディスンも、本当にこう言った）。マディスンが箱を床からひょいと持ちあげ、カウンターを楽々と越えて胸の前で抱える。実際に見ていなければ、リディアもこんなことが可能だとは思えなかっただろう。それくらい箱は、敷かれたレールの上を走っているかのように滑らかに動いた。リディアが知るかぎり、箱のなかに入っている水槽は液体で満たされているから、おそろしく重いはずなのだ。その証拠にハンデルも、唖然《あぜん》として見ていたではないか。

〈ハンデル巡査部長に、ご協力感謝しますと伝えておいて〉カウンターに背を向けながらマディスンが言う。リディアはそのとおり通訳したあと、マディスンについてゆく。ハンデルはふたりのうしろ姿に向かい、そのまま進んで非常口から外に出ようとしても、非常口はロックされているから、今のうちにその箱を返せば罪には問わないと警告するけれど、リディアはもちろん無視する。愚かにもハンデルは、すぐ警報を鳴らす代わりに、箱が奪われるのを阻止できなかった自分の失態を、糊塗《こと》しようとしていた。

〈あの非常口がロックされているというのは、本当だと思う?〉マディスンが訊く。問題のドアはグレー一色でなんの特徴もなく、上部に非常口のマークが付いている。

〈嘘よ〉リディアは断言する。〈公共の建物が非常口に鍵をかけ、人びとの脱出を妨げることは、法律で禁じられてる〉

〈あなたって、役に立つ情報をほんとによく知っているのね。では悪いけど、そのドアを開けてくれない?〉

リディアがドアを押し開くと、マディスンの呼んだ公用車がすでに待機している。なんて手際がいいんだろう。

ふたりの背後で、警報が大きな音で鳴りはじめる。

ドリフト走行

ブロードウェイを走る大使館の公用車のなかで、マディスンは例の箱を膝にのせ、リディアは警察署を難なく出られたことが信じられず、このままですむわけがないと考えている。少し離れたところから、サイレンの音がいくつも聞こえてくる。やっぱりこうなるか。リディアたちをあっさり放免する気など、警察にはぜんぜんない。ふたりはスタートダッシュで差をつけたけれど、警察もただちに近くにいたパトカーを動員したのだ。

〈外交官の車を、警察が停止させることはできない〉マディスンが言う。

〈でもわたしたちが車を降りたら、足止めすることはできるんじゃないの？〉

〈やれるものなら、やってみるがいい。NYUの二の舞になるだけだ〉

〈だけど、今回のやつらの目的は、あなたからその箱を奪うことでしょう？　それなら別に拘束する必要はない〉

〈大使館の敷地内に入ってしまえば、わたしたちに近づくこともできなくなる〉

〈この車、大使館に向かってるの？〉

〈もちろん〉

リディアがバックミラーを見ると、早くもパトカーが一台、数台うしろからサイレンも警光灯もつけずにふたりを追尾してくる。マディスンが言ったとおり、警察にこの車を停止させる法的権限はなく、しかしふたりの目的地は予想しているはずだから、いったいなにをする気だろうとリディアが危惧していると——

突如前方の交差点から、すべてのライトを点灯した別のパトカーがサイレンを鳴らしながら現われ、リディアたちが走っている車線に法律違反の無謀な割り込みをして、周囲の車に停止や進路変更を余儀なくさせる。

「クソったれ！」リディアは思わず大きな声で罵る。

〈なんて言ったの？〉マディスンが訊く。

リディアは説明しなければならない。

〈それは適切なコメントね。警察は、わたしたちをサンドイッチにするつもりだ〉

実際ほかの車は、緊急車両が後方から接近してくる際のプログラムが作動し、減速して左右に道を空けはじめている。しかし、外交官の公用車にその種のプログラミングは施されていないので、ふたりは前をふさぎながら走るパトカーのあとを、そのままついてゆく。インターフェイスの自動音声が、減速して脇に寄るよう勧めているけれど、そうする義務はマディスンにはない。

〈これからどうすればいい？〉マディスンのことだから、きっとこの事態を予想していたに違いないと思いつつ、リディアは訊いてみる。

〈まったくわからない〉

前のパトカーが速度を落としはじめたので、彼女たちも減速せざるを得ない。すでに後方のパトカーは、ふたりのうしろにぴたりとつけている。両側の車線では、ほかの車がバンパーが触れるほど接近しながら停止し、長い列をつくっている。もう少ししたら、リディアたちも完全に動きを封じられるだろう。

〈しかたない〉結局停まってしまった公用車のなかで、マディスンが言う。〈警官に降りろと命じられたら、今から言うとおりにして〉

ところがそのとき、リディアの目が視界の隅で小さな動きをとらえる。彼女たちの公用車は、交差点のなかほどで停止していたのだが、右側の車がこの渋滞から抜け出すため右折しはじめたのだ。運転者は、自分のディスプレイを注視して周囲をまったく見ていないから、車のシステムが目的地への最短・最速のルートを再計算し、進路を自動的に変更して発進したらしい。後続の車が同じことをする可能性はあるが、今リディアの右側には車一台分の空きがあり、しかしこの空間も、すぐにふさがってしまうだろう。ここまで考えるのに数秒かかったから、リディアが行動できる時間は、あとわずかしかない。

彼女がダッシュボードの専用カバーを外すと、非常用ステアリングホイールがぬっと飛び出してくる。金属バーをゴムでコーティングしただけの頼りないホイールだ。本格派のそれに比べたら握り心地も最悪で、正直なところリディアは、こんなもの操作したくない。それでも彼女は、セイフティ・ロックを解除して自動運転装置をオフにし、このステアリングが使える手動運転に切り替える。足先でフロアを探ってフットペダルを確認したのだが、実際はペダルというより丸形のスイッチに近く、細かいコントロールができそうもないので、彼女はこちらも気に入らない。おまけに彼女は久しく手動運転をしておらず、左ハンドルのアメリカ車を運転した経験もなかった。とはいえ、こういった難点をのぞけば、これ以上の解決策はあるまい。

〈なにをやるつもり？〉マディスンに訊かれる。かなり当惑しているようで、どうやら彼女は、人の手で運転される車を一度も見たことがないらしい。

〈運転中はわたしに話しかけないで。これって、すごく大事なことだからね〉

リディアはステアリングを鋭く右に切り、公用車は右側の車が空けてくれたわずかな隙間に突っ込む。同じ隙間を詰めようとしていた紫色の車が、突然リディアに割り込まれて急ブレーキをかける。リディアがちらっと目を向けると、驚いて一斉に顔をあげた後続車に乗っている人たちが、リディアの異常な動きに狼狽《ろうばい》しながら怒りを込めて彼女を睨《にら》みつける。リディアはフロントガラス越しに、かれらの口の動きが「なにやってんだ、このバカ！」と言っているのを見る。そう罵りたくなるのは当然だけれど、今の彼女は運転に集中しなければいけないので、詫《わ》びている余裕はない。

無理な角度で右折したものだから、リディアは角をうまく曲がりきれず、公用車は歩道の縁石に乗りあげて大きく揺れ、同時に彼女は、進行方向に自転車や歩行者がいないか、確認する必要があったことを思い出す。故郷で手動運転をしていた道路では、人の姿を見ることなどまずなかったので、当然こういう心配をしたことは一度もない。少なくとも縁石の高さはちゃんと目測したから、乗りあげたショックで車軸を傷つけることはなかった。タイヤが車道に戻り、リディアは横断歩道で一時停止していた先行車に追突するのを避けるため、再び急ハンドルを切る。バックミラーに視線を移すと、もう安全と自動操縦装置が判断したのであろう、紫色の車は交差点の中央まで進んでおり、リディアが通過した隙間はすでにふさがっている。これならパトカーは追ってこられない。

〈よし！〉リディアは思う。

〈なにがよしなの？〉マディスンが訊く。

〈話しかけないでと言ったでしょ〉

遠くで複数のサイレンが鳴りはじめた。もちろん警察が、周辺のパトカーにも応援を要請したのだ。リディアは、この街の警官は手動での高速運転を許可されているのか、あるいはそんな技術をもっているのかと疑問に思う。ハリファックスの警官は訓練すら受けておらず、追跡モードがある自動操縦装置に頼っていたが、あれはもしパトカーが誰かを轢《ひ》いてしまっても、かれらが直接的な責任を問われずにすむからだ。アメリカではどうだか知らないけれど、もし違っていたとしても、ここの警察が彼女のような運転をするドライバーに遭遇したことは、たぶん一度もあるまい。加えて、この街の道路はどれもひたすらまっすぐだから、高速でぶっ飛ばすのに最適である。リディアにとって、これほど楽な道もない。いま公用車が走っているこの道路はブロードウェイが渋滞で詰まってしまったおかげで、がらがらだった。リディアはロジア大使館に数回しか行ったことがなく、道順にもあまり注意を払っていなかったため、場所が今ひとつよくわかっていない。どこかで左折しなければいけないのだが、どこで曲がればよかっただろう。

さらに多くのサイレン音が響きはじめる。警官たちが、続々とこの道に向かっているらしい。リディアは前方の道路状況を見て、反対車線の車の流れのところどころに隙間があるのを確認し、この状態が次の交差点までつづいていることを願う。故郷にいたころ好んで使った運転テクニックのひとつに、減速せずコーナーに入ってコントロールを保ったまま曲がりきる、というやつがあったのだが、田舎の交差点と違って、ニューヨークでは常に車の列が動きつづけている。決断しなければいけなかった。次の交差点で左折するか、それともこのまま直進するか。最悪なのは、躊躇《ちゅうちょ》することだ。

交差点に差しかかったとき、反対車線を大型トラックが向かってきたけれど、これだけ距離があれば大丈夫とリディアは判断する。ましてトラックは、積み荷が傷つかないよう、慎重にゆっくり走らなければいけない——そんな話を、彼女はどこかで読んだ憶えがあった。

リディアは左に素早くハンドルを切るが、車は予想したほど滑らかに動いてくれない。このクソみたいな非常用ステアリングは、強く回すとわずかに撓《たわ》むし、ステアリングコラムは操作が速すぎると急に抵抗を増す。おかげでリディアは、思っていたより長く、左に切ったステアリングを押さえつづけねばならない。タイヤが横滑りして車は反対車線に飛び込むが、リディアはただちにステアリングを戻してコントロールを取り戻し、左折を終える。この車は、操作上の限界があっても高級車であることに変わりなく、重めの車重は動きが鈍くなるほど重すぎないし、かといって横転するほど軽くないので、ドリフトによるコーナリングにはぴったりだ。

マディスンは黙りこくっているが、怒りのつぶやきがリディアにも伝わってくる。すごく機嫌が悪いらしい。しかしリディアのほうも、彼女を喜ばせようとは思っていない。

前方にセントラル・パークが見えてきた。パトカーのサイレンがあちこちで鳴っており、そのすべてがリディアたちに近づいてくる。新たな交差点に入ったので右折し、一気に時速八十マイル（時速約百三十キロメートル）まで加速する。この道が大使館までの最短ルートというわけではないけれど、リディアの狙いは予測不能な運転をすることであり、たぶんその目的だけは果たしているだろう。

リディアはなにか音楽を聞きたくなる。音楽なしの運転は、今ひとつ気分がのらない。車載システムを使って彼女のディスプレイにアクセスし、ドライブ用プレイリストのひとつを再生させることも可能だ。しかし、マディスンが賛成してくれるとは思えないし、逆にリディアの運転技術に不安を抱かせてしまうかもしれない。

〈話しかけるなと頼んだことは、忘れてないけれど〉リディアが言う。〈大使館までどう行けばいいか、教えてくれない？〉

〈道がわからないの？〉

〈だいたいは憶えてるんだけどね〉こう言うとリディアは再びカーブを切る。新たに入った道路に車の影はほとんどないので、彼女は道の真ん中を突っ走り、再び五番街に戻る。横道から飛び出してきたパトカーが、進路を妨害しようとするが、リディアは歩道に上がってかわしたのち、もう一度急ハンドルを切る。

〈次を左〉マディスンが指示する。

リディアは言われたとおり左折する。道路の中央に、補修中につき通行禁止と書かれた工事用バリケードが置かれている。リディアはそのまま直進して、バリケードを跳ね飛ばす。車をぶつけることに、彼女が喜びを感じているわけではない。でも今回は、やけに愉快な気分になってしまう。バリケードが飛ばされた音を感知し、工事用の無人特殊車両が一斉に路肩に退避したので、運転はいっそう快適になる。

リディアは楽しんでいた。こんなこと楽しんではいけないと思うと、なお楽しくなった。

〈このまま直進して〉マディスンが言う。〈あと少しだから〉

リディアは目的地が近いことに安堵しながらも、このドライブがもうすぐ終わることを残念に思う。〈どこで停めるか言ってね〉

バックミラーのなかを、数台のパトカーが接近してくる。警察は、彼女たちの目的地がわかっているのだろうか？　どうもそうらしい。前方に、ぴたりと並んで道をふさぐ三台のパトカーが見える。あの三台のすぐ先に大使館があることを、すでにリディアは思い出している。もう目と鼻の先なのに、このままではまたしても袋のネズミにされてしまう。どうすればいい？　右側の歩道が充分に幅広で、障害物もないのであれば、一気に走り抜けるべきだろうか？

〈次を右折〉唐突にマディスンが言う。〈そう、この道〉

なぜ右折するのかリディアは理解できないのだが、彼女はためらわずマディスンの指示に従う。今はこれが正しい選択のようだし、右折の理由もすぐにわかるだろう。

だが、この確信は長つづきしない。彼女は右に曲がったとたん、ここからどう行けば大使館にたどり着けるのかと疑問に感じる。マディスンは裏から回るつもりなのか？　でもそんなこと、警察もとっくに読んでいて、すでに道を封鎖しているのではないか？

〈そこを左〉再びマディスンから指示が飛ぶ。

リディアは疑いをかなぐり捨てて左にハンドルを切り、まだパトカーが追ってくるか確かめるため、一瞬だけふり返る。そしてそのとたん、道路清掃用のトラックに追突しそうになる。

〈あそこに入って〉マディスンが指さした左前方には、灰色のオフィスビルの地下へと下りてゆく斜路がある。

一台のパトカーが、対向車線を疾駆してくる。あれに邪魔されたら、斜路に入れなくなってしまう。リディアは左に急ハンドルを切って対向車線を横断し、左側のビルに飛び込もうとするのだが、わずかにバランスを崩しフロントバンパーの右端が斜路の入口の壁をこする。

〈気をつけて！〉

リディアは車を立てなおし、地下へとつづくトンネルを下ってゆく。前方にヘアピンカーブが迫ってきたので、壁に激突しない程度まで減速する。ここはどこなのだろう？　なぜマディスンはこんなところを知っている？　でもそれ以上に喫緊の問題は、ヘアピンカーブを曲がった先に出現したダークグレーの壁ではないか？　なにしろ、妙に光沢があって表面がざらざらのその壁は、公用車の行く手を完全にふさいでいるのだ。あのヘアピンをバック走行で迅速にクリアする自信は、リディアにはない。もともと彼女は、後進が得意ではないのだ。パトカーの赤い光がトンネル内を照らしはじめ、サイレンがこだまする。なぜマディスンは、こんな地下のどん詰まりに入ったのだろう？

〈止まらないで〉マディスンが言う。〈このまま進んで大丈夫だから〉

マディスンの確信に満ちた指示が、リディアの本能的な不安を吹き飛ばす。危険な障害物にまっすぐ向かっていることは、頭ではちゃんと理解しているのだが、マディスンの声には絶対的な自信がこもっている。みずからの理性と五感を差しおいて、マディスンの言葉を信じるのだから、リディアは自分がちょっと怖くなる。

最徐行していたリディアは、右足をブレーキから離し、アクセルの上に移す。

〈ゆっくりね〉マディスンが言う。〈壁を傷つけたくないの〉

車が接触すると同時に、ダークグレーの壁はぐにゃりと左右に割れたのだが、全体に粘り気が強いらしく、開口部の縁が公用車のボディの形に沿って、まるでパッキンのように密着している。車はやすやすと通過してゆくが、車以外は空気分子すら通しそうにない。

〈これって、宇宙船のエアロックみたい〉リディアが言う。

〈よくわかったわね〉リディアの洞察に感心したような口調で、マディスンが答える。〈たしかにこの壁は、われわれがエアロックとして使っている技術の変種。普通種は透明なんだけど、こっちのほうがプライバシーを確保できる〉

壁を通過した先にあったのは、ハーツ・レンタカーの営業所で、リディアはちょっと拍子抜けする。とはいえ、ハーツの看板は掲げられていても車は四、五台しか駐まっておらず、スタッフもいないらしい。リディアは空いている駐車スペースに公用車を入れ、抜けてきたばかりの壁を見やる。

すでに壁は、ぴたりと閉ざされていた。壁の向こうから、くぐもったサイレン音が聞こえてくる。

〈ほんとに？〉

〈心配しないで〉マディスンが言う。〈この壁は、絶対にかれらを通さない〉

〈さっき開いたのは、わたしが開けと命じたから。同じことが警察にできるわけない〉

〈あれって生き物なんだ？〉リディアは車を降り、壁に向かって歩いてゆく。近くで見ると、ゼリービーンズの巨大な一枚板のようだ。手を伸ばしそっと触ってみる。柔らかくて少し温かみがあり、なのに強く押してもまったく変形しない。

マディスンも車を降り、証拠品の箱を抱えてリディアに近づいてくる。〈気をつけてね。こいつは敵だと思ったら、遠慮なく刺してくるから〉

〈それはないみたい〉リディアは答える。実のところ彼女は、喉を鳴らしているネコにも似

たかすかな振動が、壁から伝わってくるのを感じている。〈わたしが話しかけることは、できないかな？〉

〈できるかもしれない。でもそのためには、かれらの言葉を学ぶ必要がある。わたしたちの言語とは、まったく違っているの〉

〈そうなんだ。ロジアにこういう技術があったなんて、ちっとも知らなかった〉

〈ほかの惑星に来たら、自分たちの技術は自分たちで責任をもたないとね〉

リディアは、少しのあいだ黙って耳を澄ます。〈壁の向こうから、警官たちの声が聞こえてくる。みんなめちゃくちゃ怒ってるみたい〉彼女は声をあげて笑う。

〈そろそろ行くわよ〉

〈わかった。でも、どこに行くの？〉

実質的に別の惑星

この閉鎖されたハーツの営業所を所有しているのは、実はロジア大使館で、両者は短い歩行者専用トンネルで接続されていた。ここを大使館の「一部」と主張できるかどうかは微妙であり、外交上の位置付けは不明瞭なのだが、トンネルの先が安全地帯であることは間違いない。

〈人目につかないよう出入りする必要がある場合に備えて〉マディスンが説明する。〈外からは見えない通用口を設けるのが賢明だろうと、われわれは考えたの〉

〈それなら、ハーツの看板を残した理由は？〉

〈看板？〉

〈あれのこと〉歩行者用トンネルに向かって歩きながら、リディアが指さす。

〈ああ、あれね。大使が気に入ってるの。いかにもニューヨークらしい雰囲気があるから、ですって〉

〈それは言えてる〉

トンネルを通って大使館の地下に入ったふたりが、厨房《ちゅうぼう》のなかを抜けてゆくと、近くのドアから生暖かく埃《ほこり》っぽい匂いが漂ってくる。すでにここはロジアの領土であり、もはや誰も彼女たちからフィッツの頭を奪うことはできない。リディアは自分よりフィッツのことを考えて、ほっとした気持ちになる。一歩でも大使館を出れば、自分がクソみたいな面倒に直面することはわかっていたけれど、少なくともこれ以上フィッツがひどい目に遭うことはないからだ。

リディアは、ロジアに亡命できないかと考えてみる。しかし亡命できたとしても、一日のうち人と話せる時間はかぎられるはずだし、家族を含め地球にいる人たちとの連絡はほぼ不可能になるから、さぞ孤独だろう。それ以前に、ロジ人はかれらの星にリディアが行くのを、許さないかもしれない。かれらにしてみれば、リディアの苦境を自分たちの問題としてとらえる必要など、まったくないのだから。

ふたりは階段を上り、天井を高くとったロビーに入ってゆく。フィッツは、自分の部屋を地球的な美意識で統一していたが――彼にとって、この星に住む意義のひとつがそれだった――大使館のインテリアは目がくらむほどの文化的異質性にあふれている。カーペットのパイルが異常に長いのは、ふかふかで柔らかなロジアの家の床を模しているからだし、壁に貼られているのは、色彩を感じさせない奇妙な壁紙だ。白とも灰色ともつかず、見つめていると、濃霧を見ているときのように立体感が失われてしまう。ところが、この壁紙はロジ人の眼にはまったく違って見えるらしく、かつてフィッツも、鳥の群れ飛ぶ空が見えるとリディアに語ったことがあった。

大使館の職員がひとり、マディスンに駆けよってくる。彼はマディスンのやったことを知って動顛《どうてん》しているらしく、ここでリディアは初めて、自分たちが英雄視されていないことに気づく。彼女は、事態を打開するためであればどんな手段を講じてもよいと許可を得たうえで、マディスンはあの箱を奪ったのだろうと考えていた。しかし、すべてマディスンの独断だったらしい。

マディスンがリディアに向きなおる。〈大使が、わたしたちに会いたがっている〉

〈わたしたち？　あなたじゃなくて？〉

〈違う。わたしたち〉

大使館に来るときのフィッツは通訳を必要としなかったから、リディアが同行することはあまりなかったし、一緒に来たときもロビーの奥にある待合室で、彼の用事が終わるのを待っていた。ロジアの大使には彼女も一度だけ会ったことがあるけれど、場所はこの大使館内ではなく、今年の春に開かれたメット・ガラ（毎年メトロポリタン美術館で開催されるファッションの祭典）の席だった。フィッツからリディアを紹介されても、大使は彼女が新任の専属通訳であることに気づかず、いつもの通訳はどうしたのかと彼に訊いた。それから大使は、リディアを遮断して少しフィッツと話をしたのち、彼女に再び声をかけることなく次のグループに移っていった。だから当然、リディアのことなんか憶えていないだろう。

ロジアの大使はテンプルと名のっていた。非常に小柄――といってもロジ人の平均を基準にしてだから、実際はリディアよりやや長身――で、けっこう高齢のようだったが、ロジ人の年齢を推定するのは難しく、もしかすると動作としゃべり方が緩慢なだけかもしれない。ドレッシング・ガウンのような厚手のローブをまとい、シャワーキャップによく似た変な帽子をかぶっている。こういう個人的な感想が意識にのぼらないよう、リディアは特に注意しなければいけない。彼女は、ロンドンで職場体験をしたときにこれで失敗し、重要な貿易交渉の相手を怒らせたことがあった。彼にはロジ人の頭頂部によく見られるツノが一本もなく、話すとき両目を閉じる癖があったため、リディアは彼の頭を見ながら、まるで汚れた奥歯みたいと思ってしまったのだ。

〈そこに座ってください〉デスクの上の大量の書類から顔をあげようともせず、テンプルが言う。メディアに出てくる在外公館長のデスクは、どれも実にすっきりしており、なにか置いてあるとしても書類一枚とデスクライトぐらいで、その書類も単なる小道具である場合が多い。テンプルのデスクの横には、キャスター付きの椅子が一脚あるけれど、これがまた学校や公共施設にあるような普及品の３Ｄプリント物だから、それなりのセンスでまとめられた室内のインテリアにそぐわない。たぶんテンプルは、人間がこの種の安物を俗悪と感じてしまうことを知らないか、知っているとしても、気にしないのだろう。なんにせよ、人間のため用意されていることは明らかなので、リディアはその椅子を彼のデスクの前まで引き寄せて腰をおろす。

マディスンは、いくつか置かれていた背もたれが少し出っぱった椅子のひとつに座り、例の箱を膝の上にのせる。

〈それが彼の頭かね？〉リディアにも聞こえるように、テンプルが質問する。ふたり以上のロジ人を相手にした会話の経験が、リディアにはほとんどない。通訳しなくてよい話の内容を、彼女が知る必要はないので、加えてもらえないからだ。

〈そうです〉とマディスンが答え、箱の蓋を開けようとする。

〈ここでは開けなくてよろしい〉テンプルが制する。〈わたしが見ても、あまり意味はないからな〉

〈わかりました〉マディスンは蓋を閉める。

〈警察は、ものすごく怒っている〉テンプルが言う。

〈警察が怒ることは、わたしたちも予想していました〉マディスンが答える。この〈わたしたち〉には自分も含まれているのだろうかと、リディアは思う。

〈今かれらは、大使館の前に文字どおり集結しており、その箱をただちに返却して彼女を――テンプルはリディアを指さす――〈引き渡せと要求している〉

〈それで大使は、どのようにお答えになりましたか？〉

〈まずは君と話をしなければいけない、と答えた。しかし、この問題をうまく解決するには、かなりの労力が要求されるぞ〉

〈でも大使、解決すべき問題があるのは、警察のほうです。フィッツウィリアムの遺体に起きたことは言語道断であり、かれらはそれを許したのですから〉

〈そのとおりだ。しかし――〉

〈この箱を回収したことが誤りだったのでしょうか？　返すべきだとお考えですか？〉

〈誤りとは言えないが、もっと穏便にやる方法があったはずだ。今のところ、状況は非常によくない〉

〈その点は〉リディアが口をはさむ。〈ここに向かって走っているときから、強く感じていました〉

笑いの波動がマディスンから漏れてきたが、マディスンは急いで抑え込む。テンプルはリディアに顔を向ける。〈監察官チームは、明日地球に到着する。かれらを迎えるのに、この

状況は理想的とは言いがたい〉

〈そうですね〉リディアは相づちを打つ。

〈実はわたしも、大使館として君をどう扱うべきか、まだ決めかねているのだ〉

〈ちょっといいですか〉マディスンが割り込んでくる。〈われわれは、リディアに感謝すべきだと思います。彼女は、彼女を操ってわれわれを陥れようとした陰謀の存在に気づいて阻止しただけでなく、警察まで一枚噛《か》んでいたことを、暴き出したのですから〉

テンプルは椅子に背をあずける。〈つまり君は、この通訳を操作してなにかやらせる計略に、ニューヨーク市警も関与したと言いたいのか？　わたしはそう理解していいのか？〉

〈警察の全員ではないかもしれません〉リディアが補足する。〈だけど、少なくとも数人は間違いなくかかわっています〉

〈わたしに説明してくれたことを、大使にもお話ししたら？〉マディスンが勧める。〈最初からぜんぶ〉

リディアはテンプルに視線を戻す。大使は、彼女に向かって片手をゆっくり広げたあと、彼女の言葉を待つかのように沈黙する。リディアは、これが「無心で聞く」を意味するジェスチャーであることを知っている。彼女はできるだけ簡潔に語ってゆくのだが、そうする理由の一部は、時間をかければかけるほど酔いが回ってくるからであり、細部を詳しく説明すればするほど、狂人の妄想じみてくるからだ。

〈もしそれが真実だとしたら〉テンプルが言う。〈極めて深刻な問題だぞ〉

〈それはわたしもよくわかっています。なにしろ、自分の身に降りかかったことですから〉〈彼女を騙した人たちがいた現場に、わたしも同行したのですが〉マディスンが言う。〈彼女の驚きと怒りは本物でした。それはわたしが保証します。おまけに、この問題もまだ残っている〉彼女は膝の上の箱を指さす。

テンプルはぶるっと身震いし、顔をそむける。〈君の話に欠けていたのは〉彼は改めてリディアに語りかける。〈「誰が」という点だ。ニューヨーク市警の内部に協力者がいるといっても、正体はおろか人数も不明ではないか〉

〈はい〉リディアが答える。〈その点はおっしゃるとおりです〉

〈ひとつだけ、試してみたいことが残っているのですが〉マディスンが言う。

リディアは驚いて彼女を見る。〈まだなにかあった？〉

マディスンは膝の上の箱をそっと叩く。

テンプル大使は、やるなら別の部屋で行ない、詳細は報告しなくてよいという条件つきで、マディスンの実験に許可を与える。リディアにしてみれば、否も応もない。マディスンはロビー奥の待合室を借りると、部屋の中央にある背の高い丸テーブルの上にあの箱をのせる。彼女がなにをするのかよく見ようとして、リディアはロジ人用の椅子によじ登り、座面の上で膝立ちになる。

マディスンが箱を開け、中身をゆっくりと持ちあげはじめる。リディアの体がこわばる。

水槽のなかのフィッツを見るのはこれが二度めであり、さすがに大きなショックは受けなかったけれど、前回は細部をほとんど見ていなかったことに彼女は改めて気づく。たとえば、彼の頭に施された防腐処理はひどくぞんざいで、まるで顔全体が、プラスチックと接着剤で成形されているかのようだ。さらによく見ると、保存液の屈折した光のなかでひずんでいるにせよ、いつも付けていた半透明の薄膜を外した彼の顔は、だらしなく弛緩《しかん》している。自動翻訳装置のヘルメットのすぐ下には、電子機器を挿入するため切開した部分からの出血を、焼灼《しょうしゃく》止血した痕が認められる。なぜあんな物を突っ込む必要があったのかと、リディアは考えてみる。脳に刺激を与え、活性化するためだろうか。

マディスンは落ち着きはらった顔で、水槽の横からぶら下がる部品をしきりにいじっている。ところが、だしぬけに〈ちょっと失礼〉と言うと水槽に背を向け、大急ぎで部屋から出てゆく。リディアは彼女から、極度の不快感と狼狽の波動を受け取る。どうやら、無理して平静を装っていたらしい。

リディアは、フィッツの頭とふたりだけで部屋に取り残される。

「あなたもつくづく気の毒な人ね」彼女は水槽に向かって言ってみる。声に出してフィッツに語りかけたことなど、これまで一度もなかった。どんなに優秀な通訳者であっても、つい気を抜いてロジ人に大きな声で話しかけることがあるものだ。リディアも就職まえのトレーニング中に、何度かやってしまったのだが、フィッツにはやらずにすんでいた。「通訳がそういう失敗をするって、知ってた？　だけどこの種の話も、たぶんわたしの前任者から聞いてるでしょうね。あなたはいつだって、彼女の頭のよさを褒めていた。おかげでわたしは、彼女と比べて出来が悪すぎなければいいと、願いつづけていたんだから」

マディスンが部屋に戻ってくる。すっかり冷静さを取り戻した彼女は、〈ごめんなさい〉とリディアに詫びる。

〈いいのよ〉リディアは答える。

〈やっぱりこの機械、わたしには操作できないと思う。あなたがやってくれない?〉

〈わたし、専門家じゃないんだけど〉

〈だけどあなたは、この種の機械をずっと使いつづけている。逆にわたしは、使った経験がほとんどない〉

ここまで奇妙な装置は触ったこともないと、リディアは反論しようとするのだが、マディスンの言う〈この種の機械〉が実はデジタル機器全般であることに気づき、なにも言えなくなる。マディスンが水槽をぐるりと回したので、フィッツの顔も反対側を向いてくれたのだが、代わって彼の頭の切開された部分がより明瞭に見えるようになったから、差し引きゼロみたいなものだ。マディスンは、水槽がのったテーブルをリディアのほうにぐっと押し出す。

装置本体のスクリーンに表示されているインターフェイスは、ちっともユーザーフレンドリーではなかった。市販のソフトウェアがベースになっておらず、一般ユーザーが使うことをまったく想定していない。独自のバッテリーを備えており、どんなメガネとも接続可能で、接続したメガネが外部へのアクセスを確保しつつ、マイクロフォンの代わりとして機能する。

こういうタイプのほかの機器と変わらず、接続履歴はログとして残されており、リディアにもそのログは見つけられたのだが、案の定というべきか、操作していたあの男、またはニューヨーク市警の何者かによって、内容はすべて消去されていた。ほかにログの隠し場所があるのではと思い、リディアはあちこち探してみたけれど、装置そのものがベーシックなため、探せる場所があまりない。

〈その機械を使えば、なんらかの情報を引き出せると思う？　引き出すというのは、つまり……〉マディスンはフィッツの頭を指さす。

リディアもそちらに視線を向ける。〈つまり、彼と直接コンタクトしてみろ、と言いたいわけ？　そんなことできる？〉

〈それはわからない。こういう墓を暴くような機械、今まで誰も使ったことがないもの。だけど、彼の脳を通してあなたと会話した人物がいるのなら、記憶の痕跡ぐらいは残っているのでは？〉

その可能性はありそうだった。〈でも、なぜわたしがやらなければいけない？〉リディアは反問する。〈あなたのほうが、わたしよりうまく彼と話ができるのに〉

〈どういう意味？〉

〈だってわたしは、ロジ人じゃないでしょ？〉

〈しかしあなたは、ほかの誰よりも彼と頻繁に話をしていた。彼は極端に非社交的な人だったけれど、そんな彼とあなたは毎日会っていた。あなたが彼をいちばんよく知っているの〉

自分が本当にフィッツをよく知っているのか、リディアは疑問に思ったけれど、ここはマディスンの言うとおりかもしれない。リディアはどれがパワースイッチか確認し、オンにしてみる。水槽がぼんやりと光りはじめ、どうやら肉体から供給されるエネルギーの代わりに、電気的なパワーが水槽内の液体を経由して頭部に送り込まれるらしい。スイッチを入れた直後から、リディアはフィッツの存在を感じはじめる。生前のフィッツよりずっと弱々しいが、彼であることは間違いない。いわば何度もコピーを重ねた結果、徐々に輝きを失って暗くなり、劣化が進んでしまった彼の別バージョンというところか。さながら、部屋に入ってきたのはいいけれど、言葉を発することのできないフィッツの幽霊が、〈わたしはまだここにいるぞ〉とリディアに訴えているかのようだ。

リディアの心は、未《いま》だ消滅していないフィッツの心の一部と難なく接続し、ある意味で彼が今も生きつづけていることを、吐き気とともに痛感する。彼女はこれまで、この装置が活性化するのは脳の言語中枢だけと考えていたのだが、実は脳のほかの部分も覚醒していて、単に活動できないよう強力に抑制されていることに気づく。フィッツは、自分がなにをされているか理解しながら、どうすることもできなかったのだ。

しかし、せっかくフィッツと接続したのに、彼女はなにひとつまとまった情報を得られない。背筋も凍るほどの不安感だけが、ひしひしと伝わってくる。まるで、悪夢にうなされながら眠っている人に話しかけ、ときどき返ってくる断片的な言葉を拾っているかのようだ。このまま聞きつづけていても、意味のある返答は得られないかもしれない。設定を微調整すれば、誰が彼を殺したか語れるよう、脳のほかの部位を抑制状態から解放できるはずなのだが、どうやればいいのだろう？　ヒントを得るため、リディアの手がインターフェイス上をさまよう。これを操作したあの男は、おそらく、フィッツの脳を経由して彼女に語りかけるモードしか使っていなかった。しかし、モードを変更することは可能なはずだ。彼女は、トグルスイッチがいくつか並んでいる画面を見つけ、試しにひとつずつオン／オフしていったのだが――

リディアは、自分が待合室の床の上で寝ていることに気づき、なぜ寝てしまったのかといぶかる。頭が割れるように痛く、上唇が濡れているのでなめてみると、彼女自身の鼻血だ。目を開けるとマディスンが見おろしている。彼女はまばたきしながら、マディスンに話しかけようとするのだが、熱いコーヒーを注ぎ込まれているかのように頭がずきずきと痛み、言葉が出てこない。リディアは顔をしかめて、頭痛が治まるのを待つ。

再び目を開いた彼女は、マディスンが手振りでなにか伝えようとしているのを見る。さかんに話しかけているようだが、リディアには彼女の声が聞こえない。彼女は黙って首を左右に振り、肩をすくめる。

マディスンは、コミュニケーション上の問題が生じたことを察したらしく、ただちにリディアが起きあがるのを助けてくれる。ここでリディアは、シャツの上に嘔吐《おうと》していたことに気づき、着替えのシャツをどこで調達しようかとぼんやり考える。彼女の衣類は、すべて外交官宿舎の自室のなかだ。マディスンに手伝ってもらいながら椅子（もちろん人間には高すぎるロジ人用の椅子）に座ると、自分がどれほど情けない状態におかれているかやっと実感する。マディスンが彼女を指さし、そのまま手をぐるっと回す。あれはたしか、「ここにいなさい」を意味するジェスチャーだ。マディスンは待合室を出てゆく。

リディアは、ロジアの言語を理解するために必要とされる能力が失われた可能性におびえながら、なんとか気持ちを落ち着かせようとする。もし本当に失ったのなら、すべて終わりだ。彼女の唯一の強みであり、天職だったロジ語通訳としての能力を、彼女はみずから壊してしまった。どれほどバカな考えに思えようと、彼女に残された最後の道がロジアへの亡命だったのに、それも頭が壊れてしまってはもう無理だし――

マディスンが人間の男性をひとりつれて戻ってくる。ダークスーツの下に若草色のシャツを着て、ぼさぼさの髪に白いものが目立つ温厚そうな中年男だ。彼はアイヴァンと名のったあと、この大使館で主任通訳官をやっていると自己紹介する。現役の通訳者で彼ほど年のいった人に、リディアは一度も会ったことがない。普通はもっと若くして燃え尽きてしまい、その後は教員になったり転職したり（たとえばドラッグの売人などに）、そうでなければそのまま引退するだけだ。

「ここにいるマディから聞いたんだが、君はひどい精神的ショックを受けたんだって？」

笑っていい状況ではないのだが、リディアはマディスンが「マディ」と呼ばれるのを聞いて、つい笑ってしまう。ロジ人をニックネームで呼ぶ人は、自分だけだろうと思っていたからだ。

リディアが笑ったのを見て、アイヴァンはさらに心配そうな顔になり、大丈夫なのかと彼女に訊ねる。

「正直言って、あまり大丈夫じゃないです」

アイヴァンはうなずくとマディスンにちらっと視線を送り、それから改めてリディアに向きなおる。「マディは、もし君がなにか見つけたのなら、それはなんだったのか知りたがっている」彼の口ぶりから、この部屋でふたりがなにをやっていたか、マディスンが彼にまったく説明していないことがわかる。リディアはこう質問されて、初めて自分はなにを見つけたのだろうと思い出してみる。設定を変更したとたん、頭のなかを絶叫がつらぬいた。飛び込んできた生《なま》の激痛は、今までの人生で最悪のものであり、即座に意識を失った。彼女はアイヴァンにこう語り、アイヴァンはマディスンに伝えてゆく。

「ということは、なにも得られなかったのか？」マディスンに代わってアイヴァンが訊く。

いいや、そんなことはない。絶叫のなかに、彼女はたしかに聞いていた。リディアは、生前のフィッツが誰のことを話しているか、いちいち名前を言われなくても推測できるようになっていた。フィッツの話し方に、その人物を彼がどう思っているか、感情的な要素がはっきりと反映されるからだ。そしてあのときも、激しい痛みを感じていたにもかかわらず、彼女はフィッツが自分を苦しめた人物について語る声を聞き、その人物を正確に特定した。実は、外交官宿舎でフィッツの幽霊と話しているとリディアが思い込んでいたときも、本物のフィッツはその名を彼女に伝えようとしたのだが、結局リディアは気づかなかった。それがさっき、突如リディアは、激流のように襲ってきたフィッツの声を聞き取ることができた。

ここまでの話を、アイヴァンがマディスンに通訳してゆくあいだ、リディアは今すぐやらねばならないことが、ひとつあったのを思い出す。彼女は、椅子からおりるとよろめきながら水槽まで歩いてゆき、パワースイッチをオフにする。そして、フィッツの頭からヘルメットを外し、ケーブルをすべて引き抜いたあと、完全に壊れてしまうまでヘルメットをテーブルに叩きつける。

終幕

待合室のなかを、リディアはいらいらと歩きまわる。のんびりしている場合ではないのだ。あの男が逃げるかもしれないし、それどころか、すでに街を出ているかもしれない。リディアの直感は、彼が犯人ではないと告げているけれど、ここ数日の出来事のせいで、彼女はみずからの直感が信用できなくなっている。

この件を、リディアがさっさと片づけたいもうひとつの理由は、できるだけ早く病院に行って今の自分の症状は恒常的かどうか、神経科医に診てもらう必要があるからだ。彼女は依然として、ロジ語を話すことも聞くこともできなかった。こんな病気、聞いたこともなかったし、LSTLでも教えてくれなかったので、怖くてしかたない。

ちょっと明るい気分になったのは、アイヴァンが清潔なシャツをどこかで見つけ、わざわざ持ってきてくれたときだ。青と茶のボーダー柄のポロシャツで、横ストライプは太ってみえるような気がしてふだんは着ないのだが、このシャツは割と気に入った。

ネット上には、マンハッタンを爆走してゆく彼女の映像がいくつもアップされており、リディアはもっと自分を元気づけなければと思い、次々に観てゆく。短い動画をつないで、出発からゴールまでを一本にまとめようとしたとき、通訳エージェンシーのマラート支社長から電話が入る。リディアはしぶしぶ応答する。

「大事な用件ですか?」彼女は支社長に訊く。「わたし今、すごく忙しいんですけど」

「いったいなにがどうなっているんだ?」

「話せば長くなるし、説明するのはやぶさかではありませんが、今はちょっと――」

「こっちにもニューヨーク市警が来たぞ。君が警察の証拠品保管庫から、なにか盗んだと言ってる」

「それは違います。マディスンが許可を得て回収しようとした物を、かれらが引き渡そうとしなかったから、わたしも自分の仕事をやっただけです」

「外交官ナンバーの高級車で、マンハッタンの街を時速百マイルで暴走することが、君の仕事だとは思えないがね」

「その情報も不正確です。わたし、八十マイル以上は出してません。出ていたとしても、八十五どまりです。支社長はつねづね、通訳の責務とは、担当するロジ人のため最善を尽くすことであるとおっしゃってますよね——警察のためではなく。わたしは、言われたとおりのことをやっただけです」

マラートが嘆息する。「どっちにしろ、調査することになるだろう」

「また調べられるんですか？　嬉しくて泣きそう」

「でもわたしが電話したのは、こんな話をするためではない」

「じゃあ今のはぜんぶ前置き？　本当の用件はなんです？」

「君が通訳としてつくロジ人を、マディスンに変更することになったから、承諾してもらいたい。おい、なぜそんなに笑うんだ？」マラートが苛立《いらだ》たしげに訊く。

数分後、リディアとマディスンは大使館の正面玄関から外に出てくる。リディアが運転してきた公用車は修理が必要なので、ふたりは路上に駐まっている別の公用車に乗るのだが、その車の前後にぴったりつけて、二台のパトカーが停車している。リディアは、反対側の車線にもう一台待機していることに気づく。

正門を出たところから公用車までの路上には、大使館と市警が合意したとおりの間隔で、制服警官が点々と立っている。リディアとマディスンが歩いてゆくと、かれらの頭も同時に動き、サングラスタイプのバカみたいなメガネの下で、すべての目玉がふたりのあとを追う。

ここに至るまでの経緯は、けっこう複雑だ。まず警察署内での行為に対し、マディスンは訴追を免れる。彼女が奪った証拠品は現在ロジアの領土内にあるから、ニューヨーク市警は返却を強制できず、加えてフィッツの遺体の保護に失敗したのはかれらの過失であるため、大使館に対するいかなる抗議も重大な結果を招くであろうとロジア側から警告されたら、沈黙せざるを得ない。もちろん、外交官特権のないリディアは免責されないけれど、証拠品強奪の幇助《ほうじょ》についてはマディスンの指示に従っただけなので罪には問えず、逮捕の事由とするなら危険運転のほうだ。ただし、大使館の正職員に事実上雇用され、その職員の命令で勤務中だった場合は、いかなる罪でも起訴することはできない。そもそも、NYNUで彼女を逮捕した制服警官たちは、かれらの職務権限を逸脱していたのだ。そこでマディスンは、アイヴァンを通じてマラート支社長に連絡を取り、リディアを自分の専属通訳として大使館に出向させるよう依頼し、リディアも契約変更を了承した。だからリディアが大使館を出ても、警察は彼女を——マディスンが一緒にいるかぎり——絶対に逮捕できないのである。

もちろんロジ語の能力を失った今、リディアがマディスンの通訳として働くことは不可能だ。でもそんなこと、ニューヨーク市警には知る由《よし》もない。どっちみち今回の外出にあたっては、リディアがひとりですべてを行なわねばならなかった。

だからこそリディアは、この頭痛を鎮める薬かなにか買うため、途中どこかに立ちよれないかと考えてしまう。

目的地へ向かうあいだ、リディアは尾行や監視をされていないか何度も確かめる。すでに大使館は、警察がマディスンの業務に干渉したり彼女を見張ったりするのは容認できないと明言し、大使館のシカゴ移転をほのめかすことで、ニューヨーク市長を味方につけていた。それでもリディアは、警察が本当に命令を守るかどうか疑っている。

ふたりが向かっているのは、ミートパッキング地区にある一軒の家だ。あの通りに立つほかの建物と同じく、問題の家もかつてはおしゃれな店舗かレストランだった。昔は流行の最先端をいく街だったのに、今ではすっかりさびれてしまい、奇抜な内装の空き家だけが延々と並んでいる。リディアは事前の連絡をしておらず、だから彼がまだその住所にいることを、願うしかない。

あの男の名前を警察に伝え、すべてをまかせるほうがずっと簡単だったろう。でもそれをやったら、この事件を自分たちの手で解決する最後のチャンスを、放棄することになってしまう。

リディアがドアベルを鳴らし、ふたりは待つ。リディアがもう一度鳴らそうとした矢先、インターフォンが応答する。

「なんだ、君か」リディアは、アンダーズ・リュートンの声に不安の影を聞き取る。どうやら彼は、リディアが来ることを予期していたらしい。今日一日だけで、あの事件にどれほど大きな進展があったか、彼は知っているのだろうか？　もし彼がここで息を潜め、誰とも接触していなければ、それがいちばん望ましいのだが。

「お久しぶりです。今日は、ロジア大使館のマディスンと一緒に来ました」リディアは、ふだんは絶対に使わないプロの通訳のはきはきした口調で言う。「マディスンは、連絡が遅くなったことをお詫びしたいと言ってます。なにしろこのところ、ちょっと取り込んでいたものので」

「だろうね。あれは本当に気の毒だった」

「たしかにこの一週間は、すごくたいへんでした。でもそのせいで、あなたのイベントの予定を狂わせてはいけないと、わたしたちは考えたんです。だってあれを実行することは、フィッツに捧《ささ》げる最高の贈り物になるんですもの」

沈黙。彼は餌に食いついてくれるだろうか？

「それを聞けて、とても嬉しいよ」アンダーズが答える。

「だから、もしよければ――」

「ああ、いま開ける」

ドアが横にスライドして開く。リディアとマディスンは、なかに入ってゆく。

アンダーズは二階にいた。ショップだったころの名残は、二階にも随所に感じられる。飲み物の自販機が一台あり、ウィンドウの前には靴の展示什器《じゆうき》が置かれ、そして天井からは〈お客さまサービスデスク〉と書かれた看板がぶら下がっている。リディアは、これらがもとからこの店の物だったのか、それともほかの店から持ち込んだ物なのかと疑う。

リディアとマディスンが、床の上をアンダーズに向かって歩いてゆくと、彼は窓のそばに置かれた巨大なビーンバッグ（直径約二メートル）から立ちあがり、年代物の自販機に入ったソフトドリンクをふたりに勧める。リディアは遠慮し、マディスンはもともと摂取できない。

「じゃあ、別のものを飲む？」カクテル・キャビネットの前に移動し、グラス類を手振りで示しながらアンダーズが訊く。

「どうぞおかまいなく」リディアは、彼から目を離すなと自分にいい聞かせる。メガネ型端末に、彼の言動をすべて記録するためだ。そして、笑顔を絶やさないよう努力する。当然アンダーズも、どこか変だと感づいているはずだが――たとえば、そろそろ夜になるこんな時間に、仕事で訪問するのはおかしいとか――リディアたちに帰れと言ってしまうと、疑惑の目で見られることもわかっている。「連絡もせず、急に押しかけてごめんなさい」

「いや、そんなのはいいんだ」自分用のハイボールをかき混ぜながら、彼が言う。

「わたしたち、劇場に行くところなんだけど、まだちょっと時間があるし、この機会にあなたの話が聞きたいとマディスンが言ったので、立ちよってみました」

「へえ？」彼はハイボールをひとくち飲んでから、マディスンの顔を見る。「今夜はなにをご覧になるんです？」

リディアは、この質問をマディスンに通訳するふりをし、答を聞いているような顔をしながら、自分のメガネに今夜この近辺で上演中のショーのリストを呼び出す。そして、あらかじめ考えておかなかった自分を呪う。「『最低の世界』です」リディアは答える。

アンダーズがうなずく。「個人的には、原作小説の解釈が凡庸に過ぎると思ったけれど、歌はなかなかよかった。あなたの感想が聞きたいところですね」

「わたしたちも楽しみにしてます。でもわたしとしては——」リディアは片手を胸にあてる。「この機会に、先日会ったとき失礼なふるまいにおよんだことを、お詫びしたいと思って」

アンダーズはリディアに向きなおる。あの件をまだ根に持っているのは確実だが、彼はいかにも寛大そうに片手を振ってみせる。「もう水に流したよ。それはさておき……」彼はマディスンに視線を戻す。「ぼくのイベントはどうなります？」

「そう、それなんだけど」リディアが答える。彼女は室内を見まわす。今ここには三人しかいない。躊躇する理由はないし、本題に入るなら今だろう。「わたしたちが特にあなたと相談したいのは、フィッツの書類を調べていて発見した、彼の最後のプロジェクトについてです。非常に興味深い内容だから、あなたのイベントに連動させれば、さぞ素晴らしくなると思って」

「なるほど」

「そのプロジェクト、なんとVRゲームなんです」

一瞬アンダーズが固まる。「それはたしかに興味深いな」

「でしょう？　あんなプロジェクトが存在したなんて、今まで誰も知らなかったんですが」リディアはたたみかける。「あなたは知ってましたか？」

アンダーズはゆっくりとリディアに顔を向け、ほほ笑む。「なぜぼくが知ってなきゃいけない？　あのフェスティバルの最終日まで、ぼくは彼に会ったこともなかったのに」彼はカクテル・キャビネットまで戻り、グラスを置くと氷をいくつか追加する。それから膝をついて下の扉を開け、なかに置かれたボトルを並べ替えはじめる。「悪いけど、そのプロジェクトがぼくのイベントに適しているとは、ちょっと思えないね」

「でもあなた自身が、あなたが企画するイベントは、異文化間の共同作業として理想的だと言ってたじゃないですか」リディアが食いさがる。

「しかしメインになるのは、パフォーミング・アーツだ」彼はボトルを一本わきにずらし、キャビネットの奥に手を突っ込む。「演劇、音楽、詩の朗読、ダンス――」ふり返った彼の手には、小さな拳銃が握られている。アンダーズが発砲すると、3Dプリントの拳銃に特有の安っぽい音が響く。リディアはすぐ脇にあるビーンバッグの上に倒れ込みながら、マディスンに届かないことをすっかり忘れ、心のなかで〈気をつけて！〉と叫ぶ。激しい頭痛が、牙をむきながら戻ってくる。

　幸いアンダーズは射撃が下手だったので、彼が撃った銃弾は大きくそれて靴の展示什器にあたる。彼は拳銃を構えなおしてリディアに向けるが、リディアがビーンバッグから急いで転がり出たため、アンダーズの二発めはビーンバッグに吸い込まれる。リディアは片足を伸ばし、アンダーズの脛《すね》を思いきり蹴る。その痛みに彼は小さく叫び、拳銃を持った手が横に流れる。

その瞬間、マディスンの長い腕が弧を描きながら降ってきて、アンダーズの肘と手首のちょうど中間に強烈な一撃を加える。彼は拳銃を床に落とすが、そのまえにリディアの耳は、骨が折れたような音をとらえる。それが聞き間違いでなかったことは、彼の悲痛な叫び声が証明してくれる。アンダーズは、今は逃げるしかないと判断し、よろめきながらマディスンの横をすり抜けようとするが、マディスンはひょいと片腕を出して彼の体を引っかけ、ビーンバッグの上に放り捨てる。彼は、落下の衝撃をやわらげようとして反射的に骨折したほうの手をついてしまい、再び泣き叫ぶ。でも今度の悲鳴はさっきより大きく、なかなかやみそうにない。

リディアはマディスンに向かい、サムズアップをしてみせる。でも実をいえば、彼女が事実上の用心棒として働いてくれたことを面白がっている。

マディスンが床の上を指さす。リディアがそちらに目を向けると、クマの敷皮（たぶんフェイク）の顎のところに3Dプリントの拳銃がのっている。リディアはアンダーズが気づくまえに拳銃を拾いあげ、急いで銃口を彼に向けるが、彼に抵抗する気力はもう残っていない。痛みに顔をゆがめながら、ビーンバッグの上でめそめそ泣いている。この男、自分が置かれた状況を理解してないのかと、リディアは疑う。それなら彼女がわからせてやろう。

「これって、すべてを自白したのと同じだからね。わかってる？」

「その化け物、ぼくの腕を折りやがった」アンダーズが答える。「救急車を呼んでくれ」

「呼ばなきゃいけない？　たった今、わたしたちを殺そうとしたあなたのために？　もう忘れちゃった？」

アンダーズはようやく目を開き、リディアを見る。まだぐずぐず泣いており、洟《はな》をたらして唇の端に唾をためている。「ぼくを殺すつもりか？」

「正直に答えてあげる」リディアは、手のなかに拳銃の重量を感じながら言う（彼女が銃を持つのはこれが初めてで、実はその軽さに驚いている）。「今は殺してやりたい」

アンダーズは悲しげにうめき、再び泣きはじめる。

「だって、わたしのボスの頭にあなたがなにをやったか、わたしは見てしまったんだもの」

「ぼくはあの装置とは無関係だ。誓ってもいい。あんな物、ぼくにセットできるわけがない」

「わかった。それは信じてあげる。でも、フィッツを本当に苦しめたのはあれではなかった。あなたが毎日、彼のふりをしてわたしに話しかけていたことが、彼にはいちばんつらかった。自分がなにをされているか、彼はわかっていたのね。それはあなたも知っていたんじゃない？」

アンダーズは、謝罪の言葉らしきものをつぶやく。

「いいえ、話はまだ終わってない。あなたが彼を通してわたしに嘘を吹き込み、そのあとわたしを使って大スキャンダルを捏造《ねつぞう》しようとしたことについては、これから話して——」

「あれを考えたのはぼくじゃない」

「じゃあ誰？」

「ブース教授だ。ブースがぼくを雇い、シナリオを書かせた」

リディアは、彼のもう一方の腕もへし折ってやりたくなる。「ブースがあなたに、なにをやらせたって？」

「あのゲームを含む主な素材は、かれらが準備した。その後かれらは、殺人犯に仕立てあげる目的で、自殺したあの娘を見つけてきた。ぼくに与えられた役割は、すべてを彼女に結びつける筋書きを考え、君をそのなかに誘導することだった」

「なぜあなたが選ばれた？」

「まえにも言ったとおり、ぼくはデバイスド・シアターを主宰していたからだ。そして――」

「待って。ということは、わたしが会ったあの連中――オンディーン、マリウス、トッド――は、全員役者だったの？」

アンダーズはうなずく。

「だけどブースは、本物の教授なのね？」

「あの女、ぼくのシナリオにケチをつけやがった。細部が複雑すぎると言うんだ」彼は苦笑する。「でも君が相手なんだから、複雑にするしかないだろ？　単純すぎたら、信じてもらえないものな。君の反応に合わせて、さまざまな状況を急いで設定しなければいけなかったし、とにかく手近なもので間に合わせる必要があったから、途中であきらめてしまった細工も――」

「あなたはそれをぜんぶ、仕事としてやったわけ？」

「そうだよ。なんとか自分の個性を反映できたと思ってる。しかし――」

「しかしブースには、ほかに複数の共犯者がいた。そういうことね？」

アンダーズは黙り込む。

「あなたさっき、自分でかれらと言ったじゃない。主な素材はかれらが準備したって。たとえばあのゲームを制作したのは、ブースじゃないわよね？　背後には別のグループがいて、そいつらがニューヨーク市警の内部の人間まで抱き込んだ。違う？」

アンダーズは口をつぐんだままだ。リディアはふと思う。もしかすると、いま彼はニューヨーク市警の仲間に直通のショートカットを発信しており、すでに警官がこちらに向かっているのではないだろうか。もしそうなら、あまり時間はない。彼女はアンダーズの隣にしゃがむ。

「もう逃げられないと、自分でもわかってるんでしょ？　やつらはあなたに、なにが起きようと口さえ割らなければ、必ず助けてやると約束したんじゃない？　ところが問題は、あなたは黙っていられず、自分がやったことに加えてほかに共犯者がいることを、たった今わたしに――」

「そんなこと、ぼくはしゃべってないぞ」

「残念ながらしゃべったのよ。わたしに自白してなお、あなたはかれらが自分を助けに来てくれると、本気で信じているわけ？」リディアは窓の外を見やる。実際に警察が来るという確証はないが、少なくともまだ到着はしていない。「やっぱり来てくれないみたいね。かれらは今、大使館とすごく険悪なことになってるから、あなたを相手にしている暇なんかないの。自分たちの砦《とりで》にこもって守りを固め、あなたなんか絶対なかに入れてもらえない」比喩的に語るべきでないのは、自分でもわかっていたけれど、アンダーズはこの種の表現に慣れているから大丈夫だろう。「あなたのような人に片っぱしから狂人のレッテルを貼るのは、かれらにとってすごく簡単なこと。あなたがどうなろうと、かれらの知ったことではない。そしてかれらは、なにを訊かれてもすべて否定し、行動記録を抹消し、あなたひとりに全責任を負わせる」

「でも彼の頭は——ぼくがあの頭を盗むのは、絶対に不可能だった。もちろんヘルメットの取り付けなんか、できるわけがない。技術がまったくないし——」

「結局あなたの共犯者たちは、都合よくすべてをもみ消すような気がする。あなたが誰に向かって自供しようと、それは変わらない。例外はわたしたちだけ」

アンダーズは当惑する。「どういうことだ?」

「わたしとマディスンは、大使館の代理としてこの件を調査している。あんなことがあった以上、大使館が警察の捜査を信用するわけないものね。ロジ人たちは、この事件にかかわった全員に罰を与えるつもりでいる。だからあなたが取引すべき相手は、警察ではないの」リディアはマディスンをちらっと見る。「あなたは、ここにいるマディスンと取引しなければいけない」リディアは、自分にそんな権限がないことを承知で、アンダーズに取引を持ちかけてしまう。そしてロジ人たちが、事後承認してくれることを願う。

アンダーズが沈黙する。彼はまた少し泣いたあと、気を取りなおしてこう訊く。「君たちめて」


はなにを知りたい？」

「あなたが知っている関係者たちの名前」

「それを教えたら、病院に連れて行ってくれるか？」

「まず大使館に連れて行き、そのあと医者を呼んであげる」

「ぼくは病院に行きたいんだ」

「もしあなたの話のとおりであれば、これはすごく大がかりな事件だから、あなたは大使館にいるほうがずっと安全なの。これが取引の内容。だから話すか話さないか、今はっきり決めて」

万が一アンダーズが痛みで失神したときに備えて、リディアは車のなかでアンダーズにしゃべらせ、自分はしばらく聞き役に徹する。彼は後部座席にぐったりと座り、リディアはうしろを向いて彼の表情を観察する。


アンダーズは、彼が知り得た範囲内で計画の全貌を語ってゆくが、接触した関係者の数はあまり多くない。ブースを別にすると、彼が話をしたのは翻訳ヘルメットを開発した数人ぐらいだ。警察関係では、外交官宿舎の外に詰めていた二名と接触しているけれど、残りふたりの警官も関与していたと彼は考えている。

「だけど、あの四人の警官をあの任務に就けた上司が、どこかにいるわけでしょ」リディアは指摘する。「それに、容疑者だったハリの捜索を妨害したり、遺体安置所から頭を盗み出した人物が……このふたつを実行したのが、外交官宿舎の四人だった可能性はあると思う？」

アンダーズは首を横に振る。「それはないだろう。もしそうだとしても、かれらが自分たちの裁量で動いたとは思えない。決定を下す人間は、別のところにいたはずだ」

「じゃあ、フィッツを殺したのは誰？」

「そこなんだよ。ぼくが知るかぎり、あれはもともとの計画にはなかったんだ」

「嘘でしょ？　あれが計画の一部ではなかったなんて、誰が信じられる？」

「あの時点で、すでに計画は動き出していた。だけど彼が殺されてから、一気に加速された。最初かれらは、ＶＲゲームの黒幕として別のロジ人を想定していた。それが具体的に誰だったか、ぼくは知らない。でもフィッツウィリアムが急死したので、これ幸いとばかり計画を変更して彼を黒幕に定めた。ここでかれらは、ぼくに協力を求めてきたわけだ。新しいシナリオを、早急に準備する必要があったからだよ。たぶんかれらも、フィッツウィリアムを殺した犯人が誰か、知らないんじゃないかな」

「あなた、本気でそう思ってる？」

「もしぼくが犯人の正体を聞いていたら、それをシナリオに落とし込まないわけないだろ。知らなかったからこそ、ぼくはジニーが犯人だと思わせるプロットを、組み立てなければいけなかった。ぼくらは、なにも語れない死人となってくれる人物を、ひとり必要としていたんだ。かれらが本当に殺人犯を知っているのであれば、かれらはあの殺人事件まで組み込んだ、よほど完璧な計画を立てていたんだろうね」アンダーズが皮肉な笑みをみせる。「逆にぼくのシナリオは、よく書けていただろ？　首尾一貫しているし、われながら感情面もリアルに表現できたと思ってる。オンディーンを演じたあの子はどうだった？　うまくやれるかどうか、ちょっと心配だったんだが……」

しかしリディアは、もう彼の話を聞いていなかった。もしかれらがフィッツを殺していないのなら、いったい誰がやった？　なんのために？

第七部

追悼の書

リディアは大使館内のゲストルームで目を覚まし、衣服を含む彼女の所持品のすべてが、外交官宿舎からこちらへ移されていることに気づく。自分の服に着替えた彼女は、朝食が摂《と》れる場所を探しに行く。廊下で男性のロジ人とすれ違ったので、話しかけようとすると、いきなり激しい頭痛に襲われてしまう。

おかげで朝食だけでなく、鎮痛剤も探さなければいけない。

@THE_HAPPENER／D-DAY／本日ニューヨークに到着したロジアの代表団が、文化担当官の殺害事件に関し要求書を提出――その内容を独占スクープ！／TR54

@SWALLOWDOWN／目には目を――ロジアの驚くべき要求！　死者の名誉回復のため、高位の政治家をひとり生け贄《にえ》にせよ／TR22

@FACTS4FRIENDS／開戦準備か？　月の裏側で多くの宇宙船を確認／TR17

昨夜大使館に戻ったあと、マディスンは今後の計画を関係者に説明し、アイヴァンがその内容をリディアのため通訳していった。決定された方針は――当面、大使館はアンダーズの確保をおおやけにしない。まずはニューヨーク市警に、この事件について詳しく説明させ、かれらがどんな嘘をつくか確認する。マディスンによると、すでにこの件は、ロジア大使館の開設以降最も深刻な外交問題となっており、さらに悪化するおそれがある。とはいえ、大使館のほうが圧倒的に強い立場にあるので、大使館が市警に突きつける要求には、交通違反を含むすべての非違行為に関し、リディアに免責特権を与えろというものが含まれる。この点について、大使館が譲歩することはない。当然ニューヨーク市警が同意するまで（同意せざるを得ないだろうが）、大使館はリディアの身の安全を確保するため、彼女を館内で保護する。

そう聞かされても、リディアは気が滅入《めい》るばかりだった。他人にロジ語を通訳してもらったことなど、これまで一度もなかったからだ。まるでＶＩＰクラブから除名されたみたいだった。かれらは、すぐに専門医を手配すると言ってくれたけれど、彼女の脳になにが起きたか適切に診断できる医師など、いるのだろうか？　いたとしても、どうやって治す？

おまけに、フィッツを殺した犯人もまだわかっていないのだ。マディスンは、隠されている証拠が出てくるはずだから、判明するのは時間の問題だと考えているらしい。なんにせよリディアが、犯人探しに参加する必要はもうなくなっている。マディスンに言わせると、すでに充分すぎるほど貢献したからだ。リディア自身も、謎解きの中心にいるべき理由がないことは承知しているが、それでも疎外感を覚えずにいられない。

　すると大使館側は、重要なようでいて実はどうでもいい仕事を、リディアに与える。その目的が、ロジアの監察官チームを大使館が受け入れ、かれらが地球側と交渉するあいだ、リディアを遠ざけておくためなのは考えるまでもない（監察官チームはすでにニューアーク空港に到着しており、今まさにマンハッタンへ向かっている途中だった）。マディスンはリディアにこう説明した。ロジアでは誰かが死ぬと、その人を追悼する本が必ず制作される。希望する人たちには配布されるし、保存用の一冊がそれ専用の記念図書館に納められる。ここでリディアは、フィッツの追悼本を彼女もほしいかと訊かれることを期待したのだが、意外にもマディスンは、フィッツは地球が大好きで、ここで働けることを誇りに思っていたから、リディアもその追悼本に文章か絵を寄稿しろと言いだす。そのあと、これが名誉なことなのを強調するためであろう、ロジ人が人間にこの種の依頼をするのは今回が初めてだ、と言い添える。

　リディアは、自分に対するマディスンの態度が大きく変わったことについて、通訳を介さず直接彼女に指摘したいと思っている。変化の原因が、リディアの豪胆さにマディスンが敬意を覚えたからなのか、それともこの事件をめぐって、信頼できる人間がリディアしかいないからなのかは判然としない。だけど今、ふたりのあいだには奇妙な絆《きずな》のようなものが確かに感じられる。ロジ語の能力が回復したら、これはぜひ訊いてみよう。

それはともかく、喫緊の課題はフィッツの追悼文をどう書くかである。リディアは作文があまり得意ではなく、うまく書こうと努力したこともなかった。昼食時までに彼女に書けたのは、あまり適切ではなさそうなエピソードがいくつかと、われながら気に入らない書き出しの文章を四つ並べた二ページ分だけだ。書きながら彼女は、あまりに月並みではないかと気にしつづけ、これを読んだロジ人たちは、なぜ人間にこんなもの書かせたのかと憤慨し、彼女のページを破り捨てるかもしれないと懸念する。そもそもこの追悼本を読む人は、どれくらいいるのだろう？ フィッツの家族と友人だけなのか、それともロジ人は、しばしば追悼本の図書館にふらりと立ちより、適当に選んだ一冊に書かれた見知らぬ故人への感謝の言葉を読むのだろうか？ リディアはまた、自分はフィッツのことをどれくらい知っていたのかと、考え込んでしまう。通訳として十か月ほど働くあいだに、彼に親しみを感じるようにはなっていたけれど、彼は自分のことをめったに話してくれなかった。それならいっそのこと、彼女の話の聞き役としてフィッツがどれだけ優れていたかを、書くべきだろうか？

なにか参考になる材料はないかと思い、簡単な英語で書かれた大使館の公式サイト中にあるフィッツのページを、ぼんやり眺めてゆく。ディスプレイ上で一冊の本のように立ちあがってくるデザインは、リディアが語学学校にいたころ流行したもので、今ではほとんど見かけない。フィッツの略歴と、彼の投稿を翻訳した文章が掲載されているのだが、もう長いこと更新されていなかった。どれもこれも、学校を卒業してこの仕事に就くとき、読んだ憶《おぼ》えのあるものばかりだ。以来、まともに再読したことは一度もない。たまにアクセスして更新の有無を確かめ、されていなければ大使館の広報に注意をうながした時期もあったけれど、最近はすっかり忘れていた。リディアは、次々にページをスワイプして送ってゆく。

すると、あるページの下のほうに埋もれていた一枚の写真で、彼女の指が止まる。書斎のいつものソファに、フィッツが座っている写真……


大急ぎで階段を駆け下り、ロビーに入った彼女は、大使の執務室へ早足で向かうアイヴァンとばったり会う。

「アイヴァン」リディアは彼を呼び止める。「ちょっとこれを見てほしいんだけど――」

「ごめん、リディア」アイヴァンが謝る。「監察官チームがさっき到着したんだが、警察が協力してくれないので、上院議員の手を借りる必要があるんだ。おかげで、スタッフが呼び集められている。悪いな」彼はこう言うと、ばたばたと歩き去ってゆく。

リディアはあたりを見まわす。彼女がロジ人に直接語りかけることはできないし、通訳は全員が大忙しだ。彼女を手伝ってくれる人はおらず、しかし待っている時間もない。リディアはひとりで、大使館職員の人事ファイルが保管されている部屋へ向かう。

最後の一致

リディアを逮捕しないという条件に、市警がまだ同意していないことを確信しながらも、彼女は大使館から出てゆく。慎重な対応が求められる今、警察もあえて波風を立てるようなことはするまいと考えたからだが、最新のフィードにアラートをセットしておいたのは、ロジ人と人間の交渉が決裂し、警察が彼女を逮捕して取引材料に使おうと決めた場合に備えてのことだ。そのときはメガネがすぐに警告してくれるから、オマワリが到着するまえに大使館に引き返そう。

リディアはひとりで公用車に乗り、外交官宿舎へ向かう。途中、大使館へ逃げ帰る必要が本当に生じてしまったら、もう一度マンハッタンを猛スピードで逃げればいい。そう考えると、少し愉快になってくる。

リディアと会うことに同意してくれた人たちよりも早く、彼女が外交官宿舎に到着したのは、もう一度フィッツが殺害された現場を、ひとりで見ておきたかったからだ。そのくせ彼女は、マディスンが先に書斎にいることを、漠然と願ってしまう。そう願う根拠はまったくないのだが、もしかするとマディスンだって、重要な証拠がまだ書斎に残っているのを思い出し、急いで取りに来ているかもしれないではないか。しかし着いてみると、やはり書斎には誰もいない。ドアを入ってまず目を向けたキャンバスには、一面の星空が表示されている。いったい誰がこの部屋に最後に入り、こんな画像を表示させたのだろう？　それともこれがデフォルトなのか？

ドアベルが鳴った。書斎の窓から外を見ると、ロロが通訳のディオンを伴ってドアステップに立っている。リディアは玄関前の通りをざっと眺め、かれらふたりしかいないことを確かめる。駐まっているパトカーも正面の一台だけだ。リディアはメガネに、今の路上の風景を過去数か月間のものと比較させる。現在駐車中の車は、すべて近隣住民のものらしい。

リディアは玄関ドアを解錠し、ロロとディオンを廊下に迎え入れる。

「君が直接連絡してくるなんて、意外だったよ」ロロが言う。

「驚かせてごめんなさい」

「市警内部に重大な疑惑があると主張する人たちのなかに、君も含まれているんだって？」

「今回来てもらったのは、それとは関係ない」リディアは肯定も否定もせず、ディオンに向きなおる。「マディスンはまだ到着していないの。だけど、わざわざ来てくれてありがとう」

「どういたしまして」ディオンはうっすらとほほ笑む。

「怪我のほうは大丈夫なのか？」本気で心配しているような口調で、ロロがリディアに訊く。

「ええ、頭をちょっと打っただけ」彼女はそれ以上の詳しい説明をしない。「だけど、二、三日は無理をするなと医者に言われてる」

リディアは、ロロとディオンをこの書斎におびき寄せるための嘘を、複雑にしすぎないよう注意した。すなわち、マディスンがロロに会いたがっているけれど、自分は頭の怪我でうまく通訳できず、しかし大使館の通訳はみんな出払っているので、ディオンも連れてきてほしいとロロに頼んだのである。最後の点については、よけいな疑念を抱かせないようあえて強く押さなかった。だが同時に、ディオンが来ることをマディスンは期待しているから、ロロが協力してくれれば感謝するだろうし、今の厳しい状況下で、彼の協力は大きな意味をもつだろうと吹き込むことも忘れなかった。さらにリディアは、マディスンの持ってくる情報が、市警とロジア大使館の対立を和らげるのに役立つかもしれないという餌を、ロロの鼻先にぶら下げた。そして通訳の仕事ができなくなっているのに、なぜリディアが同席するのか、疑問に思われないことを祈った。

「で、マディスンが持ってくるという情報は、フィッツウィリアムの事件に関するものなんだね？」ロロが訊く。

リディアはディオンの反応をうかがうが、まったく変化がないので、じっと見つめるわけにもいかない。「そうよ。どうやら、大使館のスタッフのひとりが怪しいみたい。だけど、詳しいことはわたしも知らないの。とりあえず、書斎のなかでマディスンを待たない？」リディアは、先に入ってくれとロロたちをうながす。もちろん、ディオンがどう行動するか確かめるためだ。予想に違わずディオンは、キャンバスの絵をちらっと見たあと、キャンバスに背を向けて立つ。

「マディスンが遅れてごめんなさい」リディアはふたりに詫《わ》びる。「でも今日の大使館は、なにかとあわただしくて」

ディオンは無言のまま、窓のほうを見ている。

リディアは意を決して口を開く。「あなた、前回ここでわたしに会ったとき、自分がフィッツの最初の専属通訳だったことを、教えてくれなかったわね」

一瞬ディオンは、自分が話しかけられたことに気づかない。「そうだったかしら」

「わたし、ちっとも知らなかった」

「わたしのほうは、あなたが知らなかったことを知らなかった」

「大使館で人事ファイルを見て、やっと確認が取れたの。こういう情報って、自分の仕事を引き継いだ人に初めて会ったとき、教えて当然だと思うんだけど」

「あなたは知ってると思ったのよ」ディオンが答える。「フィッツウィリアムは、わたしについてなにか言ってなかった?」

「ときどき話してくれた。だけど、名前は一度も聞いてない。いつだって〈君の前任者〉としか言わなかった。燃え尽きたから辞めたとフィッツは言ってたけど、そうなの?」

ディオンは曖昧にうなずく。「まあね。あの仕事、わたしには荷が重すぎた」

「だけど警察の仕事は務まるんだ?」

「一日じゅう通訳をしているわけじゃないもの。出番のない日が、何日もつづいたりするし――」

「ということは、転職はあなたの意思だったのね？」

「もちろん」ディオンは視線を出口のドアに飛ばし、すぐリディアに戻す。ロロは険悪な空気を嗅ぎとってはいるが、なにが起きているかまったく理解できない。

このときキャンバスに表示されていた星空の絵が、リディアが期待したとおりの画像に変わってゆく。彼女はキャンバスを手で示す。「不思議ね。わたしは、ここに十か月住んでいたんだけど、一度もこの絵を見たことがなかった」

ディオンがふり返ってキャンバスを見る。そこにあったのは、マディスンがキャンバスを修理した直後に表示された、あの陰鬱な田園風景だ。「そうなの」

「でも例外が一度だけある。それは、フィッツを撃った銃弾が空けた穴を、マディスンがふさいだとき。つまり、フィッツが射殺されたまさにその瞬間、キャンバスにはこの絵が表示されていたのね。大使館の公式サイトにあるフィッツのページには、書斎のソファに座る彼の写真が一枚掲載されているんだけど、彼の背後にあるこのキャンバスにも、これとまったく同じ絵が写っていた。サイトの写真は、わたしがニューヨークへ来るまえに撮られているから、当然わたしは、これはフィッツが撮影の時点で頭に描いていた風景なのだろうと思ってしまった。でもすぐに、この絵を彼の心象風景と断じる理由はない、ということに気づいた。だってこの写真が撮られたとき、彼はひとりではなかったんだもの。ドローンを使った自撮りなんか、フィッツにできるわけないし、彼は写真が必要なとき必ず誰かにお願いしていた。ということは、フィッツ以外にもうひとり、カメラを持った人物がこの書斎にいたのよ」

「だから？」ディオンが訊く。しかしこの質問の答は、彼女自身がいちばんよく知っている。

リディアはディオンに一歩近づく。

「この写真を撮影したのは、あなただ」

ディオンはまばたきする。「そんな憶えはないけど」

「あなたが撮ったのよ。写真のメタデータを確認したもの。撮影者ディオン・ダルトンとなっていた。そしてすべてが、きれいにつながっていく」リディアは、眼前で謎が解明されてゆくことに当惑しているロロを一瞥《いちべつ》したあと、ディオンに視線を戻す。そして、自分の前任者をついに追い詰めたと確信するのだが――

そのとき正面玄関のドアが開く。

「誰よ、こんなときに」リディアはむっとして玄関のほうに顔を向ける。

「マディスンじゃないか？」ロロが言う。

「ああ、かもしれない」リディアは、自分の嘘をとりつくろうべきか、それともディオンに対する告発をつづけるべきか迷う。どちらにすべきかは、もちろん誰が来たかによるけれど――

書斎に入ってきたのが本当にマディスンだったので、リディアは困惑してしまう。

「こんにちは」ロロがマディスンに挨拶する。「あなたがここでわたしたちに会いたがっていると、ミズ・サウスウェルから聞いたんですが？」

マディスンの返事をディオンが通訳してゆく。「それはなにかの間違いですね。わたしは書類を取りに来ただけです。この微妙な時期に、あなたたちがここにいるのは適切ではありません。あなたを含めて」最後のひとことは、リディアに向けられている。

「それは失礼しました」ロロはリディアに向きなおる。「君はわたしたちに、嘘をついたんだな」

「いえ――」リディアは弁解する。「彼女が会いたがっているというのは嘘だけど、ほかの話は――」

「実をいうと、われわれはこの女を探していたのです」ディオンはリディアを指さしながら、マディスンの通訳をつづける。「フィッツウィリアムを殺した犯人が彼女である証拠を、われわれに発見されたため、彼女は大使館から逃亡しました」

「なんですって？」リディアはマディスンの顔を見る。「あなた、いったいなにを言ってるの？　あなただって、そんなこと絶対に――」だが、ここでリディアはなにが起きているか悟り、今度はディオンを睨《にら》みつける。「いいえ、あんなこと、マディスンはひとことも言ってない。あなたが勝手にでっち上げているんだ。フィッツを殺したのはあなたよ。わたしがそう言いかけたとき、マディスンが入ってきて――」

「ディオンにはアリバイがある」ロロが口をはさむ。「被害者の元通訳ということで、当然ディオンも調べられた。彼女はここの警備システムを熟知しているし、彼女の前では被害者も警戒を解くだろうからな。しかし事件が発生したとき、彼女は署内にいた。目撃者もいれば記録も残っている」

「その目撃者というのは、ここに詰めていた警官たち？　かれらも共犯よ。かれらがここでの勤務記録を捏造《ねつぞう》し、署内の記録も改竄《かいざん》したんだ。彼女をかばうために」

「その告発が真実でなかったら、君はたいへんなことになるぞ」

「彼女を今すぐ逮捕すべきだと思います」ロロに向かい、ディオンが冷静に提案する。「このまましゃべらせておくと、事態がいっそう混乱するだけです」突然ディオンが優位に立つ。今や彼女は、言いたいことをなんでも言える立場にいた。リディアはマディスンに現状を説明しようとするが、脳が有刺鉄線で縛られているかのように、言葉はまったく出てこない。

「そうだな」ロロはディオンに同意し、ベルトから手首用の拘束テープを引き出す。「壁のほうを向いて両手をうしろに出せ」

「彼女の言ったことだけで、わたしを逮捕するの？」リディアが訊く。

「証拠を見つけたとマディスンが言うのであれば――」

「違う、マディスンじゃない」リディアはディオンを指さす。「彼女よ！　ディオンは嘘をついてる！　あんなこと、マディスンは言ってない！」

うんざりしたロロはリディアの肩を強く押して壁を向かせる。「ほら、さっさと手を出せ」

リディアが顔を横に向けてマディスンを見ると、まだ戸口に立ったまま首をかしげている。この状況を、彼女はどう解釈しているのだろう？　もしフィッツを殺したのがリディアであると、彼女が本当に信じているとしたら？　もし彼女が本当に、なにか新しい証拠を見つけていたら？

ロロが拘束テープをリディアの手首に巻きつける。リディアは目の隅で、ディオンがドアに向かって歩きはじめたのを見る。たぶん彼女は、なにが起きているかマディスンに説明しており、ここから立ち去る言いわけをしているのだろう。もしディオンをこの外交官宿舎から出してしまったら、すべて終わりだ。リディアが取り調べを受けているあいだに、彼女は逃走するだろうし、そのまま行方をくらましてしまう。

するとマディスンが片腕を伸ばし、ドアの前をふさぐ。ディオンは、伸ばされた腕と反対側から、マディスンとドアのあいだをすり抜けようとするが――

マディスンはもう片方の腕を伸ばすと、そちら側もふさいでしまう。マディスンがディオンの嘘に気づいたのだと知って、リディアは少しほっとする。これで自分も逮捕されずにすむ。

するとディオンは拳銃を取り出し、マディスンに向ける。ドアをふさいでいたマディスンの両腕が、ゆっくりと下りてゆく。

ロロの反応は迅速だった。彼は自分の拳銃を構えると、ディオンに向かって銃を捨てろと大声で命じる。

ディオンは彼の命令を無視する。彼女はさっとふり返り、今度はリディアに銃口を向ける。ほんの一瞬にせよ、ディオンの銃は誰も狙っていなかったのだから、もしロロがこの間にディオンを撃っていれば、誰も危険な目に遭わずにすんだだろう。だが彼は貴重なチャンスを逸してしまい、今やリディアの命は、ディオンの手に握られている。

「あなたがわたしを撃ったら、すぐに彼があなたを撃つからね」リディアは彼女に警告する。

「あなたはここから逃げられない」

ディオンは返事をしない。リディアは、ディオンが自分を殺すことで頭がいっぱいになっており、ほかになにも考えていないのではないかと不安になる。

「本当はあなた、この仕事を辞めたくなかったんでしょう?」ディオンの気をそらすため、リディアは訊いてみる。「だけど、フィッツに辞めさせられた」

銃をリディアに向けたまま、ディオンがうなずく。

「理由はなんだったの?」

ディオンは唇を噛《か》む。「わたしが彼の心に踏み込んだから」

そういう能力が存在することは、LSTLで聞いたはずなのだが、リディアはきれいに忘れていた。「踏み込んだというのは?」

「わたしは……自分が彼の心のずっと深いところまで、入っていけることに気づいた。でも彼は、それをわたしにやらせたくなかった」

「そんなこと、できるわけない」

「それが可能であることすら、学校が教えないのは、試そうとする学生がいると困るから。いずれにせよ、あれができる人間は数えるほどしかいない」

「そうか、だからみんなあなたのことを、最も才能のある通訳だと言っていたんだ」

ディオンの頬がゆるむ。「わたし、そんなこと言われてたの？」しかしその微笑は、すぐに消えてゆく。「わたしはやるまいと努力した。でもときどき、なにかの拍子で踏み込んでしまうものだから……ついもっと探りたくなった。わたしは、フィッツウィリアムが心の奥に秘めているものを、狂ったように知ろうとした。そしてとうとう、彼に気づかれることなく、彼の心に出入りする方法を身につけたんだけど――」

「フィッツにばれてしまったのね？」

「彼がまだ言葉として発していなかった思考を、わたしが先にしゃべったものだから……彼はすごくショックを受けていた。彼は、わたしが通訳エージェンシーを辞めるのであれば、この件は誰にも言わないと約束してくれた」

「それで警察に再就職したんだ」リディアは、まだディオンに銃を向けているロロを見る。

「彼女にこんな能力があることを、あなたは知ってた？」

「わたしは……」ロロは口ごもる。「いや、知らなかった」

「彼女はこの力を、警察の仕事で使っていたの？」

「それをやったら犯罪だ」

「当然そうでしょうよ。でも、彼女はやってたんじゃない？」

「わたしが知っているのは……彼女がときどき、特別な事件の捜査で呼び出され……それ以上のことはなにも知らない。誓うよ」

リディアは再びディオンを見る。「じゃあなぜ、彼を撃ったの？」

冷ややかだったディオンの顔が、いきなり悲しげにゆがむ。「わたしは……彼の声をどうしても取り戻したかった」

これがなにを意味するか、リディアは理解できない。「つづけて」

「わたしはフィッツに、呼び戻してもらいたかった。彼のため、もう一度働きたかった。ロジ人の声——というかフィッツの声——だけが、わたしにとっては唯一の真実だったし、失って初めて、自分がどれだけその声に支えられていたか気づいた。わたしは……人間が我慢できなかった」

「それでフィッツは、戻ってきていいと言ってくれた?」

「はっきりとは言わなかったけれど、そんなようなことを伝えてきた。でもわたしは、彼がわたしを怖がっており、嘘をついているのに気づいた。なぜあんなことをしたのか、自分でもわからない。彼を撃ったのは憶えているのに、そのまえのことは霧がかかったみたいで……」

リディアはうなずく。「あなたは酔っていたのよ」

「いいえ、わたしは酔わない。わたしの強みのひとつが、酔わないことだもの」

「それならわたしに嫉妬していたの? あなたが彼の声を聞けないのであれば、わたしにも聞かせたくなかったんじゃない?」

ディオンの態度は、すでにさっきとはまったく変わっている。懇願するような表情で、彼女はつづける。「彼を撃ってしまったあと、わたしは自首するつもりで署に行き、スタージエス警部にすべてを話した。ところが警部は、自分がなんとかしてやるから、わたしは黙っていればいいと――」

ロロがぎょっとして訊き返す。「スタージェスが？」

「彼の課にとって貴重な人材であるわたしを、失うのは忍びないから、守ってやると彼は言い――」

「あなた、市警が死んだフィッツになにをやったかわかってるの？」

「あれが警察のしわざだなんて、わたしはちっとも知らなかった。かれらがフィッツの死を、あのゲームに組み込んでしまったことも……ゲームには別のロジ人が使われるとばかり、思っていたんだもの。やがてすべてが、次々と解明されはじめ……」

リディアは怒りを抑えて、「あなたの気持ちはよくわかった」と言う。その口調は、ディオンに同情して慰めているかのようだったけれど、リディアは、もしロジ人に同じことを言ったら、すぐに本心を見破られていただろう。なぜならリディアは、心の底で、すべてにおいてディオンは許しがたいことをやったと憤っているからだ。なんといっても、フィッツを殺したという事実に加えて、彼女の犯行のせいで陰謀がより巧妙になり、リディアはいっそう苦しむことになったのだ。もしディオンがロジ人だったら、この軽蔑と憎悪を容易に感じただろう。実のところ、リディアがああいうおためごかしを言ったのは、ディオンに拳銃を下ろしてもらいたい一心からだった。

ところがディオンは小さくうなずくと、銃を下ろそうとせず、逆に自分の頭に向けて上げはじめる。このときリディアが真っ先に危惧したのは、ディオンは真相を語り尽くしたか、ということだった。もし今のディオンの話だけで、事件は解決したとロロが思ってくれたならば、リディアの疑いは晴れ、逆にスタージェスは犯罪者として裁かれる。ディオンが自殺しようとしているのに、リディアが考えたのはそれだけだった。あとになって彼女は、ちょっと悪いことをしたような気になったけれど、あの瞬間は早く終わらせることしか考えていなかった。

しかしディオンの拳銃は、こめかみに届くことなく床の上に落ちる。最後の最後で、彼女は臆したのだ。すかさずロロが落ちた拳銃を蹴って遠ざけ、ディオンをうしろ向きにさせると、その両手を拘束テープで縛る。

リディアはマディスンの顔を見あげ、〈ありがとう〉と言おうとするが、やはり言葉は出てこない。

秋

〈やっとできた〉薄いマニラフォルダを持ったリディアが、マディスンの部屋に入りながら言う。〈手遅れでなければいいんだけど〉

〈大丈夫、まだ間に合う〉デスクから顔をあげ、マディスンが答える。〈印刷がはじまるのは、葬儀の朝だもの。それ以前に取りかかると、不謹慎とみなされる〉

ディオンの逮捕から数日をへて、リディアのロジ語の能力は回復しはじめたのだが、未《いま》だに彼女は、マディスンの声にさえ聞きづらさを感じている。まるで、圧縮しすぎた音声ファイルを再生しているみたいだ。この状態で長時間の会話は難しいけれど、リディアには通訳を介してではなく自力で確かめたいことが、いくつかあった。

〈フィッツの葬儀には行くの?〉リディアはマディスンに質問する。

〈わたしが? いいえ。わたしと彼は、ぶつかってばかりいた。わたしが行っても、嘘くさいだけだと思う。それにロジアまで往復二週間の休暇を、大使館が全員に許可できるはずもない。どっちにしろ、留守番が必要になる。あなたこそ、これからどうするか決めたの?〉

〈実をいうと、もう通訳の仕事はできそうにないから、辞めてハリファックスに帰り、なにか別のことをやろうと考えていたの。それ以外の選択肢は、想像もできなかった〉リディアは、今もまだ大使館内のゲストルームで寝起きし、証言をつづけながら回復に努めている。彼女にとって、ここが最も安全な場所だからだ。というのも、ロジ人による陰謀の捏造を企んだあの事件の全貌が明らかになって以来、問題の陰謀は本当に存在したと信じたがる連中が、仲間を売った裏切り者として彼女を脅迫しているからだ。彼女は反論する公式声明を発表し、当然その声明は非常に高いTR値を得たのだが、なんの役にもたたなかった。その一方でリディアの母親は、遠く離れた娘のことでやきもきしたくないから、ニューヨークに引っ越そうかと言いだしていた。

〈でも今は、まだ保護してもらう必要がある以上、やはりわたしは大使館の仕事に戻るべきなんだろうと思ってる〉

〈それって、本当は辞めたいという意味？〉

〈そういうことじゃない。通訳の仕事はしたいの〉正直なところ、彼女はこれまで以上にマディスンたちと一緒に働きたいと思っている。〈でも心のバランスが保てるかどうか、ちょっと心配でね。ディオンもこの仕事をしたから、頭が変になったような気がするし〉

〈通訳をやっていても頭が変にならない人は、たくさんいる〉

リディアはうなずく。〈そうね。いずれにしろ大使館側は、辞めるかどうか決めるのは、次の文化担当官が任命されてからでいい、と言ってくれてる〉

〈実をいうと、フィッツウィリアムの後任には、わたしも立候補しようかと考えてる。それであなたの残留の意思が、強くなるか弱くなるかはわからないけど〉

これを聞いてリディアは驚きを隠せない。彼女は訊き返す。〈あなたが文化担当官に？〉

〈彼が遺《のこ》した書類を読んでいるうち、わたしにもできそうな気がしてきたの〉

リディアはもう一度うなずく。〈そうなんだ。教えてくれてありがとう〉彼女は持っていたマニラフォルダをマディスンに手渡す。〈ところでフィッツの追悼本だけど、わたしも一冊もらえる？〉

〈もちろん〉マディスンが答える。〈中身はぜんぶロジ語だけどね〉

〈それはよくわかってる〉リディアは、館内の通訳チームに頼んで、彼女が書いた追悼文をロジ語に訳してもらった。自分でもロジ語をすらすら読めるようになりたいと、彼女は思っている。ロジ語の書き言葉に関して、ＬＳＴＬは基礎しか教えてくれなかった。ここはやはり、独学で勉強するしかあるまい。

〈読んでいい？〉フォルダを開いて紙を二枚取り出しながら、マディスンが訊く。

〈どうぞ〉リディアとしては、彼女に読ませたいのか読ませたくないのか、複雑な気持ちだったけれど、だめだと言う理由もない。かくてマディスンは、劇場で落ちそうになったリディアをフィッツがつかまえた逸話にはじまり、彼の強さと思慮深さ、そして優しさについてリディアが考察した文章を読んでゆく。そのあいだリディアは、無言で座りつづける。

マディスンの部屋から外を見ると、秋が夏の最後の暑さを吹き払おうとしている。リディアは、フィッツの声が〈君はいい仕事をした〉と言うのを聞く。その声は、追悼文の内容だけでなく彼女が真相を発見したことも、高く評価してくれる。たとえリディアが、あんな真相は知らなければよかった、できるものならほかの誰かに解決してもらい、自分はなにも知らずにいたかったと願っていても、彼女がいい仕事をしたことに変わりはない。そしてフィッツの声は、起こってしまった事実はもう変えられないし、彼女以外の人間に同じことができたとは思えない、と言ってくれる。

むろんリディアは、それが自分の心の声であることをよく知っている。しかし、いくらリディアが聞きたいと思っても、ほかの人が言ってくれないことをその声は語っている。だから彼女も、黙って聞きつづける。

謝辞

この本のアイデアをいつ思いついたか、わたしは正確に記憶している。二〇二〇年二月七日、イギリスが新型コロナウイルス対策の一環としてロックダウンされるまえ、最後に足を運んだ映画館でのことだ。映画は『パラサイト 半地下の家族』で、上映後にポン・ジュノ監督と主演のソン・ガンホが通訳のシャロン・チェを伴って舞台上に現われ、質疑応答に臨んだ。わたしは、職業としての通訳の未来を考え、あの仕事をテクノロジーで完全に代替することは可能なのか、可能でないとしたら、それはどんな場合かと考えずにいられなかった。この小説に着手したのは、それから一か月後のことだ。

つづく一年の大半を、わたしは医者の指示に従ってパンデミックから自分を守ることに費やした。その間はわたしの家族も、リモートワークやオンライン学習をしながら家で一緒に過ごすことが多く、外出もできなければ人に会うこともままならなかった。本を書くのは、いつだって神経をすり減らす仕事だが、この状況はそれに拍車をかけることになった。だから家族全員が厳しい状況にあるなか、わたしが執筆できる環境を整えてくれたキャサリン・スプーナー、ゲイブリエル・ロブソン・スプーナー、そしてジェイゴ・ロブソン・スプーナーには特に感謝している。

編集者のリー・ハリスとトーアドットコムのみなさんにも、お世話になった。素晴らしいカバーをデザインしてくれたヘンリー・セネ・イー、マーク・クラッパム、ジェイムズ・クレイ・スミス、ランス・パーキン、そして母と父とヘレンにもお礼を述べておく。

解説

渡邊利道

本書は、イギリスの作家エディ・ロブソン Eddie Robson が二〇二二年に発表した長編小説 *Drunk on All Your Strange New Words* の全訳である。

十代後半に思念通訳者としての素質を認められ西ヨークシャーの田舎町から脱出することに成功したリディアは、小説の現在時から数十年前に地球とファーストコンタクトを果たした異星文明ロジアの文化担当官フィッツウィリアムの専属通訳を務めていた。ロジ人はテレパシーで会話し、地球人が彼らと会話すると酩酊《めいてい》状態に陥るのだが、前任者が誰もが認める優秀な人物だったために、対抗してついつい無理をする癖がある彼女は、ある国際会議の翌朝目覚めると、ボスが書斎で射殺されているのを発見する。犯行時刻前後のセキュリティ・データはすべて消えており、会議後のバンケットの途中から記憶がなくなっている彼女が第一容疑者となる。混乱するリディアに、なんと死んだはずのフィッツウィリアムが話しかけてくる。頭がおかしくなったのかと自分を疑うリディアだったが、その声はロジ人は死んだ後しばらくは意識のみが残り、親しいものに語りかけることができるのだと言い、彼女が知らない情報を伝えてくるのだった。かくしてリディアは、ボスの幽霊を相棒に事件の真相を追うことになる。

いわゆる素人探偵のライトなミステリSFで、ヒロインのリディアが愚痴っぽくいつも苛《いら》立《だ》っていて不安定で、気が強いのに意志が弱くすぐ誘惑に流される、調子に乗っては自己嫌悪するを繰り返す、どこにでもいるような普通のちょっとダメな人間で、かなり毒のある語り口でトントン物語が進んでいくのがいかにもイギリス的なブラックユーモアを感じさせる作品だ。ファーストコンタクトを果たした近未来を舞台にしているのだが、社会的に大きく変わった部分はとくに描かれず、情報技術が進歩し監視社会化が進んでいること、自動運転が完全に実現していることなど、洗練されたテクノロジーは現在のほぼ延長線上にある。ロジ人がテレパシーで会話することから来るいろいろな制約や駆け引きはあるものの、いわゆる特殊設定ミステリのような特別なルールとして機能してはいない。推理が進むにつれ、事件の様相が百八十度変わってしまうタイプのミステリで、ちょっとばかり強引なところも、ヒロインのキャラと語り口でうまく乗り切っている。

謝辞にある通り、作者が通訳をめぐる物語を描こうと考えたのは、アカデミー賞で四部門を受賞した韓国映画『パラサイト 半地下の家族』の上映に際してポン・ジュノ監督が通訳を伴って質疑に答えていたのを見たからということだが、本作の基底にあるテーマの一つが、映画にも通じる格差の問題であることは留意していいだろう。

自分たちよりもずっと高度な文明を持つロジアと遭遇した地球は、様々な恩恵を受けながらもどこか閉塞感に覆われていて、ロジ人に取り入ろうとする者と、あからさまな反感や恐れを抱いている者に分かれている。現在よりもずっと情報量が増え、その信用度を自動で格付けするシステムが完備されたインターネットでは有象無象《うぞうむぞう》の異星人をめぐる陰謀論が溢《あふ》れかえっていて、ボスの殺害も、そうした連中の誰か、もしくはそれに影響を受けた誰かの仕業かもしれない。また、ボスの幽霊はロジ人のなかに陰謀に関わっている者がいるかもしれないと示唆するので、事件の後処理のために同居することになったロジ人の外交官も信用できない。そんな状況で、前述したようにつねにくよくよとネガティヴに考えるくせに、わりと簡単にキレるリディアはとにかくアクティヴに動き回るので、物語のトーンがあまり暗くならず、心温まるブラックユーモアという撞着《どうちゃく》的な印象になるのが面白い。また、ロジアの大使館があるマンハッタンは、あえて異星人が訪れる以前のままで時間を止めてしまった、一種のテーマパークのようになっていて（それが作品の雰囲気をより未来っぽく感じさせない停滞感を醸成《じょうせい》するのに一役買っているのだが）、数少ない手がかりを辿《たど》っていくリディアの視点からちょっとした観光を擬似体験できるのも本作の大きな魅力だ。

閉塞感ということでいえば、リディアの故郷ハリファックスのエピソードも強烈だ。ゲーム中毒の母親と工場で働く兄からはまったく未来が感じられない。とはいえここで暮らしていたときのリディアだって同じようなもので、兄に教えられた自動車の運転が数少ない楽しみだった。古い友人たちには出世したことを羨まれたり、ロジ人の通訳というのを地球から差し出された売春婦と思っている最低な男もいる。基本ニューヨークで進む物語に挟まれる故郷の場面は、世界の格差や距離感をよくあらわしていて、さらに小説後半でいろいろと効いてくる伏線にもなっている。

テーマパーク的マンハッタンもそうなのだが、本作ではいわば旧時代的な文化教養が世界観の大きなウェイトを占めていて、例えばロジ人はテレパシーで会話するためデジタル機器を信頼せず、紙の本を貴重品として扱っており、書籍を安価に生産できる地球から大量に輸入している、いわば大得意様となっている(前述した兄が勤めるのはそういった書籍を製造する工場だ)。フィッツウィリアムは読書家で、複数の言語が併存している地球の文化に非常な興味を持っており、地元で大量に生産している本を読んで育ったリディアを大切に扱ってくれるなど、いまやインターネットや電子書籍に押されて消え入りそうな紙の本が大いに重視されている。

そして本作でもっとも重要なテーマになっているのが演劇だ。まず冒頭からイプセンの『ヘッダ・ガーブレル』が上演される場面になっているのだが、この劇は、エキセントリックな美女のヒロインが、昔の恋人がずっと自由であるのに嫉妬し、彼の酒癖の悪さにつけ込んで破滅させるが、彼の死にざまが思い描いたような崇高なものではなく単に下劣な成り行きであったことを知って自分も自殺するという物語で、いろんな点で本作の物語と照応するところがある。たとえば、ヘッダはその複雑な性格造形から「女ハムレット」と呼ばれることがあるのだが、いうまでもなく、ハムレットは幽霊が殺人を告発する物語である、等々。リディアはボスの幽霊について知られないように警察やロジ人たちを欺く演技をしなくてはならないし、素人探偵として自身の身分を偽ってさまざまな場所に赴く。そもそも田舎出身の結構な乱暴者である彼女は、都会のレディを装わなくてはならないのだ。いうまでもなく、警察だってロジ人だって、彼女に対して何かを隠し、意図を持って演技しているに違いない。誰かが殺人者、もしくはその協力者であり、さらには全体のシナリオを書いている者もいるかもしれない。そしてミステリの性格上、それは登場人物の誰かなのである。

SFとしては、リディアが自分の周囲にしか目が行っていないので、ロジ人の異星人としての生態についてさほど描かれないのが特徴的だ。ロジ人とのテレパシーでの会話で人間が酔っ払ってしまうという設定も、どちらかといえば物語に起伏をつける部分が大きく、二つの言語を使うアイデンティティの揺らぎとか、言語の本質的なディスコミュニケーションとか、そういった議論には立ち入らない。異星人が出てくるのに文化人類学的な部分がほとんどないのは最近のSFでは珍しいかもしれない。

インターネットでの異星人がらみの陰謀論の描かれ方は完全に現在の延長線上にあって、異星人という象徴化された「外部」を利用してさまざまな「敵」を作り出す陰謀論の構造を寓話《ぐうわ》化しているように思える。リディアは最初からネットで見える自分自身の姿というものを強く意識して、オンラインとオフラインをどうやってうまく制御して自己像を保つかに腐心しており、くだらないが、しかし見逃せない攻撃性や脅威を持った陰謀論やデマに対して、それを根絶したりまたそれに反論したりするのはほぼ諦めている。社会の構造や、上司の態度、自分自身への評価といったものに対しても一貫して悲観的で、漠然とした不満をデフォルトとして生きているが、その中でいかにしてサバイバルするかを、ほとんどやけくそのようにしてごく些細《ささい》な楽しみで息をつきながら最善を尽くす。うんざりするような嫌な情報が多い昨今、このヒロイン像に共感や慰めを得る読者は少なくないだろう。

最後に作者について。エディ・ロブソンは一九七八年、英国のヨーク生まれ。現在はランカスター在住。既婚。

さまざまなジャンルで執筆する多才な人物で、とくにラジオドラマやテレビドラマの脚本家として知られている。二〇〇〇年代の半ばから執筆した、BBCのテレビドラマ『ドクター・フー』に基づいたオーディオ・ドラマや、二〇一二年から一四年に同じくBBCラジオで放送された、バッキンガムシャーの村を侵略する異星人をめぐる騒動を描くシットコム *Welcome to Our Village, Please Invade Carefully* が代表作。他にも、コーエン兄弟やフィルム・ノワールに関する著作があり、漫画原作や演劇など活動は多岐にわたる。さまざまなSF雑誌でフリーランスのジャーナリストとして働き、小説では、多くの短編のほか、長編は二〇一五年に木星を舞台にした陰謀スリラーSF *Tomorrow Never Knows*、二〇年には建築家が主人公の奇妙な都市を舞台にしたＳＦファンタジー*Hearts of Oak*を発表。筆者はどちらも未読だが、レビューによればコメディ作家としての力量はどの作品でも十分発揮されているらしい。本作は三作目の長編小説となる。ツイッターアカウントは@EddieRobson。

訳者紹介　翻訳家。訳書にラファティ『六つの航跡』、ワイルズ『時間のないホテル』、ウィルスン《時間封鎖》三部作、ウォルトン『図書室の魔法』《ファージング》三部作、ウェンディグ『疫神記』など。

検印
廃止

人類の知らない言葉

2023年5月12日　初版

著　者　エディ・ロブソン

訳　者　茂《も》木《ぎ》　健《たけし》

発行所　(株)　東京創元社
代表者　渋谷健太郎

162-0814/東京都新宿区新小川町1-5
電　話　03・3268・8231-営業部
　　　　03・3268・8204-編集部
U R L　http://www.tsogen.co.jp
D T P　フォレスト
暁印刷・本間製本

乱丁・落丁本は、ご面倒ですが小社までご送付ください。送料小社負担にてお取替えいたします。

ISBN978-4-488-79501-6　C0197

ローカス賞受賞の魔術的本格宇宙SF

NINEFOX GAMBIT◆Yoon Ha Lee

ナインフォックスの覚醒

ユーン・ハ・リー

赤尾秀子 訳

カバーイラスト＝加藤直之

創元SF文庫

◆

暦に基づき物理法則を超越する科学体系
〈暦法〉を駆使する星間大国〈六連合〉。
この国の若き女性軍人にして数学の天才チェリスは、
史上最悪の反逆者にして稀代の戦略家ジェダオの
精神をその身に憑依させ、艦隊を率いて
鉄壁の〈暦法〉シールドに守られた
巨大宇宙都市要塞の攻略に向かう。
だがその裏には、専制国家の
恐るべき秘密が隠されていた。
ローカス賞受賞、ヒューゴー賞・ネビュラ賞候補の
新鋭が放つ本格宇宙SF！

創元SF文庫を代表する一冊

INHERIT THE STARS◆James P. Hogan

星を継ぐもの

ジェイムズ・P・ホーガン

池 央耿 訳　カバーイラスト＝加藤直之

創元SF文庫

◆

【星雲賞受賞】

月面調査員が、真紅の宇宙服をまとった死体を発見した。

綿密な調査の結果、

この死体はなんと死後５万年を

経過していることが判明する。

果たして現生人類とのつながりは、いかなるものなのか？

いっぽう木星の衛星ガニメデでは、

地球のものではない宇宙船の残骸が発見された……。

ハードSFの巨星が一世を風靡したデビュー作。

解説＝鏡明